Het landhuis

Ook verschenen van Anne Jacobs bij Xander Uitgevers

Het weesmeisje (2019)

De moed van het weesmeisje (2019)

De erfenis van het weesmeisje (2020)

Anne Jacobs

Het landhuis

XANDER

Uitgegeven door Xander Uitgevers
www.xanderuitgevers.nl

Oorspronkelijke titel: *Das Gutshaus*
Oorspronkelijke uitgever: Blanvalet Verlag
Vertaling: Sylvia Wevers
Omslagontwerp: Sander Patelski
Omslagbeeld: © Drunaa / Trevillion Images
vosje: © Vaclav Sebek | Dreamstime.com
Auteursfoto: Marlies GbR
Zetwerk: ZetSpiegel, Best

Eerste druk 2020

ISBN 978 94 0161 324 8 | NUR 302

Franzi

November 1939

DE OCHTENDMIST LAG ALS een melkachtige witte laag op de geoogste velden, af en toe opwaaiend, waardoor een groepje reeën te zien was dat nietsvermoedend stond te grazen. Struiken in herfstkleuren rezen op uit de witte grond als eilandjes in een deinende zee van nevel. Franziska liep achteraan in het groepje van drie en bleef telkens staan om de ochtendsfeer op zich in te laten werken. Ze voelde de vochtige mist en rook de paddenstoelachtige geur die vanuit het bos naar haar toe waaide. Achter hen klonken paardenhoeven en het geratel van een koets. Dat was de rentmeester, die de 'oude heren' naar de uitkijktoren aan de rand van het bos bracht.

'Hopelijk heeft grootvader Wolfert dit keer zijn bril bij zich,' zei Jobst grijnzend. 'Vorig jaar veroorzaakte hij alleen een paar schampschotten en raakte hij een hond.'

Franziska zweeg. Ze had het haar grootvader niet kunnen vergeven. Haar hond Maika liep sindsdien mank. Het schot had een van haar achterpoten verbrijzeld en de teef had het maar ternauwernood overleefd.

Ze moesten opzijstappen om de open koets met de beide grootvaders te laten passeren. Mama's broers, oom Bodo en oom Alwin, zaten ook in de koets. Ze hadden allemaal een waterdichte jas aan en hoeden op die al heel wat jachten hadden meegemaakt. Oom Alexander zwaaide naar hen, hij was in het afgelopen jaar nog dikker geworden.

'Mensen met slechte ogen zouden helemaal niet meer moeten jagen,' zei Brigitte.

'Leg dat maar eens aan grootvader Wolfert uit.' Jobst lachte. 'Die zal je vertellen dat hij al twaalfenders schoot toen jij nog in de wieg lag.'

Jobst deed een voorzichtige poging om zijn arm om de schouders van zijn verloofde te leggen, maar zij week uit en keek naar Franziska. Een jong paar mocht tot de trouwdag vrijwel nooit alleen zijn, daarom had mama Franziska als chaperonne met haar broer Jobst en zijn verloofde Brigitte von Kalm meegestuurd.

Franziska was pas negentien en voelde zich afschuwelijk in deze rol. Ze had trouwens toch al een hekel aan drijfjachten, waarbij het wild werd opgejaagd zodat het een makkelijke prooi was voor de jagers. Het was veel fijner om 's ochtends vroeg alleen met haar vader door het bos naar de uitkijktoren te lopen. Dan voelde je het gras dat nog vochtig was van de dauw, rook je de zoete, kruidige geur van de planten en als je goed luisterde, hoorde je een reebok scharrelen in het prille loof. Als na lang wachten in de knisperend levendige ochtendstilte een kudde hinden aarzelend de open plek betrad, keek ze naar het gezicht van haar vader en probeerde ze te peilen wat hij van plan was. Ze schoten zelden op een dier, maar zaten bijna altijd in de uitkijktoren om de dieren te observeren om het wildbestand te controleren.

'De mist trekt op,' zei Jobst. 'Gelukkig. Anders hadden we het wel kunnen vergeten.'

Ze waren bij de rand van het bos aangekomen en namen het pad naar de uitkijktoren op de kruising. Het was bijna negen uur, de zon zou waarschijnlijk algauw door de wolken breken. Dan gingen de drijvers starten, die nu nog met de honden op drie verschillende plekken wachtten tot de jagers hun standplaatsen hadden bereikt.

Jobst klom als eerste de ladder op, gevolgd door Brigitte. Hij strekte zijn arm naar haar uit en ze liet zich het laatste stukje door hem omhoog helpen. Franzi wachtte tot ze zich allebei min of meer op de grove houten bank hadden geïnstalleerd en klom toen ook in het krappe hutje. Jobst en Brigitte laadden hun geweer. Franziska had geen jachtwapen bij zich. Ze had niet veel zin om aan de schietoefening mee te doen. Als er maar niks gebeurde met haar honden! Of, wat nog erger zou zijn, als er maar geen drijver werd geraakt. Dat gebeurde regelmatig. Een van haar stalknechten had als jongeman een schot in zijn bovenbeen gekregen. En jaren geleden zou er per ongeluk een jonge boer zijn doodgeschoten. In zo'n geval zorgde de landheer wel voor de gewonden en de nabestaanden, maar het was natuurlijk afschuwelijk en ook verschrikkelijk voor de ongelukkige schutter.

'Het gaat beginnen…' zei Jobst zacht.

Brigitte knikte. Je kon het lawaai van de drijvers en het geblaf van de honden vanuit de verte horen. Er klonken schoten. Franziska meende oom Alexanders oude jachtbuks en grootvader Dranitz' geweer te horen. De drijvers joegen alles op wat zich tussen het struikgewas verscholen hield: damherten, roodwild, vossen, hazen en ook wilde zwijnen en patrijzen. Een feest voor de jagers, waar ze zich het hele jaar op verheugden. Het geschoten wild werd later eerlijk onder de jagers verdeeld, waardoor het uitgebreide jachtdiner op landgoed Dranitz meestal in eigen huis nog gevolgd werd door nog overvloedigere maaltijden met goede vrienden en familie.

De drijvers leken de uitkijktoren bij de kruising echter vergeten te hebben. Hoewel ze gespannen wachtten en intensief naar het kreupelhout staarden, zagen ze slechts twee keer heel even iets bewegen, waarschijnlijk een wild zwijn dat besloten had om zich liever in het struikgewas te verschuilen dan in wilde paniek over de open plek te rennen. Het waren slimme beesten, die wilde zwijnen. Helaas richtten ze vaak schade aan in de velden en daarom moest een deel van hen afgeschoten worden.

'Jammer!' zuchtte Brigitte von Kalm en ze ontspande haar blik. 'Ik geloof dat dat het was. Laten we hopen dat de anderen meer geluk hebben gehad.'

'Ik denk dat Franzi het wild heeft verdreven,' grapte Jobst. 'Juffrouw Diana houdt er namelijk niet van als een bosdier wordt doodgeschoten!' Hij pakte zijn zus bij haar schouder en schudde haar zachtjes door elkaar, net zoals hij vroeger als jongen zo vaak had gedaan.

Franziska duwde hem lachend weg. 'Ik kan het nu wel verraden, ik heb de uitkijktoren betoverd!' riep ze zonder zich iets van Brigittes gefronste voorhoofd aan te trekken.

Franziska was niet zo dol op haar aanstaande schoonzus. Brigitte was zo'n vrouw die niet veel zei, maar exact wist wat ze wilde. Waarom haar knappe, oudere broer Jobst, de erfgenaam van Dranitz, uitgerekend dit niet zeer aantrekkelijke meisje had uitgekozen, zou ze waarschijnlijk nooit begrijpen. Maar hij moest het tenslotte zelf weten.

Franziska klom als eerste de ladder af en liep zonder achterom te kijken langzaam het bospad af in de richting van het landgoed. Ze gunde hun de gelegenheid om ten minste heel even alleen te zijn. Duitsland was sinds september in oorlog en tweede luitenant Jobst von Dranitz zou morgen al samen met een kameraad naar zijn regiment in het oosten vertrekken.

'Of het nu oorlog is of vrede,' had grootvader Dranitz geroepen, 'de oude tradities op Dranitz laten we ons niet afnemen! En al helemaal niet de drijfjacht.'

Vlak voordat het bospad overging in de akker, schoot er een groepje edelherten uit het bos en rende dwars over het pad naar de andere kant. Franziska bleef gefascineerd staan kijken. Zeven hinden en een paar halfvolwassen kalveren renden als een verschijning langs haar heen en lieten de bosbodem een paar seconden lang vibreren, een dans van kracht en schoonheid in het ochtendlicht dat schuin door de bomen viel. Jobst en Brigitte hadden er niets van gemerkt, zij zaten nog in de uitkijktoren, en Franziska wilde zich liever niet voorstellen wat ze daar aan het doen waren.

Bij de rand van het bos hadden de drijvers inmiddels het geschoten wild verzameld: drie herten, zes hinden, een aantal wilde zwijnen – allemaal zeugen – en twee vossen. Ze hadden de gedode dieren keurig op een rijtje gelegd en symbolisch een stokje in hun bek gestoken als 'laatste hapje'. De trotse jagers stonden ernaast, druk gebarend, rokend en elkaar feliciterend. Toen Jobst en Brigitte eindelijk verschenen, had iedereen medelijden met hen omdat ze geen enkel eetbaar wild in hun vizier hadden gekregen. Even later bliezen de hoorns het signaal voor het einde van de jacht.

'Nu komt het gezellige gedeelte!' zei oom Alexander von Hirschhausen. Oom Bodo en oom Alwin hadden hem slechts met moeite op de uitkijktoren bij Rotforst gekregen. Toen ze eenmaal boven waren, bleek Alexander een uitstekend schutter. Hij beschikte als enige over een bockgeweer, dat hij in Oostenrijk had laten maken.

Rentmeester Schneyder bekommerde zich om het transport van de jachtbuit, de uitbetaling van de drijvers en al het andere, terwijl het jachtgezelschap in de koetsen stapte die inmiddels waren voorgereden. Na de inspannende jacht was het nu tijd om in het landhuis het welverdiende en alom bekende overvloedige jachtdiner te nuttigen.

Op landgoed Dranitz waren de voorbereidingen al dagenlang in volle gang. Ondanks mama's zorgvuldige planning heerste er elk jaar dezelfde opgewonden chaos. Soms kwamen er onverwachte gasten of werd een familielid of personeelslid ziek. Of het bier werd niet op tijd geleverd, de muizen hadden een zak meel aangevreten of de hond stal een lamsbout omdat het keukenmeisje niet oplette. Natuurlijk waren dat soort ongelukjes altijd de schuld van de keukenmeisjes of de knechten, nooit van de kokkin en al helemaal niet van de mevrouw. Maar ondanks alle tegenslagen lukte het elk jaar om de talrijke bloedverwanten en vrienden enigszins gerieflijk in de kamers van het landhuis onder te brengen en van een goed ontbijt te voorzien voordat een aantal van hen, vooral de mannelijke gasten, zich aan het inspannende genoegen van de drijfjacht wijdden. De overige gasten, meestal de dames, dronken ondertussen samen koffie, aten gebak en kletsten over allerlei dingen die beter onder vrouwen besproken en besloten konden worden. Huwelijksverbintenissen waren een geliefd onderwerp, evenals aanstaande geboortes en het lot van zieke familieleden. Maar ook vakanties aan de Oostzee en de vraag of een jong meisje tegenwoordig nog naar kostschool gestuurd zou moeten worden, kwamen aan de orde. Daarna kwam steevast het geklaag over de dienstbodes. De dames waren het erover eens dat de dienstmeisjes tegenwoordig ongelofelijk brutaal waren en dat ook de knechten steeds onbeschofter werden. Als ze genoeg geklaagd hadden, bespraken de dames de nieuwste mode en de in verval rakende zeden in de hoofdstad Berlijn. En dit jaar hadden ze het ook over de oorlog. Maar die kwam maar zijdelings ter sprake, want aangezien Polen nu was veroverd en met de Russen het Molotov-Ribbentroppact was gesloten, mochten ze toch wel hopen dat de vrede gauw zou terugkeren. Hitler had de westelijke mogendheden bovendien een duurzaam vredesaanbod gedaan, dat had in de krant gestaan. Grootmoeder Libussa von Dranitz zei elk jaar weer hoe spijtig het was dat de tijden helaas niet meer heroïek waren, maar vreselijk prozaïsch waren geworden. Noch die parvenu Hitler, noch die kleine Rus Stalin bezat iets van de glans van de heersers van vroegere tijdperken, toen de nazaten van de Engelse koningin Victoria in Europa regeerden en Duitsland nog een keizer had.

Ondertussen werd beneden in de keuken en in de eetzaal koortsachtig gewerkt om het jachtdiner op tijd te kunnen serveren. Het ontbijtservies was allang afgeruimd, de lange tafel was gedekt voor het feestmaal en, zoals het de traditie betaamde, met kleurrijke herfstbladeren en dennentakken gedecoreerd. Ook het grote bronzen ‘burlende hert’ werd weer van stal gehaald en troonde in het midden van de lange tafel. Barones von Dranitz zelf deed de laatste controle. Ze liep van couvert naar couvert, legde het zilveren bestek recht, draaide de groen gebloemde porseleinen borden zo dat het zilverkleurige wapen op de rand precies in het midden zat en legde ten slotte een klein naamkaartje bij elk couvert.

Toen de eerste jagers uit de koetsen stapten, haastten de dames zich naar de kamers op de eerste verdieping om de voor het gezamenlijke feestmaal geschikte kleding aan te trekken. Van alle kanten klonken bevelen aan de meegebrachte dienstboden, waardoor de chaos in het huis compleet was. Beneden bij de ingang stonden wel twintig paar laarzen die met modder waren besmeurd en die door de bedienden van de voeten van de jagers waren getrokken. Boven riepen vrouwelijke en mannelijke stemmen om warm water, een strijkbout, een krultang of een of ander druppeltje voor het hart. Tegelijkertijd kwam er zo'n overweldigend heerlijke geur uit de keuken, dat iedereen, ook de dames, het water in de mond liep. Hanne Schramm, de kokkin op landgoed Dranitz, was een kunstenares. Op een dag als vandaag zou ze weer onvergetelijke gerechten op tafel zetten en zoals altijd zou tante Susanne proberen om haar van landgoed Dranitz te stelen. Maar dat zou haar uiteraard niet lukken. Hanna was een trouwe ziel en zou de familie nooit in de steek laten.

Franziska keek eerst of het goed ging met haar honden, die gelukkig allemaal van de jacht waren teruggekeerd. Bijoux had een doorn in haar poot, die ze er voorzichtig uit trok. Ze desinfecteerde de wond en stelde opgelucht vast dat er verder geen hond gewond was. Boven in haar kamer, die ze vandaag met haar zusje Elfriede en nichtje Gerlinde moest delen, was inmiddels een heftige ruzie ontstaan over een paar lichtbeige sandalen. Gerlinde had ze voor die avond aan Elfriede beloofd, maar wilde ze nu toch liever zelf dragen. Franziska, die zes jaar ouder was, probeerde te bemiddelen. Ze beloofde Elfriede haar pumps te lenen die even goed bij haar jurk zouden passen. Elfriede was een kleine ruziemaker, ze krijste en spuwde naar Gerlinde, en toen die niet toegaf, slingerde ze de sandalen naar haar hoofd. 'Hou ze dan maar!' schreeuwde ze kwaad. 'Of je die schoenen nu draagt of niet, je bent toch lelijk!'

Waarop Gerlinde begon te huilen en dreigde alles aan haar moeder te vertellen.

'Zorgen jullie nu maar dat jullie aangekleed zijn,' beval Franziska hun. 'Mine heeft al voor de eerste keer de bel geluid.'

Mine, het dienstmeisje, was de vlotste van de personeelsleden. Ze was overal tegelijk, hielp in de keuken en boven in de kamers, streek de fijne was en wist hoe je een tafel feestelijk dekte. Ze was al drie jaar met wagenmaker Schwadke verloofd, maar aarzelde om te trouwen omdat ze dan ontslag zou moeten nemen.

Franziska waste haar gezicht, armen en voeten met koud water en trok de donkergroene jurk met de brede kraag aan. Ze trok er haar sandalen bij aan, want Elfriede droeg nu haar pumps, hoewel ze bijna twee maten te groot voor haar waren. Elfriede was pas dertien en een magere spriet. Ze had een bleke huid met zomersproeten, koperrode krullen en dromerige bruine ogen, die echter een enorme wilskracht konden uitstralen.

De drie meisjes liepen samen de trap af. Onderweg kwamen ze grootmoeder Wolfert en Libussa von Dranitz tegen en ze haakten bij hen in zodat de oude dames gemakkelijker de trap af konden. Rechts en links snelden de kamermeisjes en huisknechten haastig voorbij, oom Alexander riep met luide basstem om zijn lange onderbroek, Gerlindes tweelingbroer Gabriel wilde de trapleuning af glijden, maar werd door papa betrapt en aan zijn broekband vastgehouden.

'Als jij een gat in je hoofd wilt, dan doe je dat maar thuis, maar niet in mijn huis!' schold baron von Dranitz en hij rolde met zijn ogen omdat Gabriel alweer begon te huilen.

Hoewel alle plaatsen van naamkaartjes waren voorzien, duurde het toch een poos voordat iedereen zijn plek aan tafel had gevonden, waarna het aperitief, dat grootmoeder Libussa altijd het 'voordrankje' noemde, werd ingeschonken. De mannen gaven de voorkeur aan de 'echte' Dranitzer jenever, de dames kozen een droge sherry. De jongeren kregen 'ganzenwijn', water met een beetje citroensap.

Papa had medelijden met de hongerige gasten en hield zijn welkomsttoespraak en de felicitaties aan de succesvolle jagers kort, zodat de oestersoep meteen geserveerd kon worden. Mine en Liese serveerden het eten, waarbij ze geholpen werden door twee jonge huisknechten die oom Alwin uit Brandenbrug had meegenomen. Ze droegen een zwart-witte, gesteven livrei boven een witte broek en voerden hun taak erg goed uit.

Franziska praatte met tante Susanne en Gerlinde, en later met oom Alwin en oom Bodo von Wolfert. Franziska's broer Heinrich-Ernst, die door iedereen Heini werd genoemd, had partij gekozen voor Elfriede, die nog steeds zat te mokken. Die twee waren altijd al twee handen op één buik geweest. Aan het hoofdeinde van de tafel zaten mama en papa, rechts en links van hen de grootouders, evenals de oude pastoor Hansen. Grootmoeder Libussa had haar enige dochter aan haar zijde, die naar de cisterciënzerinnen was gegaan. Maria von Dranitz was klein en mager, en haar door een witte sluier omrande gezicht deed denken aan een spitsmuis. Papa had een keer na een paar glaasjes wijn gezegd dat zijn zus Maria prima op haar plek was in het klooster, want ze zou immers toch 'niemand hebben kunnen krijgen'. Vandaag had Maria toestemming gekregen om haar familie te bezoeken. Ze mocht alleen niet voor de nacht blijven en moest tegen zes uur terug in het klooster zijn.

Bij de visschotel werd een lichte witte wijn geserveerd waar Franziska erg van hield. Had ze iets te haastig gedronken? Ze was een beetje duizelig en kreeg tegelijk een gelukzalig gevoel. Glimlachend leunde ze naar achteren op haar stoel en liet de geluiden en beelden over zich heen komen.

'Morgenvroeg komt er een vriend van me langs en daarna vertrekken we samen,' zei Jobst tegen tante Susanne. 'Majoor Walter Iversen is een fantastische kerel. Hij zou de perfecte echtgenoot voor Franzi zijn.'

Franziska lachte hem uit en hield haar dessertbordje voor Mine op, die het met gebakken appel en rode bosbessen vulde.

'Lieve vrienden en familie, jullie vullen mijn huis met rumoer en vrolijkheid, verorberen onze wintervoorraden en legen mijn wijnkelder...' begon grootvader Dranitz.

Dat was de oude heer ten voeten uit. Er klonk gelach en er werden vrolijke kreten geroepen, waarna grootvader iedereen met een druk gebaar tot zwijgen bracht zodat hij verder kon gaan met zijn toespraak.

Franziska keek glimlachend naar hem en voelde zich intens gelukkig.

Franziska

Mei 1990

ZE KLEMDE HAAR VINGERS om het stuur toen ze de grens naderde. 'Lauenburg-Horst' heette deze grensovergang. Dat klonk als een roofvogel die hoog in zijn nest zat en op zoek naar een prooi naar beneden loerde...

Mijn fantasie neemt een loopje met me, dacht ze en ze schakelde een versnelling terug. Cornelia had gelijk, ik ben te oud voor zo'n reis. Vanaf je zeventigste wordt het allemaal minder, dan werkt je lichaam niet meer zo goed mee als vroeger en ben je trager in je hoofd. Wat doe ik als ze me niet doorlaten? Of als ze me arresteren? Jonkers en grootgrondbezitters hadden het land moeten verlaten. Degenen die toch bleven, liepen het risico gevangengezet te worden. Of nog erger.

Ze vermande zich en staarde naar de smalle, geasfalteerde straat die aan weerszijden was omzoomd met verwilderde struiken en boompjes. Planten die nu, in het voorjaar, flink ontsproten, wildernis die in het niemandsland welig tierde. Het was bijna negen uur. Er kwamen haar veel auto's tegemoet. Trabi's, Wartburgs, maar ook westerse auto's. Dat stelde haar gerust, alles was goed, de grens was open, er was geen reden tot paniek. Er doemden lage gebouwen op, grijs, met weerkaatsende ramen in stalen kozijnen. De bondsadelaar begroette haar. De douanegebouwen van de BRD hadden iets slaperigs. Achter een glazen ruit zat een douanebeambte een kopje koffie te drinken, een andere stond buiten en liet af en toe een DDR-voertuig stoppen. Hij bekeek de papieren en kletste met de inzittenden. Zijn stem klonk vrolijk, neerbuigend, af en toe lachte hij. Om Franziska's witte Astra bekommerde zich niemand, en dus reed ze langzaam door.

Aan de andere kant van de grens bestond de weg uit grote, lichtgrijze platen. Vele waren beschadigd, andere waren weggezakt en er lagen plassen op de rijbaan. De auto hobbelde, de vering kreeg het zwaar te verduren. Franziska snoof, nam een scherpe geur waar en zette de ventilatie uit. Bruinkool. Cornelia had gezegd dat aan de andere kant van de grens alles nog naar bruinkool stonk. Zelfs kleren, eten en boeken. Als je weer thuiskwam, moest je meteen douchen en je haar wassen. Bernd die in dezelfde wooncommune als zij woonde, zou zelfs bruinkool hebben geboerd. Franziska's dochter Cornelia was vier jaar geleden voor een of andere bijeenkomst van de jeugdorganisatie van de SPD in de DDR geweest, toen was de grens nog gesloten. Veel had ze er niet over verteld, alleen een paar grappige anekdotes. Waarschijnlijk was ze teleurgesteld geweest en had ze meer verwacht van het echte, nog bestaande socialisme. Een soort paradijs op aarde. Misschien begon haar dochter nu eindelijk wat verstandiger te worden en zag ze in dat het communisme geen toekomst had. Haar tegendraadsheid zou daardoor niet verdwijnen, daaraan lagen diepere oorzaken ten grondslag. Helaas.

Franziska ergerde zich er inmiddels aan dat ze haar dochter over deze reis had verteld. Ze was zo opgewonden geweest en had zelfs gehoopt dat Cornelia met haar mee zou gaan op deze reis naar het verleden. Wat dom van haar. Haar dochter had alleen met haar wijsvinger naar haar voorhoofd gewezen.

'Je bent gek. Op jouw leeftijd. Dat je op je zeventigste überhaupt nog autorijdt. En trouwens, alles is toch weg. Afgebrand. Ingestort. Je kunt de tijd niet terugdraaien, Franziska!'

Daarmee was ze in 1968 begonnen, in het jaar van haar eindexamen. Toen zei ze ineens niet meer 'mama' en 'paps' maar 'Franziska' en 'Ernst-Wilhelm'. Het was het begin geweest van een kloof die in de jaren daarna steeds dieper was geworden. De kloof die moeder en dochter van elkaar scheidde. Twee vrouwen, twee werelden, twee levensbeschouwingen.

Franziska reed langzaam verder. Daar waren ze, de grenscomplexen van de DDR. De toren had ze allang gezien. Hij was smal en wit, en door de bredere top leek hij op het kraaiennest van een schip. Zouden ze van daarboven op vluchtelingen schieten? Ach, nu toch niet meer. De grens was al maanden open. Alleen was dat nog steeds moeilijk te geloven.

GRENSCONTROLE LAUENBURG stond op een bord. Het complex erachter was groot. De weg splitste zich in een aantal rijbanen. Onder zwevende witte dakconstructies bevonden zich lage glazen gebouwen waar douanebeambten in zaten. Fel strijklicht maakte elk detail van de langsrijdende voertuigen zichtbaar en deed iedere inzittende als op een foto naar voren komen. Waarschijnlijk konden de grenswachters zelfs de stofdeeltjes op de dashboards herkennen. Rechts en links werd het complex door geelwitte gebouwen begrensd, ook die hadden grote ramen en waren erg indrukwekkend. Franziska had gehoord dat daar bagage werd doorzocht, auto's uit elkaar werden gehaald en voorwerpen werden geconfisqueerd. Vooral als westerse bezoekers vanuit de DDR naar de BRD terugkeerden en de grenswachters vreesden dat de wessi's ergens in hun auto iemand hadden verstopt die uit de Republiek wilde vluchten. Ze zouden ook mensen hebben gefouilleerd, tot in de intiemste lichaamsdelen. En ze hadden mensen gearresteerd. Vooral hun eigen mensen. Maar soms ook iemand uit het westen...

Franziska kreeg een wee gevoel in haar maag, hoewel ze wist dat dat allemaal voorbij was. Je kon de grens ongehinderd passeren, tenzij je betrapt werd met een koffer vol verdovende middelen of een vat plutonium. Of je was een Von Dranitz, de dochter van een adellijke jonker en wrede uitbuiter van de afhankelijke plattelandsbevolking. O god, wat was ze toch cynisch!

Het verkeer passeerde de controlepost langzaam, de Trabi's en Wartburgs reden gewoon door in de richting van het westen. Ze stopten niet eens, er stonden alleen twee vrachtwagens aan de zijkant op een parkeerplaats die werden onderzocht. Een forse, jonge grenswachter met een groene pet op liep naar haar Opel Astra. Ze moest haar motor uitzetten en haar paspoort laten zien. De jongeman zag er chagrijnig uit. Waarschijnlijk was hij het niet eens met de politieke ontwikkeling van de afgelopen maanden en vreesde hij zijn machtspositie en baan te verliezen. Hij staarde haar een paar tellen lang aan, vergeleek de vrouw die voor hem zat met de pasfoto in zijn hand en zei dat ze de foto nodig moest vernieuwen. Vervolgens klapte hij het document dicht en reikte het haar stilzwijgend aan.

Ze pakte het aan en greep twee keer naast haar handtas die op de passagiersstoel stond tot ze erin slaagde het paspoort erin op te bergen. Wat stelde ze zich aan! Belachelijk gewoon! Haar hart ging tekeer alsof ze net honderd meter gesprint had. De douanebeambte met de groene pet gebaarde haar ongeduldig dat ze door moest rijden. Franziska startte de motor, liet hem per ongeluk afslaan, startte opnieuw en reed beschaamd en boos op zichzelf het verboden land in. Naar het oosten. Terug naar het verleden.

De grenswachters hebben instructies, dacht ze. Geen gesprekken met mensen uit het westen. Dat hebben ze verinnerlijkt en daar houden ze zich ook nu nog aan. Toch had hij wel wat beleefder kunnen zijn. De foto in haar paspoort was nu zeven jaar oud, ze was toen begin zestig geweest en zo veel was ze in die tijd nou ook weer niet veranderd. Ze was niet lang, droeg haar inmiddels grijze haar in korte lokken en had de typische neus van de familie Von Dranitz, smal en een beetje gebogen. 'Edel' had haar moeder hem genoemd. Ergens in het rijtje voorouders kwam een Poolse graaf voor. Ernst-Wilhelm, Franziska's overleden man, had slechts 'cool' gezegd en gegrijnsd. Cornelia, die de neus van Ernst-Wilhelm had geërfd, beweerde dat je voor de neus van de Von Dranitz een wapenvergunning nodig had. Daarmee zou ze de gunst van haar grootmoeder verspeeld hebben, maar Margarethe von Dranitz had eind jaren zestig het tijdelijke met het eeuwige verwisseld.

Franziska bedaarde maar langzaam. Ze reed een landweggetje op, bracht de auto tot stilstand en viste haar waterflesje uit de picknickmand. Na een paar grote slokken voelde ze zich wat beter. Haar hartslag werd weer rustiger en ze beefde niet meer zo erg. De eerste horde had ze genomen, weliswaar niet bepaald met bravoure, maar toch. Voortaan zou ze zich niet meer zo snel laten intimideren. Wat had ze nu te verliezen? Op haar leeftijd? Helemaal niets. Ze was vrij, niemand hoefde haar de wet voor te schrijven. Ze was financieel onafhankelijk en ze zou haar plan uitvoeren. En als het op een grote teleurstelling uitliep en ze daarna een illusie armer was, dan was dat maar zo. Maar dan had ze het wel gedaan. Dat was het enige wat telde.

Het lentezonnetje deed haar best. Franziska deed het portier open en ademde de frisse landlucht in. Nou ja, het rook inderdaad wel een beetje naar die walgelijke bruinkool. Een scherpe mengeling van hout en smeulend turf. De velden waren felgroen, het gras was met de regen van de afgelopen dagen flink omhooggeschoten en glansde nu in het ochtendlicht. Was dat een dorp daarachter? Of een fabriek? Misschien wel zo'n collectieve boerderij, een *Landwirtschaftliche Produktionsgenossenschaft* oftewel een LPG. '*Lauter Pleite-Geier*,' had Ernst-Wilhelm ooit voor de grap gezegd. Luide, failliete gieren. Ze nam nog een slok water, schroefde de dop op het flesje en zette het terug in de mand. Ze had die mand jaren geleden met kerst van haar man gekregen, een picknickmand met plastic borden, bestek, afsluitbare bakjes, een tafelkleed en bijpassende stoffen servetten. Ze waren een paar keer met Cornelia en haar vriendinnen naar het Taunusgebergte gegaan en toen had ze de dag van tevoren schnitzels gebakken en aardappelsalade gemaakt. Later wilde Cornelia niet meer mee en ging Franziska met Ernst-Wilhelm naar de Rijn. Zonder picknickmand. In die tijd liep hun drankenhandel goed en wilden ze zichzelf op zondag trakteren. Meerforel, prinsessenboontjes en nieuwe aardappelen, en als dessert ijs met warme frambozen. Met een fles droge riesling erbij.

Waarschijnlijk zou Ernst-Wilhelm geprobeerd hebben om haar deze reis uit het hoofd te praten. Hij vond het niet leuk als ze over landgoed Dranitz sprak en had een hekel aan de oude foto die in een lijstje boven de piano hing. 'Voorbij is voorbij,' zei hij altijd. 'We wonen hier en leven nu. En we hebben het niet slecht.'

Hij overleed in 1980 aan sluimerende prostaatkanker die te laat werd ontdekt. Franziska zorgde een jaar lang voor hem. Cornelia liet zich tot het eind niet zien. Ze zat in een moeilijke relatiecrisis, studeerde voor haar doctoraal examen en moest voor haar elfjarige dochter zorgen. In elk geval kwam ze wel naar de begrafenis van haar vader – met Jenny. Het was de eerste keer dat Franziska haar kleindochter zag. Het meisje had een ernstig, bleek gezichtje, de neus van de Von Dranitz en koperrode lokken. Elfriedes haar. Franziska had echter wel uitgekeken om tegen Cornelia te zeggen dat Jenny op Franziska's overleden zusje leek. Daar leende de aanleiding van die ontmoeting zich niet voor. Bovendien moest Cornelia zo snel mogelijk weer weg. Ze was een ex-huisgenoot van een wooncommune tegengekomen en ze wilden 'hun boeltje bij elkaar gooien'.

Het had Franziska verdriet gedaan om haar kleindochter meteen weer te moeten verliezen. Het meisje was nieuwsgierig geweest en had haar nabijheid gezocht. Waarschijnlijk had ze behoefde gehad aan geborgenheid. Niet zo gek met een moeder die haar van de ene commune naar de andere sleepte. Maar wat dat betrof, was Franziska natuurlijk vreselijk ouderwets. Cornelia had haar uitgelegd dat kinderen contactpersonen nodig hadden. En zo'n contactpersoon kon iedereen zijn en hoefde niet per se een ouder te zijn. Bovendien viel de belangrijkste fase tussen kind en contactpersoon samen met de eerste zes levensweken. Wat kinderen beslist niet nodig hadden, was een muffe woonkamer, stoffige gordijntjes, gehaakte kleedjes en een overbezorgde, want seksueel onbevredigde moeder. Gezien de aanleiding van de ontmoeting had Franziska maar geen antwoord gegeven.

Ze moest richting het noorden rijden en nam de hobbelige landweg via Camin naar Wittenburg. Ze passeerde dorpen en dorpjes langs het Dümmermeer en had het gevoel dat de tijd hier stil was blijven staan. Mooi was het wel. Glinsterend water, oeverriet, vissersbootjes die op het meer deinden. Aan alle takken het frisse lentegroen. Gele, paarse en witte veldbloemen. Waar had je dat nog in het westen? Langs de randen van de bossen stonden reeën in de late ochtend in alle rust naar de ontkiemende akkers te spieden. Niemand stoorde ze, geen wandelaar, geen hond, geen jager. Het landschap van haar kindertijd. Ongelofelijk weids, met kleine bosjes aan de horizon, de donkere vormen van de meren, de kerktorens van de omliggende dorpjes die je bij goed weer boven de heuvels uit zag steken. Dat was het uitzicht vanuit haar kinderkamer geweest.

De dorpen waren vrijwel niet veranderd. Er waren wel een paar grote, lelijke gebouwen bijgekomen, met de tekst CULTUURHUIS op de gevel. Ze pasten niet bij de lage bakstenen huizen, die meestal nog net als vroeger met riet gedekt waren. In de boerentuinen zag ze perken met wortels, selderie, prei en allerlei kruiden, en op de vensterbanken stonden potten met vlijtige liesjes. De dorpen leken wel wat verwaarloosd. Veel daken waren verzakt, van de muren van de enkele nieuwe gebouwen bladderde de kalk af en de verf op de hekjes was overal verbleekt. Slechts heel af en toe liepen er net als vroeger kippen of geiten op de brede dorpsstraat. Die miste Franziska overigens niet. Ze had als kind meegemaakt dat hun koetsier vanwege een doodgereden kip ruzie kreeg met een boer en de twee elkaar zelfs te lijf gingen. Ze was toen een jaar of vier, vijf geweest en was zo ontzettend bang geweest voor de woedende, tierende en met hun vuisten zwaaiende mannen dat ze zich in de koets onder een wollen deken had verstopt.

Ze passeerde Schwerin en reed verder in oostelijke richting. Op de wegwijzers verschenen de namen van haar geboortestreek. Crivitz, Mestlin, Goldberg... Grinnikend gaf ze zich over aan haar herinneringen. Haar zusje Elfriede had echt geloofd dat daar een gouden berg was en had gevraagd of je er wat van af mocht breken. Iedereen in de koets had hard moeten lachen, waarna Friedchen geschrokken en verlegen had gekeken. Later had haar moeder de kinderjuffrouw – god, hoe heette ze ook alweer? Stiller, Steltner, Sellner? – nou ja, in elk geval had haar moeder het meisje berispt omdat ze zo veel sprookjes vertelde.

Er was niet veel leven hier op het platteland. Franziska zag alleen her en der een tractor met een aanhanger waarmee een of andere vloeistof over het jonge zaaigoed werd gesproeid. Soms kwam haar een westerse auto tegemoet, meestal een zwarte Mercedes of Audi. In tegenstelling tot de DDR-auto's ruisten ze aangenaam stil door de lentegroene straten. De inzittenden, meestal slechts de bestuurder, leken niet veel belangstelling te hebben voor de opbloeiende natuur en de schilderachtige, maar vervallen dorpjes.

Bij de koffieochtend voor senioren in de parochie in Königstein im Taunus hadden ze het erover gehad dat in het oosten nu alles werd verkocht. De Oost-Duitsers gaven hun antieke meubels 'voor een appel en een ei' weg en bestelden banken met spijkerstof bij Quelle. Vroeger hadden de West-Duitsers pakketjes met koffie, meel, suiker en breiwol naar de *Ostzone* gestuurd. Later schreven sommige Oost-Duitsers dat ze die dingen nu zelf hadden en graag goede naaipatronen, spijkerjasjes, Nutella en Prinzen Rollekoekjes wilden. Ze waren zo brutaal geworden om eisen te stellen. De afgedankte kleren en schoenen hoefden ze ook niet meer.

Maar nu was de tijd van pakketjes sturen helemaal voorbij, nu konden de lieve bloedverwanten naar het westen rijden en zelf hun wensen vervullen. Het kwam regelmatig voor dat een West-Duitser verrast werd door bezoek uit het oosten. Dan werd er ineens aangebeld en stond oom Rudi uit Chemnitz met vrouw en drie kinderen op de stoep, stralend van blijdschap omdat hij zijn familie weer zag. Dat soort bezoekjes konden wekenlang duren en de gastheer en -vrouw behoorlijk op de zenuwen werken en ook financieel een hele aanslag vormen.

Franziska had geen bezoek gekregen. Ze had ook geen pakketjes verstuurd. De Von Dranitz, Von Wolferts, Von Hirschhausens, er was niemand meer in het oosten. Hooguit nog de vroegere personeelsleden, maar met hen had ze nooit contact opgenomen. Toen haar moeder Margarethe nog leefde, hadden ze twee keer een familiebijeenkomst georganiseerd in Hamburg. Een paar neven en verre nichten van de familie Von Wolfert waren gekomen, en de oude Alexander von Hirschhausen en de koetsier Josef Guhl, die hen in 1946 naar Hamburg had gebracht. Franziska's moeder had haar op het hart gedrukt dat ze ondanks alle tegenslagen de familie bij elkaar moest houden.

'Zonder familie ben je niemand,' had ze gezegd. 'We hebben elkaar eeuwenlang gesteund en zware tijden overwonnen. Degenen die welvarend werden, hielpen degenen die in nood verkeerden. Degenen die contacten hadden, gebruikten die om de jonge mensen te helpen vooruit te komen. Je hoeft niet van ieder familielid te houden, maar allemaal samen vormen ze toch een grote gemeenschap, een veilig toevluchtsoord.'

Franziska had er destijds om gelachen. Die filosofie leek haar helemaal niet meer van de tijd, al helemaal niet in het bruisende, krioelende leven van de grote stad Frankfurt. Bovendien had Ernst-Wilhelm altijd al moeite gehad met haar 'adellijke afkomst' en zo had ze tot verdriet van haar moeder geen familiebijeenkomsten in Hamburg meer bezocht. Er waren trouwens toch niet veel bijeenkomsten meer geweest. Waarschijnlijk dachten haar neven en nichten er net zo over als zij.

Malchow. Waren aan de Müritz. De Binnenmüritz leek wel een zee. Kleine golfjes klotsten tegen het oeverriet. Er was hier nauwelijks iets veranderd. Haar hart begon weer sneller te kloppen. Onrustig klemde Franziska haar vingers om het stuur om het beven tegen te gaan. Het was niet meer ver.

Ze bereidde zich psychisch voor. Ze zou teleurgesteld zijn, dat wist ze wel zeker. De vraag was alleen hoe erg het was. Misschien was er niets meer van over. Stond er geen steen meer op de andere. Was alles vervallen, dichtgegroeid, door struikgewas overwoekerd...

Linksaf richting Vielist, de oude weg omhoog. Een paar bomen aan de rand van de straat waren gekapt, maar net als vroeger zaten er nog steeds een hoop gaten in de weg. Het was zelfs erger, vroeger waren de gaten nog regelmatig met grind gevuld. Ze werd overvallen door herinneringen, die als een woeste golf over haar heen rolden. Franziska zag een voertuig van de Wehrmacht op haar af komen, met op de achterbank een majoor. Hij hief zijn hand op om haar te groeten en weg was hij. Een fantoom uit het verleden.

In 1945 hadden ze hier in een huifkar gezeten om te vluchten voor de Russen. Het was hun niet gelukt.

Bij de grote kastanjeboom rechtsaf, de veldweg tussen de bloeiende witte meidoorn volgen en geen hoop koesteren. Het lukte haar niet. Ze zag een bord en trapte op de rem. Scheef en half verweerd hing het nog aan de paal die rentmeester Schneyder destijds had laten vernieuwen. Ruim vijftig jaar geleden. 'L...goed Dra...tz' ontcijferde ze. Landgoed Dranitz. Het bord was er in elk geval nog.

Langzaam reed ze verder. Links zou nu het park moeten verschijnen, maar ze zag alleen een soort bosgebied. Alles was dichtgegroeid. Her en der waren bomen gekapt, de stronken waren met mos bedekt en half verrot. Struikgewas groeide weelderig op de uitgedunde plekken, kleine boompjes rivaliseerden om de vrije plaatsen. Rechts stonden lage bakstenen huizen, die hoorden bij het dorp Dranitz. De kerk met de spitse toren waarop een gouden haan had geblonken in de zon, was weg. Ze hadden het christendom afgeschaft in de DDR en hadden dus ook geen kerken nodig.

Links hield het bos nu op, hier moest de poort zijn geweest. De statige poort naar de kastanjelaan, met twee stevig gemetselde en in een lichte kleur bepleisterde palen, met op elke paal een stenen kogel die ooit goudkleurig was geweest. Poortvleugels van uitvoerig bewerkt smeedijzer, waarvan elk voorjaar de roest verwijderd moest worden, waarna ze opnieuw geschilderd werden. Er was niets van overgebleven. Geen paal, geen steen, ook de kogels waren opgevreten door de tand des tijds. De mooie kastanjelaan was ook weg, maar achter dennen en beuken zag ze wel gebouwen.

Franziska draaide het raampje naar beneden, maar het duurde toch nog even voordat ze ze goed kon zien. Het waren inderdaad gebouwen. Ze hadden niet alles met de grond gelijkgemaakt. De grijze, vervallen muur links tussen de dennenbomen zou van het ooit zo fraaie rentmeesterhuisje kunnen zijn. Rechts daarvan werd het zicht belemmerd door een vrachtwagen, waar twee mannen goederen uit laadden. Franziska reed een stuk door om beter zicht te hebben en stopte.

Daar was het. O god! Het stond er nog. Het was niet afgebrand en ook niet ingestort. Het landhuis. Voor haar gevoel kleiner dan vroeger, grijzer en eenvoudiger. De mooie zuilengalerij was weg en de voordeur was vervangen, maar de ramen en dakconstructie waren dezelfde. De twee hovelingenhuisjes rechts en links, die vroeger als garage voor de koetsen en de automobiel hadden gediend, waren helemaal vervallen. Maar het landhuis stond er nog.

Franziska stopte, zette de motor uit, haalde de sleutel uit het contact en stapte uit de auto. Haar hart klopte nu rustig, ze beefde niet meer en haar passen waren vast. Langzaam en genietend van het ogenblik van haar thuiskomst, volgde ze een smal pad dat tussen de bomen door naar het huis leidde en dat er vroeger niet was geweest. Hier, in dit landhuis, was ze geboren, hier had ze met haar broers en zusje gespeeld, hier hadden haar ouders gewoond en daarginds op de familiebegraafplaats waren haar voorouders begraven.

Ze had veertig jaar lang in stilte naar deze plek verlangd. Nu was ze op haar bestemming aangekomen.

Ze hoorde hier. En ze zou hier blijven. Koste wat het kost.

'U wilt zeker naar de Konsum?' vroeg een vrouwenstem. 'Dan moet u achterom.'

Jenny

Juli 1990

ZE HAATTE DE PLAKKERIGE zomerhitte. Ze haatte de hete, benauwde stad Berlijn. Ze haatte het architectenbureau Strassner in de Kantstrasse met de grote ramen. Ze haatte haar opgedirkte collega Angelika. En ze haatte de twee jonge architecten Bruno en Kacpar. En wie nog meer? Simon natuurlijk. Die het meest. Had ze die laffe leugenaar maar nooit leren kennen.

Ach, eigenlijk had ze vooral een hekel aan zichzelf.

Jenny legde een nieuw blad op het kopieerapparaat, deed de klep dicht en drukte op het knopje. Een groenachtig fluorescerende streep gleed van de ene kant van de klep naar de andere, en meteen daarna schoot met een zacht sissend geluid de kopie uit het apparaat. Jenny legde het blad op de stapel. Het rook raar. Het was vast niet gezond om in het kleine kopieerhok te staan en dertig kopieën uit de buik van het grote grijze monster te toveren.

In elk geval had ze hem eens flink de waarheid gezegd. Het gesprek vanochtend was kort, maar duidelijk geweest. Hij had gezegd dat hij, voordat hij van zijn vrouw Gisela ging scheiden, nog één keer met het gezin op vakantie wilde, naar Portugal. Vanwege de kinderen. Het was tenslotte de laatste keer als gezin, dat moest ze toch begrijpen. Jochen was dertien en Claudia pas negen. Ze hadden er recht op. Voor hem was het ook allemaal niet makkelijk, want hij zou in het hotel constant geconfronteerd worden met Gisela's echtelijke verwachtingen.

'Bespaar je de moeite om het uit te leggen,' had ze in de hoorn gezegd. 'Als je gaat, is het definitief over. Meer heb ik er niet over te zeggen.'

Daarna had ze opgehangen. De lafaard zei al een jaar lang dat zijn huwelijk voorbij was, maar hij had zich er nog steeds niet toe kunnen zetten om van Gisela te scheiden. En dan de hele tijd dat aanstellerige gedoe over de 'arme' kinderen, die recht hadden op een compleet gezinsleven. Dat moest hij uitgerekend tegen haar zeggen.

Toen zij negen was, had ze al drie wooncommunes achter de rug. En over het liefdesleven van haar moeder kon ze maar beter zwijgen. Er waren een paar aardige mannen bij geweest, maar ze waren ervandoor gegaan, net als de anderen. Recht op een compleet gezinsleven, poeh!

Nog vijf kopieën. In het kantoor ernaast ratelde Angelika's typmachine. Ongelofelijk hoe snel zij de brieven eruit ramde. Jenny had zelf nooit goed leren typen. Alles wat ze hier op kantoor deed, had ieder ander net zo goed kunnen doen. Kopiëren. Brieven in enveloppen stoppen en naar het postkantoor brengen. Telefoontjes doorschakelen. Klanten ontvangen, koffie en koekjes serveren, er leuk uitzien, met haar wimpers knipperen. Misschien had ze toch niet moeten stoppen met haar opleiding, dan was ze nu klaar geweest en had ze een vaste baan bij een bank. Alleen zou ze dan ook niet veel verdienen. Hier kreeg ze als manusje-van-alles een riant salaris. Omdat het architectenbureau van Simon was en hij het voor het zeggen had.

En als hij nu toch naar Portugal ging? En niet voor haar koos? Ze staarde naar de groene streep van licht die langzaam over het grijze monster kroop. Zou ze het aankunnen om hem te verliezen? Dat zou heel moeilijk zijn. Ze had hem nodig. Hij was haar geliefde en vader tegelijk. Twintig jaar ouder dan zij, ervaren, begripvol, superieur. In zijn nabijheid voelde ze zich vrij en toch geborgen. Ze kon over alles praten en zichzelf zijn.

Nee, het geld en haar baan waren niet belangrijk. Ze wilde Simon hebben, helemaal, voor altijd. Met hem samenwonen, 's ochtends naast hem wakker worden, 's avonds voor hem koken. Zijn huis op orde houden, zijn overhemden strijken, nieuwe stropdassen voor hem kopen. Het burgerlijke huisvrouwtje spelen, de tegenpool zijn van haar eindjarenzestigmoeder. Ja, dat wilde ze. En natuurlijk wilde ze de nachten met hem. Zonder steeds op de klok te hoeven kijken. 'O, help, ik moet ervandoor! Gisela denkt dat ik een vergadering heb... een bezichtiging... een zakelijk etentje...' Simon had een hoop leugens paraat. Helaas niet alleen voor Gisela.

Jenny pakte het laatste blaadje van de plaat, sloot de klep en legde de kopietjes netjes op elkaar. Het was al bijna middag. Simon had vanaf vandaag vakantie. Hopelijk zat hij nu midden in een crisisberaad met Gisela en belde hij vanavond. Hij zou helemaal kapot zijn en door haar getroost willen worden. Hij zou vragen of hij een poosje bij haar mocht komen wonen. Omdat Gisela hem eruit had gegooid. Want dat zou Gisela natuurlijk doen. Ze wilde het huis, dus bleef ze. Hij was degene die moest vertrekken. Jenny vond dat prima, ze hoefde geen kast van een huis. Een heel normaal huisje ergens aan het meer, dat was meer dan genoeg.

Angelika was gestopt met typen en Jenny hoorde haar opgewonden met Bruno praten, een van de twee jonge architecten. De kraan werd opengedraaid, waarschijnlijk om het koffiezetapparaat te vullen. Er kwamen geluiden uit Simons kantoor, Angelika had Bruno dus daarnaartoe geloodst. Ze zaten vast op de zwarte leren bank, die zo comfortabel was. Jenny had daar heel goede ervaringen mee, vooral na werktijd, als zij met Simon alleen was.

Kacpar Woronski kwam het kopieerhok binnen met een map onder zijn arm. Hij was een onhandige jongen, rook altijd naar zweet en zijn haar zag eruit alsof er een grasmaaier overheen was gereden. Hij kwam uit Polen, maar sprak perfect Duits.

'O,' zei hij en hij werd verlegen. 'Je bent zeker nog bezig, of niet?'

'Ik ben net klaar. Moet ik iets voor je kopiëren?'

'Dank je, maar ik doe het zelf wel even.'

Hij legde de map op de tafel en sloeg hem open. Jenny ving een glimp op van plattegronden, zijaanzichten en het perspectief van de voorkant van een ultramodern gebouw. Utopisch als een zwevend ruimteschip.

'Is dat voor de wedstrijd?' vroeg ze.

Kacpars hoofd schoot omhoog, alsof hij zich betrapt voelde. 'Eh, ja...'

Aha, dit waren niet Simons, maar zijn eigen ontwerpen. Die wilde hij snel kopiëren nu de baas er niet was.

'Het ziet er geweldig uit!'

De jonge architect werd rood van plezier, waarschijnlijk kreeg hij normaal nooit een compliment. Jenny had allang gemerkt dat Kacpar heel wat in zijn mars had. Zijn ideeën waren bijzonder, soms idioot, maar nooit gewoontjes. Simon had een keer gezegd dat hij het nog ver kon schoppen. Mits hij zich eindelijk de kunst van savoir-vivre eigen zou maken.

'Dank je,' zei Kacpar bescheiden. 'Dit is voor de congreshal. Ik dacht dat het in een stad als Berlijn goed zou zijn als je zou kunnen vliegen. Voor het geval de Russen de kraan dichtdraaien...'

Die constante angst voor de Russen had hij zeker uit Polen meegebracht. Een van zijn afwijkingen.

'Nu toch niet meer. Nu is Gorbi aan de macht!' Jenny lachte.

Kacpar bewoog zijn vlakke hand heen en weer, alsof die op onrustig water schommelde. 'Bij de Russen weet je het nooit...'

'Onzin!' Jenny ging naast zijn papieren op de tafel zitten en keek toe terwijl hij de grote ontwerptekeningen uiterst nauwkeurig op de glasplaat legde. Zijn gezicht was tot een grimas vertrokken. Jenny zag dat zijn overhemd op zijn rug en onder zijn oksels nat was van het zweet. 'Savoir-vivre,' had Simon gezegd. Wat hij bedoelde, was de vaardigheid om sympathiek over te komen. Moeiteloos mensen te charmeren voor wat je ook deed of niet deed. Een bepaalde nonchalance die je niet kon aanleren. Simon bezat die vaardigheid in overvloed. Hij schitterde op feesten, bij grote ontvangsten, in zijn kantoor als hij belangrijke klanten op bezoek had. Hij kende ongelofelijk veel mensen en maakte gebruik van zijn connecties. De grootste opdrachten gingen niet naar de beste architect, maar naar degene die iemand kende, die op zijn beurt weer iemand kende. Kacpar kende niemand en als hij zo doorging, zou dat ook niet veranderen.

'Ben je geïnteresseerd in architectuur?' vroeg hij plotseling, waarmee hij haar abrupt uit haar gedachten haalde.

'Tuurlijk. Anders zou ik hier niet zijn, toch?' Ze giechelde en voelde zich ineens dom. Ze was hier niet omdat ze in architectuur geïnteresseerd was, zelfs Kacpar wist dat.

'Wil je ooit architectuur gaan studeren?' Hij keek haar aandachtig aan. Hij had diepblauwe ogen, die omlijst waren door donkere wimpers.

'Nee...'

'Waarom niet?'

Was dit een verhoor? Wat irritant. En dan dat ernstige gezicht erbij, alsof het om leven en dood ging. 'Omdat ik geen eindexamen heb gedaan.'

'Dat kun je alsnog doen.'

Ze zweeg. Wat wist hij nou van de intellectuele, met hasj en lsd volgepropte figuren uit de verschillende communes? Die dachten dat ze het middelpunt van de wereld waren omdat ze de ene studie na de andere afbraken, van een werkloosheidsuitkering leefden en constant op de vuile kapitalisten en het uitgebuite proletariaat afgaven. Nee, ze was op haar zestiende van school gegaan en aan een opleiding begonnen om in het bankwezen terecht te komen.

'Maar dat wil ik niet,' zei ze ten slotte.

Hij knikte. Hij accepteerde haar antwoord, ook al begreep hij het waarschijnlijk niet. Een poosje werkte hij zwijgend aan het kopieerapparaat. Jenny besloot naar Simons kantoor te gaan om haar kopieën in enveloppen te stoppen.

'Jammer,' zei hij toen ze van de tafel sprong. 'Ik dacht altijd dat je meer van je leven zou kunnen maken dan...' Hij stopte omdat hij zich nu op glad ijs begaf. Jenny stond al bij de deur, met haar hand op de klink, toen hij het toch uitsprak. '... dan alleen als het liefje van de baas bekend te staan.'

Ze keek hem kwaad aan. Het liefst had ze hem een oorvijg gegeven. 'Bemoei je met je eigen shit, Kacpar Woronski!' snauwde ze en ze liep snel het kopieerhok uit. Wat een idioot! Als ze dit aan Simon vertelde, kon Kacpar zijn biezen pakken. Dan vloog hij eruit. Zeker weten.

Jenny bleef staan, haalde diep adem en dacht na. Nee, ze zou er niets over zeggen tegen Simon. In feite was het heel moedig van Kacpar om haar zoiets recht in haar gezicht te zeggen. De jonge architect was niet gek. Hij wist wat hij op het spel zette. Was hij soms verliefd op haar? Hemel, dat ontbrak er nog maar aan.

In Simons kantoor stopten Angelika en Bruno meteen met praten toen ze binnenkwam. Ze zaten dicht naast elkaar op de zwarte leren bank en grepen snel hun koffiebekers, die onaangeroerd op het glazen tafeltje stonden.

'Het koffiezetapparaat in het keukentje werkt niet goed,' legde Angelika met een collegiale glimlach uit. 'Daarom zijn we hier gaan zitten. Daar heeft immers niemand last van, toch?'

Jenny genoot van haar macht, ook al bezorgde die haar tegelijkertijd een slecht gevoel. Ze wisten dat ze haar te vriend moesten houden. 'Ik heb er geen last van... Maak je ook een kopje koffie voor mij, Geli?'

'Ja hoor.' Angelika stond op en liep naar het koffiezetapparaat, terwijl Jenny de kopieën nog een keer sorteerde, in enveloppen stopte en de juiste adresstickers erop plakte. Bruno stond ook op, knikte naar Jenny en liep terug naar zijn kantoor. Hij was een lange, magere jongen, een zwijgzaam type uit het noorden. Hij was een betrouwbare kracht en had al een hele tijd gevoelens voor Angelika.

'Het is niet druk als de baas op vakantie is,' merkte Angelika op. Ze strekte haar in elkaar gevouwen vingers en liet ze knakken. Een walgelijk geluid.

Jenny haalde haar schouders op en pakte de koffie aan. Angelika had er melk in gedaan. Het loeder. Ze wist donders goed dat Jenny haar koffie zwart dronk.

'Jij hebt ook al bijna vakantie, hè?' bleef Angelika vissen.

Jenny knikte. 'Vanaf maandag...'

'O ja, klopt. Kacpar, Bruno en ik bewaken het fort. Ga je ergens naartoe?'

'Zeker. Naar Balkonië. Naar het land waar de geraniums bloeien...'

'O. Ik dacht dat je naar Portugal ging...'

Simon had zijn gezinsreis door Angelika laten boeken. Stiekem, achter Jenny's rug om. 'Portugal? Hoe kom je daar nou bij? Het is me daar veel te heet. En elke dag vis eten is ook niet mijn ding.'

Iemand maakte de buitendeur open en er klonken voetstappen in de hal. Angelika pakte snel de koffiekopjes van het tafeltje, maar op dat moment zwaaide de deur van het kantoor al open en Simon kwam binnen. Verbaasd trok hij zijn wenkbrauwen op.

'Goedemorgen!' stamelde Angelika verlegen. 'Je kunt je werk zeker niet loslaten! Het koffiezetapparaat in het keukentje is kapot, daarom hebben we hier een kopje gezet...'

Simon droeg een licht, zomers pak, dat Jenny hem nog nooit had zien dragen. Dure snit, perfecte pasvorm, waarschijnlijk op maat gemaakt. Hij kocht allang geen confectiepakken meer.

'Geen probleem. Ik ben zo weer weg.' Hij glimlachte naar Jenny en richtte zich daarna weer tot zijn secretaresse. 'Je hebt zeker nog van alles te doen?'

'Ja. Ik wens je een fijne, relaxte vakantie!' Angelika haastte zich naar de beklede deur en sloot hem stevig achter zich. Als je hier wilde afluisteren, moest je het gehoor van een vleermuis hebben. Simon had die deur vast niet voor niets laten plaatsen, dacht Jenny. Hij kende zijn secretaresse.

Met drukke bewegingen zette hij zijn aktetas op het bureau. Hij bekeek vluchtig de post en wierp een blik op de enveloppen die Jenny had geadresseerd en dichtgeplakt. ‘Ik kom alleen even snel langs,’ deelde hij haar mede. ‘Ik moest nog naar de kapper…’

Ze kende hem veel te goed. De onrustige bewegingen, het nerveuze lachje, de onhandige poging iets te verbergen. Wat raar. Tegenover een klant wist hij in elke situatie een gelaten glimlach te tonen, maar als het om gevoelens ging, lukte hem dat niet.

‘Ik dacht dat je me wilde vertellen wat je hebt besloten,’ zei ze met vaste stem.

Hij legde de enveloppen terug op het bureau, zuchtte hoorbaar en schraapte zijn keel. ‘Je hebt me een ultimatum gesteld,’ zei hij en hij keek haar met een ironische, licht neerbuigende blik aan.

‘Inderdaad.’

Hij lachte even, maar het klonk meer als een verlegen kuchje.

‘Daar kan ik natuurlijk niet op ingaan, schat. We zijn allebei volwassen mensen en als wij samen verdergaan, kan dat alleen op vrijwillige basis.’

‘En wanneer?’

Hij ontspande iets, blijkbaar dacht hij dat hij haar al had overtuigd. Hij liep glimlachend naar haar toe om haar troostend in zijn armen te sluiten, maar ze deinsde achteruit. ‘Wanneer? Dat heb ik je toch gezegd. Na de vakantie. Met kerst zitten wij op Tenerife, schat. Alleen wij tweetjes. En dan zal ik een hele leuke verrassing voor je in mijn koffer hebben…’

Zijn nabijheid was verleidelijk. Het zou zo makkelijk zijn om zich nu door hem te laten omhelzen. Om zich tegen hem aan te vlijen en zijn warme hand te voelen, die over haar hoofd en haar rug streek. Zijn stem, waarin begeerte en volwassenheid doorklonken. Maar ze bleef sterk. Misschien kwam het door Kacpars opmerking. *Ik dacht dat je meer van je leven zou kunnen maken dan alleen als het liefje van de baas bekend te staan.* O nee, ze was niet alleen het liefje van de baas. Ze was niet iemand met wie je een spelletje speelde.

'Als je uit Portugal terugkomt, zal ik hier niet meer zijn, Simon.'

'Alsjeblieft, Jenny, ik wil hier op kantoor geen scène,' waarschuwde hij haar.

Ineens haatte ze hem. 'Ik wil geen scène…'. 'Pas op dat niemand je ziet als je uit mijn auto stapt…'. 'Bel me nooit thuis op, oké?' In het begin had ze het opwindend gevonden en er lol in gehad. Nu niet meer. 'Wie maakt hier een scène?' snauwde ze. 'Ik zeg het je doodkalm, de keuze is aan jou.'

Hij staarde haar aan alsof hij haar voor het eerst zag. 'We zien elkaar over twee weken, Jenny.' Bozig klikte hij zijn aktetas dicht en daarna stormde hij zonder iets te zeggen het kantoor uit.

Goed, dacht ze. Dit is een antwoord. Ik weet nu waar ik aan toe ben. Ze hoorde de buitendeur in het slot vallen. Ze voelde een heftige pijn opkomen, alsof er binnen in haar borst een grote, bijtende wond ontstond. Niet huilen! Dat mag echt niet! Stel dat Angelika binnenkomt, dat nieuwsgierige aagje.

Jenny was er heel goed in om haar verdriet te verbergen, dat had ze als kind al geleerd. In de communes was bijna iedereen aardig voor haar. Ze speelden met haar, gaven haar te eten, zorgden soms zelfs voor haar kleren. Ook haar moeder deed dat. Maar iedereen had een pesthekel aan huilebalken, want ze hadden allemaal zelf al genoeg aan hun hoofd. Daarom kon ze zich nu ook beheersen. Ze deed alsof er niets aan de hand was tot ze exact om vijf uur het kantoor verliet.

Het is over, het is over, het is over… Die zin hamerde ritmisch in haar hoofd terwijl ze door het drukke spitsuur reed, bij stoplichten wachtte en naar mensen keek die haastig overstaken. Ik wilde het zelf zo. Ik heb alles op één kaart gezet en verloren. Verloren… Ze had Simon verloren…

Ze had geen idee hoe ze thuis was gekomen, blijkbaar had haar rode Kadett ook zonder haar hulp de weg gevonden. Kleine rijtjeshuizen met één verdieping stonden zij aan zij, enigszins verwaarloosd, met dichtgegroeide voortuintjes. De meeste eigenaren waren al ver boven de zestig en hadden geen zin om nog geld in hun huis te steken. De huurders moesten zelf maar een oplossing bedenken. Jenny vond het best, ze had geen behoefte aan luxe en was tevreden met haar buren. Studenten, een Turks gezin en twee homo's die dagelijks hun dekbedden over de keukenvensterbank luchtten.

Het was benauwd binnen. Jenny gooide de ramen open en liet zich op haar bed vallen. Ze begroef haar hoofd in haar kussen en wilde eindelijk huilen, maar daar was het te laat voor. Het ging niet meer. Er was een verlammende rust over haar heen gekomen, alsof ze verdoofd was. Alsof iemand met een rubberen hamer op haar hoofd had geslagen.

Waar maakte ze zich druk om? Hij moest maar met zijn gezin naar Portugal gaan. Als hij terugkwam, ging hij de scheiding aanvragen, had hij gezegd. Kerst op Tenerife. Alleen zij tweetjes en een hele leuke verrassing. Daarmee kon hij alleen een verlovingsring bedoelen. Ze stelde zich zijn besmuikte gezicht voor, zijn vreugde als ze het doosje openmaakte en een verrast kreetje slaakte. Ze zag voor zich hoe hij haar in zijn armen nam, haar kuste en liefdevol heen en weer wiegde. En hoe de tederheid overging in zinnelijke begeerte wanneer hij haar langzaam uitkleedde en haar huid met zijn tong aanraakte...

Onder de koude douche begon haar hoofd weer normaal te werken. Hoe dom was ze eigenlijk? Natuurlijk zou hij na de vakantie een nieuwe smoes bedenken. Een van zijn kinderen was ziek. Zijn vrouw ging een kuur doen. Hij had het druk met zijn werk. Zijn oma lag op sterven...

Afgelopen. Uit. Fini. Hij had zijn kans gehad. Ze had zichzelf voor de gek gehouden. Ze had niet van Simon gehouden, maar van een fantasiefiguur, waar ze helaas nog steeds van hield.

Jenny stapte uit de douche, droogde zich af en trok een T-shirt en een slipje aan. Daarna ging ze op haar bed zitten en staarde uit het raam. Aan de overkant van de straat was een klein plantsoen. Kinderen speelden, moeders zaten op bankjes, oude mensen lieten hun hond uit. Waren dat eigenlijk beuken? Of eiken? Lindebomen? Populieren? Ze had geen idee. Stadsplanten. Ze kende niet eens de belangrijkste boomsoorten. En ze kende ook niet veel andere planten. Rogge, tarwe, gerst... Wat had je nog meer? Zemelen, gierst, maar die groeide in Afrika. Koolraap...

Koolraap... Wat was dat ook alweer? Het was in elk geval lang geleden dat ze dat woord had gehoord. Ze was toen nog een kind. Koolraap. Ze was met haar moeder naar een begrafenis gegaan, in de buurt van Frankfurt. Kaisersloh... Grafenstein... Königstein. Ja, Königstein im Taunus, zo heette de plaats. Het regende op de begraafplaats en de in het zwart geklede mensen hadden hun paraplu's opengeklapt. Rode en blauwe en gele paraplu's, gekleurde verfspetters tussen de hoge bomen en de vele grafstenen. Later waren ze in het huis van haar oma geweest. Ze hadden met allemaal vreemde mensen aan tafel gezeten en taart gegeten. Het was de eerste keer dat ze in een huis was met tapijten, gordijnen en echte meubels en ze durfde amper op te kijken. 'Wat burgerlijk,' had haar moeder gezegd. 'Heb je de gehaakte kleedjes gezien? En dat fluwelen hoesje met goudgalon om de telefoon?' Toen Jenny zei dat ze de foto boven de piano mooi vond, had haar moeder vol verachting gesnoven.

Jenny kon zich het gezicht van haar oma niet herinneren. Ze was heel aardig geweest tegen haar. En ze had haar uitgelegd dat het huis op de foto een landhuis was. Daarna had ze allerlei dingen verteld die Jenny allang vergeten was. Ze kon zich alleen de koolraap nog herinneren.

'Koolraap? Wat is dat?' had ze gevraagd.

'Dat is een groente, mijn kind,' legde haar oma uit. 'Ze noemen het ook wel knolraap.'

Haar moeder had haast en wilde snel weer naar huis. Later had Jenny twee keer gevraagd of ze niet bij oma Franziska op bezoek konden gaan, maar haar moeder wilde het niet.

Nadat Jenny van school was gegaan, bleef ze niet in de commune van haar moeder wonen en verwaterde het contact met Cornelia. Ook oma Franziska raakte in de vergetelheid. Jenny wist niet eens of ze nog leefde.

Misschien was het niet eens zo'n gek idee om te proberen haar telefoonnummer te achterhalen. Als ze een telefoonnummer had. Ze was een nauwe bloedverwant en ze kon bij haar op bezoek gaan. Even een tijdje ergens anders zijn, weg van hier. Haar ontslagbrief op Simons bureau smijten en hup naar Königsberg... eh, Königstein. Haar gedachten op een rijtje zetten. Dingen vergeten. Plannen smeden. Opnieuw beginnen.

Wat een idioot idee, dacht ze. Als mijn oma nog leeft, is ze vast boos op me omdat ik nooit contact met haar heb opgenomen. En daarin heeft ze helaas gelijk.

Toch pakte ze de hoorn van de telefoon en belde het inlichtingennummer. 'Een nummer in Königstein im Taunus bij Frankfurt, alstublieft. Franziska...' God, wat zou de achternaam van haar oma zijn? Kettler. Natuurlijk. Net als haar eigen achternaam en die van haar moeder. 'Franziska Kettler.'

'Er is een F. Kettler. Talstrasse 44,' zei de dame van inlichtingen.

'Dat zou kunnen.'

Jenny noteerde het nummer met het kengetal en hing op. Ze bleef een tijdje zitten met het briefje voor haar neus, staarde uit het raam en luisterde naar de ruziënde kinderen in de voortuin van de buren. Ze maakten ruzie in het Turks, Jenny verstond niet waar ze over ruzieden.

Ineens ging haar wijsvinger zijn eigen gang. Hij draaide de kiesschijf, liet hem terugglijden, draaide opnieuw.

De telefoon ging over. En nog een keer. En nog een keer. Toen kraakte de lijn. Haar oma had een antwoordapparaat. Wie had dat gedacht? Had ze het zelf ingesproken? De vrouwenstem klonk tamelijk opgewekt en niet als die van een oude oma.

'Helaas kan ik uw oproep niet persoonlijk aannemen. Spreekt u alstublieft na de piep uw naam en telefoonnummer in, dan bel ik u graag terug.' Piep.

Jenny haalde adem. 'Hier is...'

Op dat moment ging de deurbel. Oké, dan zou ze zo meteen nog een keer bellen. Ontstemd trok ze haar badjas aan, ging snel met haar hand door haar vochtige haar en liep naar de voordeur.

Simon stond op de stoep. Met een koffer in zijn hand. 'Ik ben dakloos, schat. Mag ik een tijdje bij jou wonen?'

Franziska

Mei 1990

'DE KONSUM?' FRANZISKA DRAAIDE zich om. Achter haar stonden twee vrouwen van rond de twintig, de een droeg een westerse spijkerbroek, de ander een korte, kleurrijke rok. Ze zagen er landelijk uit, stevig, weldoorvoed, onopgemaakt.

'Ja, om boodschappen te doen. Die is achter. Of wilt u naar het gemeentekantoor?'

Franziska wilde naar de hal van het landhuis. Van daaruit kwam je in de eetkamer, en daarachter lag de jachtkamer van haar grootvader. Rechts lagen de vertrekken waar haar moeder had geresideerd. Met mooie, kleurrijke tapijten en meubels uit de biedermeiertijd.

De jonge vrouwen keken haar nieuwsgierig en wantrouwend aan.

Ze besefte dat ze iets moest zeggen. 'Nee, ik wilde niet naar het gemeentekantoor...'

'Het is nu sowieso dicht,' zei een van de twee vrouwen.

Inderdaad, er hing een bord naast de voordeur. 'Gemeentekantoor Dranitz. Openingstijden: dinsdag en donderdag, 9-12 uur.'

'Maar de Konsum is open?'

'Ja, natuurlijk.'

'Hartelijk dank.' Franziska liep terug naar de auto om haar handtas en portemonnee te halen. Toen ze terugkwam, verdwenen de twee vrouwen net aan de linkerkant om de hoek van het gebouw. Een van hen draaide haar hoofd in Franziska's richting en zei iets tegen de andere vrouw.

Zouden ze vermoeden wie ze was? Ze had het handiger moeten aanpakken. Ze had moeten zeggen dat ze op doorreis was en alleen even snel wat dingen wilde kopen. Konsum, dat waren zeker de supermarkten in het oosten. Vroeger had je die ook in het westen. In de jaren zestig deed je je boodschappen bij de Konsum, dat was een coöperatie. Net als Raiffeisen. Maar de Aldi's en Tengelmanns hadden de Konsumwinkels in het westen algauw verslonden.

Het onverharde pad langs het huis was er vroeger ook niet geweest. Toen de mooie zuilengalerij er nog was, waren links en rechts daarvan overdekte terrassen. Daar zaten ze in de zomer onder klimop en wilde wingerd te ontbijten of koffie te drinken als ze gasten hadden. Nu lagen er gebroken bakstenen en bouwafval, half overwoekerd door het gras. De Konsum bevond zich in de voormalige zaal van het landhuis. Daar hadden ze vroeger diners geserveerd voor de jachtgezelschappen en grote familiefeesten gevierd. De gouden bruiloft van haar grootouders. De bruiloft van haar broer Jobst. Haar verloving. Ach, en de fantastische kerstfeesten die ze samen met het personeel bij de kerstboom hadden gevierd...

De brede openslaande tuindeuren waren er niet meer, de ingang was dichtgemetseld en er was een stevige metalen deur in gezet. Daarnaast was een kleine etalage, waarin verstofte blikjes stonden opgestapeld. Franziska's blik viel op een bos kunstrozen die al tamelijk verbleekt waren en zag een bord dat 'verse leverworst' aanprees.

Ze trok de deur open, die over de stenen drempel schraapte, wat niemand verder leek te interesseren. De eerste blik in de zaal was een shock. Niet vanwege de grijze metalen stellingkasten die langs de muur stonden en ook niet vanwege de vloer van versleten linoleum of de platte lichtbakken aan de kale muren. Nee, het was het plafond. Het mooie stucwerk was bijna helemaal bewaard gebleven, slechts op een paar plekjes misten kleine ornamenten. Ook de vijf cirkelvormige bloemenguirlandes, waar in het midden de kroonluchters hadden gehangen, waren nog te zien. De drie grote had haar vader in het begin van de jaren dertig nog laten elektrificeren, de twee kleine hadden kaarsen. Waar zouden die gebleven zijn?

De Konsum nam slechts de helft van de zaal in beslag. Achterin was een houten wand geplaatst als afscheiding voor de andere helft. Aan de kleine kachel te zien werd er in de winter met olie of kolen gestookt. Franziska pakte een draadmandje, dat ze nog kende van de vroegere Konsumtijden en liep langzaam langs de schappen. De twee jonge vrouwen stonden naast de kassa en kletsten met de caissière. Ze praatten in een dialect dat Franziska bekend voorkwam, maar slechts deels kon verstaan. In het landhuis had haar moeder erop gelet dat er Hoogduits werd gesproken. Maar Franziska had het Platduits van de personeelsleden geleerd en als ze met haar broers naar buiten ging om met de dorpskinderen te spelen, praatte iedereen Platduits. Dat was nu zo'n zestig jaar geleden.

Het assortiment leek op dat van een grote discounter, maar dan minder kleurrijk. Er waren basislevensmiddelen, verpakt in stevige bruine zakken, en dranken in glazen flessen met een kroonkurk. Bij de vleesbalie lagen drie soorten worst en één soort kaas. Er was nog brood, maar de broodjes waren op. In een hoek stonden drie potten Nutella en een doos met soep van Maggi. Er waren dus westerse goederen.

De vrouw achter de kassa was rond de vijftig. Ze was mollig en gezegend met een weelderige boezem. Ze bleef zo veel mogelijk zitten en stond alleen op als het strikt noodzakelijk was. Met haar energieke gebaren liet ze duidelijk merken wie het hier voor het zeggen had. Ze typte Franziska's boodschappen in de kassa in en noemde het bedrag in West-Duitse marken. Franziska ergerde zich eraan, maar wilde haar niet meteen tegen zich in het harnas jagen en betaalde zonder er iets van te zeggen.

'Gaat u bij familie op bezoek?' vroeg de caissière nieuwsgierig.

Pas op wat je zegt, dacht Franziska en ze stopte haar boodschappen in een meegebracht plastic tasje. 'Ja, in de buurt van Güstrow. Daar woont een oom van me.'

Dat was niet gelogen, alleen was oom Bodo destijds op de drempel van zijn huis door de Russen doodgeschoten. Maar zijn landgoed lag bij Güstrow. Hij had daar ook bos en een meer bezeten.

'Güstrow, mooie stad... Ja, er komen hier regelmatig mensen uit het westen langs. En sommige van hier zijn daarnaartoe gegaan, zoals onze dokter. Maar dat zijn er maar een paar. Wij in Dranitz zijn honkvast!' Ze lachte en gaf het wisselgeld in Oost-Duitse marken.

Franziska zag dat de twee vrouwen elkaar kort aankeken. Ze leken het gedrag van de rondborstige caissière af te keuren, maar durfden er niets van te zeggen.

'Dit is een mooi huis,' merkte ze onschuldig op. 'Is het van de staat?'

De kleine grijze ogen van de caissière bleven een paar tellen op Franziska rusten, toen antwoordde ze licht aarzelend: 'Deze oude kast is van de gemeente. Maar hij is niet veel meer waard. Vroeger zat hier een kleuterschool in, maar omdat de ramen niet meer goed sluiten en de vloer slecht is, zit die nu bij de LPG in een nieuw gebouw.'

Ze wees met haar duim achter zich. Een Landwirtschaftliche Produktionsgenossenschaft. Misschien aan de andere kant van de weg? Op de plek waar vroeger de uitgestrekte weiden en velden van het landgoed lagen? En de stallen van de koeien en verderop de varkensstal?

'Wat jammer,' zei Franziska en ze keek naar boven. 'Dat mooie stucwerk zou eigenlijk behouden moeten blijven, nietwaar?'

De caissière leek het woord 'stucwerk' niet te kennen. Haar ogen volgden Franziska's blik naar het plafond. 'O, die frutsels bedoelt u.' Ze snoof minachtend. 'Daar heeft toch niemand wat aan. Zo'n grote kast is trouwens helemaal een pure verspilling van de ruimte.'

Franziska zweeg. Het had vast geen zin om met deze vrouw over architectuur en esthetiek te discussiëren. En vanuit haar standpunt gezien had ze misschien zelfs gelijk.

'Op de flessen zit statiegeld. En de kroonkurken zamelen we ook in. Ik zeg het maar even zodat u het weet...'

'O ja? Dat is erg zinvol, vind ik. Daar kunnen wij in het westen nog wat van leren.' Franziska glimlachte vriendelijk.

'In het westen wordt zeker veel weggegooid?'

Er kwam nog een klant de Konsum binnen. Franziska keek door de open entreedeur naar buiten. Waar vroeger een Engelse tuin was met banken, keurig onderhouden struiken en bloemperken, stonden nu de bomen van een klein bos. Tussen de stammen schemerde het meer. Daarginds had vroeger het groen geverfde boothuis gestaan, waar haar broer Jobst stiekem met zijn Brigitte had afgesproken, lang voor de bruiloft. En ze was er zelf ook een keer naartoe geslopen, gebruikmakend van de schaduw van de bomen en struiken. Opgewonden en met bonkend hart omdat er iemand op haar wachtte.

'Is het terrein rond het huis ook van de gemeente?' informeerde ze onschuldig.

De caissière was met tegenzin opgestaan om voor de nieuwe klant tweehonderd gram leverworst af te wegen. Ze haalde haar schouders op en wisselde een blik met de klant, die een hoofddoek om haar grijze haar had gebonden. Franziska zag een stompe, kleine neus, borstelige, witte wenkbrauwen en een gerimpelde, liploze mond. 'Dit is allemaal van de gemeente, alles wat zich aan deze kant van de straat bevindt,' zei de caissière tegen Franziska. 'Het meer ook. Daar vissen onze jongens altijd, er zitten palingen en karpers in. Af en toe vangen ze ook een snoek...'

Dat hadden zij vroeger ook gedaan. Jobst en Heinrich-Ernst waren het meer op geroeid en hadden hun hengels uitgeworpen. Elfriede was pas acht en mocht eigenlijk niet mee, maar omdat ze altijd zo zeurde, namen ze haar toch mee in de boot. Soms kon haar zusje echt een klein kreng zijn. Hoelang was ze nu al dood? Ruim veertig jaar.

'Tot ziens,' zei Franziska en ze slenterde naar de deur.

'Tot ziens en een fijne tijd in Güstrow,' wenste de caissière haar.

Franziska bedankte haar en liep de Konsum uit. Buiten bleef ze staan. Ze keek door het nieuw ontstane bosje naar het meer. Het was te verleidelijk. In plaats van het onverharde pad terug naar de auto te nemen, baande ze zich een weg door het verwilderde struikgewas. Ze zakte met haar schoenen weg in de kussens van mos en rook lievevrouwebedstro en de paddenstoelachtige geur van verrottende stammen. Vergeleken met vroeger leek vrij ver naar het meer. Destijds was ze in een paar minuten over het grasveld naar de oever gelopen. Maar toen was ze nog jong en sportief. Ze kon goed rennen, was een goede ruiter geweest en had een goede conditie gehad. Daar was nu niet veel meer van over.

Het meer was nog precies hetzelfde, blauwgroen, met een licht rimpelend wateroppervlak dat glinsterde in de zon. Er zwommen een paar wilde eenden, met tussen hen in lichte, pluizige jongen. Verder naar achteren, waar het riet groeide, zag Franziska een grijze reiger, die onbeweeglijk tussen de halmen stond alsof hij van gips was. Zoekend dwaalde haar blik naar rechts, zonder veel hoop iets anders dan een hoopje vermolmde planken te vinden. Maar het gebouwtje dat ze daar tussen de dichte, bloeiende witte struiken ontdekte, leek stevig gebouwd, ook al was het niet groen geverfd. Ze liep er nieuwsgierig naartoe en zag dat het niet het oude boothuis was, maar een stevige, rechthoekige schuur, waarvan de deur met een ketting en een hangslot was afgesloten. Waarschijnlijk werden er boten en visgerei in bewaard, net als vroeger in het boothuis. Alleen was het oude boothuis een stuk groter geweest en met houtsnijwerk versierd als een Russische datsja. Het had een ruimte om je om te kleden, en het plaatsje ervoor was overdekt geweest en ging over in de steiger.

Franziska voelde zich ineens moe en zocht een droog plekje in het oevergras om uit te rusten. Geen wonder, dacht ze, ik ben al sinds vijf uur vanochtend op de been, en dat ook nog zonder ontbijt. Ze had in Hannover in een hotel overnacht, maar was in alle vroegte vertrokken toen de keuken nog gesloten was. En dan die spannende grenspassage en nu de aanblik van het landhuis. Zo veel herinneringen, zo veel verwaarlozing, zo veel onbegrip, zo veel verval.

Ik wilde het zelf, dacht ze vermoeid. En ik wil het nog steeds. Wat ze ook met dit oude huis hebben gedaan, het is mijn huis, mijn thuis. Deze muren zijn honderdvijfendertig jaar lang getuige geweest van het wel en wee van de familie Von Dranitz, ze hebben geboorten en overlijdens, vreugde en smart, liefde en haat in zich opgenomen. Ze ademen mijn verleden, ze horen bij mij en ik bij hen.

Franziska probeerde de fles limonade open te maken, wat zonder flesopener niet simpel was. Ten slotte lukte het met haar nagelvijl en de gele vloeistof schuimde over de rand van de fles. Poeh, wat smaakte dat zoet! Ze pakte een koekje uit de verpakking, dat best wel lekker smaakte. Kauwend keek ze uit over het meer, dat nu in de zon lag en een uitgestrekt, zilver vlak vormde. Kleine golfjes klotsten tegen de oever, bijen zoemden, een meeuw scheerde over het water en liet de eenden schrikken. Heden en verleden vloeiden in elkaar over.

Ze willen de D-mark en de eenheid, dacht ze. De welvaart uit het westen, kiwi's, bananen, ananas. Maar dan moeten ze het onrecht uit het verleden ook weer goedmaken en teruggeven wat ze gestolen hebben. Het huis, het land, het meer, de bossen… alles. Maar vooral het huis. Eigenlijk wil ik alleen het huis, de rest hoef ik niet.

'Hé! U daar!' riep een mannenstem. 'Straks wel weer het afval meenemen, hè!'

Ze kromp ineen, de stem klonk bars.

Links van haar verscheen een man tussen de boomstammen. Hij keek grijnzend naar haar en kwam naar haar picknickplek toe. Een forse man met een rood gezicht en een buikje, op rubberlaarzen en in een grijze werkkiel. Waarschijnlijk was hij van de LPG hiernaartoe gelopen. Ze meende in elk geval een sterke koeienstallucht te ruiken.

'Pospuscheit,' zei hij en hij stak zijn hand naar haar uit, die groot en ruw was, de eeltige hand van een boer die zijn hele leven hard had gewerkt. 'Gregor Pospuscheit. Ik ben de burgemeester van dit prachtige plaatsje. Wees maar niet bang, ik maakte maar een grapje!' Hij kneep stevig in haar hand, maar Franziska vertrok geen spier. 'U was daarnet in de Konsum,' ging hij verder. 'Dat vertelde mijn vrouw. Zij zit achter de kassa.'

'Ja, dat klopt,' bevestigde Franziska aarzelend. De caissière had haar man erbij gehaald, dat beloofde niet veel goeds.

'Ik heet Kettler. Ik ben op doorreis. Wat een mooi meer is dit... Liggen er boten in de schuur?'

'Die zijn van de hengelvereniging. We kunnen die schuur maar beter afsluiten, je weet maar nooit...' Hij lachte.

Op de een of andere manier klonk zijn lach niet echt, maar ingehouden en samenzweerderig, dacht Franziska. Ze kende niemand die zo lachte. Misschien kwam het doordat de mensen hier constant door spionnen waren omgeven, zoiets vormde je. 'Ja, je moet voorzichtig zijn,' beaamde ze om hem niet te ontstemmen.

Hij keek knipperend naar de zon, trok zijn pet verder over zijn voorhoofd en leek ergens over na te denken. Na een poosje vroeg hij: 'U hebt niet toevallig iets met het landgoed te maken? Ik bedoel, bent u soms familie?'

Aha. Ze had het al gevreesd. Goed dan, dan moest ze maar open kaart spelen. Dat had ze vroeg of laat toch moeten doen. De vraag was alleen of deze Pospuscheit, wat een naam trouwens, de juiste persoon was om mee te praten. 'Mijn meisjesnaam is Von Dranitz.'

Pospuscheit knikte een paar keer en zweeg. Zijn vermoeden was bevestigd en hij leek zich af te vragen wat hij nu moest doen.

Franziska zag dat hij gespannen was, want hij rimpelde een paar keer zijn neus.

'Kijk eens aan,' mompelde hij ten slotte en hij grijnsde. 'U wilde zeker eens kijken wat er van het landgoed geworden is, nietwaar? Nou, alles is er nog. Het land wordt bewerkt, we hebben koeien en varkens. Vroeger hadden we ook kippen, maar dat was te veel werk en daar zijn we mee gestopt. En het huis, dat wordt ook gebruikt. Er zit een kleuterschool in, een dokterspraktijk, het gemeentekantoor en de Konsum. En dan zijn er nog woningen. De zolder hebben we aan studenten verhuurd.'

Hij keek haar triomfantelijk aan en ze begreep dat hij bang was dat ze het huis en het land misschien terug wilde vorderen. Daarom omschreef hij het zo alsof het oude landhuis tot de nok toe in gebruik was.

'Uw vrouw vertelde dat de kleuterschool inmiddels in nieuwbouw is ondergebracht.'

Hij staarde haar aan. Knorrig. Bijna verontwaardigd. Waarschijnlijk vervloekte hij innerlijk de praatlust van zijn wederhelft.

'En de dokter is blijkbaar naar het westen vertrokken...'

Gregor Pospuscheit maakte een geringschattend handgebaar en snoof. 'En wat dan nog? Die was niet van hier. We laten geen traan om hem.'

'Het dak lekt kennelijk, dus de zolder kan niet meer verhuurd worden.'

'Nou ja, tot een paar jaar geleden was die nog verhuurd.' Pospuscheit liet zich niet van zijn stuk brengen. Hij geneerde zich totaal niet, hoewel ze hem erop had betrapt dat hij stond te liegen. Wat een keiharde vent. 'Nu verkeert het in slechtere staat. Het huis is nogal vervallen. Het heeft er ook al heel wat jaartjes op zitten, nietwaar?' Hij lachte weer op die rare, samenzweerderige manier.

Franziska voelde zich genoodzaakt om uitleg te geven. 'Honderdvijfendertig jaar, om precies te zijn.'

'Zo lang?' riep hij verbaasd en blij tegelijk. 'Nou, dan heeft het zijn tijd wel uitgediend. De gemeente wil het afbreken en op deze plek nieuwbouw realiseren.'

Franziska voelde haar hart tekeergaan. Afbreken? Had hij echt 'afbreken' gezegd?

'Maar... dat kunt u toch niet doen,' stamelde ze met doffe stem.

'Het huis heeft een goede basis en zal de komende eeuwen doorstaan. Er moeten alleen een paar dingen worden hersteld. Afbreken zou duurder zijn dan saneren!'

Pospuscheit grijnsde tevreden omdat hij de 'arrogante tante uit het westen' van haar stuk had gebracht. Gespeeld spijtig haalde hij zijn schouders op. 'Dat is bij ons niet van belang. De landhuizen en kastelen, al die prachtige bouwwerken die de jonkers op kosten van de ondergeschikte boeren hebben laten bouwen, wil geen mens meer hebben, begrijpt u? Dat zijn overblijfselen uit tijden die gelukkig voorbij zijn.'

Woedend stond ze op. Ze ging tegenover hem staan en merkte dat hij minstens twee koppen groter was dan zij. Maar dat deed er nu niet toe. 'U hebt dit gebouw veertig jaar lang gebruikt en dat helemaal gratis!'

'Nou en?' antwoordde hij onbewogen. 'Dat was alleszins redelijk. Tenslotte zit hierin het zweet en de noeste arbeid van de ondergeschikte boeren. Die moesten voor noppes werken voor de feodale heersers. Dat heeft zeker niemand u verteld, daarginds in het westen. Maar wij hier, wij weten dat. Dat hebben we op school al geleerd.'

Verbluft staarde ze hem aan. Wat zwetste die man nou? Feodale heerschappij? Dat was in de middeleeuwen. In de negentiende eeuw werden de arbeidskrachten wel degelijk betaald. Maar ach, het had geen zin om erover te redetwisten. Deze man was gehersenspoeld door de socialistische ideologie en zou toch niet inzien dat hij geen gelijk had.

'Oké,' bond ze daarom in. 'Als dat zo is, dan zou ik hier dus een woning kunnen huren. Misschien de dokterspraktijk, die staat immers leeg?'

Het duurde even voordat hij de snelle ommezwaai had verwerkt. Toen schudde hij zijn hoofd. 'Nee, dat gaat niet.'

'Waarom niet?' vroeg ze.

'Waarom niet? Dat is toch wel duidelijk. Het huis verkeert in slechte staat, het dak is lek, de muren zijn beschimmeld. Het is klaar om gesloopt te worden. We kunnen dus geen nieuwe huurder meer aannemen.'

'Ook niet als die in West-Duitse marken betaalt?'

Het antwoord kostte hem duidelijk moeite. 'Ook dan niet.'

Franziska was echter vastberaden. Ze zou hoe dan ook voorkomen dat het huis werd gesloopt, al zou ze zich aan de muur moeten vastketenen. 'Verhuurt u me dan het rentmeesterhuisje.'

Hij begreep niet meteen wat ze bedoelde. Met zijn ogen volgde hij haar uitgestrekte arm en hij begon te lachen. Honend en totaal niet ingehouden. 'O, dat daar... Daar kan niemand wonen.'

'Ik betaal vijfhonderd mark per maand.'

Pospuscheit keek haar sceptisch aan en probeerde te raden wat ze in haar schild voerde. 'Er is gratis stromend water,' zei hij spottend. 'Een tonnetjesplee in de schuur. En in de kelder liggen nog petroleumlampen.'

Nu was zij degene die haar hand naar hem uitstak.

'Wel? Laten we een contract afsluiten. Voor een half jaar. Dat is drieduizend mark.'

Hij haalde zijn schouders op en gluurde door de stammen, maar van hieruit was het rentmeesterhuisje niet te zien. Het stond een heel eind bij het landhuis vandaan, dat wisten ze allebei.

'De gemeenteraad moet eerst toestemming verlenen...' mompelde hij en hij draaide zich om en liep weg.

Mine

Mei 1990

MINE LEGDE HAAR BOODSCHAPPEN in de koelkast en zette de pan met aardappelen op het vuur. Daarna legde ze twee braadworsten in de koekenpan. Falko volgde al haar bewegingen. Zijn bruine ogen stonden een beetje scheef, waardoor hij er een beetje wolfachtig uitzag. Toen ze een vlam aanstak op het gasfornuis, deinsde hij wantrouwig achteruit. Hij was bang voor vuur.

'Ja, ja, je krijgt zo...'

Ze had nog hondenvoer in de koelkast liggen, dat maakte ze om de drie dagen vers klaar. Slachtafval met havervlokken, soms aardappelen. Falko vrat vrijwel alles, zelfs fruit en groente. Ook gras, koolraap, jonge rogge en oud brood. Hij had een sterke maag.

Ze hoorde Karl-Erich kreunen. Hij trok zich aan een handgreep omhoog die ze naast het toilet aan de muur had laten bevestigen. Ze hoefde hem nog niet te helpen met aankleden, maar als het zo verderging met zijn reuma, zou dat niet lang meer duren. Zijn handen waren al bijna helemaal stijf. Het was zwaar voor hem. Vroeger was hij wagenmaker geweest. Hij had de wagens, het landbouwgereedschap en ook de koetsen van de familie in goede staat gehouden.

Ze zette koffie. Karl-Erich strompelde de keuken in en trok een stoel naar zich toe. Om te gaan zitten moest hij op de tafel steunen, maar dat lukte nog goed. Mine zette twee kopjes en het melkkannetje op de tafel.

'Eten we braadworst?' vroeg Karl-Erich snuffelend.

'Ik heb de laatste twee kunnen krijgen,' antwoordde Mine.

Karl-Erich nam een slok koffie en zette het kopje voorzichtig weer neer.

De tijd, dacht ze, en ze keek naar zijn verschrompelde, ongeschoren wangen en zijn gerimpelde nek. Hij was ooit een knappe jongen geweest, beresterk en altijd optimistisch. 'Je raadt nooit wie ik vandaag heb gezien.'

'Hm.' Wie kon zij nu gezien hebben? 'Pospuscheit.'

'Die ook. Maar die bedoel ik niet.'

'Nou, zeg dan...' drong hij aan.

Mine keerde de worsten in de pan om en legde een houten lepel onder het deksel van de aardappelpan, zodat de stoom kon ontsnappen. 'Ik heb barones von Dranitz gezien.'

Karl-Erich knipperde vol ongeloof met zijn ogen en nam nog een slok koffie. Toen vroeg hij: 'Barones Margarethe von Dranitz? Is ze als een geest aan je verschenen?'

Mine zette het vuur onder de aardappelpan laag en legde een deksel op de braadpan zodat de worsten langzaam konden garen. 'Natuurlijk niet! Ik heb Franziska gezien. In de Konsum.'

Dat was wel iets wat mogelijk was. Karl-Erich streek peinzend over de witte stoppels op zijn kin. 'Weet je het zeker?'

'Ik ken Franziska von Dranitz toch! Ze was vijfentwintig toen ze weg moesten. Nu is ze zeventig. Haar haar is helemaal wit. Ze was altijd al tenger, maar ze ziet er nog steeds goed uit. Ze loopt net zo kaarsrecht als haar moeder. Maar die neus, die heeft ze van haar vader.'

Karl-Erich staarde voor zich uit naar het gebloemde tafelkleed. 'Denk je dat ze het landgoed terug wil vorderen?'

Daar kon Mine niet veel over zeggen. 'Ik denk dat ze eerst eens wilde kijken wat ervan is overgebleven.'

Karl-Erich knikte. Voorlopig wist niemand hoe het met de twee Duitse staten verder zou gaan. Maar het voormalige landgoed Dranitz was voor een deel van de LPG en voor het andere deel van de gemeente. Zo was het al veertig jaar en hij kon zich niet voorstellen dat dat ooit zou veranderen.

'Hebben jullie met elkaar gepraat?' vroeg hij.

'Nee. Ze herkende me niet. Waarschijnlijk is het ook maar beter zo.'

Hij knikte. Het was niet goed om oude verhalen op te rakelen. Dat was voor niemand goed.

Mine wist dat hij aan zijn zus Grete dacht. Dat was iets wat hij nooit zou vergeten. Zijn hele leven niet. En dan was er ook nog dat verhaal met Elfriede von Dranitz...

'Af!' schreeuwde Karl-Erich plotseling, en Falko, die snuffelend naar de braadpan was geslopen, kromp ineen en trok zich in een hoekje terug.

'Hij komt er niet aan,' kalmeerde Mine hem. 'Dan verbrandt hij zijn snuit.'

Karl-Erich dacht daar anders over. Ze hadden altijd honden gehad. Vaak had hij na zijn werk nog urenlang op de fiets rondgereden met zijn hond rennend naast hem. Maar nu hij zo veel last had van de reuma, irriteerde de hond hem.

'Ulli moet hem meenemen naar Stralsund,' zei hij. 'Zo'n grote hond is niks voor twee oude mensen.'

Mine wist dat hij gelijk had. Maar ze was aan het dier gehecht. Bovendien kon hun kleinzoon in zijn kleine woning in Stralsund geen hond houden. En Angela hield niet van dieren.

'Mücke komt straks om hem uit te laten,' zei ze sussend en ze keerde de braadworsten weer om.

Mücke belde tegen vijf uur aan toen haar dienst in de kleuterschool erop zat. Ze zat vol spannende nieuwtjes.

'Stel je voor,' begon ze, 'ze wil hier blijven! Er is een adellijke barones die vroeger in het oude huis heeft gewoond. En ze heeft dezelfde naam als ons dorp, Dranitz!'

'Von Dranitz,' corrigeerde Mine haar.

'Ken je haar?' vroeg Mücke nieuwsgierig.

De oude vrouw knikte, maar bevredigde Mückes nieuwsgierigheid niet. In plaats daarvan vroeg ze: 'Wil ze blijven? Maar waar dan? In de woning van dokter Meinhardt?'

'Nee.' Mücke pakte de hondenriem van het haakje. Falko danste enthousiast om haar heen, zijn nagels krasten op het linoleum. 'Anne heeft gezien dat Pospuscheit een huurcontract met haar heeft afgesloten. Heel stiekem, zonder toestemming van de gemeenteraad. En weten jullie wat hij aan haar gaat verhuren?'

Anne Junkers, de typiste van burgemeester Pospuscheit, was gescheiden en had een zoontje van drie dat naar de kleuterschool ging. Anne en Mücke konden het goed met elkaar vinden.

'Toch zeker geen zolderkamer? Daar regent het binnen en alles is verrot!'

'Nee. Hij heeft het vervallen huis in het bos aan haar verhuurd. Het huis waarvan nog maar twee muren overeind staan en waar binnen berken groeien.'

Mine en Karl-Erich keken elkaar aan. Het meisje moest het verkeerd hebben begrepen.

'Bedoel je het voormalige rentmeesterhuisje? De ruïne die links van het landhuis tussen de bomen staat?'

Mücke knikte bevestigend en haakte de riem aan Falko's halsband.

'Wat moet ze daar nou mee?' vroeg Karl-Erich verbaasd. 'Daar kan toch niemand wonen? Zei je niet dat ze hier wil blijven?'

Mücke haalde haar schouders op, ze snapte er ook niets van. 'Geen idee. Maar één ding weet ik wel, maar dat mogen jullie niet verder vertellen, want Anne heeft het me in vertrouwen verteld. Omdat we goede vriendinnen zijn en Timo me zo lief vindt. Laatst heeft hij weer gezegd dat ik de liefste juffrouw van de kleuterschool ben...'

'Van ons hoort niemand wat,' beloofde Mine. 'Dat weet je toch?'

Dat wist Mücke. 'Anne zei dat Pospuscheit een dikke huur voor die berg stenen incasseert. In West-Duitse marken wel te verstaan. Vijfhonderd West-Duitse marken, stel je voor!'

Zoiets had Mine wel gedacht. Karl-Erich kon het niet laten om scherp tussen zijn voortanden te fluiten, dat kon ook met een kunstgebit. 'Die oude schurk… Maar dat moet hij in de boekhouding opvoeren, dat geld is van de gemeente,' zei hij fronsend.

'Hij zal er wel wat van achterhouden. Het is nu toch een chaos, want niemand weet hoe het allemaal verdergaat.' Mücke deed de voordeur open. Falko trok onstuimig aan de riem.

'En de barones?' vroeg Mine snel. 'Is ze er nog?'

Mücke stond al op de overloop. Ze moest Falko goed vasthouden, omdat de kat van mevrouw Kruse weer eens beneden voor de deur van het gebouw zat te wachten tot iemand de deur openmaakte. 'Nee. Die is weggereden.'

Falko begon boos te blaffen. Mevrouw Kruse kwam haar woning uit om haar kat in veiligheid te brengen en schold daarbij luid op het stomme mormel van een hond. Mücke schold terug: 'Hou uw kat gewoon binnen, dan hangt hij ook niet in het trappenhuis rond. U mag blij zijn dat hier een hond in huis is, daardoor wordt er namelijk niet ingebroken!'

Die laatste zin was overdreven, want hier in het dorp was nog nooit in een woning ingebroken. Er werden weleens bouwmaterialen en auto-onderdelen gestolen, vooral dat laatste, want die waren erg slecht verkrijgbaar. Afgelopen jaar, nog voor de Wende, had iemand bij Pospuscheit een elektrische cirkelzaag en een haakse slijper uit de garage gestolen. Spullen van Black & Decker, uit het westen. Een jaar eerder had de burgemeester voor een weekend naar Hamburg mogen reizen, als lid van een sportdelegatie, en toen had hij een hoop westerse spullen ingeslagen. De dorpsbewoners hadden niet héél veel medelijden met hem gehad vanwege de diefstal.

'Zo, zo,' zei Mine hoofdschuddend toen Mücke weg was. 'Dat is toch zinloos? Wat moet freule Franziska nou met dat vervallen huis? Of nee, niet freule, ze is nu vast en zeker barones.'

'Barones of niet, die voert vast wat in haar schild,' zei Karl-Erich. 'Let maar op. Die komt weer terug. Ze is net als haar vader. Als de baron iets in zijn hoofd had, dan moest en zou het gebeuren en moesten wij maar zien hoe we het klaarspeelden. Ik heb een keer de hele nacht op de werkplaats doorgebracht omdat hij de volgende dag per se de verroeste slee wilde gebruiken. Met zijn drieën hebben we de roest van de glijvlakken geschuurd en het leer ingevet, en Grete heeft de rode kussens geborsteld. Dat was kort voordat het gebeurde...'

Ineens kwamen de herinneringen weer boven. Dingen waarover ze decennia lang niet meer hadden gepraat en waarvan ze dachten dat ze ze allang vergeten waren. Ze zagen alles ineens weer levendig voor zich, alsof het gisteren was gebeurd. Ook de oude woorden en begrippen die ze al zo lang niet meer hadden gebruikt, kwamen als vanzelf over hun lippen. 'Mevrouw de barones', 'de meneer', 'freule Franziska', 'meneer de rentmeester', 'de juffrouw'. Alleen over die nare kwestie met Karl-Erichs zus Grete en de jonge baron Heinrich-Ernst spraken ze niet. Volgens Mine was het Gretes eigen schuld geweest, ze had de barones in vertrouwen moeten nemen, maar dat had ze niet gedaan. In plaats daarvan was ze naar de oude Koop gegaan, die verderop aan de oever van het meer in de vissershut woonde en allerlei middeltjes kende. Ach, en de jonge baron Heinrich-Ernst, wat was hij knap geweest. Overmoedig, maar dat waren ze allemaal, die jongemannen. Hij had in Frankrijk uitgeblonken en was toen net tot tweede luitenant gepromoveerd.

Toen ze 's avonds naast elkaar in hun echtelijke bed lagen, spraken ze nog steeds over de oude tijd. Ze waren in 1940 getrouwd. De baron had hun deze woning in het toenmalige arbeidershuis gegeven. Het lag in het dorp, niet al te ver van het landgoed. En hij had ook nog de kast, het bed en een geldbedrag gegeven. Toen Karl-Erich onder de wapenen werd geroepen, was Karla net geboren. Vinzent en Olle waren verwekt toen Karl-Erich met verlof was.

'Als ik bedenk dat jij heelhuids en gezond bij mij en de kinderen bent teruggekomen,' zei Mine zacht. 'Terwijl daarboven, in het landhuis, niemand meer is teruggekomen. De twee zonen en ook onze goede meneer de baron...'

'Je hebt gelijk, Mine,' mompelde Karl-Erich, en ze voelde zijn knoestige, ruwe hand op haar elleboog. 'Maar "goede meneer de baron" kun je beter niet hardop zeggen.'

'Het is toch zo,' hield ze vol. 'Er waren vast ook andere, maar onze baron was een goede man. En als Franziska von Dranitz weer in het landhuis zou gaan wonen, zou ik de laatste zijn die daar wat op tegen zou hebben.'

'Welterusten.' Karl-Erich had geen zin om de fijne avond met ruzie te laten eindigen en draaide zich op zijn zij.

De ochtend bracht een verrassing met zich mee waar vooral het echtpaar Pospuscheit niet erg blij mee was. Toen Mine in de motregen naar de Konsum liep omdat mevrouw Kruse had gezegd dat er sinaasappels zouden zijn, zag ze een witte auto aankomen die leek op die van de barones. Hij reed over de zandweg naar het voormalige landhuis en stopte vlak voor de ingang. Het leed geen twijfel, de vrouw die nu uitstapte was Franziska von Dranitz. Ze gaf een vrachtwagen die haar was gevolgd het teken verder naar links te rijden in de richting van het rentmeesterhuis. Het voertuig schommelde heftig, want de oude oprit was overwoekerd en lag vol stenen. Daarom stopte de vrachtwagen nog voor de eerste bomen.

De chauffeur draaide het raampje naar beneden. 'We kunnen hier niet verder. Waar kunnen we de spullen uitladen?'

'Daarginds. Ziet u die muren? Bouwt u het tuinhuisje daar voor me op,' instrueerde Franziska von Dranitz zo luid dat Mine alles meekreeg.

Als aan de grond genageld stond de oude vrouw voor de Konsum, met haar boodschappentas in haar handen geklemd. De heldere, energieke stem van de barones was in de afgelopen vijfenveertig jaar niet veranderd. En haar vastberadenheid ook niet.

Jenny

Juli 1990

WAT EEN TRIOMF! HOE had ze in hemelsnaam aan hem kunnen twijfelen? Hij had alleen een klein zetje nodig gehad om zich van de nare oude sleur los te weken. Nu was hij van haar. Hier had ze altijd van gedroomd. Alles lag nu in haar handen. Zijn gedachten, zijn wensen, zijn dromen.

O, hij zou wel merken dat ze hem gelukkig kon maken. Ze was zijn schaduw, zijn geliefde, zijn goede engel voor eeuwig en altijd.

Ze moest het natuurlijk wel slim aanpakken. Toen hij zo hulpeloos met zijn koffer op de stoep stond, had ze veel te emotioneel gereageerd. Ze had zich met een gilletje in zijn armen geworpen. Hem als een gek gekust, hem naar binnen getrokken, gesnikt en hem als een drenkeling tegen zich aan geperst. Pas toen ze merkte dat hij volkomen overdonderd was door haar gedrag en haar liefkozingen nauwelijks beantwoordde, kalmeerde ze en trad haar verstand weer in werking.

Hij had hulp nodig. Hij was gewond. Hij was als een plant die uit de aarde was gerukt. De wortels hingen slap naar beneden, zochten wanhopig houvast. Zij moest ze nieuwe voeding geven. Ze moest hem liefdevol in een potje zetten en water geven. Medeleven en zorgzaamheid kwamen nu op de eerste plaats. Een koel drankje. Een douche. Schone kleren uit zijn koffer. Iets te eten. Hemel, haar koelkast was bijna leeg. Met de etenswaren die daarin lagen, kon ze hooguit een omelet met kaas maken. Met een droog stuk witbrood erbij en rode wijn. Die moest ze echter eerst koelen, het was veel te warm in haar huis. Ze mocht vooral geen triomf tonen of hatelijk doen, maar een en al bewondering tonen voor zijn mannelijke besluit. Ze mocht niet naar Gisela vragen en al helemaal niet naar de kinderen. Ze moest hem met zorg omringen. Hem laten praten. Wijn inschenken. Misschien nog even tv kijken. En dan zou ze hem de roes van een lange nacht bieden met alle varianten die ze kende. Hij zou ervan genieten, dat wist ze wel zeker.

Wat heerlijk! Ze konden met elkaar vrijen wanneer ze maar wilden. Geen dringende afspraken, geen stiekem gedoe. Ze hoefden alleen maar naar de slaapkamer te lopen. Ze kleedden zich uit en wakkerden de lichamelijke extase weer aan. In alle rust, zonder haast, maar vol genot en heel teder. Daarna vielen ze ineengestrengeld in slaap.

'Laten we naar de Wannsee gaan,' stelde Jenny voor toen ze tegen de middag wakker werden.

Hij mompelde iets over 'drukte' en zei dat hij geen zwembroek bij zich had, maar toen ze aandrong, verzette hij zich niet. Ze kochten onderweg een knalgele zwembroek en een grote blauwe parasol met witte franjes. Daaronder zat hij even later op een badlaken in de schaduw te kijken terwijl zij in het water rondhuppelde. Ze kon hem niet overhalen om ook het water in te gaan. Dan verbrandde hij meteen, beweerde hij, en ze hadden geen zonnebrandcrème bij zich.

Na een poosje besefte ze dat hij melancholiek werd van al die kinderen die er vrolijk aan het spelen waren. Natuurlijk, hoe kon ze zo dom zijn? Hij dacht aan Jochen en Claudia, die hij nu waarschijnlijk een poosje niet zou zien. Zou Gisela de voogdij voor de kinderen krijgen? Of zouden ze zelf kunnen beslissen of ze bij hun vader of moeder wilden wonen? Jenny moest er niet aan denken dat zij de stiefmoeder van de negenjarige dochter en de dertienjarige zoon zou moeten spelen. Ze wist maar al te goed hoe dat voor een kind aanvoelde. Ze had het vroeger zelf gehaat als ze weer eens aan ene 'Armin' of 'Michi' of 'Basti' werd voorgesteld.

's Avonds hadden ze niet veel fut meer. Ze lagen op de bank voor de tv, dronken wijn, aten een paar sneetjes brood die Simon met koud vlees, rode kaviaar en ansjovis belegde. Ze vond de kaviaar totaal niet lekker. Het werd steeds duidelijker dat haute cuisine niet aan Jenny besteed was. Vlak voor middernacht gingen ze naar bed. Ze gaven elkaar een kus op de wang, als een oud echtpaar, en Simon viel meteen in slaap. Jenny lag nog lang wakker en piekerde over de vraag of ze nu gelukkig was of niet. Ze kon geen eenduidig antwoord bedenken, alleen al omdat zijn gesnurk haar irriteerde. Waarschijnlijk was ze op weg naar het absolute geluk, maar was ze er gewoon nog niet aangekomen.

's Ochtends was de hartstocht matig. Het werd een plichtmatig nummertje dat best fijn, maar op de een of andere manier toch niet bevredigend was. Maar bij het ontbijt bleef hij haar eindeloos vertellen hoeveel hij van haar hield.

'Ik zou niet weten wat ik zonder jou zou moeten, Jenny! Je bent zo'n geweldige vriendin. Met jou heb ik iemand aan mijn zijde op wie ik kan vertrouwen...'

Zijn glimlach was half hulpeloos, half ironisch, en ongelofelijk aantrekkelijk, ja, vertederend. Waarschijnlijk zou hij bijna iedere vrouw met zo'n uitspraak betoveren. Misschien zelfs Gisela... Waarom moest ze nu uitgerekend aan zijn vrouw denken?

Ze zei dat het vandaag haar poetsdag was. In dat geval wilde hij in de tussentijd boodschappen doen en andere zaken regelen.

'Vrouwen met een stofzuiger zijn niet bepaald sexy...'

Soms konden zijn grapjes echt gemeen zijn. Dacht hij soms dat het huis vanzelf schoon werd? Maar natuurlijk, in huize Strassner hadden ze een huishoudster én een schoonmaakster. Gisela hoefde geen stofzuiger voor zich uit te schuiven.

Jenny ging stofzuigen, dweilde de vloer, ruimde de keuken op, deed de afwas, verschoonde de bedden en poetste de badkamer. Na ruim twee uur was ze klaar. Simon was nog niet terug. Ze ging op haar gemak douchen en daarna in haar slipje en T-shirt voor de tv zitten. Waar bleef hij nou? Zat hij soms bij een advocaat om na te gaan of hij bij de scheiding in elk geval het grootste deel van het vermogen kon redden? Of was hij bij de bank om de financiën te regelen? Of in een herenkledingzaak? Was hij een kennis tegengekomen en dronken ze samen een cappuccino op een terrasje?

Ik gedraag me als een jaloerse echtgenote, dacht ze beschaamd. Waar hij ook is en wat hij ook doet, ik vertrouw hem... Of had hij soms het eerste het beste vliegtuig naar Portugal genomen?

Als hij dat doet, is het over en uit, dacht ze koppig. Dan laat ik geen traan om hem. Ze stond zuchtend op en trok een zomerjurk aan om zijn pak naar de stomerij te brengen. Ze overwoog even om een briefje op de tafel te leggen, maar deed het niet. Als hij terugkwam en haar niet thuis aantrof, mocht hij zich lekker zorgen om haar maken.

'Dit is linnen met katoen, dat is niet makkelijk om te reinigen,' zei de medewerkster toen ze het colbert en de broek uitpakte. 'Het zou kunnen dat er heel dunne kringen ontstaan.'

'Doet u dan maar uw best,' moedigde Jenny de vrouw met een glimlach aan.

'Dat doen we altijd.' De jonge medewerkster doorzocht behendig het colbert en trok een opgevouwen blaadje uit de binnenzak, dat Jenny niet was opgevallen.

'Dit is van u.'

'Bedankt.' Jenny pakte het blaadje aan, stopte het in haar tas en betaalde, waarbij ze bedacht dat haar rekening al behoorlijk leeg moest zijn. Het werd hoog tijd voor een creditcard.

Op de terugweg naar huis maakte ze een kleine omweg door het park. Ze ging op een bankje in de schaduw zitten en keek naar een medewerker van de plantsoenendienst die met stoïcijnse rust het verdorde gele grasveld besproeide. Drie kinderen en een zwarte hond probeerden telkens door de waterstraal van zijn tuinslang te lopen. Hij liet het toe, maar als ze te dichtbij kwamen, richtte hij de waterstraal recht op hen. Dan renden de kinderen gillend weg, maar ze kwamen telkens meteen weer terug, gevolgd door de vrolijk blaffende hond.

Eigenlijk is er niet veel voor nodig om plezier te hebben, dacht Jenny. Zomerse warmte en een koude waterstraal zijn voldoende. Geluk kan zo simpel zijn. Waarom maken we het zo ingewikkeld?

Haar gedachten dwaalden af naar het opgevouwen blaadje in haar handtas. Ze was niet iemand die briefjes las die niet voor haar bestemd waren. Het ging ongetwijfeld om iets zakelijks. Misschien was het een belangrijke brief voor een klant. Ze zou het straks voor hem op de tafel leggen. 'Dit zat in je colbertje, schat... Heb je het nog nodig?'

Ze merkte dat ze begon te zweten. Zat haar deo eigenlijk nog in haar tas? Terwijl ze door haar handtas woelde, viel het opgevouwen blaadje in haar handen. Dit is een teken, dacht ze. Misschien moet ik het toch maar lezen. Met bevende vingers en een slecht geweten vouwde ze het open.

Het is mijn schuld... Gisela... een ongelukkige samenloop van omstandigheden...

Lees het niet, maande ze zichzelf. Dit gaat pijn doen. Maak er een prop van en gooi het in de prullenbak.

Ik geef onomwonden toe dat de schuld bij mij ligt. Ik ben verliefd geworden, dat kan gebeuren bij een man van mijn leeftijd en ik ben geen heilige. Maar ik had het meteen van begin af aan tegen je moeten zeggen. Je zult me niet geloven, maar ik was op die dag echt van plan om deze affaire aan je op te biechten en ik hoopte op je begrip. Maar nu ben je er door een ongelukkige samenloop van omstandigheden achter gekomen en moet ik jouw woede, jouw diepe teleurstelling accepteren. Probeer alsjeblieft ondanks de pijn de kinderen erbuiten te houden. Laten we een manier vinden om deze crisis, die geheel aan mij te wijten is, in het belang van Jochen en Claudia op een verstandige manier op te lossen.

Liefs,
Simon

Haar ogen schoten over het volgeschreven blaadje, bleven af en toe bij afzonderlijke woorden hangen, zogen zich vast, maakten zich los en bleven elders hangen. Blijkbaar was dit een kladversie voor een brief aan Gisela. Wanneer had hij dit geschreven? Waarschijnlijk vlak voordat hij naar haar toe was gekomen.

Alles binnen in haar verzette zich. Ze bleef hoop koesteren, maar wist tegelijk dat die hoop vergeefs was. Nergens stond dat hij de liefde van zijn leven had gevonden. Ze was een ‘affaire’. En wat nog veel erger was, hij had niet geprobeerd om Gisela te vertellen dat hij van iemand anders hield. Nee, hun relatie was ontdekt. Gisela had er lucht van gekregen, op wat voor manier dan ook. En nu probeerde Simon Gisela zover te krijgen dat ze hem vergaf en probeerde hij in het belang van de kinderen hun huwelijk te redden.

Hem kennende zou hem dat vroeg of laat ook lukken. Misschien was het ook niet eens de eerste keer. Had iemand haar niet verteld dat Simon Strassner talloze affaires met vrouwen had? Wie had dat ook alweer gezegd? Angelika? Kacpar?

Langzaam balde ze haar hand tot een vuist en maakte een prop van het papier. Tranen liepen over haar gezicht. Ze veegde ze snel met de rug van haar hand weg en stopte het briefje in haar handtas. Ze stond op en voelde zich duizelig, wat waarschijnlijk door de hitte kwam. Ze zou thuis de gordijnen dichttrekken en de ramen openzetten. Het zou niet veel helpen, maar het was beter dan niets.

Ze rook de geur van gebraden vlees en knoflook al vanaf de straat. Hij was dus terug en was aan het koken.

‘Hallo, schat!’ riep hij toen hij haar in de gang hoorde, zonder van de koekenpan op te kijken. 'Waar bleef je nou zo lang met deze hitte? Ik heb elandvlees kunnen krijgen, het is heel mals en sappig, echt heerlijk...'

Jenny liep langs de keuken naar de slaapkamer en begon zijn spullen te pakken. Veel was het niet, wat ze in de koffer moest stoppen. Bovenop legde ze het briefje van de stomerij. De rekening was al betaald, hij hoefde zijn pak alleen maar op te halen. Toen ze klaar was, zette ze de koffer bij de voordeur. Buiten.

'Schat, waar zijn de blauwe papieren servetten?' riep hij vanuit de keuken. 'Die we gisteren hebben gekocht.'

Jenny bleef met haar armen over elkaar bij de keukendeur staan en keek naar de opgemaakte borden. Broccoliroosjes met aardappelpuree en stukjes elandvlees, bruin en vettig aan de buitenkant, bloederig vanbinnen.

'Je koffer staat bij de deur, Simon,' deelde ze hem met kalme stem mede.

Hij staarde haar aan. Het duurde even voordat hij het begreep. Toen liet hij theatraal zijn armen vallen en schudde hij verdrietig zijn hoofd, als iemand die onterecht behandeld werd.

'Je hebt me zeker in de telefooncel gezien, hè? Jenny, alsjeblieft... Waarom bespioneer je me? Waarom vertrouw je me niet?'

Ze had geen zin om met hem in discussie te gaan. Als je met Simon in discussie ging, trok je vrijwel altijd aan het kortste eind. Ze vocht liever op een terrein waarop zij beter was dan hij. Sneller. Trefzekerder.

'En neem je halfdode eland mee!'

Het eerste bord miste Simon op een haar na. Bij het tweede, dat als een vliegende schotel door de keuken cirkelde, bukte hij zich en beschermde hij zijn hoofd met zijn handen. Toen ze de koekenpan van het fornuis pakte, was hij al naar buiten gevlucht.

Franzi

Juni 1940

DE MIDDAGZON SCHEEN FEL en heet op het landschap. De heuvels met graan en zwenkgras leken net zilvergroene golven. Er stond geen enkel briesje. Geen zuchtje wind bewoog de halmen. Het meer weerspiegelde de helderblauwe zomerse lucht. Kleine glinsterende golfjes weerkaatsten het licht en verdwenen weer. Twee roeiboten dobberden rustig op het water. Aan de overkant, waar de mensen uit het dorp mochten zwemmen, zaten een paar jongens die zelfgemaakte hengels in het water hielden.

Franziska besloot om haar voeten af te koelen. Ze trok haar mooie nieuwe sandalen uit, zette ze zorgvuldig op het bankje en liep naar de steiger. Het hout was warm door de zon en brandde onder haar voetzolen. Ze ging snel op de rand van de steiger zitten en stak haar benen in het koele water, dat eerst ijskoud leek. Ze trappelde met haar voeten, liet het water opspatten en zag twee visjes als donkere schaduwen wegzwemmen. Er zwommen karpers en zeelten in het meer, en in de beekjes zaten kreeften. Vroeger, toen ze klein waren, hadden haar broers en zij vaak kreeften gevangen. De tweeling en Elfriede zouden volgende week waarschijnlijk ook kreeften gaan vangen. Ach, het was wel leuk om zomergasten op het landgoed te hebben. Er zou vast wel af en toe ruzie zijn, maar uiteindelijk zouden ze het weer goedmaken.

Franziska hield op met trappelen, leunde achterover en stelde zich voor hoe ze met z'n allen in de vroege ochtend een buitenrit zouden gaan maken terwijl de honden er los naast renden. Als ze daarna vrolijk en lekker opgefrist op het landgoed terugkeerden, wachtte daar al het ontbijt op hen. Met koffie, vers brood, leverworst en gerookte ham. En natuurlijk met de ongelofelijk lekkere jam die Hanne een paar keer per jaar maakte. Overdag gingen ze elkaar meestal uit de weg. De twee jongens vertoefden bij het meer, Elfriede en Gerlinde bouwden in het park een 'tentpaleis' van takken en doeken, en verkleedden zich met afgedankte kleren die ze op zolder in een grote reiskist hadden gevonden. En zij, Franziska, zou met haar nieuwe fotocamera aan de slag gaan die ze met kerst van haar vader had gekregen. De camera was klein en handzaam, gemaakt door Zeiss, zat in een leren etui dat met een drukknoopje openging en dat je nooit kwijtraakte omdat het aan de camera vastzat. Er hoorde een apparaat bij waarmee je het licht en de afstand kon meten, zodat je de camera goed kon instellen. Franziska had in de kelder een donkere kamer ingericht waar ze haar foto's zelf ontwikkelde. Het was een wonderlijk werkje dat ze inmiddels vrij aardig onder de knie had. Met de lamp werd het beeld op het fotopapier geprojecteerd en daarna ging het papier in vloeistof dat ze van tevoren in een platte schaal van kunststof had gegoten. En dan kon ze kijken hoe de foto langzaam op het papier ontstond. Tot slot ging de foto in een fixeerbad en daarna moest hij op vloeipapier drogen.

Ja, het was goed dat ze de camera had. Nu had ze tenminste wat te doen en gaf ze zich niet de hele tijd over aan haar kinderlijke fantasieën. Terwijl ze nooit het type was geweest voor dagdromen. Ze had het open en nuchtere karakter van de familie Von Dranitz geërfd, zoals haar vader altijd zei. Het kwam vast door de brieven van Jobst dat ze momenteel wat 'romantische' neigingen had. Door zijn brieven en haar herinneringen.

Weg ermee. Allemaal dwaasheid. Sentimenteel gedoe.

Ze stelde zich voor dat ze 's avonds op het terras bij elkaar zaten, de volwassenen met een glas aardbeienbowl, de jongeren met een bekertje limonade in de hand. Franziska zou haar foto's laten zien en veel bewondering oogsten. Voor haar vader had ze een prachtige foto van het landgoed gemaakt, die wilde ze vergroten en laten inlijsten. Hij zou tot kerst op het cadeau moeten wachten, tot die tijd zou ze het zorgvuldig in haar ladekast bewaren.

Steunend op haar ellebogen hield ze haar gezicht een tijdje in de zon. Daarna keek ze knipperend naar het landgoed. Was dat niet haar moeder, daar in de gebloemde jurk en met een zonnehoed op? Natuurlijk, ze liep over het zandpad naar het meer en zou zo bij haar zijn. Het was ongebruikelijk dat haar moeder zichzelf overdag een rustpauze aan het meer gunde en Franziska vermoedde dat het een zeer vertrouwelijk gesprek zou worden.

'Daar ben je, Franziska... Ben je aan het lezen? Stoor ik je?'

Franziska schudde haar hoofd, stond op en liep weer naar het bankje voor het boothuis, waar ze de resten van een verdorde bloemenkrans van het hout veegde, zodat haar moeder naast haar kon gaan zitten. Elfriede had gisterochtend kransen van paardenbloemen en boterbloemen gevlochten, maar had ze daarna hier bij het boothuis laten liggen.

'Wat is het warm,' zuchtte haar moeder. Ze verschoof haar hoed en ging op de bank zitten.

'Gaat het beter met Friedchen?' informeerde Franziska.

'Dokter Albertus komt morgen nog een keertje langs. Het is nu al voor de derde keer dit jaar dat haar amandelen ontstoken zijn. Haar koorts is veel te hoog, als ze maar geen difterie krijgt.'

Elfriede was constant ziek. Vaak wisten ze niet of ze zich alleen aanstelde of dat ze echt ziek was. Franziska's zusje kon heel goed toneelspelen. Ze kon doen alsof ze indigestie, blaasontsteking, buikpijn of zelfs hoge koorts had om te zorgen dat ze kreeg wat ze wilde. En altijd als Franziska zeker wist dat het kleine kreng weer eens deed alsof, was Elfriede echt ziek.

'We kunnen alleen maar hopen dat ze voor de bruiloft weer beter is,' zei Franziska.

Haar moeder knikte en haalde haar zakdoek tevoorschijn om het zweet van haar voorhoofd te deppen. Ze droegen allebei een lichte katoenen jurk tot over de knie met sandalen eronder. Grootmoeder Dranitz schudde vaak haar hoofd vanwege de 'korte rokken' en het 'nieuwerwetse ondergoed' dat vrouwen tegenwoordig droegen. Zijzelf droeg nog een stevig korset dat Liese elke ochtend moest dichtsnoeren, en onder haar lange zwarte rokken kon je alleen haar veterschoenen zien.

'Ben je klaar met het schrijven van de adressen?' vroeg haar moeder.

'Ja, behalve de laatste vijf. De Hirschhausens en de Berliners doe ik vanmiddag. Moeten we ze allemaal individueel aanschrijven?'

'Dat staat beter, Franziska.'

Haar broer Jobst zou op 10 augustus met Brigitte von Kalm trouwen. Ze hadden uitnodigingen laten drukken en bij elke kaart schreef haar moeder een paar persoonlijke woorden. Franziska had de taak op zich genomen om de enveloppen te adresseren.

'Hopelijk gooit de oorlog geen roet in het eten.' Haar moeder slaakte weer een zucht. 'De Fransen zijn nu in elk geval overwonnen, ze hebben zich overgegeven en er is een wapenstilstand gesloten. Laten we hopen dat de Führer streeft naar duurzame vrede.'

Franziska was het met haar eens. Vrede was in elk geval beter dan oorlog, hoewel Jobst en Heini het vast jammer zouden vinden als ze niet meer op het slagveld konden uitblinken. Vooral Jobst, die erg ontevreden was met zijn rang als tweede luitenant en hoopte dat hij snel op kon klimmen. Zijn kleine broertje Heinrich was nu ook tweede luitenant. Wat voor indruk maakte hij dan als oudere broer? De Duitse Wehrmacht vierde de ene zege na de andere, er moest dus voor Jobst von Dranitz toch op zijn minst de rang van majoor in zitten.

'Wat er ook gebeurt, we willen Jobsts bruiloft zo mooi en feestelijk mogelijk vieren op landgoed Dranitz. Papa is heel blij dat onze Jobst met een Von Kalm trouwt. En natuurlijk hopen we allemaal dat ze snel kinderen krijgen...'

Zonen, dacht Franziska. Dat bedoelde haar moeder eigenlijk. Stamhouders, van wie de oudste later Dranitz over zou nemen. Meisjes zijn tweederangs. Het deed haar verdriet dat het landgoed op een dag aan Jobst en Brigitte gegeven zou worden, want ze was aan Dranitz gehecht. Maar hier blijven zou betekenen dat ze ondergeschikt zou zijn aan haar schoonzus en daar had Franziska echt geen zin in. Dan wist ze wel wat beters met haar leven te doen.

'Wat schrijft Jobst? Zijn er nieuwtjes?' vroeg haar moeder zogenaamd terloops en ze keek naar het meer, waar nu de hoofden van dappere zwemmers te zien waren.

Franziska begreep dat haar moeder 'ter zake' kwam en kreeg meteen een onbehaaglijk gevoel. Ze zou in elk geval niets zeggen over de gevoelschaos die binnen in haar was opgelaaid.

'O, hij schrijft van alles. Ze hebben het getroffen, ze zijn bij een Poolse graaf ingekwartierd. Hij hoopt dat hij het bevel krijgt dat hij naar Frankrijk moet.'

Mama lachte en wapperde met haar zakdoek om een brutale bij van haar rok te jagen.

'Dat kan ik me voorstellen!' riep ze levendig. 'Hij wil naar Parijs. Hij wil de Franse hoofdstad zien. Het Louvre. De Eiffeltoren. De Tuilerieën... O god, wat is het lang geleden dat Heinrich en ik daar op huwelijksreis zijn geweest...'

'Bijna dertig jaar, mama,' zei Franziska en ze hoopte dat haar moeder nu over Parijs zou gaan vertellen. Maar dat deed ze helaas niet.

'En wat schrijft hij nog meer?' wilde ze weten.

Franziska haalde haar schouders op.

'O ja, hij schrijft over zijn kameraad majoor Iversen. Herinner je je hem nog? Hij was vorig jaar november heel kort op Dranitz en is daarna samen met Jobst naar Polen gegaan.'

Zoals ze al had gevreesd, wist haar moeder precies over wie ze het had. Ze vroeg hoe het met majoor Iversen ging en of hij ook bij de Poolse graaf was ingekwartierd.

'Ja, natuurlijk. Ze delen zelfs een kamer.'

'O, echt? Wat leuk. Dan zullen ze vast vaak met elkaar praten...'

Franziska schraapte haar keel. Het was toch zinloos, haar moeders onderzoekende blik ontging niets.

'Jobst heeft hem uitgenodigd voor zijn bruiloft. En gevraagd of hij in geval van nood, als Heini geen verlof kan krijgen, zijn getuige wil zijn.'

Haar moeder keek niet erg blij, maar ze zou Jobsts wens natuurlijk respecteren.

'En verder?' vroeg ze en ze keek Franziska met opgetrokken wenkbrauwen aan.

'Verder? O, hij schrijft allerlei onzin. Dat majoor Iversen blijkbaar een zwak voor me heeft en me heel graag weer wil zien.'

Haar moeder knikte nauwelijks merkbaar. Ze had het al gedacht, of eigenlijk, gevreesd.

'Wel,' zei ze, 'ik had de indruk dat jullie het bij het korte ontbijt heel goed met elkaar konden vinden.'

'Ja, hij is een heel aangename gesprekspartner,' zei Franziska, waarbij ze haar best deed het onverschillig te laten klinken. Maar haar moeder liet zich niet misleiden.

'Dat is majoor Iversen zeker. Hij heeft een innemende manier van doen en goede manieren. Ik vind hem alleen wat rusteloos en volgens mij heeft hij geen sterk karakter, als je begrijpt wat ik bedoel.'

'Nee, ik begrijp totaal niet wat je bedoelt,' antwoordde Franziska en ze voelde een golf van verontwaardiging opkomen. Walter was niet met Jobst te vergelijken. Haar broer had overal een stellige mening over, die hij voornamelijk van zijn vader had overgenomen. Maar Walter was nieuwsgierig en stond open voor het leven, als een kind dat het mysterie van de wereld met vrolijke verbazing onderzoekt. Juist dat onrustige, dat zoekende in zijn karakter had zo'n indruk op haar gemaakt. Hemel, wat was er in godsnaam met haar aan de hand? Ze was toch zeker niet verliefd?

'Wel,' zei haar moeder, die de toon van haar dochter waarschijnlijk juist had geïnterpreteerd. 'Hij is ongetwijfeld een interessant persoon en ziet er ook nog eens fantastisch uit. Nog geen dertig en nu al majoor, daar heeft de heldendood van zijn vader vast een rol in gespeeld.'

'Jobst heeft me verteld dat Walter Iversen al tijdens de Poolse Veldtocht uitblonk,' bracht ze er snel tegen in, maar ze had er meteen spijt van omdat het in de oren van haar moeder vast klonk alsof ze zich wilde verdedigen.

Haar moeder stond glimlachend op en legde liefdevol haar hand op Franziska's schouders.

'Je bent een intelligent en bedachtzaam meisje, Franzi,' zei ze. 'Je zult ongetwijfeld doen wat juist is.'

Franziska vond dit moederlijke vertrouwen een last. Ze zweeg. Waarschijnlijk hadden haar ouders al over het onderwerp 'Walter Iversen' gesproken en hem, hoe belachelijk ook, als huwelijkskandidaat getaxeerd en afgewezen. Dat was gebruikelijk in de familie. Ze dachten aan de toekomst en bespraken wie voor de oudste dochter als echtgenoot in aanmerking kwam. Waarschijnlijk hadden ze ook al voorzichtige stappen ondernomen die de oorlog echter tenietdeed.

'Ik ga even bij Friedchen kijken,' zei haar moeder zuchtend. 'Mine is bij haar en brengt een priesnitzverband om haar kuiten aan. Ach, dat kind is ook zo vatbaar!'

'Ik kom er zo aan,' beloofde Franziska.

Haar moeder gebaarde dat ze gerust nog even kon blijven zitten om te lezen en te ontspannen. Later die dag zouden de meisjes terugkomen van het kersenplukken en was alle hulp nodig. Alle vrouwen in het landhuis hielpen mee om de glanzende, donkerrode vruchten met een scherp mes te ontpitten zodat ze tot jam verwerkt of in potten ingemaakt konden worden.

Franziska keek haar moeder na. Haar heldere jurk lichtte op tussen de ceders en jeneverbessen die overal in het grote park in groepjes waren aangeplant. Door de grasvelden liep een zandpad langs verborgen stenen sokkels met kleine beelden. Het pad vertakte zich een aantal keer en er stonden witgeverfde bankjes waar de wandelaars op konden uitrusten. Het pad eindigde bij het landhuis. Franziska hield van dit park. Ze had er als klein meisje al gespeeld. Hele generaties Von Dranitz-nakomelingen waren in deze bomen geklommen, hadden op de grasvelden haasje-over gespeeld en in het meer gezwommen. Ooit was een van de kinderen daarbij verdronken. Haar moeder herinnerde hen telkens weer aan het ongeluk als ze gingen zwemmen.

Franziska rekte zich op de harde bank uit, strekte haar benen naar voren en bekeek haar blote tenen in de sandalen met riempjes. Die had tante Guste uit Berlijn haar met kerst gestuurd. De nieuwste mode. Elfriede was boos geweest omdat zij van tante Guste een pop had gekregen. Terwijl ze al veertien was en niet meer met poppen speelde.

Franziska genoot van het moment van rust, maar de onrust in haar hart ging niet weg, ook al probeerde ze ergens anders aan te denken dan aan Walter Iversen.

Het was begonnen op de ochtend dat de majoor samen met Jobst binnen was gekomen en galant haar moeders hand had gekust. Hij was lang, had donker haar en heel blauwe ogen. Stralend blauw. Toen hij naar haar glimlachte met zijn kinderlijk open blik, met die bereidwilligheid om iets nieuws te ontdekken en ergens van in vuur en vlam te raken, sloeg haar hart ineens over. Hij was zo totaal anders dan alle andere jongemannen die ze kende. Later zaten ze een poosje naast elkaar. Ze praatten over van alles, maar waarover ze precies hadden gesproken, kon ze zich niet meer herinneren. Ze herinnerde zich alleen zijn warme, intense blik. En dat hij vragen stelde die normaal niemand bedacht. Hij vroeg echt door en keek haar daarbij schalks en uitdagend van opzij aan. Ze zag zijn hand voor zich, die met het servet speelde. Zijn slanke, maar sterke vingers, gelijkmatige, gewelfde vingernagels, donkere donsachtige haartjes op een lichte huid. Een gouden zegelring met een wapen.

'Ik hoop u gauw weer te zien,' had hij bij het afscheid gezegd, en ze had gevoeld dat hij het serieus meende. Ze wilde hem antwoorden en tegen hem zeggen dat zij ook hoopte hem gauw weer te zien. Maar op dat moment trok Mine aan haar jurk en terwijl ze zich omdraaide, nam haar moeder Walter in beslag. Mine fluisterde opgewonden dat ze onmiddellijk naar boven moest gaan, naar haar zusje. Ze was doodziek, maar dat mocht haar moeder niet weten. Het bleek dat Friedchen, het kleine kreng, de avond daarvoor stiekem een paar glazen rode wijn had gedronken en zich zo beroerd voelde dat ze serieus dacht dat ze doodging.

Ach, ze had heel snel gedag moeten zeggen en dat was Elfriedes schuld. Ze had de hele nacht wakker gelegen en zichzelf verwijten gemaakt. Wat zou hij wel niet van haar denken? Dat ze arrogant was. Dat ze hem afwees en alleen uit beleefdheid met hem had gepraat. Toen Jobst schreef dat de majoor bijna dagelijks over haar sprak, kon ze het eerst nauwelijks geloven. Zes weken geleden had hij gebeld. Het was als een wonder. Midden op de ochtend, toen haar vader met de rentmeester over de velden reed om het jonge zaaigoed te controleren, en mama met Elfriede en juffrouw Sophie in Waren boodschappen aan het doen was. Haar grootvader had gevraagd of ze de telefoon wilde opnemen, want hij had zelf een hekel aan het toestel. Zijn gehoor was niet meer zo goed en hij verstond amper wat er werd gezegd.

'Een interlokaal gesprek uit Berlijn,' had de telefoniste gezegd.

'Verbindt u maar door...' zei Franziska. Ze vermoedde dat Jobst of Heini belde, of misschien tante Guste of oom Albert. Toch kreeg ze het ineens warm en begon haar hart sneller te kloppen.

'U spreekt met majoor Iversen, met wie spreek ik?'

Zijn stem. Hij klonk wat zacht en blikkerig, maar toch helder en duidelijk. Ze moest snel op haar vaders bureaustoel gaan zitten.

'U spreekt met Franziska von Dranitz...' zei ze hees.

Waarom was ze ineens hees?

'Juffrouw!' riep hij. 'Wat een geluk! Weet u dat ik heel, heel vaak aan u moet denken? Aan ons gesprek in november op Dranitz, toen ik Jobst ophaalde. U bent het misschien allang vergeten...'

'Nee, zeker niet... Ik... ik herinner het me nog heel goed. Het was een heel intens gesprek en ik... ik wilde bij het afscheid nog tegen u zeggen dat ik het zo fijn had gevonden. Maar helaas kreeg ik daar niet de gelegenheid toe.'

De lijn kraakte telkens en ze vreesde al dat de verbinding was verbroken, maar hij was er nog en had geluisterd.

'Dan heeft mijn gevoel me dus niet bedrogen,' zei hij. 'Er zijn momenten in het leven, Franziska, dat zijn lichtpuntjes. Begrijpt u me alstublieft niet verkeerd. Wat ik bedoel, is dat het net was alsof ik een lieve, vertrouwde vriendin weerzag. Iemand met wie ik me verbonden voel, tegen wie ik openlijk kan spreken, een verwante ziel.'

Wat een charmeur! Toch waren zijn woorden als champagne, ze brachten haar in vervoering en gaven haar een gelukzalig gevoel dat niets met haar leven tot nu toe van doen had.

'Ik voelde hetzelfde,' bekende ze.

'Dat wilde ik horen, Franziska! Ik bedank u hartelijk.'

'Voor wat? Ik was alleen maar eerlijk.'

Ze sprong op, boog zich over het bureau en trok het toestel naar zich toe. Het was maar een stem en toch was het alsof hij hier in de kamer stond, naar haar toe liep en haar glimlachend aankeek. Ze was zo dolgelukkig dat ze niet merkte dat haar grootvader in de deuropening stond.

'Wie is er aan de lijn?' vroeg hij luid.

De stem van haar grootvader verbrak de betovering en haalde haar ruw terug naar de werkelijkheid. Ook majoor Iversen moest de vraag hebben gehoord, want hij ging er behendig op in.

'Ik wilde u en uw familie de hartelijke groeten doen van Jobst. Hij is momenteel in Frankrijk en zal waarschijnlijk snel schriftelijk van zich laten horen.'

'Hartelijk dank, majoor,' antwoordde ze formeel en daarna wendde ze zich tot haar grootvader. 'Het is majoor Iversen. Hij brengt de groeten over van Jobst. Jobst is naar Frankrijk gestuurd.'

Haar grootvader knikte en slofte terug naar de groene salon.

'Als hij daar maar niks oploopt,' hoorde Franziska hem mompelen.

Toen de deur achter hem dicht was geklapt, merkte Franziska dat de verbinding met Berlijn was verbroken.

'Vaarwel,' fluisterde ze in de hoorn. 'Tot gauw...'

Franziska

Mei 1990

DIT WAS AL DE DERDE nacht dat ze kwamen. Ze schreeuwden, maakten kabaal en waren duidelijk dronken. Plotseling sloeg de eerste steen tegen de houten wand en de hele hut schudde op zijn grondvesten. Ze rammelden aan de vensterluiken die Franziska gelukkig had gesloten en vergrendeld. Het was niet haar eigen idee geweest om de ramen en deuren tegen inbraak te beveiligen. De jongeman die met zijn vrienden had geholpen om de hut op te bouwen, was er speciaal voor naar de bouwmarkt gereden en had de deur zelfs op drie plekken met grendels beveiligd. Jürgen heette hij, en zijn vriendin heette Elke. Zij was een van de twee vrouwen die ze op de eerste dag in de Konsum had gezien. Het waren aardige jonge mensen en heel hulpvaardig. Ze wilden graag naar het westen verhuizen en Franziska had hun beloofd om een goed woordje voor hen te doen bij de drankenhandel die vroeger van haar en haar man was geweest. In zijn eigen vakgebied had Jürgen in het westen waarschijnlijk geen goede vooruitzichten.

'Weg met die landjonkers!' klonk het buiten. 'Weg met die vuile boeven, die we hier niet hoeven. Weg uit dit land, anders worden jullie verbrand!'

Ze lalden dit afschuwelijke lied met schorre stemmen en gooiden stenen tegen de hut. Franziska zat kaarsrecht op haar stoel, die ze in een hoek had gezet. O nee, ze zou hen niet het plezier doen om trillend van angst op de grond te hurken. Een Von Dranitz gaf zich niet over. Die verdedigde zich tot de laatste snik. Voor dat doel had ze een dikke houten knuppel klaargelegd. Puur voor het geval dat ze zichzelf moest verdedigen. Tot nu toe waren de vandalen telkens na een tijdje weer afgedropen en bleef de schade aan de hut beperkt, wat je van haar zenuwen niet kon zeggen. Daarvan werd elke nacht het uiterste gevergd.

Hadden deze jongens overdag niets te doen, dat ze elke nacht opnieuw konden terroriseren? Zeiden ze niet dat er in de DDR volledige werkgelegenheid was? Dan moesten ze toch naar hun werk? Morgen was het dinsdag. Een normale werkdag. Geen weekend.

Vanuit het dorp klonk hondengeblaf. Ze hoorde de herrieschoppers buiten met elkaar ruziën en elkaar belachelijk maken. Een lichtstraal schemerde door een kier van het vensterluik, flakkerde, zwaaide heen en weer en verdween weer. Franziska klampte haar vingers om het kussen van haar houten stoel. Ingespannen probeerde ze de opkomende paniek onder controle te houden. Het had de hele dag geregend. De hut was nat, op twee plekken druppelde er water door het dak, waar ze pannen onder had moeten zetten. De hut kon niet in brand vliegen. Minutenlang zat ze daar, roerloos, luisterend, vastberaden om als de hut in brand werd gestoken, de deur te ontgrendelen en naar buiten te lopen. Met de stoel met de poten naar voren voor zich uit dragend als een schild. Ze zou niet in deze hut aan een rookvergiftiging sterven, die triomf gunde ze Pospuscheit niet.

Zoals ze al had vermoed, gebeurde er niets. De herrieschoppers hadden vast een fakkel tegen de natte hut gegooid, die echter op de grond was gevallen. Daar was hij nog een tijdje blijven branden en daarna was hij uitgegaan. Haar nachtelijke bezoekers gaven nog een paar flinke trappen tegen de voordeur en dropen toen af naar het dorp.

Franziska kon zich maar moeizaam ontspannen. Ze maakte haar

stijve vingers los, ademde diep in en uit, en voelde haar hart opgewonden kloppen. Pas na een poosje lukte het haar de rits van de groene slaapzak open te maken en erin te kruipen. Jürgen en Elke hadden allerlei spullen voor haar meegenomen, waaronder ook een matrasje dat ze onder de slaapzak kon leggen zodat ze niet op de harde grond hoefde te slapen. Ze had het 's nachts koud, hoewel het niet koud was.

Waarom deed ze dit zichzelf aan? Thuis wachtte een comfortabel bed op haar. Een grote badkamer met een douche, bidet en bad. Een inbouwkeuken met een elektrisch fornuis, een koel-vriescombinatie en een vaatwasser. En haar knusse, rode oorfauteuil, die miste ze het meest. Om nog maar te zwijgen over andere aangename dingen waar een oude vrouw aan hechtte. De 'tonnetjesplee' bleek een scheef huisje boven een stinkend gat in de grond te zijn.

Toch was ze vastbesloten om landgoed Dranitz niet te verlaten. Ze was voor het oude huis verantwoordelijk, want zij was de rechtmatige eigenaresse. Hier had haar moeder haar op haar armen gedragen. Hier waren de laatste herinneringen aan haar vader, die niet meer was teruggekeerd uit de gevangenis van de Russen. Aan haar grootvader. Aan haar broers. Nee, ze kon al die geliefde personen niet meer tot leven wekken, ze waren heengegaan, haar vooruitgegaan. Alleen het huis was er nog. Het huis en het landschap. De zachtgroene en lichtgele velden, licht golvend als de deining van de zee. De lanen, violetkleurige stroken schaduw in het avondlicht, de kleine naaldbossen, donkere vlekken als drijvend wrakhout op het golvende land. En het meer, waar ze zo vaak op had geroeid. Gisteren was het grijs geweest, een weerspiegeling van de regenachtige lucht, gerimpeld, gestippeld, onrustig het oeverriet overspoelend. Er woonde een watervrouw in, was haar vroeger verteld. Haar broers hadden zelfs beweerd dat ze haar hadden gezien. Franziska was ervan overtuigd dat de waternimf er nog was. Watergeesten waren onsterfelijk, het socialisme kon hen niet deren.

Ze had niet verwacht dat ze zo vijandig bejegend zou worden. Ze was voorbereid geweest op moeilijkheden, op onwil van de kant van de autoriteiten. Ze had erop gerekend dat haar dingen verboden zouden worden. Dat ze door de politie ondervraagd en onderzocht zou worden. Maar noch de politie, noch de autoriteiten waren in Franziska von Dranitz geïnteresseerd, die veertig jaar geleden het land uit was gezet, maar nu weer was teruggekomen. Het waren de dorpelingen die het haar moeilijk maakten. De haat had zich in hun hart genesteld, haat jegens de zogenaamde uitbuiters, de adellijke grootgrondbezitters, waartoe zij zichzelf moest rekenen. Volgens haar was die haat onterecht. Had haar vader zijn personeelsleden laten verhongeren of doodvriezen? Zeker niet. Had hij hen geslagen? Ze kon het zich niet herinneren. Hoewel hij wel een zweep bij zich had als hij een buitenrit maakte.

En haar moeder? Goed, die had een of twee keer een van de dienstmeisjes een oorvijg gegeven. Vroeger was het gebruikelijk om kinderen en personeelsleden op die manier te straffen. Dat werd overal gedaan, in heel Duitsland, niet alleen op landgoed Dranitz. Het betrof ook alleen de lagere personeelsleden, haar moeder zou nooit kokkin Hanne geslagen hebben. Ook niet de verschillende 'juffrouwen', die naar het landgoed werden gehaald om de kinderen op te voeden. Nee, de haat waarmee ze hier bejegend werd, kon niet te maken hebben met hoe het er hier op landgoed Dranitz aan toe was gegaan. De mensen waren geïndoctrineerd. Ze hadden op school allerlei onzin over de oude landadel geleerd en ingeprent gekregen dat het socialisme de redding van de onderdrukte boeren was.

Ze probeerde een enigszins prettige slaaphouding te vinden op het dunne matras. De slaapzak was een cadeau van Elkes ouders, een oeroud ding dat vreselijk muf rook omdat het altijd op zolder had gelegen en bovendien naar bruinkool stonk. Nee, ze waren niet allemaal hatelijk, de mensen hier in Dranitz. Godzijdank niet. 'Pospuscheit zit erachter,' had Elke gezegd. 'Die vloekte als een ketter toen hij zag dat we de hut aan het bouwen waren.'

Franziska moest er weer aan denken. Burgemeester Pospuscheit had voor de ingang van het gemeentekantoor gestaan en met zijn hand boven zijn ogen naar hen getuurd. Daarbij had hij zijn mond zo vertrokken dat zijn kleine gele snijtanden zichtbaar waren. Na een poosje was hij naar hen toe gelopen en was hij tekeergegaan.

'Afbreken. Alles weer afbreken. Deze grond is eigendom van de gemeente. Niemand mag hier zomaar een hut bouwen...'

'We hebben een huurcontract, meneer Pospuscheit,' had Franziska hem herinnerd.

Het was een beetje pijnlijk voor hem dat ze dat noemde, want behalve Jürgen en Elke waren ook hun vrienden Kalle en Wolf er om te helpen de hut op te bouwen.

'Dat heeft betrekking op het rentmeesterhuis achter u, mevrouw de barones. Hier staan we op gemeentegrond.'

Wat klonk de aanspreektitel 'mevrouw de barones' laatdunkend uit zijn mond. Franziska had zich met de achternaam van haar man voorgesteld, maar hij liet zich niet om de tuin leiden. Ze legde hem uit dat hier, precies op de plek waar ze de hut neerzetten, vroeger de veranda van het rentmeesterhuis was geweest.

'Er liggen hier nog resten van de bakstenen muur,' zei ze en ze schopte met haar voet tegen twee bruine, afgebrokkelde bakstenen. 'De langwerpige stenen platen zijn helaas verdwenen.'

'Met grove leugens komt u niet verder, mevrouw de barones,' schold Pospuscheit. 'Ik verbied het! Punt uit!'

Maar aangezien de drie jongemannen totaal geen aanstalten maakten om zich tegen te laten houden en gewoon verdergingen met het opbouwen van de blokhut, trok hij zich mokkend terug. Zeker omdat Kalle luid aan zijn vriend Wolf vroeg met welk recht de burgemeester het zich eigenlijk aanmatigde om zonder toestemming van de gemeenteraad een huurcontract af te sluiten.

'Die heeft nog niet door dat de wind uit een andere hoek waait,' zei Wolf, een kleine, gespierde man die verbazingwekkend sterk bleek te zijn toen de dakbalken gedragen moesten worden.

'Pospuscheit zal nog verbaasd opkijken,' zei Kalle hatelijk. 'De tijden dat hij een grote mond op kon zetten en ons zwart kon maken, zijn voorbij. Die vuile Stasispion! Hij is gewoon zelf uit op het perceel en op het land van de LPG…'

Zo zat het dus. Meneer de burgemeester wilde zichzelf verrijken met de bezittingen van de familie Von Dranitz. Nou, dan had hij mooi pech gehad. Het landgoed was destijds op gewelddadige wijze van hen afgepakt, de familie was onteigend en weggejaagd. Dat onrecht moest rechtgezet worden. Al zou Pospuscheit het land kopen of op een andere manier zorgen dat hij het in bezit kreeg, hij zou het weer moeten teruggeven. Ze moest alleen zien te voorkomen dat het oude landhuis niet verder beschadigd of zelfs gesloopt werd voordat ze het weer terug kon vorderen. Rechtmatig.

Ze had zich zo goed en zo kwaad als het ging in haar hut geïnstalleerd. Gelukkig waren er maar weinig koude dagen, die ze met behulp van warme truien en hete koffie goed doorstond. Op een campinggasstelletje kon ze koken, water om te wassen haalde ze uit een regenton. Geleidelijk aan kwamen er nieuwsgierige dorpelingen langs. Ze bleven in de buurt van haar hut staan, staarden ernaar en sommigen spraken haar zelfs aan.

Was het niet te primitief? Had ze geen last van muggen en mieren? Waarom huurde ze niet de woning van dokter Meinhardt? Slechts enkelen kwamen dichterbij, de meesten gingen naar de Konsum of moesten iets bij het gemeentekantoor regelen. Een paar kwamen met de auto. Ze zetten hun Trabi's aan de rand van de weg en liepen door het bos om de gekke vrouw in haar houten hut te zien. Franziska besefte dat ze inmiddels het gesprek van de dag was geworden in het dorp. De adellijke dame in de blokhut met tonnetjesplee.

Dat Gregor Pospuscheit absoluut niet gauw zou inbinden, besefte ze pas toen de nachtelijke overlast begon. Ze wist zeker dat hij de jongeren had opgestookt. En hij deed nog meer. Toen Franziska in de Konsum haar gevulde boodschappenmandje bij de kassa neerzette, weigerde Karin Pospuscheit de spullen aan haar te verkopen.

'Adellijke uitzuigers en kapitalisten worden hier niet bediend!' deelde de caissière haar met een ijzige stem mede.

Er waren nog meer klanten in de winkel, maar niemand nam het voor haar op. En dus liet Franziska het mandje staan, stapte in haar auto en reed naar Waren om daar boodschappen te gaan doen. In een kantoorboekhandel kon ze een *Frankfurter Rundschau* krijgen, eindelijk weer actueel nieuws en voeding voor de geest.

Terug in haar blokhut zette ze demonstratief haar stoel in de zon, dronk koffie, at een boterham met leverworst en las de krant. Ze mochten rustig zien dat ze zich niet liet intimideren.

De regering-Modrow had besloten tot een 'snelle en verantwoordelijke toetreding van de DDR tot de BRD'. Dat wist ze al. Nieuw was dat men waarschijnlijk een bureau voor vermogens- en eigendomskwesties ging oprichten. Oud-eigenaren moesten hun eigendom terugkrijgen of schadeloos gesteld worden.

Nou, kijk eens aan, dacht ze. Ik moet me gewoon bij die instantie melden en uitleggen dat ik de erfgename van landgoed Dranitz ben, met de aangrenzende akkers, weiden en bosgebieden, een oliemolen, een jeneverstokerij en een steenbakkerij. Toen ze moesten vluchten, had haar moeder een map met diverse familiedocumenten gered, die zou haar nu van pas komen. Ze keek weer van haar krant op en tuurde naar het landhuis. Hoewel het decennialang verwaarloosd was en helaas bouwschade had, was het nog steeds mooi. Statig. Wat een cadeau zou het zijn om het allemaal terug te krijgen! Ach, als haar moeder dat nog had meegemaakt... Ze had er rotsvast in geloofd dat landgoed Dranitz op een dag weer van hen zou zijn.

Franziska zou het oude huis grondig laten renoveren en ook weer een zuilengalerij laten plaatsen. Het dak moest opnieuw gedekt worden en de ruimtes moesten weer in oorspronkelijke staat worden teruggebracht. In elk geval bij benadering. Ze zou meubels kopen die leken op het kapotgeslagen meubilair. Hetzelfde behang laten aanbrengen. Misschien zou ze zelfs jachttrofeeën kopen, want daar was haar vader zo trots op geweest. Ineens besefte ze dat er niemand was voor wie ze dat allemaal deed en ze werd overvallen door een gevoel van moedeloosheid. Cornelia zou dit landgoed beslist niet willen overnemen. De oude foto, die in Königstein ingelijst boven de piano hing, was al heel vroeg een punt van geschil tussen moeder en dochter geweest.

'Ik heb schijt aan jouw verdomde landgoed,' had Cornelia gesnauwd. 'Altijd dat eeuwige gepraat over onze adellijke afkomst. Dat we alles zijn kwijtgeraakt. Dat we er ooit naar terug zullen gaan... We hebben twee Duitse staten, Franziska. Dat is een feit. En dat zou jij nu ook eindelijk eens moeten snappen!'

Nou, ze had het mooi mis, haar o zo slimme dochter. Maar dat zou Cornelia nooit toegeven. Wat had Franziska in godsnaam gedaan dat haar dochter zo rebels was geworden? Misschien had ze haar niet moeten laten studeren. De universiteit in Frankfurt, die had Cornelia bedorven. De langharige kerels in hun jeans en parka's, de revolutionaire fantasten als Rudi Dutschke en andere rode duivels.

Maar het moment van moedeloosheid ging voorbij. Wat ze hier deed, deed ze in opdracht van haar familie, die meer dan honderd jaar op dit landgoed had gewoond en gewerkt. Voor haar vader, die zijn geliefde bezittingen nooit meer had teruggezien. Voor haar moeder, die in een vreemde streek stierf. Voor haar broers. Voor iedereen die vroeger samen met haar in dit huis had geleefd. Voor grootvader Dranitz, die woedend tegenstand had geboden aan de Russische soldaten. En voor alle personeelsleden met wie ze zo nauw verbonden waren geweest.

Franziska schrok toen ze iets tegen haar benen voelde en de krant die op haar schoot lag, omhoog werd geduwd. Een hond. De donkere vacht op zijn rug glom in de zon en zijn staart zwaaide zo heftig heen en weer dat zijn hele achterste wiebelde.

'Falko, hier! Luisteren! Sorry, hij doet niets!' riep een heldere stem. Het was de stem van een jonge vrouw die Franziska hier al vaker had gezien. Een vriendin van Elke, een aardige meid. Hoe heette ze ook alweer? Biene? Nee, Mücke.

'Dat geeft niet, ik hou van honden,' zei Franziska glimlachend. 'We hadden vroeger jachthonden.'

De jonge vrouw liep naar haar toe en pakte de hond bij zijn halsband. De hond keek nieuwsgierig door de open deur de hut in. Zijn donkere neus trilde.

'Hij ruikt het vlees dat ik heb gekocht,' zei Franziska.

Mücke lachte en haakte uit voorzorg de riem aan de halsband. 'Ja, Falko heeft een goede neus.'

'Hebt u zin in een kopje koffie? U bent toch Mücke, een vriendin van Elke?'

De jonge vrouw knikte, maar aarzelde om Franziska's uitnodiging aan te nemen. Zo te zien wilde ze het wel graag, maar twijfelde ze. Vanwege haar ouders? Haar vriend? Of Pospuscheit, die hier overal een vinger in de pap had?

'Ik moet zo weer naar de kleuterschool. Ik wilde alleen even snel in mijn pauze Falko uitlaten. Zijn baasjes zijn allebei al oud en niet meer zo goed ter been.'

Franziska was vastberaden nog een medestandster te winnen. Ze mocht deze meid wel. Ze was een beetje mollig, maar dat maakte haar juist sympathiek, net als haar open gezicht dat nieuwsgierigheid en enthousiasme uitstraalde. Het was het systeem niet gelukt om een grijze functionaris van haar te maken. 'Een paar minuutjes maar,' zei ze en ze stond op en liep de hut in. Een tel later kwam ze naar buiten en drukte Mücke een beker koffie in de hand, die ze snel had ingeschonken. 'Hier, alstublieft… Wilt u melk en suiker?'

Overrompeld pakte Mücke de beker aan, liet zich melk en suiker aanreiken en ging op een afgebrokkeld muurtje van de voormalige veranda zitten. 'U kunt gerust "jij" tegen me zeggen.'

Franziska glimlachte en ging weer zitten. 'Dank je. Laat je hond maar loslopen, hoor.'

'Maar hij haalt streken uit,' zei Mücke. 'Hij jaagt op hazen of loopt misschien naar de Konsum.'

'Luistert hij niet?'

Mücke nam een slok koffie en schudde haar hoofd. 'Alleen af en toe, helaas.'

Franziska keek naar de hond die over de grond snuffelde en duidelijk sporen van wild rook. Dat was knap van hem, want de jongens hadden vannacht natuurlijk ook een hoop sporen achtergelaten.

'Falko!' riep ze met vaste stem. 'Hier.'

Ze kon goed met honden omgaan, dat had ze van haar vader geleerd. Ze was er beter in geweest dan haar broers. Geduldiger en rustiger. Daar was ze erg trots op. Bijoux, de grote gevlekte münsterländer, had alleen naar haar vader en haar geluisterd. Ineens voelde ze weer een pijn die ze al lang had verdrongen. De Russen hadden de hond doodgeschoten toen ze het landhuis waren binnengedrongen. Terwijl hij haar alleen maar had willen verdedigen.

'Dat is niet te geloven!' riep Mücke. 'Hij komt echt. Kunt u toveren?'

'Dit heeft niets te maken met toveren. Ik heb er gewoon een beetje verstand van.'

Mücke was onder de indruk. Ze maakte het zich gemakkelijk op het ingestorte muurtje en wilde weten hoe het landgoed er vroeger had uitgezien. Of ze een koets hadden gehad. Of ze kon paardrijden. Of ze nog lange rokken had gedragen en een korset...

Franziska amuseerde zich kostelijk om Mückes naïeve belangstelling. Ze vroeg gewoon alles door elkaar en geneerde zich niet.

'Klopt het dat u een gouvernante had? Een lerares helemaal voor u alleen?'

'Dat was toen gebruikelijk, Mücke. Toen ik klein was, ging ik met de andere kinderen naar het dorpsschooltje. Ook mijn twee broers gingen naar dat schooltje, maar mijn ouders stuurden hen later naar een gymnasium in Berlijn.'

'En waarom mocht u niet naar het gymnasium? Omdat u een meisje was?'

O. Daar was de ideologie weer. Overigens was men er inmiddels ook in het westen van overtuigd dat een vrouw dezelfde opleiding als een man zou moeten genieten. Dat was in haar tijd nog anders geweest.

'Wel, als ik het per se had gewild, hadden mijn ouders het wel mogelijk gemaakt voor me. Maar ik had geen ambities voor een wetenschappelijke loopbaan.'

Mücke haalde haar schouders op. Ze keek op haar horloge, zette de beker neer en zei dat ze er dringend vandoor moest.

'Ik moet Falko nog naar Mine en Karl-Erich, zijn baasjes, terugbrengen. Bedankt voor de koffie.'

'Ja, natuurlijk. Het was leuk om met je te praten. Kom gerust nog eens langs.'

Mücke sprong van het muurtje om naar Falko te lopen, die niet ver van de hut tussen de bomen rondstruinde. Blijkbaar was hij het veelbelovende spoor verloren. Toen Franziska hem riep, kwam hij meteen. Ze aaide hem over zijn kop en kroelde de ruige vacht in zijn nek.

'Hij moet geborsteld worden,' zei ze. 'Op de plek waar de halsband schuurt, is het haar al vervilt.'

Mücke knikte. Ze was het helemaal met Franziska eens, benadrukte ze, maar had er geen tijd voor en ze had ook geen hondenborstel.

'Hij is eigenlijk van Ulli, de kleinzoon van Mine en Karl-Erich, die in het gebouw daarginds wonen. Maar Ulli is in Stralsund en daar kan hij niet zo'n grote hond houden.'

Franziska vond Falko leuk. 'Misschien kan ik hem nemen,' zei ze voorzichtig. 'Later, als de dingen hier geregeld zijn.'

Mücke straalde over haar hele gezicht. 'Dat zou geweldig zijn. Dat zou voor iedereen een goede oplossing zijn. Voor Falko en ook voor de Schwadkes.'

Eindelijk rinkelde er een belletje bij Franziska. Die naam… Schwadke. Zo heette de wagenmaker. Wat was ook alweer zijn voornaam geweest? Ze had hem altijd alleen Schwadke genoemd.

Mücke deed Falko aan de lijn en trok de tegenstribbelende hond met zich mee. Blijkbaar wilde hij liever bij Franziska blijven.

'De Schwadkes!' riep Franziska haar na. 'Hadden die ooit iets met het landgoed te maken?'

'Jazeker! Mine was dienstmeisje en Karl-Erich was wagenmaker. U zou hen eigenlijk nog moeten kennen.'

Natuurlijk kende ze hen. De vraag was alleen of de Schwadkes haar, Franziska Kettler, meisjesnaam Von Dranitz, nog wilden kennen. Zoals het ernaar uitzag waarschijnlijk niet...

Mine

Juli 1990

HALF JULI WAREN ER een hoop muggen bij het meer. Ze vlogen in zwermen onder de bomen als kleine windhozen, dansten op en neer in een wilde liefdesroes, en staken je als je niet oppaste 's middags al bij klaarlichte dag. Ulli had Karl-Erich met de auto naar de oever van het meer gebracht. Het laatste stukje had de oude man te voet afgelegd, aan de arm van zijn kleinzoon, die hem geduldig ondersteunde tot hij op het wankele bankje voor het huis van de roeivereniging had plaatsgenomen. Mine, die met Angela, Ulli's vrouw, achter hen aan liep, had speciaal een kussen voor Karl-Erich meegenomen. Ook droeg ze een mandje waar twee flessen limonade uitstaken. Falko liep los naast haar, als Ulli in de buurt was, hoefde ze hem niet aan te lijnen. Later, toen Ulli, Kalle en Angela de roeiboot het water in hadden gedragen en zich klaarmaakten om te gaan varen, haalde Mine haar breiwerkje tevoorschijn.

Mine en Karl-Erich zaten een poosje zwijgend naast elkaar, genietend van de rust van het zondagse meer. Ze keken naar de eendjes en observeerden een paar witte meeuwen die boven het water hun gewaagde vliegkunsten vertoonden. Bijen zoemden in het gras, kleine golfjes klotsten zacht tegen de oever. Mine zat rustig te breien, hield af en toe de sok waar ze mee bezig was omhoog en telde de steken om niet het moment te missen dat ze aan de hiel moest beginnen.

'Daarginds zijn ze aan het zwemmen.' Karl-Erich wees met zijn uitgedoofde peukje naar een zanderig plekje op de oever, dat vaak als strandje werd gebruikt.

Mine keek van de sok op. 'Het zijn meiden.'

'Elke zal er wel bij zijn en Mücke…'

Hij was nu al boven de tachtig, maar als die jonge meiden het meer in gingen, keek hij maar wat graag. Hij werd al helemaal onrustig. Hij hield zijn hand boven zijn ogen tegen de zon om het beter te kunnen zien.

'Hé, die meiden gaan zonder kleren zwemmen!' verkondigde hij geestdriftig.

'Dat deden wij vroeger ook.'

'Maar niet op klaarlichte dag. En al helemaal niet op zondag.'

Vanaf deze afstand was er niet veel te zien en als de jonge vrouwen eenmaal in het water waren, staken sowieso alleen hun hoofden uit het water. Blonde en donkere, en af en toe was er een schouder te zien. Karl-Erich verkruimelde de cigarillopeuk en strooide de resten naast de bank. 'Aan de noordkust zwemmen veel mensen naakt. Het zou niks voor mij zijn.'

Mine wilde er al aan toevoegen dat het sowieso vooral gedaan werd door mensen die het beter konden laten, maar op dat moment zagen ze de boot terugkomen. De roeier maakte krachtige slagen. Dat was Ulli. Hij had sterke armen, net als Karl-Erich vroeger.

'Hij kan in twintig minuten naar de overkant,' zei hij als een trotse opa.

Maar Ulli haalde het record vandaag niet. Ze hoorden een gil, een heldere, geschrokken kreet en de boot begon te slingeren. Vanaf de oever zagen ze dat de mensen in de boot opstonden en naar voren bogen.

'Ze zijn tegen een van de meiden gebotst!' riep Karl-Erich ontzet. Hij was bijna opgestaan om naar de waterkant te lopen, maar het schoot hem nog net te binnen dat zijn linkerbeen niet mee zou werken.

Op het meer sprong iemand in het water. Dat moest Ulli zijn, want Kalle had de roeispanen gepakt om te voorkomen dat ze die zouden verliezen, en Angela zat alweer op haar plek op de boeg.

Ulli's reddingspoging werd blijkbaar niet erg op prijs gesteld. Het water spatte op en een vrouwenstem protesteerde luid. Blijkbaar was het meisje niet gewond, of in elk geval niet ernstig. En ze had natuurlijk ook niets aan, maar dat kon Ulli niet weten, want hij had alleen hun hoofden gezien. Gevolgd door Ulli zwom de jonge vrouw naar de oever, rende het zandstrand op, greep snel een handdoek en draaide zich naar hem toe. Na een korte, opgewonden woordenwissel draaide Ulli zich om en zwom terug naar de boot. Toen hij weer aan boord probeerde te komen, liet hij de boot bijna omslaan. Het lukte hem pas bij de derde poging om zichzelf over de rand te trekken.

'Zou dat Mücke geweest zijn?' vroeg Karl-Erich zich af.

'Ik weet het niet,' zei Mine. 'Het was te ver weg.'

De drie waren buitengewoon zwijgzaam toen ze aanmeerden en uit de boot klommen. Kalle en Ulli droegen de boot en de roeispanen naar het boothuis, terwijl Angela bij Mine en Karl-Erich kwam zitten.

Mine maakte een fles limonade open en gaf hem aan de echtgenote van haar kleinzoon. Die bedankte haar en dronk gulzig, maar moest telkens stoppen met drinken vanwege het koolzuur. Toen ze haar dorst had gelest, tuurde ze met tot spleetjes geknepen ogen over het meer.

'Is dat de barones?' vroeg ze.

'Ja,' zei Mine. 'De mevrouw van Dranitz.'

Angela boerde zachtjes en zweeg. Als ze bij Ulli's grootouders was, zei ze nooit veel. Je wist nooit wat ze dacht. Karl-Erich had zich er vaak aan geërgerd, maar Mine vond het geen probleem, zolang Ulli en Angela het maar goed met elkaar konden vinden.

Ulli en Kalle namen de tijd. Mine vermoedde dat ze in het boothuis met elkaar stonden te praten, want zo lang kon het niet duren om een roeiboot op te bergen. Nadat ze naar buiten waren gekomen, deed Kalle de deur op slot. Hij had een sleutel, omdat zijn vader lid was van de roeivereniging.

'Hoe zit het met de boterhammen met leverworst en de hardgekookte eieren?' vroeg Ulli gemaakt vrolijk. Hij nam de fles van Angela over om de rest op te drinken, terwijl Kalle uit de andere fles dronk.

'Die zijn er niet,' zei Mine. 'Er is kersentaart. Vanochtend vers gebakken. Met slagroom.'

'Dat is ook niet verkeerd.'

Kalle sloeg de uitnodiging om een kopje koffie te komen drinken af. Hij moest nog iets doen, maar wilde niet zeggen wat. Mine vermoedde dat hij naar Mücke wilde lopen om de gemoederen te bedaren. Kalle zat achter Mücke aan, maar ze had hem allang afgewezen.

Karl-Erich was blij dat hij weer naar huis kon, naar zijn gemakkelijke leunstoel. Hij vertrok zijn gezicht toen Ulli hem van de bank af hielp. De eerste stappen kostten hem zichtbaar moeite, maar daarna ging het beter, en toen ze bij de auto aankwamen, beweerde hij dat hij ook wel naar het dorp zou kunnen lopen.

'Maar ik niet,' zei Mine. 'Zo'n auto is best wel praktisch.'

Dat ontbrak er nog maar aan, dat hij naar het dorp wilde lopen. Als hij eenmaal op dreef was, overschatte hij zichzelf algauw, dat was altijd al zo geweest. Dan moest ze goed op hem passen. Gelukkig stapte hij zonder morren in. Hij kreunde een beetje vanwege de harde zitting, maar het lukte hem zelfs het portier zonder hulp dicht te knallen.

Thuis hielp Angela de koffietafel te dekken en de taart te snijden. Mine klopte de slagroom. Ze bedacht te laat dat Angela er geen suiker in wilde.

'Geeft niet,' zei Angela. 'Ik hoef toch geen slagroom.'

'Je zou wel slagroom moeten nemen. Jij kunt wel wat vet gebruiken.'

Angela gaf geen antwoord, waarschijnlijk nam ze het haar kwalijk dat ze dat had gezegd. Mine zuchtte. Ze zei ook altijd het verkeerde. Terwijl ze het eigenlijk alleen maar goed bedoeld had.

De sfeer kwam niet goed op gang terwijl ze koffiedronken. Ulli en Karl-Erich prezen Mine vanwege de taart en aten het ene stuk na het andere. Angela nam maar één stukje en vond prompt een kersenpit, die ze nadrukkelijk onopvallend naar de rand van haar bord schoof. Mine was druk met het uitdelen van taart en het inschenken van koffie en kwam nauwelijks toe aan eten, maar ze had ook niet echt trek.

'Hoe gaat het op de werf?' informeerde Karl-Erich.

Ulli kauwde langzaam, slikte en nam een slok koffie. 'Het stond in de krant, nietwaar?' zei hij. 'Sinds 1 juni zijn we een nv.'

'Een wat?'

'Een naamloze vennootschap. We horen nu bij de Deutschen Maschinen- und Schiffbau AG in Rostock.'

'Heet het nu zo?'

Ulli maakte een berustend gebaar. 'Het is voorbij met de staatsbedrijven, opa.'

Mine vond de nieuwe naam van de werf goed klinken. Vroeger had de Stralsunderwerf tot de Kombinat Schiffbau behoort. Nu was het dus een nv. Er was een nieuw tijdperk aangebroken. Alweer...

'Als het bedrijf maar blijft bestaan, dat is het belangrijkste,' zei Karl-Erich.

Ulli wierp een snelle blik op Angela en knikte. 'Jazeker. In Stralsund worden de beste vistrawlers van de wereld gebouwd. Dat moeten ze in het westen eerst maar eens zien na te doen. Vriestrawlers type Atlantik 333. Die gaan de hele wereld over.'

Angela schoof het lege gebaksbordje met de kersenpit voor zich uit en sloeg haar armen over elkaar. 'Naar de hele wereld,' herhaalde ze en ze lachte verbitterd. 'Je vergeet dat de markt in het oosten nu volledig is weggevallen. Uit Rusland en Polen komen geen orders meer.'

Ulli antwoordde niet meteen, maar liet zich eerst nog een stukje taart afsnijden en schepte er een schep slagroom bij. 'We hebben nog genoeg orders, Angela. En we zullen orders uit Noorwegen en Zweden krijgen. Wacht maar af, het zal gauw weer bergopwaarts gaan.'

'Jij hebt makkelijk praten,' zei ze en ze perste haar lippen op elkaar. 'Jij bent ook niet ontslagen.'

Nu kwam de aap uit de mouw. Mine en Karl-Erich keken elkaar geschrokken aan. O, help! Een ongeluk kwam zelden alleen.

'Hebben ze je ontslagen?' vroeg Mine vol medelijden.

Angela knikte. Nors. Alsof ze geen behoefte had aan Mines medelijden.

'Dat gebeurde vroeger niet,' zei Karl-Erich. 'Maar dat is het kapitalisme. Dat heeft niet alleen goede kanten…'

Ulli deed zijn best om ervoor te zorgen dat de stemming niet helemaal tot het nulpunt daalde. Hij zei dat het bedrijf op personeel moest bezuinigen om rendabel te kunnen zijn, maar dat er later, als alles weer genormaliseerd was, weer mensen aangenomen zouden worden.

Angela liet met haar blik duidelijk merken dat ze daar niet in geloofde, maar ze zweeg en hield haar koffiekopje voor Mine op. Natuurlijk was uitgerekend nu de kan leeg.

'Ik zal nog even snel nieuwe zetten,' bood Mine aan en ze stond op.

'Voor mij hoeft het niet, hoor,' zei Angela snel. 'We moeten er toch bijna vandoor.'

'Ik neem graag nog een kopje!' riep Karl-Erich, die vanwege zijn te hoge bloeddruk eigenlijk maar één kopje per dag mocht drinken. Maar omdat de dokter naar het westen was vertrokken en niemand meer zijn bloeddruk mat, dacht hij waarschijnlijk dat hij nu net zo veel koffie kon drinken als hij wilde.

'Hebben jullie al gehoord dat onze barones terug is?' vroeg Mine terwijl ze aan het fornuis met de waterketel bezig was.

'Dat heeft Kalle verteld,' antwoordde Ulli. Hij pakte Angela's hand en streelde die.

Ze zuchtte ongeduldig. 'Ik heb haar gezien, die barones van jullie. Ze zit lekker op een badlaken en laat de zon op haar gezicht schijnen,' zei ze minachtend. 'Die bloedzuigers komen nu weer uit alle hoeken en gaten aangekropen.'

Ook Ulli had geen goed woord over voor de barones. Helemaal omdat hij had gehoord dat Falko bij haar rondhing.

'Ze zijn allemaal machtig en rijk geworden in het westen, de Dönitz en de Lambsdorfs en hoe ze allemaal ook mogen heten. En nu komen ze klagen over wat ze allemaal kwijtgeraakt zijn...'

Mine begreep dat Ulli wat overdreef omdat hij Angela naar de mond wilde praten en besloot haar mening voor zich te houden.

Maar Karl-Erich dacht daar anders over. 'We weten niet of ze rijk is,' zei hij langzaam. 'Momenteel woont ze in een blokhut. Pospuscheit heeft het rentmeesterhuis aan haar verhuurd.' Hij moest eerst aan hen uitleggen wat het rentmeesterhuis was. Of eigenlijk, wat het geweest was.

'Dat is toch bizar.' Ulli schudde zijn hoofd. 'Pospuscheit en de barones, nou, ik weet niet wie de grootste schurk is...'

'Dat is wat ons betreft absoluut Pospuscheit, die verdomde Stasispion,' riep Karl-Erich.

Ulli knikte. Hij had het ook gehoord. Het was alleen niet zeker of het waar was. Het enige wat zeker was, was dat vrijwel niemand in het dorp Pospuscheit en zijn vrouw Karin kon uitstaan. De meesten hadden echter nooit hun mond opengedaan, omdat ze bang voor hem waren.

'De barones zal wel tegen hem opgewassen zijn,' zei Angela. 'Die laat zich de kaas niet van het brood eten. Pas maar op, voor je het weet, is het landhuis en het hele dorp weer van haar, en neemt ze de LPG als toegift. Dat soort types hebben altijd de wind mee...'

Nu had Mine er schoon genoeg van. Zo veel hatelijkheid had Franziska niet verdiend. Wat er destijds was gebeurd, toen de Russen kwamen, dat wenste je niemand toe. Maar wat wisten die jongelui er nu van? 'Zo is mevrouw Von Dranitz niet,' zei ze beslist.

Angela liet een schel, haast hysterisch lachje horen. 'Zij is niet zo? Die pakt wat ze te pakken kan krijgen! Die zit daar in haar hut op de loer en op de buit te wachten. Falko heeft ze ook al naar zich toe getrokken. De hond is dol op haar...'

Ulli keek Mine verwijtend aan. 'Angela heeft gelijk. Ik vind het maar niks dat jullie Falko naar haar toe laten gaan!'

Karl-Erich koos verontwaardigd partij voor Mine. Eerst de hond hier bij hen in het dorp dumpen en hun dan ook nog eens de wet voorschrijven! 'Als het jullie niet zint, zorg dan zelf voor Falko! De hond is jong en heeft beweging nodig. Als Mücke hem niet uit zou laten, had hij allang onze flat gemold.'

'Zie je nou wel, Ulli?' riep Angela. 'Ik heb altijd al gezegd dat de hond naar Konradi moet! Waarom doe je eigenlijk niets? Je zit hier maar, laat je beledigen en doet niets. Rij erheen en ga die hond halen, dan brengen we hem weg.'

Mine schrok. En natuurlijk zei ze weer het verkeerde. En dit keer was het zelfs heel erg verkeerd. 'De hond weggeven? Hoe moet ik dat aan Mücke uitleggen? Ze is zo gek op Falko...'

Nu waren de rapen gaar. Angela werd bleek en haar stem werd zo fel dat Mine er gewoon bang van werd.

'Je hoeft Mücke helemaal niets uit te leggen! Die gaat in haar nakie zwemmen en loopt met de mannen te flirten. Zij is zo doortrapt. "Ze is zo gek op Falko." Laat me niet lachen! Manziek, dat is ze, en Ulli trapt er nog in ook!'

'Angela, alsjeblieft... Dat is helemaal niet waar,' stamelde Ulli, die niet blij was met de hysterische uitbarsting van zijn wederhelft. 'Ik heb haar niet eens aangeraakt.'

Angela begon te snikken. Haar man wilde haar in zijn armen nemen, maar ze duwde hem van zich af. 'Niet aangeraakt? Je bent achter haar aan gezwommen! Omdat je haar naakt wilde zien, met haar dikke kont!'

Karl-Erich sloeg met zijn kromme reumahand op tafel. Het servies rinkelde. 'Afgelopen nu! Verdorie nog an toe! Hier in ons huis wordt geen ruzie gemaakt. Dat kunnen jullie thuis doen. Mine heeft geen taart gebakken zodat jullie hier kunnen gaan zitten bekvechten als een stelletje ketellappers!'

Angela schoof huilend haar stoel naar achteren en sprong op. Ulli legde zijn arm om zijn vrouw en leidde haar naar de voordeur. In de gang bleef hij even staan en wierp een gekwelde blik over zijn schouder naar zijn grootouders, die in de woonkamer aan de koffietafel waren blijven zitten.

'Tot de volgende keer,' zei hij. 'Het spijt me. Ik bel jullie.'

Mine en Karl-Erich gaven geen antwoord. Stilzwijgend dronken ze de vers gezette koffie die Mine voor Karl-Erich met heet water had verdund.

Jenny

Juli 1990

IN ELK GEVAL KON ze nu huilen. Echt hartverscheurend huilen, met alles erop en eraan. Toen het gesnik na een hele tijd langzaam afnam, draaide ze zich op haar rug. Met haar hoofd op het natte kussen staarde ze naar het plafond. Ze had het gevoel dat ze eenzaam op een ijsschots in het zuidpoolgebied dreef. Ze was helemaal alleen. De grote liefde, die haar een jaar lang vleugels had gegeven, was voorbij. In het niets opgelost. Waar was het fantastische, bedwelmende geluk gebleven? In november, toen iedereen 's nachts naar de Brandenburger Tor was gerend, hadden Simon en zij midden in de menigte dicht tegen elkaar aan gestaan en elkaar gekust. De nacht waarin de muur openging, de nacht waarin dromen werkelijkheid werden. Toen was ze er zeker van geweest dat haar liefde groot en voor altijd was. Ook al had Simon ineens gemerkt dat er een televisieploeg was. Hij had haar abrupt losgelaten omdat hij vreesde dat ze op het nieuws te zien zouden zijn. Ze was daar boos om geweest en toen de menigte in beweging kwam, had ze zich van hem weg laten drijven. Blijkbaar had ze de neiging overdreven te reageren.

Ik heb mijn leven kapotgemaakt, dacht ze wanhopig en ze begon weer te snikken.

De fase van zelfmedelijden duurde tot de middag, daarna vermande ze zichzelf en ruimde ze de bende in de keuken op. Vervolgens haalde ze het bed af, stopte de lakens en het dekbedovertrek in de wasmachine en ging onder de douche. Ze zeepte zich grondig in, alsof ze alle sporen wilde wissen die hij had achtergelaten.

Nadat ze zich had afgedroogd, trok ze een spijkerbroek en een T-shirt aan en begon ze de spullen uit te zoeken die ze van hem had gekregen. Sexy zwarte lingerie, weg met die troep. Weg met alle rommel. Weg met de halskettingen en haarspelden, lippenstiften, leren handtassen uit Spanje en sandalen met riempjes uit Marokko. Ze stopte alle cadeaus in een zak en gooide die in de afvalbak. Alleen de dikke bruine teddybeer die op de rugleuning van de bank zat, wilde ze niet weggooien. Die had hij vorig jaar op de kerstmarkt voor haar gekocht.

Die mag rustig blijven zitten, dacht ze. Als herinnering.

Haar hoofd was weer helder en het huis was Simon-vrij, wat eigenlijk heel goed aanvoelde. Het probleem was simpelweg dat Simon en zij een totaal ander beeld van de liefde hadden. Jenny droomde van de grote, eeuwige liefde, terwijl Simon gewoon zocht wat hij thuis niet kreeg: wilde passie, extase. Een compensatie voor het vermoeiende en onbevredigende gezinsleven thuis. Tegelijkertijd was hij aan zijn vrouw en kinderen gehecht en zou hij ze nooit vrijwillig hebben verlaten.

Je kon een hoop zeggen van de gasten die in de communes van haar moeder vertoefden, maar ze waren stuk voor stuk wel eerlijker dan Simon. Die types hadden wel vaker wat met twee of zelfs meer vrouwen tegelijk, maar maakten daar geen geheim van.

In feite wordt liefde volkomen overgewaardeerd, dacht Jenny en ze liet zich uitgeput op een keukenstoel zakken. Wat is het nut ervan, afgezien dan van het garanderen van nakomelingen? Nou, wat dat betreft, had ze goed opgelet. Ze slikte de pil. Dat had Simon ook erg belangrijk gevonden, tenslotte had hij al twee kinderen en wist hij wat het betekende om voor je kroost verantwoordelijk te zijn.

Hoelang zou het duren tot hij een nieuwe affaire begon? Alleen al het idee dat hij met een ander naar bed ging, dat hij dezelfde lieve woordjes in háár oor fluisterde, was als een messteek in haar hart.

Ze zou morgenochtend meteen haar ontslagbrief schrijven en naar het kantoor sturen, dan lag die al op zijn bureau als hij van vakantie terugkwam. Wat haar financiën betrof, moest ze iets bedenken. Ze had nog één maand salaris tegoed, daarna was het afgelopen. Ze belde twee vriendinnen met wie ze aan de bankopleiding was begonnen. Misschien hadden zij een tip voor haar. Ze waren allebei niet bereikbaar, waarschijnlijk waren ze op vakantie. Nu wreekte het zich dat ze haar oude vrienden had verwaarloosd. Vriendschappen moesten onderhouden worden, anders verwaterden ze, maar ze had een heel jaar lang alleen voor Simon geleefd.

Haar moeder zou het wel leuk vinden als ze alsnog haar middelbareschooldiploma haalde en ging studeren. Cornelia zou haar ook wel onderdak verlenen en financieel ondersteunen, dat wist ze wel zeker. Maar dat wilde Jenny in geen geval. Uit principe al niet. Dan nam ze nog liever genoegen met een kleine studentenkamer en een baantje als schoonmaakster. Ze zuchtte. Een klein huisje met drie kamers, keuken en badkamer zou ze in de toekomst niet meer kunnen betalen. Hooguit in het oosten. Daar was ze dit jaar twee keer met Simon geweest, omdat hij er objecten had bekeken. Maar het was haar totaal niet bevallen. Alles was zo grauw en verwaarloosd. De mensen waren raar. Ze kon niet met de ossi's overweg. Sommigen waren opdringerig, anderen waren vijandig en benijdden de wessi's om hun vermeende welvaart. Nou, wat dat betrof, zouden ze nog verbaasd opkijken. En de ossi's straalden allemaal iets beledigds uit, alsof ze wilden zeggen: 'Wat weet jij er nou van, westerse tuthola? Jij hebt geen idee hoe het bij ons was.' Eerlijk gezegd wilde ze het ook niet weten. Ze zouden nog wel merken dat hier niemand iets gratis kreeg. Nee, naar de andere kant, naar Oost-Berlijn, wilde ze absoluut niet. Ook al was de muur nu weg.

Ze zou haar oma nog een keer kunnen bellen. Gewoon zomaar.

Omdat ze familie was. Niet om geld van haar te lenen of zo. Zeker niet. Ze had alleen iemand nodig met wie ze kon praten. Als ze hier nog langer in haar eentje bleef zitten, werd ze gek.

Het briefje met Franziska Kettlers nummer lag op de ladekast onder het telefoonboek. Ze kreeg weer het antwoordapparaat, waarvan het bandje blijkbaar vol was, want de verbinding werd gewoon verbroken.

Hm. Een oude vrouw zou toch eigenlijk thuis moeten zitten en sokken breien. Hoewel het goed mogelijk was dat haar oma anders was dan andere oma's. Dat zou in haar familie niet zo vreemd zijn. Aan de andere kant hoorde je ook regelmatig over oude mensen die maandenlang dood in hun huis lagen omdat niemand naar hen omkeek. Een griezelig idee. Stop, dacht ze. Ik ga mama in Hamburg bellen. Oma is immers haar moeder. Ook al noemt ze haar Franziska.

Het kostte haar enige zelfoverwinning om het nummer te draaien. Als haar moeder inmiddels verhuisd was, zou ze het inlichtingennummer moeten bellen.

De telefoon werd opgenomen en ze hoorde een mannenstem. 'Ja?'

'Hallo, u spreekt met Jenny Kettler. Cornelia's dochter. Kan ik mijn moeder even spreken?'

'Conny? Kom even, je dochter is aan de lijn!'

'Jenny? Ben jij dat?' klonk een paar seconden later de ongelovige stem van haar moeder uit de hoorn.

Jenny haalde diep adem. 'Ik ben het, mama.'

'Je moet Conny tegen me zeggen. Nou, maakt niet uit. Hoe gaat het? En waarom ben je met je opleiding gestopt? Het gaat mij natuurlijk niets aan, maar...'

'Je hebt gelijk, het gaat je niets aan,' antwoordde Jenny, maar ze vermande zich meteen. Ze wilde met haar moeder praten, niet ruzien. 'Het gaat goed met me,' loog ze. 'Ik bel vanwege oma.'

'Vanwege Franziska? Wat is er met haar? Heeft ze je soms geld geleend? Echt wat voor haar. Maar denk maar niet dat ze dat niet uit eigenbelang doet. Als Franziska je geld leent, wil ze je kopen. Zo is ze. Altijd maar hebben, hebben, hebben. Graaien, niets los kunnen laten…'

Het liefst had Jenny opgehangen. Ze kon het gewoon niet langer dan drie minuten met haar moeder uithouden, zelfs niet aan de telefoon. 'Ze heeft me niks geleend!'

'O? Maar waarom bel je dan?'

Omdat ik met je wil praten? Omdat je mijn moeder bent? Omdat ik problemen heb? Jenny dacht het, maar zei niets van dat alles. 'Oma heeft me geen geld geleend. Waarom zou ze ook?' zei ze in plaats daarvan. 'Maar ze neemt haar telefoon niet op. Ik heb al een paar keer gebeld en krijg telkens het antwoordapparaat.'

'Ja, en? Oma zal wel op vakantie zijn. Ze heeft behoorlijk wat woekerwinst opgestreken met de verkoop van de drankenhandel. Ze kan het zich permitteren…'

Ergerde haar moeder zich eraan dat oma geld had en zij niet? Vroeger had Cornelia het altijd over de schijtkapitalisten en uitbuiters gehad. 'Je weet dus niet waar ze zou kunnen zijn?' vroeg ze aarzelend.

'Ik heb geen idee. Vertel eens wat je zoal doet. Waar ben je eigenlijk? En waar leef je van? Je zou eindelijk eens tot bezinning moeten komen en je middelbare school…'

Dat was nou precies waar Jenny zo'n hekel aan had als ze met haar moeder praatte. Cornelia volgde alleen haar eigen spoor. Jenny moest haar telkens weer moeizaam op koers brengen. 'Mam! Zou er niet iets met haar gebeurd kunnen zijn? Oma is toch al oud?'

'Oma, oma… Wat heb je toch met haar?' vroeg Cornelia korzelig. 'Franziska is pas zeventig, kerngezond en onverwoestbaar. Ik zou willen dat ik haar sterke gestel had geërfd!'

Dat heb je ook, mama, dacht Jenny. 'Oké…' zei ze in de hoorn. 'Je hebt gelijk. Zeventig is niet oud.'

'Luister, Jenny. Ik weet dat je het toch niet los zult laten.' Uit de hoorn klonk een geïrriteerde zucht. 'Vroeger verstopte Franziska haar huissleutel altijd onder de grote bloempot op het terras. Om erbij te kunnen, moet je vanaf de achterkant van het huis door de heg kruipen, wat niet zo simpel is.'

Wat is nou simpel, dacht Jenny. 'En je denkt dat hij daar nog steeds ligt?'

'Vast en zeker. O, en Jenny... Als je naar Franziska rijdt, zou je dan de foto's voor me mee kunnen nemen?'

Dat was typisch haar moeder. Vooral geen gelegenheid onbenut voorbij laten gaan. Maar of het goed ging met de oude dame, dat interesseerde Cornelia totaal niet. 'Wat voor foto's?' vroeg Jenny daarom licht geïrriteerd.

'O,' deed haar moeder haar verzoek licht verlegen af, 'alleen wat oude rommel van vroeger. Van toen ik klein was. Franziska vroeg een tijdje geleden of ik de foto's wilde hebben, anders zou ze ze weggooien.'

Wauw! Jenny moest bijna lachen. Oma had haar moeder een ultimatum gesteld. En Cornelia stond op het punt om door de knieën te gaan. Dat was echt grappig!

'Ik zal proberen eraan te denken. Dag, mam, het ga je goed!'

'Niet zo snel, Jenny. Je hebt me nog helemaal niet verteld waar je bent en wat je zoal doet...'

'Een andere keer,' zei Jenny. Ze hing op en haalde diep adem. Pff, dat kostte een hoop energie, zeg! Ze leunde tegen de kussens van de bank en strekte haar benen uit. Een sleutel onder de bloempot. Zou hij er echt nog liggen? En wat als ze erheen ging, maar het huis toch niet in kon? Ach, wat maakte het uit? Ze zou morgenochtend nog één keer bellen, en als de telefoon dan nog niet werd opgenomen, zou ze in de auto stappen en erheen rijden. Dan hadden de buren vast wel een sleutel.

Die nacht sliep ze als een blok. Ze sliep zo diep dat er niets tot haar doordrong, geen kindergejengel, geen moederlijke tirades. Ze schrok pas wakker door het schelle gerinkel van de deurbel. Ze schoot haar bed uit, trok snel haar badjas aan en haastte zich naar de deur. Op het stoepje stond de postbode, met een aangetekende brief in zijn hand.

'Dank u wel.' Jenny zette haar handtekening, pakte de brief aan en sloeg de deur dicht. Het was een brief van Simon, die haar officieel meedeelde dat ze ontslagen was. Wegens omstandigheden in het bedrijf. De vier weken opzegtermijn werden verrekend met zogenaamd nog niet opgenomen vakantiedagen. Ze hoefde niet meer op het architectenbureau te verschijnen.

Die stomme klootzak was haar voor geweest! Nu was ze pas echt kwaad op hem. Hij gunde haar niet eens de triomf dat ze haar ontslagbrief op zijn bureau kon smijten. Waarschijnlijk zat hij nu in het vliegtuig naar Portugal om Gisela te vertellen dat hij de 'affaire' allang had beëindigd. Dat zij de enige vrouw was van wie hij echt hield. Haha!

Ze zette een kop koffie voor zichzelf, liep ermee naar de telefoon en wierp een blik op de klok. Het was al acht uur geweest. Zou haar oma nog slapen? Ach, onzin, oude mensen waren altijd vroeg op. Die hadden niet meer zo veel slaap nodig.

Jenny draaide het inmiddels bekende nummer en werd opnieuw doorgeschakeld naar het antwoordapparaat. Stel dat haar oma echt op vakantie was? En wat dan nog? Ze ging gewoon naar Königstein. Iets zei haar dat ze dat moest doen. Een instinct. Hoewel haar onderbuikgevoel haar al vaak genoeg had bedrogen.

Ze pakte haastig een reistas in, sloot de ramen en pakte geld en haar bankpas. Ze moest dringend tanken, anders ging haar rode Kadett het niet redden. Het was ruim vijfhonderd kilometer rijden en gelukkig stond er nu nog wel geld op haar bankrekening. De stomme grenscontroles bij de transitzone waren er niet meer, die hadden vroeger een hoop tijd gekost en veel van je zenuwen gevergd. Nu kon je gewoon doorrijden, niemand doorzocht je auto of stelde stomme vragen. De eenwording was een geweldige zaak. Afgezien van de ossi's dan.

Jenny vond autorijden leuk. Ze stopte het ene cassettebandje na het andere in de autoradio. Haar favoriete popgroepen beluisterde ze een paar keer en met de beste nummers zong ze luid mee. Bij Jena stopte ze bij een wegrestaurant, waar ze tankte en zichzelf op een cappuccino en een broodje trakteerde. De prijzen waren hier nu redelijk. Logisch, ze hadden nu officieel de D-mark. Vroeger moest je hier ook met West-Duitse marken betalen, maar toen waren de prijzen extreem hoog en als je niet per se hoefde te tanken, kon je het beter laten. De cappuccino was echter niet te drinken, hij smaakte verschrikkelijk zoet. De volgende pauze hield ze bij Fulda, waar ze een beker koffie met melk dronk en een stuk kersentaart at. Daarna reed ze over provinciale wegen door de Taunus, een mooi gebied met heuvels, bossen en weides en veel vakwerkhuizen. Wat raar dat ze zich deze streek niet herinnerde. Toen ze met haar moeder naar opa's begrafenis was gegaan, moesten ze immers ook door het Taunusgebergte gereden zijn.

Königstein im Taunus had niets weg van een typisch dorp in de Taunus. Het was ruim opgezet en deed denken aan een kuuroord. Op zoek naar de Talstrasse zag ze veel chique villa's met een tuin eromheen. Haar moeder had dus gelijk, oma was geen arme vrouw.

Het huis op nummer vierenveertig wekte overigens niet de indruk van een luxe villa. Het leek op een boswachterswoning, ouderwets met een rood puntdak en groene vensterluiken. Voor sommige ramen zaten smeedijzeren tralies en langs de muur naast de overdekte ingang groeiden klimrozen. Jenny parkeerde voor het huis en liep naar de tuinpoort. Ze staarde een poosje naar het huis. Ze groef in haar herinneringen, maar het kostte haar erg veel moeite daar iets te vinden. Was ze hier echt al eens geweest? Waarschijnlijk wel, want op het messing plaatje op de paal van de poort stond duidelijk Kettler.

De groene luiken waren open, er moest dus iemand thuis zijn. Jenny haalde diep adem en drukte op de knop naast de intercom. Geen reactie. Ook niet nadat ze voor de tweede keer had aangebeld. Dan maar door de heg. Aan de achterkant, had haar moeder gezegd.

Maar hoe dan? De percelen van de buren rechts en links van nummer vierenveertig waren ook omheind met heggen.

Misschien waren haar moeders jeugdherinneringen inmiddels achterhaald. Jenny had in elk geval geen zin om door andermans tuin te sluipen. Ze keek naar de omheining van het perceel van haar grootmoeder. 'Zo'n typisch kapitalistische beveiliging,' hoorde ze haar moeder zeggen. Smeedijzeren speerpunten in een kniehoog muurtje, met een buxushaag erachter die zo dicht was als het Braziliaanse oerwoud. De zwakke plek van de beveiliging waren de brede, gemetselde pilaren, waar je gemakkelijk op kon klimmen omdat je de mooie ornamenten van de speerpunten als treetje kon gebruiken. Zo gedacht, zo gedaan, en daar stond ze al in haar oma's tuin. Hopelijk had niemand van de buren haar gezien.

Met grote passen liep ze naar het huis. Ze gluurde door een raam en zag een woonkamer met meubelen met zachte pluche. Eindelijk kwam er een herinnering boven. Ze had al gevreesd dat haar geheugen haar compleet in de steek had gelaten. Binnen rinkelde de telefoon. Drie keer, vier keer, vijf keer, daarna was het weer stil. Griezelig stil.

Jenny sloop om het huis heen en kwam in een prachtige tuin. Een grasveld, hoge, oude bomen, stuiken, een symfonie in schaduwrijk groen. Hier had haar moeder dus haar kindertijd doorgebracht. Niet verkeerd. Een klein paradijs. Waarom klaagde ze dan constant?

Het terras was overdekt en half dichtgegroeid, en overal stonden bloempotten. Met tomaten, courgettes en rode pepers. Oma leek een verkapte tuinierster te zijn. Jenny vond vooral grijze pissebedden onder de potten, die met zijn allen wegvluchtten als ze een pot optilde. Onder de tomaten lag niets. Onder de courgettes ook niet. Pas bij de rode pepers had ze geluk. Ze vond een plastic zakje met een platte, getande huissleutel erin. Leve de lichtzinnige gewoontes van oude dames!

Met bonkend hart maakte Jenny de deur open en liep naar binnen. Het rook er erg muf, wat vast kwam door de vele antieke meubels en dikke tapijten.

'Oma? Hallo? Ben je hier?'

Stilte. Aarzelend liep ze van kamer naar kamer, erop voorbereid dat ze haar zieke, misschien wel overleden oma zou vinden. Een inbouwkeuken van het jaar nul. Een eetkamer met bloemetjesbehang en krullerige meubels met filigraan. Een oude buffetkast met houtsnijwerk. En toen de woonkamer met die foto boven de piano. Die kon ze zich herinneren. Een bruin verkleurde, oude foto, waarop een huis te zien was. Een vrij groot, mooi huis met een zuilengalerij. En met rechts en links ervan een paar bijgebouwen.

Trringg!

Jenny kromp van schrik ineen en staarde naar de telefoon. Ze overwoog even of ze op zou moeten nemen, toen ze ineens een beweging waarnam. Ze was niet alleen in het huis. Er was iemand de trap af gekomen. Meteen nadat ze zich dat realiseerde verscheen er een vrouw in de deuropening naar de woonkamer.

Toen ze Jenny zag, gilde ze en struikelde ze achterwaarts tegen de gangkast aan.

Mijn oma, dacht Jenny. Ze leeft. Godzijdank. 'Oma? Niet schrikken, ik ben het, Jenny.'

De vrouw gaf geen antwoord. Zwaar ademend stond ze met haar rug tegen de kast geleund. Ze was klein, gedrongen en dik, en had haar haar zwart geverfd. In haar herinnering had haar oma er heel anders uitgezien...

'Jenny?' bracht de vrouw uit. 'Ik niet kenne Jenny.'

Een buitenlandse. Dan was zij dus helemaal niet haar oma. De telefoon rinkelde nog steeds. Jenny liep vastberaden naar het telefoontafeltje en nam de hoorn op. Inderdaad, de hoes van groen fluweel en goudboord was er nog steeds.

'Jenny? Ben jij dat?' klonk een welbekende, energieke stem.

Ze schraapte haar keel en knikte vriendelijk naar de bevende vrouw bij de gangkast. 'Ja, mama.'

‘Je moet Conny tegen me zeggen. Luister, het is me zojuist te binnen geschoten waar Franziska zou kunnen zijn. Ze wilde naar Dranitz gaan.’

‘Naar Dranitz? Wat is daar?

‘Dat stomme landgoed in Mecklenburg-Vorpommern. Ze denkt dat ze weer de grootgrondbezitster uit kan hangen.’

‘En dat bedenk je nu pas?’ riep Jenny kwaad en ze knalde de hoorn op de haak.

Franzi

9 augustus 1940

HIJ WAS PAS LAAT in de middag aangekomen, toen de tafel al voor het avondeten was gedekt. Franziska was net samen met haar moeder en tante Susanne bezig de bloemstukken op de tafel te zetten. Jobst had het legervoertuig vanuit het park gespot en was majoor Iversen samen met Heini en neef Kurt-Erwin tegemoetgegaan. Franziska was naar het raam van de jachtkamer gelopen en keek toe terwijl hij uit de auto stapte en eerst Jobst en daarna Heini broederlijk omhelsde. Franzi kon niet verstaan wat ze zeiden, maar ze lachten veel en leken in opperbeste stemming te zijn.

'Hij heeft een chauffeur,' zei tante Susanne, die achter haar stond en ook naar het voorplein keek. 'Ach, een majoor als getuige had een betere indruk gemaakt dan slechts een tweede luitenant.' Daarna spoedde ze zich weg om Franziska's moeder te helpen de naamkaartjes bij de borden te plaatsen.

Franziska ademde diep in en uit om het belachelijke trillen van haar lijf te onderdrukken. Hij was hier, op landgoed Dranitz, en kon elk moment zijn hand naar haar uitstrekken en met zijn glimlach haar hart sneller doen kloppen.

Toen ze met haar moeder het zonnige terras op liep, had ze zichzelf weer onder controle. Haar grootouders Wolfert en grootmoeder

Dranitz zaten op de witte tuinstoelen onder een parasol, oom Bodo was bij hen gaan zitten, en ook haar vader kwam er nu bij. Jobst stelde zijn vriend majoor Walter Iversen voor en legde uit dat Walter nog bijna geen verlof had gehad omdat hij belangrijke taken in Berlijn te vervullen had. Toen Walter haar zag, kwam hij met pretlichtjes in zijn ogen naar haar toe. 'Mejuffrouw,' zei hij en hij pakte haar hand. 'Ik ben zo blij om u weer te zien!'

Ze moest haar houding bewaren, hier voor de ogen van de hele familie. 'Het is mij ook een genoegen, majoor.'

Ze hielden elkaars blik even vast en hun ogen zeiden wat ze niet onder woorden mochten brengen.

Haar moeder nodigde de gast uit om een poosje bij hen te komen zitten tot de knecht zijn bagage naar boven had gebracht. Ze zei dat de majoor zich daarna vast even wilde 'opfrissen'.

Walter Iversen bedankte haar, nam plaats en kreeg een kopje koffie geserveerd. Hij kletste vrolijk met de grootouders Wolfert, maakte grootmoeder Dranitz aan het lachen en praatte met papa over Duitse en Italiaanse wijn. Tot Franziska richtte hij slechts één keer het woord, om haar te vragen hoe het met haar hond Bijoux ging, die een doorn in zijn poot had gehad.

'Dat is allang weer geheeld,' antwoordde ze, blij dat hij het zich nog herinnerde. Zijn blik bleef iets te lang op haar rusten. Ze werd er verlegen van en vroeg snel wat voor belangrijke taken hij in Berlijn moest vervullen. 'Of zijn dat geheime opdrachten waar u niet over mag praten, majoor?'

Het klonk provocerend, wat helemaal niet haar bedoeling was geweest, maar hij lachte en leek zelfs ingenomen te zijn met haar nieuwsgierigheid.

'Typisch mijn zus Franzi,' mengde Jobst zich in het gesprek. 'Ze wil altijd alles weten.'

'En waarom niet?' vroeg Walter Iversen. 'Je zus is een intelligente jonge vrouw. Ik heb veel respect voor haar.'

Grootmoeder Wolfert rolde vertwijfeld met haar ogen. Volgens haar opvattingen diende een ongehuwd meisje eigenschappen als intelligentie zorgvuldig te verbergen als ze niet een oude vrijster wilde worden.

'Ik ben momenteel ingezet bij de officiersopleiding,' vertelde de majoor. 'Daarnaast reis ik vaak naar onze troepen om lezingen te houden. Vooral over historische veldslagen en moderne oorlogsvoering, maar ook over de Duitse aard, literatuur en geest.'

Jobst verzekerde de aanwezigen dat de lezingen van zijn vriend ongelofelijk boeiend waren. Walter had de gave zijn toehoorders te enthousiasmeren en kreeg steevast een daverend applaus. Franziska zei er niets over, maar voelde dat de majoor vol verwachting naar haar keek en merkte hoe blij hij was toen ze belangstellend reageerde.

De huisknecht kwam melden dat de kamer van de majoor gereed was. Walter vroeg om hem even te excuseren, stond op en verliet het terras.

'Een aardige jongeman,' zei grootvader Wolfert tegen Franziska's vader, die zwijgend zijn koffie dronk. 'Maar waarschijnlijk geen vechter, eerder een prater.'

'Absoluut niet!' riep Jobst verontwaardigd. 'Walter heeft de Poolse Veldtocht meegemaakt en heeft een onderscheiding gekregen. Zijn vader was stafofficier. Hij is in 1918 aan het westelijk front gesneuveld.'

'Indrukwekkend,' zei Franziska's moeder en ze keek onderzoekend en een tikkeltje bezorgd naar haar dochter. Grootmoeder Dranitz raadde haar kleindochter aan zich bescheiden en terughoudend op te stellen, zoals het een jong meisje op huwbare leeftijd betaamde.

Franziska was blij dat de etensbel werd geluid en de twee huisknechten het park in liepen om de gasten te verzoeken aan tafel te gaan. Ach, het was allemaal zo moeilijk en ingewikkeld. Zijn aanwezigheid, die haar volkomen van haar stuk bracht. De opmerkingen van haar grootmoeder. Haar moeders waarschuwende glimlach. Haar vaders behoedzame zwijgen. Maar het ergste was nog wel het overweldigende verlangen, de onzinnige, onzedelijke wens met hem alleen te zijn. Hem aan te raken. Zich aan hem over te geven.

'Hé, Franzi,' zei Elfriede toen ze op hun plek aan tafel gingen zitten. 'Wie is die mooie officier naast tante Irene?'

Elfriede wist altijd haarfijn een gevoelige snaar te raken.

'Dat is majoor Walter Iversen. Een goede vriend van Jobst.'

Elfriede glimlachte naar haar met de blije uitdrukking van een kind, terwijl haar uitstraling tegelijkertijd iets verleidelijks had en totaal niet kinderlijk meer was. 'Hij heeft daarnet op de trap mijn hand gekust!'

Het feestelijke diner aan de vooravond van de bruiloft werd voor Franziska een marteling. En dat was haar eigen schuld. Want moest ze nou echt telkens langs de rozen over de tafel kijken? Naar de plek waar hij tussen tante Irene en Brigitte zat? Hij praatte geanimeerd met zijn tafeldame en maakte grapjes met Heini en Jobst. Ze hieven hun glas en proostten met elkaar, lachten, kletsten, genoten van de stevige gerechten en leken zich uitstekend te vermaken. Slechts een enkele keer trof de blik in zijn blauwe ogen haar als een pijl. Dan voelde ze zich betrapt en vernederd, en was ze gepikeerd omdat ze een triomfantelijke glimlach in zijn trekken meende te zien. En dan ook nog die onderzoekende blikken van haar moeder, grootmoeder Wolfert met haar glimmende monocle en Elfriedes geklets.

'Hij is zo knap, Franzi. Heb je zijn hagelwitte tanden gezien? En hij is zo lang... En zijn lippen zijn warm en veerkrachtig!' Haar zus was nauwelijks te stoppen.

Houding bewaren, zou grootmoeder Dranitz nu zeggen. Altijd je houding bewaren. Ook al kost het moeite.

'Veerkrachtig? Hoe kom je daar nou bij?' zei Franziska.

'Nou, hij heeft toch mijn hand gekust...'

'Zeg dat nooit meer, Friedchen. Dat is onbeschaafd en gênant. Maar goed dat mama het niet heeft gehoord.'

'Hoezo?'

O god, laat de tijd alstublieft sneller verstrijken, smeekte Franziska vanbinnen. Ze durfde niet meer naar hem te kijken omdat ze wist dat ze nu ongetwijfeld een rood hoofd zou krijgen. Haar zusje was onverbeterlijk. Warm en veerkrachtig… Hemel! Wat een vroegrijp kind!

De tijd verstreek niet sneller, maar kroop in slakkentempo van de ene naar de andere seconde. Ze moest tante Susannes geklaag over haar kleermaakster aanhoren, die vijf meter van de beste Engelse wol had verknipt, en naar oom Bodo's plannen voor de komende koolraapoogst, die dit jaar waarschijnlijk bedroevend slecht zou zijn.

Aan de overkant van de tafel werd grootvader Dranitz steeds luidruchtiger naarmate hij meer Franse wijn op had. 'Een burger als Adolf Hitler heeft niets te zoeken in de legerleiding! Een leger wordt naar de zege geleid door generaals die zich in de oorlog hebben bewezen. Ach, Frankrijk! Dat was puur geluk, niets anders. Die parvenu heeft er totaal geen verstand van!'

'Wind je niet op,' probeerde Franziska's vader hem te kalmeren.

'Hou je mond, Heinrich!' riep grootvader geïrriteerd en hij wendde zich abrupt tot Walter. 'U zou het toch moeten weten, majoor! Was uw vader niet adjudant bij Hindenburg?'

'Zeker,' hoorde ze Walter Iversen rustig en vriendelijk antwoorden. 'In principe geef ik u gelijk, baron.'

'Eet je niets, Franzi?' vroeg Wilhelm von Dranitz, Franziska's tafelheer. 'De stoofschotel van schapenvlees met bonen is verrukkelijk!'

Ze kreeg inderdaad amper een hap door haar keel, maar dronk wel drie glazen moezelwijn, waardoor ze zich nog verwarder voelde.

Toen ze eindelijk bij het gebak, de vruchtenlikeur en de mokka waren aangekomen, begon het buiten al donker te worden. Liese, het dienstmeisje, stak de papieren lampions op het terras aan. Het zag er mooi uit. Gele manen en rode ballen wiegden in de schemering en op de witte tuintafels flakkerden lantaarns, omringd door insecten op zoek naar licht.

Geleidelijk aan werd de zaal leger. Het gezelschap ging uit elkaar, verdeelde zich in kleine groepjes. Menigeen haastte zich naar het toilet, de dames kleedden zich om, grootmoeder Dranitz ging naar bed en de jongeren liepen naar buiten om op het terras de aardbei-enbowl te proeven.

Franziska wilde net de trap op lopen om haar zijden omslagdoek uit de kast te halen, toen iemand haar plotseling bij haar arm pakte.

'Kom bij ons zitten, zusje,' zei Jobst. 'Er is hier iemand die heel erg naar je verlangt.'

Franziska's hart begon sneller te kloppen. Ze keek Walter aan, die naast Jobst stond, en glimlachte vol verwachting.

'Ja!' riep Heini, die duidelijk te diep in het glaasje had gekeken. 'We hebben elkaar maanden niet gezien, Franzi. Friedchen heeft me verteld dat je fotografe wilt worden, klopt dat?'

O god, wat gênant. Natuurlijk had ze gedacht dat Walter degene was die zo naar haar verlangde. Wat was ze toch dom. Wat gedroeg ze zich beschamend. Hoe kwam ze in godsnaam op het belachelijke idee dat hij hetzelfde voelde als zij?

'Dat geldt dan voor ons allebei,' zei Walter, en hij legde zijn arm om Heini's schouders. 'Want ik ben degene die als eerste om uw gezelschap heeft gevraagd, freule.'

Wat was hij gevoelig. Hij hielp haar behendig uit de pijnlijke situatie terwijl hij nog serieus overkwam ook. Opgelucht zei ze dat ze alleen even gauw een omslagdoek wilde halen. Ze vroeg of de heren een stoel voor haar vrij konden houden.

Boven in haar kamer was het lastig om haar kledingkast te openen, want Brigittes bruidsjurk, onderjurk, sluiers en alles wat erbij hoorde, hingen aan de buitenkant van de kast. Ze staarde een paar tellen lang in gedachten verzonken naar het smetteloze wit van het bruidsgewaad. Ze bewonderde het kant, het fijne borduursel met de pareltjes bij de halslijn en aan de zoom, en droomde van haar eigen bruiloft...

Elfriedes gejengel dat vanaf het terras door het open raam drong, haalde haar ruw uit haar gedachten.

'Maar ík wil hier zitten!'

Snel sloeg ze de sjaal om haar schouders en rende de trap af, waarbij ze bijna tegen tante Irene op botste die hijgend de trap op liep om comfortabelere schoenen aan te trekken. Beneden had Heini er inmiddels een stoel bij gepakt, zodat Elfriede er ook bij kon zitten. De plek naast Walter was vrij gebleven.

'Het was een zware strijd,' zei de majoor meesmuilend en hij stond op om haar stoel aan te schuiven. 'Maar we zijn het eens geworden, nietwaar, jonge freule?'

Elfriede vertrok haar gezicht tot een norse grimas en zei iets tegen haar broer Heini. Brigitte schudde haar hoofd om de slechtgemanierde meid en Jobst schonk aardbeienbowl in Franziska's glas. Ze proostten met elkaar en Walter beweerde dat het lang geleden was dat hij zo'n leuke avond had gehad in zo'n aangenaam gezelschap. Zijn ogen waren nu donker en fonkelden af en toe als hij lachte of Franziska peinzend van opzij aankeek.

Het gesprek was ongedwongener dan aan tafel. Jobst en Heini vertelden grappige anekdotes van het front, Elfriede zwetste maar wat en Brigitte bekende dat ze vreselijk zenuwachtig was voor de volgende dag. Walter vermaakte zich. Af en toe boog hij zich naar Franziska om zachtjes met haar te praten. Dan waren ze maar een paar centimeter van elkaar verwijderd en voelde ze de aantrekkingskracht die zijn lichaam als op magische wijze op haar uitoefende. Zijn volle, donkere haardos glansde in het schijnsel van de lantaarn. Ze kon de geur van zijn uniform en zijn huid ruiken en zijn warmte voelen. Er ging een huivering door haar heen en het kostte haar moeite weloverwogen antwoorden te geven.

Gerlinde en haar broer Kurt-Erwin kwamen bij hen zitten, aangetrokken door het vrolijke gelach. Ze riepen Liese omdat ze glazen tekortkwamen, maar het meisje had het druk. Oom Alexander had zó uitbundig verteld dat hij per ongeluk een paar bowlglazen van de tafel had geveegd.

'Ik haal wel even een paar glazen erbij,' bood Franziska aan en ze stond op. De jachtkamer, die in de winter het middelpunt van elke familiebijeenkomst was, lag er nu verlaten bij. Op de tafel stond een eenzame lantaarn, die een zwak schijnsel wierp over de gemetselde open haard, de oude staande klok, de jachttrofeeën aan de muren en de vitrinekasten waarin haar moeder de dure kristallen glazen bewaarde. Franziska pakte het sleuteltje dat boven op de vitrinekast lag, maakte de deur open en pakte er twee kleine glazen uit. Ineens hoorde ze achter zich iets kraken. Geschrokken draaide ze zich om.

'Niet schrikken,' zei Walter met gedempte stem. 'Ik ben het maar.'

Ze voelde zich duizelig worden. Had ze deze situatie uitgelokt? Natuurlijk had ze dat. Weliswaar onbewust, maar toch met de zekerheid van een slaapwandelaar.

'Wat aardig dat u me helpt de glazen te dragen,' zei ze voor de grap. 'De glazen zijn van loodkristal en dus nogal zwaar.'

Maar hij ging niet op haar grapje in. Hij kwam dicht bij haar staan, pakte de twee glazen uit haar handen en zette ze op de tafel.

'Ik heb er lang over nagedacht hoe ik het voor elkaar kon krijgen om met u alleen te zijn, Franziska,' zei hij. 'En nu helpt het toeval me een handje.'

Lachte hij haar uit? Ze wilde iets zeggen, maar hij legde voorzichtig zijn wijsvinger op haar lippen. Franziska begon te beven.

'Sst,' fluisterde hij en hij glimlachte. 'Leid me niet af. Ik ben niet erg handig in liefdesverklaringen en raak snel in de war…'

Ze zweeg en wachtte. Haar hart ging tekeer. Ineens waren ze handlangers, twee dieven in de nacht, twee mensen die elkaar benaderden, stiekem, hartstochtelijk en tegelijk angstig iets verkeerd te doen.

'Ik ben geen onbeschreven blad, Franziska,' zei hij snel. 'Dat zou voor een man op mijn leeftijd ook raar zijn. Maar ik weet dat ik heb gevonden waar ik altijd naar op zoek was. Ik weet het heel zeker.'

Hij stopte en keek onderzoekend naar haar. Franziska zweeg en keek hem aan. Ze was helemaal in zijn ban, nam gulzig zijn woorden in zich op en snakte naar meer.

'Ze moest precies zijn zoals jij. Zo slank en met donker haar. Zo slim en eigenzinnig. Ze moest van de natuur en de levende wezens houden, een Diana te paard, een vrolijke vriendin en trouwe metgezel. Een rustpunt in mijn onrustige leven, een veilige haven, een toevluchtsoord en tegelijk de grootste schat, die ik tot mijn laatste ademtocht zou verdedigen. Dat alles zie ik in jou, Franziska. Zeg me of ik op de juiste weg ben.'

Wat is geluk? Een roes die ons overvalt, ons door elkaar schudt, ons gekke dingen laat doen die we bij volle bewustzijn nooit zouden doen. Franziska tilde haar armen op, sloeg ze om zijn nek, voelde dat hij haar tegen zich aan drukte en ademde een paar seconden lang puur, onvervalst geluk in.

'Ik weet het niet,' hoorde ze zichzelf fluisteren. 'Je verlangt veel...'

Zijn kus was niet teder en voorzichtig. Hij benam haar de adem, maakte haar duizelig, liet haar hijgend naar adem snakken.

'Vergeef me,' fluisterde hij. 'Ik ben te ongeduldig, Franziska. Het is oorlog en het leven kan elk moment eindigen.'

'Maar nee, er zal snel een vredesakkoord komen,' mompelde ze, alsof ze hem moest troosten.

Zijn lippen waren zo dicht bij haar mond dat het verlangen naar zijn kus bijna pijn deed.

'Ik vrees dat je je vergist...'

Een piepkleine beweging in zijn richting en hun lippen vonden elkaar opnieuw. Franziska voelde een zoete, wilde, ongeoorloofde hartstocht toen zijn handen voorzichtig haar rug streelden en zich verder naar beneden bewogen.

Terwijl buiten op het terras gelachen en gekletst werd en oom Alexanders luide stem boven iedereen uit om meer bier riep, omhelsden ze elkaar. Ze voelden elkaars ademhaling, voelden elkaars hart kloppen, en hadden het gevoel dat ze voor altijd met elkaar verbonden waren.

'Zeg of je me wilt, Franziska...'

Ze fluisterde haar antwoord in zijn oor. Hij beloonde haar met een vuurwerk aan kussen en mompelde dat hij de gelukkigste persoon op de wereld was.

'Waar blijft Franzi nou?' riep Gerlinde buiten op het terras. 'Moeten we soms een kommetje van onze hand maken en daaruit drinken?'

Ze stoven uit elkaar. Hij knikte spijtig naar haar, kneep stevig in haar handen en liep naar de zaal om niet tegelijk met haar op het terras te verschijnen.

Wat een avond! Franziska voelde zich bevrijd. Al haar angsten waren verdwenen en vervangen door een stralend geluksgevoel. Het maakte haar niets uit toen Elfriede zeurde dat ze een tweede glas bowl wilde en ze klopte Gerlinde geduldig op haar rug toen zij zich in een aardbei verslikte.

Later liepen ze met zijn allen naar het park. Ze lachten en krijsten, en hielden elkaars handen vast om te voorkomen dat ze in het donker struikelden. Walter was steeds bij haar in de buurt, pakte af en toe haar hand, en trok haar één keer achter een jeneverstruik om haar te kussen. Jobst en Heini hadden het boothuis opengemaakt en de roeiboten eruit getrokken.

'Geef de lantaarn eens!' riep Jobst overmoedig tegen de huisknecht die zijn moeder uit voorzorg achter hen aan had gestuurd. 'Anders laten we de juffrouw van het meer schrikken!'

Onder luid gegiechel en angstig gekrijs stapten ze in de wiebelende boten. De heren pakten de roeispanen, de dames gingen op de achtersteven zitten. Iemand begon luidkeels te zingen en iedereen zong mee.

Franziska was graag alleen met Walter het donkere meer op geroeid, maar helaas klom Elfriede bij hen in de boot en kletste hen de oren van het hoofd. Maar Franziska was veel te gelukkig om boos te zijn op haar kleine zusje.

Franziska

Juli 1990

HET OUDE HUIS PRAATTE tegen haar. De houten balken van de zolderetage kraakten in de ochtendzon. De dauw droogde knisperend op het mos dat op de dakspanen lag. Er brokkelde een stuk kalk van de westelijke muur. Het was alsof een oude kameraad zich uitrekte, een oudgediende met eeuwenlange ervaring, die zich op de nieuwe dag voorbereidde. Kreunend van de inspanning glimlachte de oude kameraad naar haar. Hij was nog erg levendig. Hij had nog genoeg energie voor de komende eeuwen.

Jij en ik, dacht ze glimlachend. Wij zijn allebei overgebleven en zullen elkaar steunen. Op een dag zul je weer nieuw en jong zijn en in je kamers zullen kinderen rondrennen. Vertrouw me, ik ben je goede geest. Je vriendin. Je kind.

In de afgelopen twee maanden had ze haar wachtpost zo min mogelijk verlaten en nooit 's nachts. Er deden geruchten de ronde die ze niet kon geloven. Ze was naar Schwerin gereden, naar Stralsund, naar Güstrow en ook naar Rostock. Ze had niets bereikt, bij de officiële instanties van de DDR was het één grote chaos. Niemand was verantwoordelijk, niemand wilde een duidelijke uitspraak doen. Als het eenwordingsverdrag eenmaal ondertekend was, dan zouden ze eindelijk iets kunnen doen, kreeg ze te horen.

Franziska geloofde dat niet. De situatie zou daarna pas echt chaotisch worden.

Ze had een advocaat uit Frankfurt ingeschakeld, dezelfde die haar terzijde had gestaan bij de verkoop van de drankenhandel. Hij had tegen haar gezegd dat de situatie voorlopig geheel onduidelijk was. Ze moest in elk geval haar aanspraak neerleggen, wat het ook opleverde.

'En waar?' had ze gevraagd.

'Ze zullen te zijner tijd wel instanties oprichten om openstaande vorderingsaanvragen te behandelen.'

'Wat betekent "te zijner tijd"?' vroeg ze lichtelijk ongeduldig.

'Gauw,' luidde het onbestemde antwoord van de advocaat.

'Gaat u deze kwestie voor me regelen, mr. Wissendörffer?'

'Graag, mevrouw Kettler. Ik neem te zijner tijd contact met u op.'

Ze had er geen goed gevoel over. Waarschijnlijk legde hij haar dossier nu op een stapel 'nog te behandelen zaken' en richtte hij zich op taken die hem sneller geld opleverden. Nou ja, ook een advocaat moest ergens van leven.

Op deze ochtend eind juli, toen het oude huis zich welbehaaglijk in de zon uitrekte, kwam het onheil met zware passen op Franziska afgestapt.

Ze zag hem al toen hij zijn Wartburg op de weg tot stilstand bracht en uitstapte. Hij knipperde goedgehumeurd met zijn ogen tegen de zon, zette zijn pet op en sloeg het portier dicht. Die Oost-Duitse auto's waren zeker van blik en hard plastic gemaakt, zo klonk het in elk geval. 'Goedkoop,' had Ernst-Wilhelm erover gezegd. Haar man had een zwak voor dure auto's gehad.

'Morgen,' groette Gregor Pospuscheit en hij ging met zijn gezette lijf pal in haar zon staan.

'Goedemorgen.' Franziska zat zoals meestal voor haar hut en dronk een kopje koffie. Ze had inmiddels een tuintafel en twee tuinstoelen aangeschaft. Ook binnen in de hut had ze iets meer luxe in de vorm van een stretcher en twee campingkasten waar ze allerlei rommel in had opgeborgen.

'Het spijt me dat ik uw dag moet bederven,' deelde Pospuscheit haar grijnzend mede. 'Maar de eenendertigste is het hier de laatste dag voor u.'

Ze zette haar koffiekopje bedachtzaam op het campingtafeltje. Hij zegde het huurcontract, dat sowieso illegaal was, dus op. Terwijl ze steeds keurig op tijd had betaald.

'Om welke reden?'

Hij haalde zijn schouders op en probeerde langs de deur die op een kier stond, een blik in haar huisje te werpen. Er waren geruchten dat ze er een geweer en zware munitie in bewaarde. 'Besluit van de gemeentevergadering,' zei Pospuscheit. 'Ook de Konsum en het gemeentekantoor gaan verhuizen.'

Ze staarde hem aan en vreesde het ergste. 'Waarom?' vroeg ze nog een keer, dit keer doordringender.

'Dat gaat u niets aan, mevrouw de barones,' antwoordde hij vals. Hij tikte tegen zijn pet en wilde zich omdraaien.

Franziska voelde dat de paniek haar dreigde te overmannen. 'Als u het huis wilt slopen,' riep ze opgewonden, 'dan kunt u rekenen op verzet. Ik waarschuw u, meneer Pospuscheit!' Ze hoorde zelf hoe schel en bibberig haar stem klonk, maar het kon haar niet schelen. Hij mocht gerust weten dat ze tot het uiterste in staat was. Tot het absolute uiterste!

'Ach, onzin!' Pospuscheit nam haar grijnzend op. Hij leek er enorm veel lol in te hebben om haar zo van haar stuk te brengen. 'Er zal nog geen balk van het huis gesloopt worden, mevrouw de barones. Integendeel. De gemeente heeft besloten het te verkopen.'

Het duurde even voordat de betekenis van die woorden tot haar doordrong. Ze wilden het landhuis verkopen. Het huis dat haar erfdeel was. Haar eigendom. Als er nog gerechtigheid op deze wereld was, dan was het huis van haar. 'U kunt het niet verkopen, meneer Pospuscheit. Het moet aan de rechtmatige eigenaar worden teruggegeven.'

Zijn trekken kregen iets vosachtigs toen hij langzaam en zelfgenoegzaam antwoordde: 'Dan hebt u het bij het verkeerde eind, mevrouw de barones. Wat tussen 1945 en 1949 door de Russen is geconfisqueerd en onder de plaatselijke boeren is verdeeld, wordt niet teruggegeven. Dat blijft zo. Het land is van de LPG en het huis blijft van de gemeente. We kunnen ermee doen wat we willen.'

Er waren geruchten geweest die zoiets hadden gesuggereerd. Die hadden haar echter volkomen absurd geleken. Het kon gewoon niet waar zijn, dat kwam immers neer op een tweede onteigening. 'Denkt u maar niet dat u mij bang kunt maken, meneer Pospuscheit,' zei ze, waarbij ze haar heftig kloppende hart probeerde te kalmeren. 'Als u dit huis of mijn land inderdaad te koop aanbiedt, dan stap ik naar de rechter.' De vosachtige uitdrukking verdween van zijn gezicht, maar ze twijfelde of hij echt onder de indruk was van haar woorden.

'Doet u wat u niet laten kunt, mevrouw de barones. Als deze hut voor het einde van de maand niet weg is, komen we met de graafmachine en helpen we u een handje. Want dit is illegale bewoning van gemeentegrond.'

Ze wilde ertegenin gaan en zeggen dat ze in dat geval de pers erbij zou halen en haar advocaat zou inschakelen, want ze had immers een huurcontract, ook al was dat niet door de gemeente goedgekeurd. Maar ze zweeg en hield hem niet tegen toen hij met grote stappen wegbeende. Het had niet veel zin om met deze wrede tiran ruzie te maken. Als ze hem in het nauw dreef, was hij in staat opnieuw zijn jonge, dronken aanhangers tegen haar op te stoken. Waarom hadden de dorpelingen in godsnaam deze man tot hun burgemeester gekozen?

Ze keek naar het oude huis en voelde zich plotseling eenzaam en machteloos. Wat kon ze ertegen doen als hij het inderdaad verkocht? Helemaal niets, moest ze helaas voor zichzelf toegeven. In het gunstigste geval zou ze jarenlang moeten procederen om haar bezittingen terug te krijgen. Daarvoor was de tijd die haar nog restte, te kort. Ze had advies nodig. Juridische bijstand. Maar ze kon niemand anders bedenken dan mr. Wissendörffer.

Ze ruimde haar vaat op, zette de tafel en de tuinstoel binnen en deed de deur op slot. Je kon niet voorzichtig genoeg zijn in dit land. De barbecue die ze had gekocht, was in de nacht gestolen, met bestek en kolen en al. Als de hond er nog was geweest, zou dat niet gebeurd zijn.

Ze kon natuurlijk bij Mückes ouders, de Rokowski's, bellen. Ze waren een beetje met elkaar bevriend geraakt. Ook Elkes familie, de Stocks, en Jürgens vader Krischan Mielke waren aardige mensen. Maar ze moest discreet met deze kwestie omgaan en in een dorp werd nu eenmaal gekletst. Ze zou naar Waren gaan en vanuit een telefooncel bellen. Dan kwam ze tenminste ook meteen van haar laatste DDR-munten af, die niemand hier meer wilde hebben na de oprichting van de monetaire unie. De muntjes leken op het speelgoedgeld dat ze ooit voor het winkeltje van haar dochter had gekocht, zo licht waren ze. Ze waren zeker van aluminium. Of van blik.

Ze moest ruim een half uur wachten, want ze was niet de enige die op een zinvolle manier van haar Oost-Duitse pfennig en marken af wilde. Drie praatgrage gepensioneerden waren voor haar aan de beurt, die eindeloos met hun familie kletsten en hun gesprekken pas beëindigden toen hun aluminium muntjes op waren.

'U hebt geluk, mevrouw Kettler,' zei mr. Wissendörffer vrolijk. 'Ik kom net binnen. Wat is er dit keer aan de hand?'

De verbinding was niet erg stabiel. Dat kwam vast door de afluisterapparatuur die de Stasi overal had ingebouwd. Nadat ze haar probleem uit de doeken had gedaan, was mr. Wissendörffer een stuk minder vrolijk.

'Dit kon weleens problematisch worden,' zei hij langzaam.

'Ja. Mogen ze dat eigenlijk wel? Gewoon verkopen? Het landgoed is toch niet van hen?'

'Volgens de huidige rechtspositie wel,' zei de jurist.

Natuurlijk! Ze had al gevreesd dat hij haar niet zou helpen. Slapjanus. 'En wat kan ik nu doen?' vroeg ze vinnig.

'Kopen.'

Even was ze sprakeloos. 'Kopen?' vroeg ze verbijsterd en ze kreeg een hoestbui. 'Ik? Dat meent u toch zeker niet!'

'Helaas wel, mevrouw Kettler. Voordat de bezittingen naar iemand anders gaan, bijvoorbeeld naar een makelaar in onroerend goed of een Russische oligarch, kunt u beter zorgen dat het object in uw handen komt. Als de eis ontvankelijk wordt verklaard, kunt u op schadeloosstelling rekenen.'

'En als de eis wordt afgewezen?'

'Dan hebt u in elk geval uw landgoed gered.' Mr. Wissendörffer betreurde het enorm dat hij haar geen positievere informatie kon geven en stond vanzelfsprekend altijd tot haar beschikking. Mocht er een koopcontract tot stand komen, zou hij het controleren om te voorkomen dat ze voor nare verrassingen kwam te staan.

'Dank u, mr. Wissendörffer. Ik hou u op de hoogte,' stamelde Franziska en ze hing op. Ze staarde een tijdje ongelovig naar de munttelefoon en verliet toen de telefooncel. Nog meer nare verrassingen kon ze echt niet gebruiken. In elk geval niet vandaag. Ze ging nu eerst maar eens boodschappen doen. Daarna zou ze in een van de pas geopende nieuwe cafés gaan zitten om in alle rust na te denken.

Ze koos een klein café met terras waar ze appeltaart met slagroom serveerden. Ze ging echter niet buiten zitten, waar de voorbijgangers in haar koffiekopje konden staren, maar binnen. De inrichting leek nogal geïmproviseerd. De taartvitrines hadden ze waarschijnlijk tweedehands gekocht, de koffiemachine, een glimmend monster met erg veel chroom, zag er nieuw uit, de tafels en stoeltjes waren allemaal verschillend en kwamen vast uit gesloopte huizen. Toch beviel het Franziska wel. Het café was gezellig en ademde een huiselijke sfeer uit. Misschien kwam het door de geur. Het rook er naar een mengeling van koffie, vanille, kaneel, schoonmaakmiddel, kussens en gewassen gordijnen. En het rook er naar nog iets anders, een geur die ze niet direct thuis kon brengen.

'Een kannetje koffie en een stuk appeltaart met slagroom, alstublieft.'

‘Koffie met melk en suiker?’ vroeg de serveerster nors.

‘Zwart, alstublieft.’

‘Komt eraan.’

De vrouw was van middelbare leeftijd en mollig, had gepermanent, roodgeverfd haar, en droeg afgetrapte schoenen. Ze was niet bepaald vriendelijk. Franziska had spijt van haar keuze, wellicht was ze in het café aan de overkant vriendelijker behandeld.

‘Dat is drie mark vijftig.’ De serveerster was uit de keuken teruggekeerd en zette een bord met taart en een kannetje koffie voor haar neer. Aha, eerst betalen, dan genieten. De taart smaakte in elk geval redelijk. Er zat veel slagroom op. Ook de koffie was prima.

‘Bakt u de taart zelf?’ vroeg Franziska.

‘Vindt u hem niet lekker?’

Hemel! Ze had gewoon iets aardigs willen zeggen. Maar misschien waren ze hier alleen mopperaars gewend.

‘Zeker wel. Hij smaakt uitstekend. Ik heb lang niet meer zo’n heerlijke appeltaart gegeten.’

Op de achtergrond blafte een hond. Natuurlijk, dat was de geur die ze niet had kunnen thuisbrengen. Het rook een beetje naar hond.

‘O!’ zei de roodharige serveerster, verrast over het onverwachte compliment. ‘Dat is fijn om te horen. Dat zal ik meteen tegen mijn man zeggen. Hij bakt namelijk de taarten.’

‘Hebt u honden?’

De vrouw knikte. Dit keer vatte ze de vraag niet op als kritiek. In plaats daarvan maakte ze reclame.

‘We fokken herdershonden. Een goed ras. Ze hebben geen HD. Dat hebben we hier in de DDR al jaren geleden door goede selectie uitgebannen. Onze herdershonden zijn kerngezond en absoluut belastbaar.’

‘HD?’ Franziska keek de vrouw vragend aan.

‘Heupdysplasie. Dat komt vaak voor als er te veel doorgefokt wordt.’

Franziska knikte. Daar had ze weleens over gehoord.

De hond blafte weer. Van achteren hoorde ze iemand roepen: 'Koest, verdorie!' Maar de hond luisterde niet.

'Hebt u momenteel welpjes?'

'Die komen pas over twee weken. En dan blijven ze acht weken bij de moeder.'

Dat was verstandig. Deze mensen leken het fokken serieus te nemen. Heupdysplasie was een nare aandoening die was aangekweekt bij de arme dieren. De afhangende ruglijn was een tijdlang in de mode geweest, maar daardoor waren de heupgewrichten misvormd. De misvorming was inmiddels zo ernstig dat men de dieren als welp al moest laten inslapen.

'Mag ik de honden eens zien?'

'Natuurlijk. Wilt u er een kopen?'

'Misschien.' Franziska was zelf verbaasd over haar antwoord. Wat een idioot idee. Alhoewel... Ze voelde zich eenzaam en machteloos. Ze had behoefte aan een levend wezen om haar heen. Een kameraad. Een beschermer. Een vriend.

De serveerster was nu ineens heel aardig. Ze stelde zich voor als Irene Konradi, en vertelde dat haar man en zij al ruim twintig jaar herdershonden fokten. Ze hadden ook speurhonden geleverd aan de grenspolitie. Franziska stond op en liep met Irene mee langs de keuken en voorraadkamers, door een muffige gang, naar het achterste gedeelte van het huis en van daaruit naar de tuin. De kennels waren van hout gemaakt en niet erg groot, en afgesloten met stalen tralies. In een ervan bewoog en blafte een herdershond heel druk.

'Wat is er nou met hem aan de hand?' mopperde Irene Konradi. 'Normaal doet hij nooit zo raar.'

Franziska had niets goeds meer verwacht van deze dag. Nu zag ze dat ze zich vergist had. In het krappe houten hok zat Falko. Hij jankte, krabde, beet wanhopig in een van de metalen stangen en probeerde telkens de tralies met een dappere sprong te overwinnen.

'Is deze te koop?'

'Deze? Deze is hier terechtgekomen omdat iemand hem niet meer kon houden. Hij is een goede dekreu.'

Irene Konradi moest schreeuwen omdat de andere honden ook waren gaan blaffen. Of ze de eenzame, blaffende hond wilden steunen of hem terecht wilden wijzen, was moeilijk te peilen. Falko werd meteen rustig toen Franziska naar de tralies liep.

'Zit. Goed zo, braaf. Brave hond.'

'Allemachtig,' zei Irene verbaasd. 'Dat doet u goed.'

'We kennen elkaar, Falko en ik. Wat wilt u voor hem hebben?'

Inmiddels was Irenes man uit de keuken gekomen. 'Waar hebt u de hond voor nodig?' wilde hij weten.

'Ik heb een huis met een groot stuk grond eromheen. Ik heb een waakhond nodig.' Haar vader zou nu gezegd hebben dat ze voorbarig was. Wensdenken. Wat als...

'Waar?' vroeg Irene nieuwsgierig.

'In Dranitz.'

Het echtpaar Konradi keek elkaar aan. Zij haalde haar schouders op, hij trok zijn neus op. Meneer Konradi droeg een T-shirt zonder mouwen, waardoor zijn indrukwekkende bovenarmspieren zichtbaar waren.

'Driehonderd mark,' zei meneer Konradi.

Franziska aarzelde. Zo veel geld had ze niet bij zich.

'Tweehonderd,' zei Irene en ze gaf haar man met haar elleboog een por in zijn zij. 'Omdat ze de hond immers al kent...'

Franziska haalde haar portemonnee tevoorschijn en telde hoeveel geld ze bij zich had. Falko bleef alert zitten, zijn ogen volgden al haar bewegingen. Hoopvol. En vol vertrouwen. 'Ik heb maar honderdvijfentachtig mark bij me,' zei ze ten slotte.

'Dat is in orde.' De vrouw pakte de bankbiljetten aan, schoof het hek opzij en maakte het hok open. De hond maakte een geluid dat leek op een nies. Zijn blik rustte nog steeds op Franziska. Blijkbaar wachtte hij op haar bevel.

'Hier,' zei ze met vaste stem.

Als een bevrijde prins verliet Falko langzaam en trots zijn gevangenis. Hij likte haar hand en kwispelde heftig met zijn staart. Toen ze hem over zijn kop aaide, stak hij genietend zijn snuit omhoog en legde zijn oren plat.

'Hij wil bij u zijn,' stelde Irene vast. 'U zult veel plezier aan hem beleven. Het is een prima hond. Als u wilt, kan hij in het voorjaar Cora dekken, die hebben we nieuw. U krijgt dekgeld en een gezonde welp.'

'We zullen zien,' zei Franziska. 'Voor nu heb ik eerst een riem nodig.'

'Die krijgt u. Haal eens de riem die Ulli heeft achtergelaten, Paule.'

Paule Konradi was een beetje ontstemd vanwege de spotprijs waarvoor zijn vrouw de hond had verkocht, maar ondanks zijn forse postuur leek hij een gevoelsmens te zijn. Hij aaide Falko over zijn rug en kroelde hem achter zijn oren. 'Deze hond heeft het heel moeilijk gehad. Hij heeft drie dagen niets gegeten, we vreesden al dat hij doodging. Die Ulli, de schoft. Koopt eerst een hond en kan hem vervolgens niet houden.'

De herdershond zou Franziska ook zonder lijn zijn gevolgd, maar ze was voorzichtig. Aan de oever van de Müritz zaten eenden en een paar ganzen, op Dranitz had de hond daar ook graag op gejaagd. Zonder aarzelen sprong Falko op de achterbank van haar auto. Hij draaide zich twee keer om zijn as, gooide een paraplu die was blijven liggen op de grond en ging zitten. Hijgend keek hij haar aan. Enthousiast. Actief.

Ik ben gek, dacht ze, terwijl ze terugreed naar Dranitz. Ik koop een hond om een huis te bewaken dat ik niet in mijn bezit heb. Maar goed, iemand zei ooit: 'Je kunt het paard ook van achteren optuigen'. Wie was dat ook alweer? Haar vader? Nee, de rentmeester. Gustav Schneyder heette hij. Daarmee bedoelde hij dat je iets in de verkeerde volgorde deed.

Eerst een hond kopen, daarna het huis dat toch al van haar was. En ooit het geld terugkrijgen. Misschien.

Ze had geen idee hoeveel geld ervoor gevraagd zou worden. Waarschijnlijk hadden Pospuscheit en zijn gemeente ook geen idee. Ze moest snel zijn en een goed bod doen dat ze niet konden afslaan. Voordat er andere belangstellenden opdoken en de prijs omhooggedreven werd.

De vraag was alleen of Pospuscheit bereid was het landgoed uitgerekend aan haar te verkopen, aan de adellijke bloedzuiger en dochter van een jonkheer. Misschien wilde hij het wel zelf inpikken. Daar zag ze die tiran wel voor aan. Hij had de gemeenteraad achter zich, hij was immers de burgemeester.

Ze had bijna de afslag naar Dranitz gemist omdat ze zo met haar sombere scenario bezig was. Falko stond op, hield zijn snuit bij de kier van het raam en blafte opgewonden. Hij was in elk geval wel optimistisch dat hij dit terrein weer in zijn bezit kon nemen. Waarschijnlijk zou hij zo meteen als eerste zijn oude markeringen vernieuwen.

Ter hoogte van het landhuis stond een rode auto op de weg. Zo schaamteloos knalrood, dat het alleen een West-Duitse auto kon zijn. Franziska's hart begon wild te kloppen. Wel alle donders, ze waren sneller dan ze had gedacht. Misschien was zo'n aasgier uit het westen het landhuis al aan het bezichtigen en deed hij al een bod.

Falko had weinig belangstelling voor de rode Kadett. Hij rende langs de auto naar de blokhut om te kijken hoe het er daar voor stond. Franziska maakte de kofferbak open en wilde net haar boodschappen naar de hut dragen, toen ze een gil hoorde. 'Falko!' riep ze geschrokken.

Straks kom ik nog in de problemen door de hond, dacht ze benauwd. Ze klapte de kofferbak dicht en rende door het bosje naar haar hut. Daar stond een jonge vrouw, met haar rug tegen de muur van de hut geperst en haar armen voor zich uit gestrekt om zich te beschermen tegen de hond.

'Hij doet niks!' riep Franziska. 'Hij wil alleen snuffelen!'

De jonge vrouw tilde haar hoofd op en staarde haar aan. Ze keek haar doordringend aan. 'Oma?' zei ze vragend. 'Jij bent toch mijn oma? Ja, toch?'

Verbluft bekeek Franziska de jonge vrouw nauwkeuriger. Ze was erg bleek en had wallen onder haar ogen alsof ze de hele nacht had gefeest. Roodachtig, nogal in de war zittend haar. Het haar van Elfriede. En de neus... O god...

'Jenny?' fluisterde ze. 'Ben jij soms Jenny?'

'Klopt,' zei ze en ze liet haar armen zakken.

Dagboek van Elfriede, freule van Dranitz

Strikt verboden om te lezen.

Wie het toch doet, zal al zijn haar verliezen en voor altijd zo scheel kijken als de oude Koop.

3 augustus 1940

Boven in mijn kamer, 's middags om vijf uur

Ze doen gemeen tegen me. Allemaal. Zelfs mama. Ik moet op mijn kamer blijven tot juffrouw Sophie me komt halen, terwijl ik niks heb gedaan. Waarschijnlijk krijg ik geen avondeten. Maar dat kan me niet schelen. Ik heb toch geen trek. En die bruiloft volgende week, die kan me gestolen worden. Daar ga ik niet naartoe. Punt uit! Dat is mijn laatste woord.

Ze moeten echt niet denken dat ik die lelijke jurk aantrek die ze voor me aan het naaien zijn. Een roze zak. En zo kort als het jurkje van een peuter. Terwijl ik al veertien ben.

Franzi krijgt natuurlijk een lange jurk. Rood met witte bloemen. Getailleerd en zonder mouwtjes. Daarbij wil ze het witte bolerootje dragen dat ze eigenlijk aan mij had gegeven.

Dat ik al een boezem heb, dat interesseert niemand hier in huis. Ze behandelen me hier als een…

De juffrouw komt de trap op. Ik hoor haar snuiven, blijkbaar heeft ze haast…

5 augustus 1940

Gisteravond is Heini aangekomen. Dat is de enige reden waarom ik uiteindelijk toch voor het eten naar beneden ben gegaan. Heini droeg zijn nieuwe uniform met de schouderstukken, hij is nu tweede luitenant. We zijn allemaal heel, heel erg trots op hem omdat hij zich tijdens de heldhaftige overwinning op aartsvijand Frankrijk heeft onderscheiden.

'Waarom heb je gehuild, Friedchen?' vroeg hij toen ik in de eetkamer kwam.

'Ze is weer eens obstinaat,' had Franzi geantwoord.

Typisch Franzi. Ze geeft antwoord op vragen die haar niets aangaan, want ze worden aan mij gesteld. En natuurlijk was iedereen weer tegen me. Het bedorven, recalcitrante, koppige kind. De roodharige duivel...

'Ga alsjeblieft op je plek zitten, Elfriede,' zei mama. 'En bederf de vreugde van het weerzien niet voor ons.'

Ik heb geen woord meer gezegd. En ook niets gegeten. Ik heb alleen even terug geglimlacht toen Heini me een knipoog gaf. Papa keek een paar keer naar me, maar zei niets. Mine, die de soep serveerde, schudde haar hoofd en zei dat ik echt iets moest eten omdat ik zo mager was. Maar waarschijnlijk kan het mama niets schelen als ik straks nog maar een ons weeg...

7 augustus 1940

Het was vandaag een leuke dag. Ik heb met Heini en Franzi op het meer geroeid en we hebben veel plezier gehad met elkaar. Franzi viel bijna in het water toen ze een waterlelie wilde plukken. Ik hield haar vast en Heini zorgde ervoor dat de boot niet kenterde.

Morgen komt Jobst met zijn bruid. Tante Susanne en oom Alex zijn er al, ze slapen in de logeerkamer. We moeten allemaal plek maken vanwege de vele bruiloftsgasten. Ik moet bij Franzi slapen omdat de Wolferts mijn kamer krijgen, en Brigitte, die met mijn broer Jobst gaat trouwen, zal tot zaterdag ook bij Franzi en mij slapen. Daarna krijgt ze met Jobst een eigen slaapkamer. Maar niet voor lang want Jobst moet eind van de week alweer naar zijn eenheid. Brigitte is blond en heeft gestifte lippen. Ze heeft chocolade voor me meegenomen, alsof ik nog een klein kind ben...

Ik mocht vanavond bij de volwassenen in de jachtkamer zitten en een half glas rode wijn drinken. Het smaakte afschuwelijk, maar ik deed alsof ik het goddelijk vond. Iedereen moest lachen. Het was een vrolijke avond. Grootvader en papa hebben jachtverhalen verteld en oom Bodo heeft mama's gitaar gepakt en erbij gezongen.

10 augustus 1940
's Morgens om half vijf in Franzi's kamer

Vandaag is de bruiloft. Ik ben zo opgewonden, maar Franzi en Brigitte slapen nog. Brigitte heeft metalen krulspelden op haar hoofd, het ziet er belachelijk uit. Ze heeft een platte neus en kleine ogen. Ik snap niet waarom Jobst haar leuk vindt. Aardig is ze ook niet. Gisteravond, voordat we in slaap vielen, heeft ze lang met Franzi liggen fluisteren. Ik deed alsof ik sliep, maar ik heb alles gehoord. Het ging over de kameraad die met Jobst is meegekomen. Iversen heet hij en hij is majoor. Jobst heeft hem uit voorzorg als getuige uitgenodigd, omdat we niet wisten of Heini verlof zou krijgen, maar nu hebben we hem helemaal niet nodig. Gisteren heeft hij Franzi het hof gemaakt. Het was al donker buiten en Liese had lampionnen opgehangen op het terras.

Later zijn we met zijn allen met fakkels door het park naar het meer gelopen en Heini liet iedereen in de boten klimmen. Franzi en majoor Iversen klommen als laatste in een boot en ik ben erbij gaan zitten. De majoor is lang, heeft donker haar en heel blauwe ogen. Ze fonkelen, alsof er lichtjes achter zitten. Hij kan goed grapjes maken. Ik vind hem het leukst als hij lacht.

Franzi is nu wakker geworden. Ze draait zich op haar zij en gromt. Brigitte beweegt niet. Straks moeten we haar helpen met aankleden.

Juffrouw Sophie wil haar haar doen en dan moet op de een of andere manier de lange sluiter in haar haar en op haar schouders vastgestoken worden. Ze zei dat hij drie meter lang is en helemaal van kant.

Het regent buiten...

10 augustus 1940

Op de zolder naast de reiskisten

Ik was vreselijk misselijk, daarom ben ik weggelopen. Ik ben door het donkere, natte park gerend, ben onder een plataan gaan zitten en had het gevoel dat ik moest overgeven. Maar het ging algauw weer beter. Ik ben langzaam opgestaan en leunde tegen de stam. Het was fijn om onder de grote boom te staan, de schone nachtlucht in te ademen en naar de regen te luisteren. Van het landhuis zag ik alleen een grote, vierkante schaduw. In het midden schitterden de verlichte ramen.

Na een poosje sloot ik mijn ogen en hoorde ik zo duidelijk zijn stem alsof hij pal naast me stond. 'Mag ik deze dans van u, juffrouw?'

Omdat het regende, was na het huwelijksdiner de lange tafel opzijgeschoven, zodat er in de zaal gedanst kon worden. 'Mag ik deze dans van u, juffrouw?' Ik keek achterom, omdat ik niet kon geloven dat de majoor mij bedoelde. Maar achter me stonden grootmoeder Dranitz en oom Alwin, en die had hij zeker niet aangesproken.

'Juffrouw Elfriede, nietwaar? Wilt u mij het genoegen doen, alstublieft?'

Hij glimlachte naar me. Naar mij. Echt. Naar mij.

Precies op dat moment gebeurde het. Iets bovenaards. Een bliksemschicht uit hemelse wolken. Alles om me heen draaide. Ik hoorde niets meer. De pianomuziek, de stemmen en het gelach, alles was weg. Alleen zijn ogen, zijn mond, zijn hand die hij naar me uitstrekte.

'Ik? Maar ik... ik kan helemaal niet dansen...'

Dat was gelogen. Want de juffrouw had met Franzi geoefend en ik had goed opgelet. Het was de jurk. Die lelijke, kinderachtige jurk, die als een roze lap om mijn lichaam hing.

'Dat geloof ik niet. Zo'n knap meisje kan ook dansen.'

Hij had 'knap' gezegd. Op een heel serieuze manier. Zonder te grinniken.

En toen dansten we. Het was fantastisch. En het was verschrikkelijk. Ik vloog als een vogel. En ik was vreselijk bang. Hij leidde me. Hij moedigde me aan en zei dat ik heel soepel was. En muzikaal. En daarbij keek hij me aan, zo... zo... Ik weet niet hoe. Maar ik had het gevoel dat alles binnen in me trilde en uit elkaar viel.

Daarna gebeurde er niets meer. Hij danste met anderen en ik stond bij grootmoeder en wachtte. Maar hij kwam niet meer terug. Wonderen gebeuren altijd maar één keer.

Ik heb de zaal verlaten. De twee bedienden in livrei, die mama voor de bruiloft had aangesteld, schonken in de eetkamer champagne en wijn in de glazen, die ze daarna op zilveren dienbladen naar de zaal brachten. De lege flessen stonden op een serveerwagentje. In elke fles zat nog een slok en ik heb ze allemaal aan mijn mond gezet en leeggedronken, ook de zelf gebrande jenever. Toen werd ik misselijk.

Ik schrijf hierboven omdat ik mijn dagboek in een reiskist heb verstopt. Er zijn te veel mensen in het landhuis, je kunt hier niets belangrijks laten rondslingeren.

15 *augustus* 1940

Alles is voorbij. De gasten zijn weg. Jobst is gisteren weer naar zijn eenheid gegaan, Heini moest drie dagen geleden al vertrekken. En hij is er ook niet meer. Majoor Iversen is meteen na de bruiloft naar Berlijn teruggekeerd. Heel vroeg in de ochtend heeft koetsier Leo de vosmerrie en de ruin aangespannen om de Hirschhausens en de majoor naar de trein te brengen. Tante Susanne en oom Alexander hadden een hoop koffers en kisten bij zich en mama had hun nog gerookt vlees en ingemaakt fruit meegegeven. De majoor had alleen een kleine koffer, die hij op zijn schoot hield omdat er geen plek meer was in de landauer. Toen ze wegreden, keek hij omhoog en heb ik mijn raam opengemaakt en gezwaaid. Ik had alleen mijn nachthemd aan, maar dat kon me niet schelen. Hij tilde zijn arm op om me te groeten. Tante Susanne gaf haar echtgenoot een por met haar elleboog en wees naar boven. Ze schudden allebei hun hoofd.

Toen hij weg was, voelde ik me diep ellendig. Ik moest de hele tijd aan hem denken, waar ik ook was en wat ik ook deed. Telkens weer zag ik zijn fonkelende ogen en hoorde ik zijn stem. 'Juffrouw... Wilt u mij het genoegen doen, alstublieft?'

Op het landgoed bekommert niemand zich om mij. Papa en de rentmeester zijn de hele dag buiten omdat de rogge al gemaaid en gedorst wordt, en mama is naar oom Bodo in Güstrow gegaan. Ook Grete, het kleine zusje van wagenmaker Schwadke, die mama als extra hulp had aangesteld. is weer weg. Ze heeft dikke, roodblonde vlechten en een heel witte huid met zomersproeten. Ik vind haar leuk omdat ze ook rood haar heeft, net als ik. Als ze lacht, buigt ze haar bovenlichaam naar achteren en houdt ze haar hand voor haar mond.

Ik heb een paar keer tikkertje met haar gespeeld in het park. Toen Heini er nog was, heeft hij twee keer meegedaan, dat was heel leuk.

Nu zit ik hier helemaal in mijn eentje aan de oever van het meer naar de waterlopers te kijken, die met hun lange, dunne poten over het wateroppervlak scheren. Juffrouw Sophie heeft vakantie en is naar haar familie in Schwerin. Franzi klit de hele tijd aan Brigitte. Als ik naar hun kamer ga, stoppen ze met praten en vraagt Franzi demonstratief onvriendelijk wat ik kom doen.

'Op de bank zitten en een boek lezen.'

'Dat kun je ook boven in je eigen kamer doen.'

Ik weet dat ze me niet uit kan staan.

Alles op het erf zit onder het stof. De Poolse arbeiders hebben grote doeken uitgespreid en dorsen het graan. Ze slaan achter elkaar met de vlegels op de aren. Bif, baf, bof. Bif, baf, bof. Het ritme is belangrijk, omdat ze elkaar anders hinderen. Papa zei dat we volgend jaar een dorsmachine krijgen.

Hier aan het meer hoor je het geluid maar gedempt. Het water glinstert in de zon. Aan de oever, waar de wilgen hun takken laten han-

gen, verstoppen jonge eendjes zich. Ik ben verschrikkelijk verdrietig, omdat ik de hele tijd alleen maar aan hem kan denken.

Ik denk dat als ik mezelf nu in het meer zou verdrinken, ze het niet eens zouden merken. Hooguit als ze me bij het avondeten missen...

17 augustus 1940

In mijn kamer om elf uur 's avonds

Ik heb de deur op slot gedaan. Behalve ik is er niemand meer wakker, maar ik heb het toch maar gedaan. Ik heb namelijk gemerkt dat het beter gaat als de deur op slot zit.

'Zeer geachte majoor...' begin ik mijn brief aan hem. Helaas heb ik een kriebelig handschrift. Vroeger vond ik het belachelijk dat er zo veel waarde werd gehecht aan het schoonschrift, maar nu zou ik willen dat ik toen meer had geoefend.

'Zeer geachte majoor Iversen...'

Ik begin drie keer opnieuw en gooi het blaadje telkens weer weg. Ineens moet ik denken aan mama's romans, die ik eigenlijk niet mag lezen. Ze staan in de bibliotheek op de onderste planken. Juffrouw Sophie zegt dat dat soort prulboeken kinderen bederven. Maar ze zijn heel handig, vind ik. Want nu weet ik ineens wat ik wil schrijven.

'U hebt een onuitwisbare indruk in mijn ziel achtergelaten. Het is onmogelijk voor mij u te vergeten. Als uw weg weer naar landgoed Dranitz voert, zal ik de gelukkigste persoon op aarde zijn.

Vol verwachting,
Uw Elfriede von Dranitz'

Het klinkt wat gezwollen. Maar zo zijn liefdesbrieven nu eenmaal. Hij zal het vast begrijpen. Mama heeft zijn eenheid in het boekje opgeschreven waarin ze alle adressen noteert. Ik zag het omdat het gisteren in de kleine salon opengeslagen op haar bureau lag. Als ik klaar ben, vouw ik de brief op en stop ik hem in een envelop. Morgen geef ik hem aan koetsier Leo, die rijdt naar Waren om juffrouw Sophie van het station op te halen. Hij moet de brief naar het postkantoor brengen.

En dan moet ik wachten. Misschien gaat het snel. Misschien duurt het ook wel lang. Maar er zal iets gebeuren. Dat weet ik zeker.

26 september 1940

Toen we vanochtend zaten te ontbijten, zat er een brief bij de post. Papa draaide hem een paar keer in zijn handen om en maakte hem daarna open. Hij las hem snel door en merkte toen dat mama de hele tijd naar hem keek. Hij stond van de tafel op en liep heel langzaam naar mama. Hij legde de brief voor haar neer en nam haar in zijn armen. Mama sloeg snel haar hand voor haar mond, maar je kon toch horen dat ze snikte. Papa streelde haar schouders, zo lang dat het net was alsof hij er nooit meer mee zou stoppen.

'Jobst?' vroeg Brigitte zacht.

Mama schudde haar hoofd. Ze kon niet praten.

'Heinrich,' zei papa. 'Drie dagen geleden. Tijdens een patrouillerit. Heel gemeen vanuit een hinderlaag.' Hij stopte met praten. Het was een verschrikkelijk moment. Ik had papa nog nooit zo hulpeloos gezien. Hij huilde. Hij huilde echt. Terwijl er altijd wordt gezegd dat alleen meisjes huilen.

'We moeten nu sterk zijn, Friedchen,' zei Franzi tegen me. 'Onze Heini komt niet meer terug.' Ze sloeg haar armen om me heen en snikte hartverscheurend. Mijn blouse was helemaal nat en mijn haar ook.

'Rustig maar,' fluisterde ik in haar oor. 'Heini komt zeker terug. In elk geval met kerst. Dat heeft hij me beloofd.'

16 oktober 1940

Gisteren hebben ze hem gebracht. De kist stond op een militaire vrachtwagen, samen met vier andere kisten die ze naar Malchin en

Demmin hebben gebracht. De namen wilden ze ons niet onthullen, maar er lagen ook officieren in de kisten. Mama zegt dat in onze familie al veel jongemannen de heldendood zijn gestorven, omdat ze meestal voor een officierscarrière hebben gekozen. Mama is nu weer bedaard.

Ik begreep het pas toen ik in de gang bij de personeelstrap stond en de vrouwen beneden in de keuken hard hoorde huilen. Toen wist ik ineens dat Heini dood is. Doodgeschoten. Gesneuveld. Overleden. Ik werd duizelig en meende een grote donkere vogel te zien, die boven mij zweefde. Zijn reusachtige vleugels, zwarte treurvleugels, lagen zwaar op me. Ze drukten me op de grond en ik kon niet meer opstaan.

Mine en juffrouw Sophie hebben me naar de groene salon gedragen en op de bank gelegd. Ik hoorde dat mama het de vrouwen beneden in de keuken verbood om te huilen.

Vandaag wordt Heini begraven op de familiebegraafplaats in het park. Ik ben blij dat hij eindelijk rust vindt en niemand meer naar zijn stukgeschoten gezicht staart. Ze hadden hem 's nachts in de zaal opgebaard en de dodenwake gehouden. Ik mocht hem maar kort zien, maar dit keer was ik blij dat ze me meteen weer weg hebben gestuurd. Hij had zijn tweedeluitenantsuniform aan en zijn handen waren gevouwen. Zijn gezicht was heel raar. Het was kapot rond zijn mond en heel donker, bijna zwart. Ze hadden bloemen en takken naast hem in de kist gelegd, en in de twee grote kandelaren rechts en links ervan brandden kaarsen.

Toen ik dat zag, bevroor binnen in me alles tot ijs. Ik ben mijn bed in gekropen en droomde dat Heini met me over het meer roeide en dat we in het park tikkertje speelden. Dat hij beneden op het voorplein uit de koets sprong en de treden van de zuilengalerij op klom. Dat hij naar me riep: 'Friedchen? Waar ben je? Wat heb je nu weer uitgespookt, duiveltje? Kom, vertel het me...'

De begrafenis vanmiddag was mooi. De zon scheen en de bladeren van de bomen in het park lichtten op. De Wolferts en de Hirschhausens waren er, en oom Bodo en mijn grootouders. Jobst kreeg geen verlof, hij is nu in Noorwegen. Iedereen was in het zwart gekleed, ik had een oude jurk van Franzi aan en een mantel van mama. Alle mensen uit het dorp waren gekomen en Grete heeft nog het hardst gehuild. Ze hing aan de arm van wagenmaker Schwadke, haar broer, en was helemaal bleek. Schwadke maakte zich ook zorgen omdat hij is opgeroepen voor de Wehrmacht.

Toen ze de kist naar de kerk droegen, kwam er nog een verlate gast. Hij kwam in een grijs militair voertuig met een chauffeur en een knecht. Het was de majoor.

17 oktober 1940
Na middernacht in mijn kamer

Ik kan niet slapen. Schaapjes tellen helpt niet, ik heb al minstens vijftig schapen en net zo veel geiten voor me gezien, maar ik kan ze niet tellen omdat ze kriskras door elkaar rennen, net als mijn gedachten.

Ik had zo gehoopt dat hij zou komen en ineens was hij er. Hij kwam voor Heini's begrafenis. Ik schrok toen ik hem herkende. Ja, ik was gelukkig. Je kunt gelukkig en verdrietig tegelijk zijn. Heini zou het zeker begrepen hebben.

Hij is niet lang gebleven. Aan de lange tafel zat hij tussen mama en Franzi in. Hij praatte met Brigitte en ook met mijn grootouders. Ik moest achteraan bij neef Kurt-Erwin en nicht Gerlinde zitten. Gerlinde is in hetzelfde jaar geboren als ik, maar nog ontzettend dom en kinderachtig. Het was gênant dat ik bij hen moest zitten, want nu dacht de majoor vast dat ik ook nog een dom kind ben. Hij keek me twee keer aan en knikte vriendelijk naar me. Meer niet. Tegen vier uur nam hij alweer afscheid omdat hij terug moest naar Berlijn. Hij gaf me alleen snel een hand en mompelde 'gecondoleerd'. Franzi en mama liepen mee naar buiten toen hij wegging, maar ik moest met Kurt-Erwin en Gerlinde het vlooienspel spelen van juffrouw Sophie...

Toen ik net in de badkamer was, merkte ik dat er nog licht brandde in Franzi's kamer. Dat kun je zien door de kier onder de deur. Waar-

schijnlijk kan ze ook niet slapen en leest ze nog in een van haar gedichtenbundels. Ik haat gedichten, omdat de juffrouw altijd wil dat ik er een paar uit mijn hoofd leer.

13 november 1940

Het is koud geworden. Vanochtend was het rode dak van het rentmeesterhuis helemaal wit van de rijp. Ook aan de dakpannen van de kleine huisjes rechts en links van het landhuis, de hovelingenhuisjes, hangen ijspegels. Liese liep al vroeg door het huis om de kachels aan te steken. Gisteren hadden mama en papa dezelfde ruzie als elk jaar. Papa vindt dat er te veel hout wordt verbruikt. Hij zegt dat je slaapkamers alleen moet stoken als er iemand ziek is. En volgens hem hoeven kamers die de familie niet constant benut, ook niet met kachels verwarmd te worden. Maar mama wil de groene salon en de bibliotheek niet helemaal laten afkoelen vanwege het behang en de dure meubels. Bovendien moet je aan de waterleiding denken.

Zoals gebruikelijk heeft papa bij de meeste punten toegegeven en heeft mama beloofd de meisjes te instrueren zuinig met het hout om te gaan.

Franzi wil naar Berlijn om daar een opleiding tot fotografe te doen. Papa is er vooralsnog op tegen en mama is bezorgd dat Franzi daar in slecht gezelschap zou kunnen verkeren. In Berlijn zouden kunstenaars zijn die het niet zo nauw nemen met de moraal. En Franziska von Dranitz heeft immers een goede reputatie op te houden.

Franzi vindt mama hopeloos ouderwets. Volgens haar is het tegenwoordig normaal dat een vrouw een vak leert, zodat ze een beroep kan uitoefenen. Mama moest maar eens naar de films van de fantastische Leni Riefenstahl kijken. Maar dat was geen goed voorbeeld, want mama had in de krant iets over deze vrouw gelezen.

'Wat heb je dan gelezen?' vroeg ik.

'Daarvoor ben je nog te jong, Elfriede,' antwoordde mama. 'Maar Franziska weet heel goed wat ik bedoel.'

Ik ben daarnet naar Franzi gegaan, die op haar kamer was. Ze was blij me te zien en zei dat ik de enige was die haar begreep. Brigitte was een domme koe die mama naar de mond praatte. En Brigitte is trouwens toch de hele tijd misselijk, omdat ze zwanger is.

Ik ben een tijdje bij Franzi gebleven en we hebben over Berlijn gepraat. Ze zei dat het ware leven zich daar afspeelde. Hier op het landgoed kon een jonge vrouw alleen maar verkommeren. Ze was heel aardig voor me en gaf me twee jurken en bij een ervan ook bijpassende schoenen. Ik ben nu bijna even groot als Franzi. In februari word ik al vijftien.

27 november 1940

Er is iets heel ergs gebeurd. De arme Grete Schwadke is dood. Vanochtend vroeg vond haar moeder haar levenloos in haar bed. Ze willen niet tegen me zeggen waaraan ze is overleden, maar ik heb stiekem aan de keukendeur staan luisteren. Kokkin Hanne zei dat de oude Koop haar heeft vermoord. En Liese zei dat Grete een knap meisje was. Veel te knap. En veel te jong. Mine zei dat ze allemaal beter op het meisje hadden moeten passen. Maar daar hadden ze nu ook niets meer aan. Ze wist niet hoe ze het aan Karl-Erich moest schrijven. Die zou helemaal wanhopig zijn. Hij had zo veel van zijn zus gehouden en had Mine nog speciaal op het hart gedrukt dat ze op het meisje moest passen. Op dat moment betrapte juffrouw Sophie me terwijl ik stond te luisteren en moest ik met haar mee naar de bibliotheek. Ik moest twintig keer opschrijven: 'Ik zal nooit meer bij een deur luisteren, want het hoort niet en is een slecht voorbeeld voor het personeel.'

Ik weet nu nog steeds niet waar de arme Grete aan is overleden. Als de oude Koop haar heeft vermoord, hoe heeft ze dat dan gedaan? Sluipt die griezelige heks misschien 's nachts de slaapkamers binnen om jonge meisjes te doden?

Nee, dat geloof ik niet. Ze loopt mank en haar ogen zijn ook niet meer zo goed. Maar voor de zekerheid doe ik toch maar mijn ramen dicht.

2 december 1940

Het heeft vannacht gesneeuwd. Ik wist het meteen toen ik wakker werd, want beneden op het voorplein kraste de sneeuwschuiver over het plaveisel. Toen ik de gordijnen openschoof, zaten er allemaal ijsbloemen op de ramen. Ze zijn prachtig, zo teer en doorzichtig, maar ze zullen algauw smelten in de zon en druppels worden.

Leo en twee jonge stalknechten hebben een weg vrijgemaakt voor de koets. Mama en Franzi willen vandaag naar Berlijn gaan. Franzi heeft een aanbod van een fotoatelier gehad en mama wil alles nauwkeurig bekijken voordat ze toestemming geeft. Franzi zou dan bij tante Guste en oom Albert gaan wonen, zij zijn familie van mama. Ze zijn al behoorlijk oud, ik heb hen nog nooit gezien.

Het lukt Franzi altijd om haar zin te krijgen.

Juffrouw Sophie gaat het landgoed na kerst verlaten, omdat ze gaat trouwen. Ik krijg dus een nieuwe kinderjuffrouw. Dat is dan de vierde en hopelijk de laatste. Ik vind leren niet leuk. Rekenen is niet moeilijk, maar dictees zijn vreselijk. Opstellen zijn nog erger, dan zit ik altijd op mijn potlood te kauwen en pas als de tijd bijna om is, weet ik iets te verzinnen. Dingen uit je hoofd leren is het allerergste, ik vergeet de woorden en zinnen weer zo snel. Helaas doet juffrouw Sophie nu heel erg haar best met me. Ik moet niet alleen 's ochtends, maar ook 's middags nog twee uur bij haar zitten en opdrachten maken. Omdat ze zich niet wil generen tegenover haar opvolgster. Ik moet er nu dus voor boeten dat ze me slecht les heeft gegeven. Het is ongelofelijk! Terwijl ik zo graag mee zou willen naar Berlijn. Want hij is daar en misschien zou ik hem dan kunnen zien. Maar mama wil me absoluut niet meenemen.

12 december 1940

Gisteren zijn ze teruggekomen. De koets zat vol met bagage, Mine en Liese moesten minstens vijf keer de trappen op en af lopen tot alles op de juiste plek was. Papa schudde zijn hoofd en zei dat hij niet begreep hoe ze al die spullen in de treincoupé hadden gekregen. Franzi vloog hem om zijn nek en kuste zijn wangen. Ze was helemaal opgewonden en lachte de hele tijd.

Tijdens het avondeten vertelden ze over Berlijn. Over het pension waar ze hadden geslapen. Over de dierentuin. Over de opera. Over een of andere Kuhdam, waar ze hadden 'geflaneerd'. Ze zijn ook naar de bioscoop geweest en hebben een film over Bismarck gezien. Mama vond het fotoatelier heel keurig. Het ligt in Charlottenburg en de eigenaar maakte een serieuze indruk.

'We zijn overeengekomen dat Franziska na kerst voorlopig vier weken op proef wordt aangenomen. Daarna zullen we wel zien,' zei ze. Toen vertelde ze nog dat ze in de dierentuin heel toevallig majoor Iversen waren tegengekomen. Hij was met mama en Franzi naar de opera en de bioscoop geweest.

'Majoor Iversen heeft geen familie meer,' zei mama. 'Als het mogelijk is met zijn dienst, komt hij met kerst een paar dagen naar Dranitz. Ik heb hem uitgenodigd.'

Ik hoorde meteen kerstklokken in mijn hoofd luiden. Hij komt, jubelde ik vanbinnen. Hij heeft mijn brief gekregen en weet dat er iemand op hem wacht.

Na het eten zaten we nog in de jachtkamer bij elkaar. Rentmeester Schneyder kwam er ook nog bij en papa schonk Franse rode wijn in. Rentmeester Schneyder moet zich volgende week al bij de Wehrmacht melden. Papa zei dat hij hem erg zal missen. Brigitte ging als eerste slapen, ze wordt steeds dunner en bleker. In elk geval spuwt ze niet meer na elk hapje. Dat was smerig, ik werd gewoon zelf misselijk als ze van tafel opsprong en de kamer uit liep.

Later liepen Franzi en ik samen de trap op.

'Ik moet met je praten, Elfriede…' zei ze.

Ik was veel te gelukkig om iets te merken. Alleen al het feit dat ze me niet Friedchen, maar Elfriede noemde, had een alarmbelletje bij me moeten doen rinkelen. Ze wilde dat ik naar haar kamer kwam en ik liep met haar mee. Het was ijskoud in de slaapkamers, maar Mine had de vensterluiken gesloten en warme kruiken in de bedden gelegd.

'Majoor Iversen heeft me dit gegeven...' Franzi maakte haar kleurrijk geborduurde reistas open en rommelde erin. Ze haalde er iets uit. Een envelop. Met mijn handschrift erop. Ze trok de brief uit de envelop, las de paar alinea's snel door en keek me hoofdschuddend aan. 'Ik denk dat je zelf wel beseft hoe dwaas je je hebt gedragen, nietwaar?'

Ik kon geen woord uitbrengen, ik was helemaal verstard. Hij had mijn brief aan Franzi gegeven. Wat betekende dat?

'De majoor dacht eerst dat je brief een grap was, maar later vreesde hij dat hij tijdens zijn verblijf op Dranitz iets onhandigs had gedaan. Daarom vroeg hij mij om raad en ik heb hem beloofd de kwestie met jou te bespreken.'

Ik zweeg nog steeds. Langzaam en onverbiddelijk knapte binnen in me iets groots, iets moois uit elkaar. Het loste op in het niets, en de afzonderlijke delen waaiden als herfstbladeren met de wind weg.

'We houden dit onder ons, goed? Mama zou zich er meer over opwinden dan dat dit waard is.' Franzi glimlachte naar me. Ze boorde glimlachend een dolk in mijn hart. 'Beloof me alsjeblieft dat je nooit meer zoiets ongepasts doet, Elfriede. Het is echt pijnlijk, ik heb me zo geschaamd voor jou.'

Ineens haatte ik haar. Zoals ze voor me stond, zo hautain. Zo neerbuigend. Zoals ze mijn brief in haar hand hield en ermee wapperde. Met het corpus delicti. Het bewijs van mijn onbeschrijfelijk domme actie. Razendsnel sprong ik op haar af, griste de brief uit haar hand en stootte met al mijn kracht tegen haar borst. Daar had ze niet op gerekend! Ik hoorde haar gillen, half verstikt en hijgend, maar ik was al in de gang. Ik rende naar mijn kamer, knalde de deur achter me dicht en deed hem vanbinnen op slot. Ik perste mijn rug tegen de deur en luisterde. Ik hoorde niets. Alleen mijn domme hart, dat als een smidshamer bonkte. Later zat ik op de grond en scheurde ik de brief in duizend piepkleine stukjes. Ik hield pas op met scheuren toen de stukjes zo klein waren dat ik ze niet meer kon pakken, ook niet met mijn vingernagels. Nog steeds beduusd van schaamte en teleurstelling veegde ik alles bij elkaar. Ik deed het raam open en strooide ze de duisternis in.

19 december 1940

Elke ochtend loop ik nog voor het ontbijt naar het graf van Heini om met hem te praten. Rond onze familiebegraafplaats staat een bakstenen muurtje. In het midden staat een kapelletje en daaromheen staan de grafstenen. Sommige zijn heel oud en begroeid met mos, waardoor je de namen en jaartallen die erop staan, nauwelijks kunt lezen. Heini's graf is een vlak heuveltje met kransen van dennentakken en klimop erop. Er is nog geen steen, alleen een kruis van hout.

Tweede luitenant Heinrich-Ernst von Dranitz
Geboren op 15 maart 1917
Gevallen voor het vaderland op 23 september 1940

In het voorjaar krijgt hij een echte grafsteen. Papa heeft al opdracht gegeven er een te laten maken.

Ik kan Heini al mijn zorgen vertellen. Net als vroeger, toen hij nog leefde. Hij luistert naar me en geeft me advies. Hij maakt me nooit verwijten. Soms lacht hij om mijn verhalen, soms zegt hij tegen me dat hij blij is als ik naar hem toe kom, omdat hij zich zo eenzaam voelt op de stille begraafplaats. Ik heb beloofd dat ik hem elke dag zal bezoeken. Mijn hele leven.

Hij heeft me aangeraden geen enkele gedachte meer aan majoor Iversen te verspillen. En gezegd dat hij een verrader is.

'Hij is je niet waard, Friedchen,' hoor ik Heini zeggen. 'Laat hem gaan. Er komen anderen. De ware zal nog komen. Op een dag. Ik weet het zeker.'

'Ja,' beaam ik. 'Je hebt gelijk, Heini.'

En dan zoek ik kiezelsteentjes en leg ze zo op zijn heuvel dat ze een hart vormen. Ik zeg niet tegen Heini dat er voor mij geen ander zal zijn. Alleen hem. En op een dag zal hij van mij zijn. Dat weet ik heel zeker.

26 december 1940

Ik was bijna dood. Het was afschuwelijk. Dit doe ik nooit meer. Alles doet verschrikkelijk pijn. Mijn armen, benen, hoofd, buik. En het meest mijn borst. Alsof alles binnen in me in brand staat.

Papa zit naast mijn bed en streelt me over mijn hoofd. 'Waarom heb je dit in hemelsnaam gedaan, Friedchen? Waarom?'

Ik wist niet dat hij zo veel van me houdt.

Alle anderen in dit huis haten me. Vooral Franzi. Ze schreeuwde tegen me dat ik een klein loeder was en dat ik het alleen heb gedaan om alles voor haar te bederven. Ze vergist zich. Ik heb het gedaan omdat ze tegen me heeft gelogen en me heeft bedrogen. En omdat ze dat niet zomaar kan doen.

Hij is gisteren aangekomen, samen met Jobst, die twee dagen kerstverlof heeft. We gingen met zijn allen naar de kerstmis in de dorpskerk en daarna gaven mama en Franzi onze mensen cadeaus. Zoals elk jaar. Maar er waren nauwelijks nog mannen bij, ze zijn bijna allemaal bij de Wehrmacht. De vrouwen en meisjes zeiden als dank gedichten op en terwijl we luisterden, zag ik dat hij heel voorzichtig zijn arm om Franzi's schouder legde. Toen begreep ik hoe dom ik was. Zo dom als het achtereind van een varken. Ik deed alsof ik niets merkte, maar nu wist ik dat mijn zus Franzi een heel gemene verraadster is. En toen het 's avonds bekend werd gemaakt, was ik helemaal niet verrast. Ze wachtten tot Mine en Liese het dessert hadden gebracht. Meelknoedels met gedroogde pruimen erin, met zoete wijn uit Hongarije. Mama wilde niet dat er gedanst werd omdat Heini is gesneuveld en daarom droeg ze ook een zwarte jurk.

Papa hield een toespraak. Hij zei dat zijn jongste zoon de heldendood is gestorven, maar dat het leven toch door moet gaan. Daarna maakte hij de verloving bekend.

De majoor en Franzi werden door iedereen gefeliciteerd en Jobst wilde per se getuige zijn. Brigitte omhelsde Franzi en zei 'zus' tegen haar, en mama had tranen in haar ogen.

Niemand lette op mij. Ik ben naar buiten gelopen, naar het park, over het grote grasveld en daarna tussen de bomen door. Het gras was wit van de vorst en aan de naalden van de dennenbomen hingen zilveren ijspegels. Toen ik al bijna bij de oever van het meer was, hoorde ik iemand naar me roepen. Ik geloof dat het Mine was. De lichten van het landhuis weerspiegelden mat op het dichtgevroren meer, ik zag het boothuis en liep de steiger op. Toen merkte ik pas hoe koud het was. Het ijs kraakte zacht en ik dacht aan het donkere, koude water eronder en werd bang. Waarschijnlijk was ik wel omgedraaid en teruggelopen naar het landhuis als ik niet ineens een luide stem had gehoord.

'Elfriede! Kom onmiddellijk terug!'

Het was mijn broer Jobst. Waarschijnlijk had Mine iedereen gewaarschuwd. Ik zag lichtjes tussen de bomen, fakkels en lantaarns. Franzi was erbij, ik hoorde haar roepen en hem ook.

'Juffrouw Elfriede!' waaide zijn stem naar me toe. 'Doet u niets ondoordachts, ik smeek u!'

Op dat moment wist ik dat ik het moest doen. Ik ging op de rand van de steiger zitten en zette mijn voeten op het ijs. Toen stond ik op. Het ijs droeg me een paar stappen, daarna kraakte het overal om me heen en ineens ging het allemaal heel snel. Het zwarte water slokte me op.

Het was fijn om dood te zijn. Alleen het ontwaken was verschrikkelijk.

Jenny

Juli 1990

NOU, DAT BEGON AL goed. In plaats van in het landhuis te wonen, dat toch zeker van haar familie was, woonde oma in een blokhut. Bovendien had ze een herdershond. Jenny hield niet van honden. In een van de wooncommunes was eens een bastaard geweest, Timo, een walgelijke hond. Hij stal van alles en begon te bijten als iemand op het idee kwam hem te aaien. Jenny had nog steeds littekens van zijn scherpe tanden. Twee op haar rechterknie, een op haar pols en een boven haar oog. Gelukkig had hij alleen haar wenkbrauw te pakken gekregen.

Ze lag op een stretcher en kwam voorzichtig overeind tot een zittende positie. Poeh, deze slaapzak rook muf. Naar een zolder en gedragen kleren. Sinds een tijdje was ze erg gevoelig wat geuren betrof. Ze moest naar het toilet, maar er was hier geen toilet. En geen douche. Geen elektriciteit. Niet eens een tv. Ik ben in de middeleeuwen beland, dacht ze geïrriteerd.

In elk geval had ze haar oma meteen herkend. Ze zag er precies hetzelfde uit als in haar herinnering, van middelbare lengte, dun, en met krullend grijs haar. Ze bewoog snel en zelfbewust, helemaal niet als een oude vrouw.

Er krabbelde iets aan de deur, een gele poot met donkere nagels manoeuvreerde zich tussen de deur en de deurpost, en een spitse hondensnuit duwde de deur open. Deze hond was net zo behendig als Timo. Die kreeg in de commune ook alle deuren open. Zelfs de deur van de koelkast.

'Gaat het weer wat beter?' vroeg haar oma. Ze zette een beker met een theezakje erin op de houten kist naast haar.

Jenny rook een walgelijke geur. 'Veel beter, dank je,' antwoordde ze aarzelend.

'Drink toch maar wat kamillethee. Dat is rustgevend voor de maag.'

Ze hoopte dat ze eronderuit kon komen, maar haar oma wees naar de beker en knikte uitnodigend. Jenny nam plichtmatig een slok van het hete spul, verbrandde haar tong en werd plotseling aan oude tijden herinnerd. Een breed bed in een oud gebouw aan de Kettenhofweg, doorwoeld beddengoed, haar moeder die bezig was de sloop van een hoofdkussen af te halen. Ze was ziek geweest, had overgegeven en moest kamillethee drinken. Daarbij had ze haar tong verbrand.

'Wat heb je gegeten?' wilde haar oma weten.

Jenny fronste haar voorhoofd. 'Een pizza. Met champignons.' Bij de gedachte aan het stuk pizza in het wegrestaurant werd ze meteen weer misselijk. De pizza was slap en lauwwarm geweest, maar ze had zo'n honger gehad dat ze hem toch met moeite naar binnen had gewerkt.

'Ze kunnen hier geen behoorlijke pizza bakken,' beweerde Franziska en ze pakte de halflege beker van haar aan. 'Dat moeten ze nog leren.'

De hond was naast de deur gaan zitten, zijn puntige oren stonden kaarsrecht omhoog. Hij keek haar aandachtig aan en hijgde met zijn tong uit zijn bek.

'Heeft Cornelia je soms naar mij gestuurd?' vroeg haar oma.

Wat een absurd idee! Als ze zich niet zo beroerd voelde, was ze hard gaan lachen. Haar moeder zou nog eerder haar pink afbijten dan dat ze Jenny naar haar oma zou sturen. Naar Franziska. Jenny's moeder noemde haar moeder nooit mama en haatte het ook als Jenny mama tegen haar zei. Zelfs voor haar eigen dochter was ze Cornelia. 'Nee… Ik wilde je gewoon weer eens zien.'

Haar oma keek haar met haar grijsgroene ogen doordringend aan. 'En hoe wist je waar je me kon vinden?'

'Ik heb het aan mijn moeder gevraagd,' bromde Jenny, beseffend dat ze niet erg overtuigend overkwam.

Maar haar oma ging er gelukkig niet verder op in. Ze zei dat ze haar boodschappen uit de auto ging halen en liep weg, gevolgd door de hond.

Jenny haalde opgelucht adem. De hondengeur was afschuwelijk, vooral nu het zo heet was en hij ook nog zo hijgde. Eén ding was in elk geval duidelijk: ze zou hier niet de nacht doorbrengen. Dan sliep ze nog liever in de auto of probeerde ze in de buurt een kamer te huren.

Waarschijnlijk was het niet zo'n heel goed idee geweest om haar oma hier op te zoeken. Ze leek een merkwaardige vrouw. Maar totaal niet kleinburgerlijk, zoals haar moeder altijd had beweerd. Ze paste helemaal niet in het mooie huis met de bank met pluchen kussens in Königstein. Maar in een blokhut…

Met Falko op haar hielen keerde Franziska met twee tassen terug en ze begon bloemkool, aardappelen, appels, wortelen, boter en een pakje Zwitserse kaas in de kast op te bergen.

'Ben je van plan om hier langer te blijven?' vroeg ze over haar schouder.

Het klonk niet onvriendelijk, eerder zakelijk. Echter ook niet als een uitnodiging. Ze leek niet erg blij te zijn haar weer te zien. Jenny was teleurgesteld, maar wat had ze dan verwacht? Dat ze met open armen werd ontvangen? Dat haar grootmoeder belangstellend vroeg wat haar plannen en zorgen waren, en haar liefdevol zou troosten? Nou ja, eigenlijk was dat inderdaad wat ze had gehoopt.

Ze schraapte haar keel. 'Ik weet het nog niet… Ik kom zeker niet erg gelegen, of wel?'

Haar oma tilde een plank op. Eronder bevond zich een kuil met bakstenen langs de rand, die ze als koelkast gebruikte. Ze legde de kaas en wortelen erin en legde de plank er weer op. Zoals gezegd, helemaal terug naar de middeleeuwen.

'Dat klopt inderdaad,' antwoordde haar oma en ze kwam overeind. 'Maar ik ben evengoed heel blij je te zien. Als je een poosje wilt blijven, vinden we wel een oplossing.'

Jenny knikte. Haar oma was blijkbaar niet iemand van grootse gebaren en gevoelsuitbarstingen. Ze dacht helder en praktisch. En waarom niet? Beter dan het theater dat haar moeder bij elk kleinigheidje maakte.

'Ik wilde het huis zien,' zei Jenny en ze wees naar het raam, vanwaaruit je een stuk van het voormalige landhuis kon zien. 'Ik heb het destijds op de foto gezien, weet je nog? Op opa's begrafenis.'

Haar oma's min of meer neutrale blik maakte plaats voor een glimlach. 'Weet je dat nog?'

Jenny knikte. Dat haar moeder zo geïrriteerd was geweest toen Jenny iets over de foto had gevraagd, kon ze maar beter verzwijgen. Maar waarschijnlijk was de foto juist daarom zo goed in haar herinnering gebleven, omdat haar moeder er een hekel aan had.

'Je moeder hield niet van die oude foto,' onderbrak haar oma haar gedachten en ze aaide Falko over zijn kop. 'Misschien was het mijn schuld. Ik heb veel te vaak over landgoed Dranitz gepraat. Ik kon het niet vergeten, Jenny. Omdat het mijn ouderlijk huis is.' De ogen van de oude, in haar blokhut zo resoluut overkomende dame glansden dromerig.

Boeiend, vond Jenny. Haar oma's karakter had twee kanten. Een koele, zakelijke kant en een hartstochtelijke, romantische kant. 'Woonden jullie daar helemaal alleen, je ouders en jij?' vroeg ze. 'Het is nogal groot...'

'Maar nee, wij woonden er niet alleen. Pak de tafel eens op, Jenny. We zetten hem buiten, tenminste, als je je echt beter voelt.'

Jenny knikte.

Haar oma pakte de twee tuinstoelen en stootte de deur met haar voet open. De hond liep achter haar aan. Jenny worstelde met de tuintafel die telkens weer openklapte en daardoor niet door de deuropening ging, maar uiteindelijk lukte het haar.

Buiten was het een stuk aangenamer. De hoge bomen achter de hut gaven voldoende schaduw en de frisse lucht deed Jenny goed. Haar oma zette het restje, inmiddels lauwwarme thee voor haar neer, met een fles limonade en een schaal biscuitjes ernaast.

Jenny's maag knorde. Ze at twee biscuitjes terwijl haar oma over vroeger vertelde. Jenny was verbaasd. Zo had ze het zich niet voorgesteld. De adellijke familie Von Dranitz had een hoop personeel gehad: twee dienstmeisjes, een kindermeisje, twee koetsiers, een wagenmaker en een rentmeester, en daarnaast nog landarbeiders voor het werk op het land. Zij woonden in het dorp, in het arbeidershuis, dat ook van de landheer was. Behalve haar oma, haar twee oudere broers, haar zusje en haar ouders woonden ook haar grootouders in het landhuis.

'Het rentmeesterhuis is pal achter ons,' zei oma en ze wees naar de hoge bomen die schaduw wierpen op haar hut en het plekje waar ze zaten.

Jenny ontdekte een paar afgebrokkelde resten van muren, terwijl haar oma een betoverend mooi, wit bepleisterd huis met een erker en een terras beschreef. Nou ja, dat was dan blijkbaar verleden tijd.

'En je broers en zusje?' vroeg ze voorzichtig. 'Waar zijn ze? Ik bedoel... leven ze nog?'

Haar oma's blik verhardde. Jenny besefte dat ze de verkeerde vraag had gesteld. Ze deed snel haar mond open om van onderwerp te veranderen, maar haar oma was haar voor.

'Je moeder heeft je zeker niet veel over de familie verteld, hè?' Toen haar kleindochter verlegen haar blik afwendde, ging ze verder: 'Mijn broers zijn allebei in de oorlog gesneuveld, Jenny. En mijn jongere zus stierf tijdens de Russische bezetting.'

Het bleef een poos stil. Ze zwegen allebei, alleen de vogels tjilpten onvermoeibaar verder, de hond hijgde en in de lucht ronkte zacht een vliegtuig. De oorlog. Natuurlijk hadden ze op school over de Tweede Wereldoorlog gesproken. En over de Eerste. De Dertigjarige oorlog. De Napoleontische oorlogen. Ze hadden schilderijen en foto's gezien, en films en documentaires. Oorlogen waren verschrikkelijk, gruwelijk, onmenselijk. Miljoenen dode soldaten. Nog meer dode burgers. Jenny had altijd een goed cijfer gehaald voor geschiedenis, omdat ze het interessant vond en goed dingen kon onthouden. Maar wat haar oma vertelde, was iets heel anders. Dit kwam veel dichterbij. Dit ging om haar oma's broers en haar zusje...

Jenny schraapte haar keel. 'En hoe is zij overleden? Je zusje, bedoel ik...'

Haar oma keek naar het landhuis en zweeg zo lang dat Jenny niet meer verwachtte dat ze antwoord zou geven op haar vraag. 'Ik weet het niet precies,' zei haar oma ten slotte zacht, terwijl ze haar blik nog steeds op het grote, deftige landhuis had gericht. 'Ik was al in het westen toen ik hoorde dat Elfriede was overleden.'

Er kwamen duizend vragen tegelijk op in Jenny's hoofd. Waarom was haar oma in het westen toen haar zusje hier om het leven kwam? Had zij kunnen vluchten terwijl Elfriede hier had moeten blijven? En wat was er met haar grootouders gebeurd? Met het personeel? Met het landgoed?

'Het ziet er... eh... het ziet eruit alsof het nodig gerestaureerd moet worden...' zei ze voorzichtig en ze wees naar het landhuis. Ze had eigenlijk willen zeggen dat het er nogal verwaarloosd uitzag, wat de toestand waarschijnlijk beter omschreef, maar ze wilde haar oma's gevoelens niet kwetsen.

'Ja, er moet een hoop gebeuren.' De oude vrouw knikte. 'Maar ik ben in elk geval blij dat het huis er überhaupt nog staat. De Russen hebben destijds veel gebouwen in brand gestoken. En in de DDR-tijd hebben ze talloze mooie landhuizen en kastelen in verval laten raken.'

Daar had Jenny over gehoord. Haar moeder had veel sympathie gekoesterd voor de DDR. Het socialisme was de enige rechtvaardige vorm van een menselijke samenleving, had Cornelia telkens weer beweerd. In het socialisme had je geen kastelen en paleizen nodig. Die hele schijtkapitalistentroep kon met de grond gelijkgemaakt worden en op die plekken moesten huizen gebouwd worden.

Jenny was het niet met haar eens. Toen ze nog op school zat, had ze een zwak voor geschiedenis gekregen. Ze was onder de indruk geweest van de herenhuizen en tuinen van de keurvorstin Sophie. Met de klas hadden ze een keer een uitstapje gemaakt naar slot Hülshoff, waar een of andere dichteres was geboren. Jenny was enthousiast geweest. Een slot, omringd door water, waarin de oude bomen en muren zich weerspiegelden. Nee, zoiets mocht niemand slopen. Dat was te mooi en te kostbaar. Alleen idioten vernietigden dat soort gebouwen.

Landgoed Dranitz was echter een heel ander verhaal. Het zag er erg verwaarloosd uit. De zuilengalerij was weg. De kalk brokkelde van de muren. Boven de ingang hing een lelijk bord. KONSUM stond erop. Met een pijl die om de hoek wees. Gewoon erop geschilderd. Neonreclame werd in het socialisme waarschijnlijk beschouwd als verspilling van elektriciteit.

'Is het nu weer van jou?' vroeg ze enigszins onzeker.

Haar oma versomberde, maar ze knikte. 'Het zal weer van mij zijn. Ja.'

Jenny maakte hieruit twee dingen op. Ten eerste, landgoed Dranitz was op dit moment nog niet van haar oma. Ten tweede, oma was vastberaden weer de eigenaar te worden. Heel erg vastberaden. Er leken echter knelpunten te zijn, anders had ze niet zo verbeten geleken.

'Kunnen we even in het landhuis naar binnen gaan?' vroeg Jenny.

Haar oma goot het laatste restje limonade samen met een bij die erin zwom in het gras. De bij zoemde opgewonden en redde zichzelf door houvast te zoeken op het blad van een paardenbloem. De hond ging er nieuwsgierig naartoe en hapte naar de bij. Wat een dom beest!

'Stop, Falko,' zei oma. Daarna zei ze tegen haar kleindochter: 'Waarom niet?'

Ze ruimden samen de spullen op en zetten alles in de hut. Jenny keek een beetje benauwd toe terwijl haar oma de deur zorgvuldig op slot deed. 'Wordt hier weleens wat gestolen?'

'Ja, ze stelen hier als de raven!'

Hemel. De ossi's stalen tuinmeubelen, bloemkool en muffe slaapzakken. Waren ze wel goed bij hun hoofd?

Jenny was ontzet over de vervallen staat van het landhuis, ook al wees haar oma haar op het prachtige gestucte plafond en de nog behouden gebleven openslaande deuren. 'Er moet veel gebeuren,' zei oma telkens, terwijl ze van de ene ruimte naar de andere liepen. 'Maar ik verheug me erop. Kun je dat begrijpen, Jenny?'

Het enige wat Jenny begreep, was dat ze ruim veertig jaar geschiedenis wilde uitwissen. Dat ze alles weer wilde laten opknappen zoals het ooit was geweest. De tijd terugdraaien. Terug naar hoe het in haar jeugd, in haar kindertijd was. Maar dat was je reinste waanzin. Van haar werk op het architectenbureau wist ze hoeveel zo'n sanering kostte. Een vermogen. Veel meer dan het mooie huis in Königstein im Taunus waard was. Haar oma zou financieel veel te veel hooi op haar vork nemen, om nog maar te zwijgen van de lichamelijke en psychische stress die het zou veroorzaken.

Ze kon het haar oma maar het beste uit het hoofd praten. Wat waarschijnlijk niet gemakkelijk zou zijn.

Terug bij de hut zetten ze de tafel en stoelen weer buiten en haar oma begon de bloemkool klaar te maken. 'Hier!' zei ze en ze zette een schaal op Jenny's schoot. 'Jij kunt de aardappelen schillen. En vertel dan eens wat over jezelf.'

'Over mezelf?'

'Ja, over jezelf. Je oma is nieuwsgierig. Ze wil alles over je weten.'

En Jenny's oma kon luisteren. Ze kookte de aardappelen en de groente boven een open vuur en luisterde. Ze onderbrak haar kleindochter geen enkele keer. Het deed Jenny goed om eindelijk eens haar hart te kunnen uitstorten.

Mine

Eind augustus 1990

KARL-ERICH DRONK WEER te veel koffie. Zo gewiekst als hij was, speelde hij met Ulli onder één hoedje, die bliksemsnel de kopjes verwisselde nadat Mine ze had ingeschonken. Alsof ze zo dom was het niet te merken.

'Je zult vannacht geen oog dichtdoen door de hartkloppingen!' mopperde ze verontwaardigd.

Hij grijnsde ondeugend. Hij genoot ervan dat hij haar had beetgenomen.

Mine vond het stiekem wel leuk als hij zo brutaal was. Dat had ze altijd al leuk gevonden aan hem. Maar met een hoge bloeddruk viel niet te spotten.

'We maken alleen voor vandaag een uitzondering,' zei Ulli, die een slecht geweten had. 'Je kunt er toch nog heet water bij doen, oma.'

'Nee, nee,' protesteerde Karl-Erich en hij legde zijn hand over het kopje.

'Heeft ze al geschreven?' vroeg Mine.

'Ze heeft gebeld. Het gaat goed met haar. Haar oom en tante waren blij. Het is nu de tijd om de tweede oogst binnen te halen en ze kon meteen meehelpen.' Het ging om Angela, Ulli's vrouw. Ze had kennisgemaakt met haar familie in Oostenrijk, een oom van moederszijde die in Schladming woonde en met wie ze vroeger geen contact mocht hebben. Nu had ze die familie een keer opgebeld en ze hadden meteen gevraagd of ze het leuk vond om eens langs te komen. 'Ze hebben nog maar een paar koeien. Voor de toeristen. Ze verhuren kamers en hebben zelfs een paar vakantiehuisjes,' vertelde Ulli.

Angela was in haar eentje naar Oostenrijk gegaan. Ulli kon nu geen vakantie opnemen, daarvoor was de situatie op de werf te gespannen. Er waren nog meer mensen ontslagen, dus het was nu van belang dat je het op je werkplek volhield en je onmisbaar maakte. De naamloze vennootschap moest 'inkrimpen om gezond te worden'. Overtollige arbeidskrachten konden ze niet in dienst houden.

'Dat soort dingen gebeurden vroeger niet,' mopperde Karl-Erich. 'In de DDR niet en vroeger bij de baron ook niet.'

'Maar nu kunnen we wel reizen waar we maar naartoe willen,' wierp Ulli tegen.

'Angela kan dat,' zei Mine. 'Jij niet.'

'Ik ook,' hield hij ontstemd vol. 'Als eenmaal alles geregeld is met de werf, kan ik ook weer vakantie opnemen.' Voorlopig moesten ze in Stralsund nog de vijfentwintig trawlers bouwen die voor de Sovjet-Unie bestemd waren. Plus misschien nog een of twee passagiersschepen voor Noorwegen. En in het ergste geval kon Ulli altijd nog naar Rostock gaan. Of naar Bremen of Papenburg. Als gediplomeerd scheepsbouwingenieur had hij overal goede mogelijkheden. 'Het is immers niet zo dat Angela daar vakantie viert,' zei hij. 'Ze helpt mee. Ze maakt het ontbijtbuffet voor de toeristen klaar. En ze helpt met het binnenhalen van het hooi. Ze willen haar ook wat geld geven, vertelden ze.'

'O, oké...' zei Mine, alsof daarmee alles in orde was. Ze vroeg zich af of de familie wel zo onbaatzuchtig was. Het was goed mogelijk dat ze alleen een goedkope arbeidskracht zochten. Ze pakte de caketang en wilde Ulli nog een stukje tulband geven, maar hij sloeg het af.

‘Zet maar liever het raam open, zodat opa en ik kunnen roken.’

‘Altijd weer die stomme stinksigaren,’ mopperde Mine, maar ze stond op en zette de cactus opzij die op de vensterbank in de zon stond. Ze deed het raam echter maar op een kiertje open. Ze had wel een vermoeden waarover Ulli en Karl-Erich nu zouden gaan praten en wilde niet dat mevrouw Kruse kon meeluisteren.

‘Zo, zo, dus dat is haar kleindochter,’ zei Ulli zoals verwacht. ‘Dat had ik wel kunnen bedenken. Ze is net zo zonderling als die oude vrouw.’

Karl-Erich peuterde een cigarillo uit het doosje dat Ulli voor hem ophield. ‘Een roodharige duivel noemde Anna Loop haar,’ zei hij grijnzend. Hij stak de cigarillo tussen zijn lippen en hield het andere einde in het vlammetje van Ulli’s aansteker. Hij pafte genietend en blies de rook naar het raam.

‘Ik kan me goed voorstellen dat ze hier voor ophef zorgt,’ ging Ulli verder en hij stak zijn eigen cigarillo aan. Karl-Erich knikte hoestend. Ulli keek hem bezorgd aan.

‘Pospuscheit,’ bracht Karl-Erich met een rood hoofd uit, ‘is slecht over haar te spreken. Vertel eens, Mine.’

Mine had de scène met eigen ogen gezien en al een paar keer in geuren en kleuren verteld. Drie dagen lang was er in het dorp over niets anders gepraat. Pospuscheit had het meisje de toegang tot de Konsum willen verbieden. Hij was wijdbeens voor de deur gaan staan met zijn armen over elkaar. Ieder ander zou bang zijn geworden, maar niet de kleindochter van de barones. Ze was naar hem toe gegaan en had haar wijsvinger in zijn buik geboord. Pospuscheit was zo overdonderd geweest dat hij achteruit was gestruikeld, en zoals het lot wilde, stonden daar net drie dozen met sardientjes in blik die naar het magazijn gebracht moesten worden. Achter de sardientjes was het schap met bloem, suiker en macaroni, en in het bovenste vak stonden de flesjes soeparoma. Er moest dus heel wat opgeruimd worden nadat Pospuscheit als een dominospelletje alles omver had gestoten en vloekend weer overeind was gekrabbeld. De roodharige

Jenny had hem gelaten aangekeken terwijl hij daar tussen de zooi stond en onschuldig gevraagd of hij zich had bezeerd. Daarna had ze op haar dooie gemak haar boodschappen bij elkaar gezocht en was ze naar de kassa gelopen. En Karin Pospuscheit was zo beduusd geweest dat ze alles had aangeslagen.

Ulli schudde lachend zijn hoofd. 'Haha, net goed voor Pospuscheit, die oude kinkel.' Hij nam een trekje van zijn cigarillo en vroeg toen nieuwsgierig: 'Woont ze bij haar oma in de blokhut?'

'Nee,' zei Karl-Erich. 'Ze woont bij Mückes ouders. Die hebben op zolder nog een kamer vrij, aangezien Klaus in Rostock is.'

'Kan ze het goed vinden met Mücke?' vroeg Ulli verbaasd.

'Heel goed. Ze zijn dikke vriendinnen.'

Ulli vertrok ongelovig zijn gezicht. Mine vond dat hij dunner was geworden. Misschien leek het alleen zo door zijn nieuwe kapsel. Westers gestyled. Hij leek wel een egel, vond Mine. Hij werkte vast ook te hard.

'Nou ja,' zei Ulli na een poosje en hij blies de rook naar het raam. 'Mücke is ook wel goedhartig.' Daarna vroeg hij of er verder nog nieuws was in Dranitz.

Karl-Erich knikte veelzeggend en pafte ijverig. Hij blies de rook uit en begon te praten. 'O ja, er is van alles gaande, Ulli. Het vergaat ons niet beter dan jullie op de werf in Stralsund. De dingen die ooit deugden, zijn nu niets meer waard, en wat vroeger ontoelaatbaar en verboden was, is nu in. Met de LPG is het over en uit. Die wordt opgeheven en veranderd in een landbouwcoöperatie naar westers model. Dat heeft Pospuscheit voorgesteld, en omdat hij zo bezorgd is om ons allen, wil hij ook wel de rol van voorzitter op zich nemen. Anders zouden we binnenkort allemaal onze baan verliezen, beweerde hij. De LPG was niet commercieel en kon niet wedijveren met het westen...'

Ulli luisterde met gebogen hoofd. Toen Karl-Erich klaar was met zijn verhaal, snoof hij luidruchtig door zijn neus. 'En de "landbouwcoöperatie naar westers model" kan dat zeker wel? Uitgerekend

Pospuscheit wil hier de werkgelegenheid behouden. Nou, proost dan maar.'

Karl-Erich vertelde dat drie mensen tegen hadden gestemd. Dat waren hij, Krischan Mielke, de vader van Jürgen, en Valentin Rokowski, Mückes vader. Maar de andere zes waren voor geweest en dus was het besloten.

'Dan weet je wel wie er als eerste ontslagen wordt,' mompelde Ulli. 'Pospuscheit is haatdragend, die vergeet niets.'

'Voor ons maakt het niet uit,' zei Mine. 'Wij zijn met pensioen, ons kan niemand meer ontslaan. Maar de jongelui, die gaan zware tijden tegemoet.'

Ulli fronste zijn voorhoofd en Mine had meteen spijt van haar woorden. Ach, dacht ze, de jongeren zullen hun weg wel vinden. Ook al was het soms moeilijk. Zelfs had ze tenslotte ook de oorlog en de magere jaren daarna overleefd. Op de een of andere manier was het leven altijd doorgegaan.

'En het landhuis?' informeerde Ulli. 'Hoe zit het daarmee? Krijgt de barones dat?'

'Daar is nog niets over besloten.' Karl-Erich drukte de cigarillo in de asbak uit. 'Het was een lange vergadering, onlangs in de gemeenteraad. Er waren veel discussies over de wegvernieuwing en de veel te dure verlichting. Daarna had niemand meer zin om ook nog met elkaar over het landhuis te ruziën. Als Pospuscheit zijn zin krijgt, komt er op die plek een supermarkt. Maar dat krijgt hij er niet door. Ook niet als hij tegen ons zegt dat de Konsum weggaat en we dan allemaal naar Waren moeten voor onze boodschappen.'

'Wil hij op die plek een supermarkt vestigen?' vroeg Ulli peinzend. 'Dan heb je een gigantisch parkeerterrein nodig. Dan moeten ze niet alleen het oude landhuis platgooien, maar ook nog het halve bos kappen.'

'En ze zouden de straten moeten verbreden. Vanwege de leveranciers,' zei Karl-Erich. 'Maar het zou natuurlijk ook werkgelegenheid bieden voor de Dranitzers. Kalles moeder, Gerda, droomt er al van om een kiosk te openen. Met kranten, sterkedrank en curryworst.'

Ulli haalde zijn schouders op.

Mine herinnerde zich nog dat hij vroeger met zijn vrienden bij het meer had gespeeld. In het voormalige park van het landhuis, dat inmiddels een bos was geworden. Een supermarkt met een groot geasfalteerd parkeerterrein zou het rijk van zijn kindertijd vernietigen. Maar zo was het leven nu eenmaal. Niemand kon de tijd terugdraaien.

'Maar het wordt nog mooier!' riep Karl-Erich en hij sloeg met zijn door de reuma gekromde hand op de tafel. 'Er is ook een Rus die het terrein wil kopen. Hij zou zelfs het oude landhuis willen laten restaureren. Die kerel is steenrijk. Rijk geworden door de glasnost.'

'Echt?' riep Ulli en hij ging met zijn hand door zijn nieuwe egelkapsel. 'Je gaat me toch niet vertellen dat hij hier zo'n pornotent...' Hij onderbrak zichzelf en keek zijn oma verontschuldigend aan.

'Je hebt helemaal gelijk.' Mine knikte. 'Hij wil hier een erotiekcentrum openen. Met een bioscoop en een bar. En een... hoe noemen ze dat ook alweer, Karl-Erich?'

'Swingersclub,' mompelde hij. 'Geen idee wat dat is. Maar het zal de kassabel ongetwijfeld flink laten rinkelen.'

Ulli floot zachtjes door zijn tanden. 'Nou, dat levert wel banen op,' zei hij sarcastisch. 'Dan kunnen de Dranitzers rijk worden. Ik zie Gerda Pechstein er al voor staan met haar sterkedrank en curryworst. Alleen denk ik dat de baas zijn meisjes uit Rusland meeneemt...'

'Dat gaat niet gebeuren,' beweerde Karl-Erich met volle overtuiging. 'Die kerel kan nog zo veel bieden, zoiets wil niemand hier hebben. Dan nog liever een supermarkt.'

'En hoe zit het met de barones?' wilde Ulli weten. 'Heeft zij al belangstelling getoond?'

Karl-Erich knikte en keek aarzelend naar Mine. Hij wist dat Mine in feite aan de kant van de barones stond, ook al toonde ze dat niet openlijk. Hijzelf hoefde hier geen jonkheren en baronnen. Nu niet meer. Die tijden waren voorbij. 'Dat heeft ze inderdaad,' antwoordde hij voorzichtig. 'Maar ze denkt dat ze het huis en alles eromheen voor een appel en een ei krijgt. Ze zal nog verbaasd opkijken, die Franziska von Dranitz. Voor twintigduizend mark krijgt ze niet eens het rentmeesterhuis.'

'Waarom heb je het constant over het rentmeesterhuis?' Ulli stond op om het raam verder open te doen. 'Dat is toch niet meer dan een berg oude stenen? Dat zou ik nog niet cadeau willen hebben.'

Karl-Erich greep nog een keer naar het doosje met de cigarillo's en peuterde net zo lang tot hij eindelijk een van zijn geliefde stinksigaren tussen zijn reumatische vingers had. Mines bezorgde blik negeerde hij, maar toen het hem niet lukte om de cigarillo met Ulli's aansteker aan te steken, keek hij haar vragend aan. Mine zuchtte, maar hielp hem wel.

'Mevrouw de barones wel, hoor,' ging Karl-Erich verder terwijl hij de rook in Ulli's richting blies. 'Die wil alles het liefst gratis krijgen. Het meer, het voormalige park, het landhuis en bij voorkeur nog het land van de LPG erbij. Die beeldt zich in dat ze daar recht op heeft.'

Mine zweeg. Het was moeilijk te bepalen wie gelijk had en wie niet. Van wie waren het huis en het park? De Russen hadden het destijds afgepakt van de baron en het aan de gemeente en de boeren gegeven. Dat was hun recht als overwinnaars geweest. 'Jonkerland in boerenhand' was het devies geweest. De gemeente had het landhuis niet van de baron afgepakt. En dus hoefde de gemeente het niet aan de barones terug te geven. Althans, niet voor niets. Ze mocht best betalen, ze was immers geen arme vrouw, die Franziska von Dranitz. Of, hoe heette ze nu ook alweer? O ja, Franziska Kettler.

Ulli had het raam nu helemaal opengedaan. Hij leunde met zijn handen op de vensterbank en tuurde naar het landhuis. Veel was er van hieruit niet van te zien. In de winter, als de bomen kaal waren, zag je meer.

'Had de barones vroeger ook rood haar?' vroeg hij.

Mine verbaasde zich over zijn vraag. Waar die jongen zich al niet druk om maakte... 'Nee, Franziska niet. Haar moeder, Margarethe von Dranitz, meisjesnaam Wolfert, wel. Daar komt het rode haar vandaan.'

Ulli boog zich naar voren en leunde uit het raam. Hij leek iets ontdekt te hebben. Haar kleinzoon had goede ogen. 'Dat is zeker haar auto? Die rode Kadett?'

'Nee, die is van haar kleindochter Jenny,' zei Karl-Erich. 'Die vind je zeker wel mooi, hè?'

'Onzin!' Ulli trok zich hoofdschuddend terug. Hij moest naar huis, zei hij, en hij sloeg de aardappelsalade die Mine speciaal voor hem gemaakt had af. 'Ik heb nog een afspraak met een paar collega's. Er is altijd wel iets te bespreken, maar dat snappen jullie natuurlijk wel...'

Mine deed wat aardappelsalade in een schaal en legde er twee worstjes op. Ze dekte de schaal met een bord af en stopte het geheel in een plastic zakje. Zo had hij wat te eten als hij uit de kroeg kwam. Hij was vroeger trouwens nooit 's avonds uitgegaan, dat deed hij nu alleen omdat Angela er niet was.

'Doe Mücke de groeten van me,' zei hij toen hij haar bij het afscheid omhelsde. 'Ze moet oppassen voor die Jenny. Zeg dat tegen haar.'

'Ik zal het zeggen,' beloofde Mine, ook al dacht ze bij zichzelf dat Ulli waarschijnlijk degene was die op moest passen.

Karl-Erich wachtte tot Mine de tafel had afgeruimd en de vaat had gedaan. Toen trok hij met een schalkse grijns een doosje uit zijn broekzak en legde het op de tafel.

'Nou ja, zeg!' riep hij met gespeelde verbazing. 'Ulli is gewoon zijn cigarillo's vergeten!'

Franziska

September 1990

HET WAS EEN KOUDE nacht geweest en ondanks de slaapzak en de wollen deken had ze liggen rillen. Nu het ochtend werd, zag Franziska fijne nevelslierten tussen de bomen. Ook het landhuis was in donzige mist gehuld, wat het gebouw iets tijdloos, haast onwerkelijks gaf. Misschien kwam het doordat de vele barsten in de pleisterlaag en de kapotte ramen op de begane grond nu niet zo duidelijk te zien waren. Met een beetje fantasie kon ze zich ook de zuilengalerij en de met klimop begroeide terrassen voorstellen. Het was toch klimop geweest? Of wilde wingerd? Jammer dat haar geheugen haar bij dat soort kleinigheden vaak in de steek liet.

Sinds twee weken was ze weer alleen op Dranitz. Jenny, haar kleindochter die zo plotseling was opgedoken, was weer teruggegaan naar Berlijn. Ze zei dat ze haar huur zou opzeggen en dan terug wilde komen. Franziska wist niet zeker of Jenny dat serieus meende. Ze hoopte het. Heel erg zelfs. Maar er waren een paar dingen waardoor ze vreesde dat het niet zou gebeuren.

Helaas had ze zelf waarschijnlijk geen goede indruk op haar kleindochter gemaakt. Vooral in het begin niet. Hemel, dat meisje was qua uiterlijk het exacte evenbeeld van Franziska's jongere zus Elfriede en het had even geduurd voordat ze de schrik te boven was gekomen.

In plaats van haar kleindochter vreugdevol in haar armen te nemen was ze als een zoutpilaar blijven staan en had ze geworsteld met haar herinneringen. Nou ja, later was het beter gegaan. Toen waren ze een beetje ontdooid en het meisje had zelfs een hoop verteld. Het had Franziska pijn gedaan dat Cornelia zo weinig moederlijke invloed op haar dochter had uitgeoefend. Het meisje had gewoon haar opleiding afgebroken en was een relatie met een getrouwde kerel aangegaan, die ook nog eens haar baas was. Dat kon toch niet waar zijn! Franziska had zich ingehouden. Ze had van het verleden geleerd en had er niets over gezegd. Het had toch geen zin om haar nu nog terecht te wijzen. Jenny was een Von Dranitz, ze zou van de nare ervaringen leren en voortaan wijzer zijn. Hopelijk. In veel dingen leek Franziska haar een heel verstandig meisje, al leek ze wat koppig. Vooral de dingen die ze over de aanstaande renovaties zei, leken hout te snijden. Nee, wat karakter betreft, leek ze gelukkig niet op Franziska's betreurenswaardige zus Friedchen.

Franziska had het leuk gevonden dat Jenny zo'n klik had met Mücke. De twee meiden waren een hele zondag met Falko op pad geweest, hadden een rondje over het meer geroeid en gezwommen. De dag daarna had Jenny gezegd dat ze bij Mückes ouders kon logeren. Ook dat was een verstandige beslissing geweest, want de blokhut was veel te klein voor hen beiden.

Ja, ze hoopte heel erg dat Jenny terugkwam. Zeker, ze was nog erg jong, pas begin twintig. Maar Franciska miste haar energie, vrolijkheid en onbevangen aard nu al. Met Jenny aan haar zijde zou de enorme opgave die het leven haar had gesteld, veel gemakkelijker te dragen zijn.

Een mooie droom, dacht ze en ze riep zichzelf tot de orde. Uiteindelijk had ze niet het recht om haar kleindochter met zo'n last op te zadelen. Het was helemaal alleen haar taak.

Gisteren had ze Gregor Pospuscheit op bezoek gehad. Hij had op de deur van haar hut gebonkt terwijl zij net haar middagslaapje hield. Falko, die naast haar op de grond lag, was boos blaffend opgesprongen. Franziska was zo geschrokken dat ze zich even heel beroerd had gevoeld.

'Ook goedemiddag,' zei de burgemeester toen ze de deur opendeed. Hij gluurde wantrouwend naar de grommende hond en deed uit voorzorg een stap naar achteren.

'Goedendag,' antwoordde Franziska nors. 'Wat wilt u?'

Falko gromde nog luider en tilde zijn bovenlip op, waardoor zijn scheurkiezen zichtbaar werden.

'Houdt u die hond bij u!' mopperde Pospuscheit en hij bleef op de drempel staan. 'Ik ben hier als burgemeester en vertegenwoordiger van de gemeente.'

Franziska nam hem minachtend op. 'Hij doet niets.'

Pospuscheit was ervan overtuigd dat het tegendeel waar was. Hij had de hond drie jaar geleden eens in zijn buik getrapt toen die tegen hem op was gesprongen en sindsdien benaderde Falko hem uitgesproken vijandig. 'Ik wil alleen even snel iets mededelen,' begon hij. 'Zodat u zich erop in kunt stellen, mevrouw de barones.'

Wat klinkt die aanspreekvorm toch cynisch uit zijn mond, dacht Franziska weer, maar ze zei niets en keek hem afwachtend aan. 'We hebben nu...' ging Pospuscheit verder, maar hij stopte met praten omdat Gerda Pechstein en Anna Loop langsliepen om naar de Konsum te gaan en nieuwsgierig naar hen keken. Hij knikte naar hen, toonde een grijns die voor velerlei uitleg vatbaar was en praatte vervolgens op gedempte toon verder. 'We hebben een bod van de supermarkt gekregen.' Hij pauzeerde even om te zien hoe ze op zijn woorden reageerde.

Franziska probeerde rustig te blijven. Een supermarkt beschikte over genoeg middelen om een particuliere gegadigde – en zo werd zij helaas gezien – te overtroeven. 'Ja, en?' vroeg ze ten slotte, toen hij zweeg.

Met een brede grijns schoof Pospuscheit zijn pet omhoog. 'Achthonderdduizend mark.'

Dat was inderdaad heel veel. Dat bedrag was hoger dan wat ze zelf kon opbrengen, zelfs als ze haar huis verkocht. En ze moest ook nog geld overhouden om de meest noodzakelijke herstelwerkzaamheden te betalen. Toch was ze nog lang niet van plan zich gewonnen te geven. 'Alleen voor het huis?'

Hij trok zijn neus op. Waarschijnlijk was hij teleurgesteld omdat ze beheerst bleef en niet boos werd of begon te jammeren. 'Nee. Voor het huis en het perceel samen.'

'Ook voor het meer?' wilde ze weten.

'Wat dénkt u nou? Natuurlijk niet. Wat moet een supermarkt nu met een meer?' Dat was logisch. Het meer bleef dan zeker van de gemeente. Het oude huis zouden ze gewoon slopen. Ze zouden de bomen van het voormalige park kappen en alles egaliseren. Het park, dat door meerdere generaties van haar familie was aangelegd en onderhouden, de tuin uit haar kindertijd, zou onder een grauwe deken van asfalt worden begraven. Evenals het oude familiegraf, waar haar voorouders lagen. Ze was er maar één keer geweest en had gezien dat noch de muren, noch het kapelletje de DDR hadden doorstaan. Alles was moedwillig vernietigd en wat de mensen niet was gelukt, had de natuur afgemaakt. De grafstenen waren overwoekerd door ranken en struikgewas. Dennen en berken groeiden op de plek waar vroeger lage struiken en grasvlaktes de graven van de Von Dranitz's hadden omringd. 'En waarom vertelt u me dit, meneer Pospuscheit?' vroeg ze op een scherpere toon dan haar bedoeling was. Hopelijk had hij nu niet door hoe erg haar dit in werkelijkheid raakte.

Maar hij haalde slechts zijn schouders op en trok een onschuldig gezicht. 'Het zou immers kunnen dat u erover nadenkt en ook mee wilt bieden? Ik wilde u die kans in elk geval niet ontnemen. Ik ben niet iemand die haatdragend is, mevrouw de barones. Gelijke rechten voor iedereen, zo gaat dat bij ons in het oosten. Als u begrijpt wat ik bedoel...'

Ongelofelijk. Deze afzetter speelde op de beste westerse wijze blufpoker en bezat de brutaliteit om over rechten te praten. Wat voor rechten bedoelde hij? Als alles zo rechtvaardig ging, dan zouden ze haar haar familiebezit teruggeven en nog een schadeloosstelling geven ook.

'Als de gemeente hier graag een supermarkt wil bouwen, dan gaat u uw gang maar,' antwoordde ze gespeeld onverschillig. 'Maar denkt u maar niet dat het veel banen op zal leveren. Hebt u weleens gezien hoeveel mensen er in de grote discounters werken? Die zijn op één hand te tellen. Dat is het principe: veel producten, lage prijzen en overal waar het maar mogelijk is, kosten besparen.'

Hij leek niet overtuigd te zijn. Hij dacht vast dat ze zo zwartgallig was om het idee van de supermarkt voor hem te verpesten. Wat inderdaad ook haar bedoeling was. Ze wist echter van Mücke dat er nog een derde gegadigde in het spel was. Als het klopte wat Mücke had verteld, kon die Rus elke supermarktgigant makkelijk overbieden.

'Neemt u me niet kwalijk, mevrouw de barones.' Pospuscheit tikte tegen zijn pet en draaide zich om om te vertrekken. 'Mocht u van mening veranderen, laat u het me dan weten. Maar wacht niet te lang. De volgende gemeenteraadsvergadering is over veertien dagen. Voor die tijd moet elk bod op tafel liggen.'

Hij draaide zich om en liep naar de weg. Wijdbeens en met een stevige pas. Hij had heel wat ballast met zich mee te dragen, deze Pospuscheit. En hij bezat een flinke portie boerenslimheid. Zou het om smeergeld gaan? Een klein zetje in de goede richting bij de besluitvorming? Was de burgemeester daarom langsgekomen? Wachtte hij er nu op dat ze hem steekpenningen aanbood? Nou, dan kon hij lang wachten, de schurk!

Nog twee weken dus. Ze moest nog een keer met Mücke en Elke gaan praten. Hun vaders zaten allebei in de gemeenteraad en gelukkig nam de burgemeester de beslissing over wie de gunning uiteindelijk verkreeg niet alleen. Iedereen had daar wat over te zeggen. Misschien kon Mücke Kalle aan haar kant krijgen. Zijn moeder zat ook in de gemeenteraad. Net als Jürgens vader. Dat zouden dan al vier stemmen zijn. Bijna de helft. In totaal waren er negen stemmen. Of waren het er tien? Had Pospuscheit meer gewicht omdat hij de burgemeester was? Nou ja, in elk geval wist hij zijn mensen te bespelen.

Het zou kielekiele worden. Maar ze zou vechten en nooit opgeven. Het ging immers om het erfgoed van de familie Von Dranitz.

Franziska lijnde de hond aan en liep naar buiten. Een beetje beweging zou hun beiden goeddoen. De ochtendmist begon op te lossen. De nevel zweefde al bij de boomtoppen en dreef uiteen in een dunne sluier. Ze liep tussen de bomen door en vond het restant van een voormalig pad waar ze als kind vaak overheen was gelopen. In die tijd was er in het grote park een heel netwerk geweest van zulke zandpaden. Ze kruisten elkaar, vertakten zich, leidden rond het meer en dan in bochten en lussen terug naar het landhuis. Na veertig jaar waren de meeste van deze verharde paden verdwenen. Ze waren overwoekerd door gras en struikgewas. Overal groeiden grove dennen en populieren. Ook dit pad was maar gedeeltelijk behouden en verdween telkens tussen boomwortels en mos, maar het lukte haar toch het een heel eind te volgen. Ze wist waar het naartoe leidde. Meestal ging ze terug voordat de treurige resten tussen de bomen te zien waren. Vandaag deed ze dat niet.

Het was maar een gevoel. Misschien was het overdreven sentimentaliteit. Een romantische bevlieging die haar als uit het niets overviel. Ze stapte over de resten van het muurtje van de begraafplaats heen en liep tussen de oude grafstenen rond. Sommige waren omgevallen en lagen met de inscriptie naar beneden, maar de meesten stonden nog overeind en waren leesbaar.

Libussa Maria von Dranitz
Geboren Von Maltzan
1868-1944

Dat was haar grootmoeder geweest. Ze kon zich de kleine, levendige, bejaarde vrouw nog heel goed herinneren. Op dezelfde steen stond nog een inscriptie:

Otto von Dranitz
1863-1945

Haar grootvader. Een lange man, die ondanks zijn leeftijd vrijwel niet kromliep en een volle, donkere haardos had die niet grijs was geworden. Alleen zijn baard en snor waren sneeuwwit geweest. Hij had geweigerd om het landgoed te verlaten en was achtergebleven toen haar moeder en zij de paard-en-wagen met de belangrijkste spullen belaadden en met twee dienstmeisjes en de koetsier op de vlucht sloegen. Toen ze, overrompeld door het Russische leger, beroofd en half verhongerd, weer naar het landgoed terugkeerden, hoorden ze dat de Russen hem hadden doodgeschoten. De bedroefde personeelsleden hadden hem hier begraven. Maar in wiens opdracht zou de inscriptie in de grafsteen zijn gebeiteld? Zij had destijds andere zorgen gehad.

Ze merkte dat Falko strak naar iets keek en ze riep hem. Hij kwam met tegenzin en ging naast haar zitten. Franziska volgde zijn blik en zag aan de rand van de oude begraafplaats een vrouw staan. Ze was klein en droeg een donker jasje over haar jurk. Om haar hoofd had ze een doek gebonden. Aan haar arm hing een hengselmand. Waarschijnlijk wilde ze paddenstoelen zoeken. Ze bleef staan en leek te twijfelen of ze door moest lopen of beter kon omkeren.

'Mine...' zei Franziska onwillekeurig. Meteen daarna verbeterde ze zichzelf: 'Mevrouw Schwadke.'

Falko sprong op en rende naar de oude vrouw toe. Hij besnuffelde enthousiast haar mand, nieste en wreef zijn kop tegen Mines heup, die hem liefdevol achter zijn spitse oren kroelde. Daarna duwde ze de hond opzij en strompelde ze met kleine, langzame passen naar Franziska toe.

Ze moet al boven de tachtig zijn, dacht Franziska, maar ze gaat nog steeds paddenstoelen zoeken. Ze ziet er nog goed uit, onze Mine.

Franziska stapte over twee grafstenen heen om snel naar haar toe te lopen en bleef voor de resten van de ommuring staan.

Mines gezicht was nog steeds rond, maar vol groeven. Ze had een smalle mond, zonder lippen, die helemaal gerimpeld was. Alleen haar ogen waren nog net zo helder blauw en pienter als vroeger. 'Een heel goede morgen, mevrouw de barones,' groette ze haar met een stem die lager was dan vroeger, maar nog steeds krachtig klonk.

'Goedemorgen, mevrouw Schwadke,' antwoordde Franziska. Wat klonk dat formeel. Ze stond hier immers tegenover haar lieve Mine, die de familie altijd zo trouw had gediend. Franziska klom over het afgebrokkelde muurtje en strekte haar hand naar Mine uit. Die keek blij en schudde Franziska's hand. Franziska voelde een stevige, ruwe hand in de hare, de eeltige hand van een boerin. Terwijl Mine destijds nog had gedacht dat ze als dienstmeisje op het landgoed aan de akkers ontkwam.

'Wat toevallig dat we elkaar tegenkomen,' zei Mine verlegen. 'Ik wilde eens kijken of er al cantharellen zijn. Misschien ook bruine ringboleten...'

'En? Iets gevonden?'

Mine schudde haar hoofd. Haar ogen dwaalden over de oude begraafplaats. 'Ze hebben hier verschrikkelijk huisgehouden, mevrouw de barones. Het heeft me destijds diep geraakt. Het waren jonge kerels, ze waren overal boos op. Ze schopten de stenen omver en maakten alles kapot.'

'Russen?' vroeg Franziska met benepen stem.

'Nee, mevrouw de barones.' Mine schudde droevig haar hoofd. 'Die waren allang weg.'

Franziska besloot de verhoudingen voor eens en voor altijd op te helderen.

'Het is nu afgelopen met "mevrouw de barones". Die tijden zijn voorbij. Ik ben mevrouw Kettler. En u bent voor mij Mine Schwadke. Akkoord?'

'Nee,' weersprak Mine haar kalm. 'Voor mij was u vroeger de freule en nu bent u mevrouw de barones. Zo is het en dat gaat er niet meer uit. En hoe u mij aanspreekt, moet u zelf weten. Maar het zou mij niet storen als u me "Mine" noemt.'

Franziska was ontroerd en geïrriteerd tegelijk. Typisch Mine. Ondanks haar onderdanigheid had ze altijd haar eigen wil weten door te zetten. Als ze iets per se niet wilde, dan zat er niets anders op dan het te accepteren.

Gelukkig hoefde Franziska niet te reageren omdat Mine gewoon verder praatte. 'Ik had u al langer willen opzoeken om met u te praten, mevrouw de barones. Ik heb het steeds voor me uit geschoven omdat het niet zo gemakkelijk is om over sommige dingen te praten. En omdat Karl-Erich er ook niet echt voorstander van is...' Ze keek Franziska aan en schikte haar hoofddoek.

Franziska had de indruk dat Mine verlegen was, maar ze glimlachte in elk geval wel. Het was een brede glimlach die nog meer rimpeltjes aan haar gezicht toevoegde. 'Karl-Erich,' zei Franziska langzaam. 'Hij is dus teruggekomen uit de oorlog. En daarna zeker een goede socialist geworden...' Ze beet op haar lip. Dat had ze eigenlijk niet willen zeggen. Natuurlijk waren ze allemaal 'heropgevoed'. Maar dat kon je hun immers niet kwalijk nemen.

Mine leek echter niet gehoord te hebben wat ze had gezegd. 'Hij is in 1949 teruggekomen,' vertelde ze. 'Ik werkte op de boerderij van Henner Kruse als dienstmeid, want ik had drie kinderen die gevoed moesten worden. Toen de LPG kwam, ging het goed met ons. Karl-Erich heeft als wagenmaker gewerkt en later de tractoren en maaidorsers gerepareerd. En ik was melkster.' Ze had dus koeien gemolken, de knappe, kwieke Mine, die er zo trots op was geweest dat ze in het landhuis als dienstmeisje werkte. Bij feestelijke gelegenheden droeg ze zelfs een zwarte jurk en een sierlijk wit schortje met kant. En een wit linnen mutsje.

'Ja, door de oorlog is alles veranderd,' zei Franziska. 'Maar jij en ik, wij hebben het gered, nietwaar? En nu ben ik weer terug in mijn oude geboortedorp...'

Mines glimlach verdween niet. 'Ja, mevrouw de barones. U bent weer hier en dat is goed. Want verder is er hier in Dranitz niemand meer die de oude tijden nog kent. De oude Henner, die misschien, maar hij is al behoorlijk seniel. Alleen Karl-Erich en ik, wij weten nog hoe het was.'

Franziska aarzelde even om de vraag te stellen die op het puntje van haar tong lag, maar ze stelde hem toen toch. 'Ik wil je er niet meteen mee overvallen, Mine, maar ik brand van verlangen om het te weten. Mijn moeder en ik, wij hebben nooit geweten wat er met Elfriede is gebeurd.'

Mine knikte, draaide zich om en keek omhoog naar de lucht. 'Het gaat zo regenen,' mompelde ze zonder op Franziska's vraag in te gaan. 'Ik kan maar beter opschieten, anders kom ik als een verzopen kat thuis. Neemt u me niet kwalijk, mevrouw de barones. Tot gauw...'

Voordat Franziska iets kon zeggen, bukte Mine onder de lage dennentakken door en verdween ze in het struikgewas.

'Tot gauw, Mine!' riep Franziska haar na. 'Het was fijn je weer te zien. Ik zal je bezoeken. Als dat mag...'

Ze kreeg geen antwoord. Ze bleef een poosje staan en luisterde naar het zachte geruis van de regen die nu begon te vallen. Mine. Ze was de goede geest in het landhuis geweest. Altijd aanwezig. Altijd behulpzaam. Liefdevol. Geduldig. Hemel, wat was ze veranderd nu ze ouder was geworden. Of kwam het door het socialisme? Misschien. Het zou tijd kosten om de oude, vertrouwde relatie te herstellen.

Ach, de oorlog. Die zinloze, gruwelijke oorlog. Wat had die niet allemaal kapotgemaakt. Zouden de wonden die de oorlog had veroorzaakt ooit helen?

Jenny

Oktober 1990

WEG ERMEE! WEG MET het verleden. Weg met alle relikwieën. Weg met die rommel! Plek maken voor iets nieuws!

Wat dat ook zou mogen zijn.

Ze had op de lantaarnpalen in de buurt briefjes geplakt om de mensen voor die ochtend uit te nodigen voor een garageverkoop in haar flat. Het was een groot succes geweest. Binnen een paar uur was haar huisje leeg geweest.

Ze hoefde zich niet druk te maken over wie het huurhuis zou overnemen. Haar ex-collega Angelika had verrassend genoeg gezegd dat ze het graag wilde huren. Ze wilde er meteen de volgende dag intrekken. Jenny vond het prima, want zij mocht tijdelijk in het huis van Angelika wonen, wier huurcontract aan het eind van de maand afliep.

Met haar na de succesvolle garageverkoop dik gevulde portemonnee in de hand keek Jenny peinzend in de lege kamers om zich heen. Ze had andere zorgen, want ze wist nu hoe het kwam dat ze 's ochtends misselijk was en waarom ze constant moest overgeven. Terwijl ze nota bene de pil had geslikt. Nou ja, zo betrouwbaar waren die nieuwe microdingen die sinds één, twee jaar op de markt waren blijkbaar toch niet. Wat moest ze doen? Zou ze echt de raad van de gynaecoloog, die haar vermoeden gisteren had bevestigd, opvolgen en zo snel mogelijk naar een ziekenhuis gaan?

Ja, er viel niet aan te tornen. Jenny Kettler was zwanger. Van haar ex-baas Simon Strassner. Nou, dat heb ik weer goed gedaan, dacht ze en ze voelde zich ineens behoorlijk eenzaam.

Het antwoordapparaat knipperde. Jenny luisterde naar het bericht. Het was van Kacpar. Hij had al een paar keer geprobeerd haar te bereiken en twee keer een kort bericht ingesproken. Hij vroeg of ze hem terug kon bellen, want hij maakte zich zorgen omdat ze zo plotseling verdwenen was. Behalve Kacpar hadden ook Angelika, haar oma, haar moeder, Mücke en Simon een bericht ingesproken. Ja, Simon had werkelijk de moed gehad om haar te bellen en een paar zinnen op het antwoordapparaat in te spreken. Holle frasen die voor haar alleen maar een bevestiging waren dat haar besluit om hem nooit meer te willen zien juist was.

'... dat onze relatie op deze manier moest eindigen,' jammerde hij met een zielige stem. '... jouw hysterische uitbarsting... totaal onterecht en verrassend... me diep gekwetst... mijn beslissing, waarbij ik oorspronkelijk voor jou had gekozen, een andere kant op heeft gestuurd... wens je voor de toekomst... ik zal je niets verwijten... mochten onze wegen elkaar nog eens kruisen...'

'Alsjeblieft niet,' fluisterde ze en ze drukte op de deleteknop. 'Ik heb het altijd in mijn eentje gered. Mama was immers altijd alleen met zichzelf bezig en met haar huisgenoten, dus het zal me met een baby ook wel lukken.' Of moest ze toch maar abortus plegen? Ze wilde net het snoer uit het stopcontact trekken toen de telefoon rinkelde. Het was een schel geluid dat door de lege muren werd weergalmd. Automatisch strekte Jenny haar hand uit naar de hoorn en ze nam op. 'Hallo?'

'Jenny? Tjonge, dat ik je eindelijk eens aan de lijn krijg! Ik heb een heleboel te vertellen...'

Mücke! Ze had haar allang terug moeten bellen, maar ze was er niet voor in de stemming geweest. Nu was ze blij de vrolijke, opgewonden stem van haar nieuwe vriendin te horen.

'Hoi, Mücke! Het spijt me dat ik je niet heb teruggebeld. Ik had het zo druk. Ik heb al mijn meubels verkocht en ook mijn kleren en andere spullen...'

'Is alles weg? Dan ben je nu zeker rijk?'

Typisch Mücke. Ze zag altijd alleen het positieve in het leven. Mücke was een van de belangrijkste redenen dat Jenny terug wilde naar Dranitz. En haar oma natuurlijk. Maar Mücke nog meer. Jammer dat er in het oosten geen werk voor Jenny was.

'Nou, ja, rijk...' Ze lachte. 'Maar ik heb momenteel liever geld in mijn portemonnee dan al die rommel die in mijn flat stond.'

'Vanwege Simon, nietwaar?'

Ze was een slim meisje en had het helemaal juist geraden. Jenny had niets willen houden wat haar aan Simon herinnerde. Zelfs zijn stomme teddybeer niet. Hoewel ze die nu toch miste...

'Nou, vertel,' zei ze tegen Mücke. 'Hou me niet langer in spanning!'

'Ga eerst even zitten, anders val je om.'

'Dat zou ik graag doen, maar ik heb geen stoel meer om op te zitten. O, wacht, ik loop even naar de slaapkamer. Ik kan op het bed gaan zitten, dat wordt morgenochtend pas opgehaald.'

'Oké, hou je vast, Jenny. Je oma heeft het landhuis en het hele bos inclusief het meer gekocht, en wel voor het luttele bedrag van zeventigduizend mark.'

Dat was een hoop geld voor het vervallen huis. Maar het bos, het voormalige park van het landhuis en het meer, dat was een ander verhaal. Wat dat betrof, was het misschien echt een koopje. 'Niet verkeerd,' zei Jenny langzaam. 'En dat ging zonder slag of stoot?'

'Wat dacht je!' riep Mücke. 'De stukken vlogen eraf in de gemeenteraad. Pospuscheit en een paar anderen wilden het liever aan de supermarkt verkopen. Maar Anne, die immers als secretaresse op het gemeentekantoor werkt, had meegekregen dat de mensen van de supermarkt Pospi smeergeld hadden beloofd. En dat heeft mijn vader tijdens de vergadering ter sprake gebracht. Je kunt je voorstellen hoe het eraan toe is gegaan...'

Jenny giechelde opgetogen. Ze gunde het die eikel van een burgemeester van harte. Die had tegen zijn vrouw gezegd dat haar oma en zij geen boodschappen mochten doen in de Konsum. Wat had ze genoten toen hij op zijn rug op de blikjes sardientjes en tegen het schap met aromaflesjes was gevallen. Wat een kabaal was het geweest. Karin had achteraf vast op haar donder gekregen omdat ze de blikjes niet meteen had opgeruimd. 'Echt wat voor hem om stiekem zijn zakken te vullen,' zei ze.

'Poeh!' zei Mücke. 'De anderen zijn geen haar beter. Ze waren alleen boos omdat hij het smeergeld niet met hen zou hebben gedeeld. Daarom hebben ze voor jouw oma gestemd. Uit pure woede...'

'Als twee honden vechten om een been, loopt de derde ermee heen,' citeerde ze een oud spreekwoord. 'Oma zal vast heel blij zijn.'

'Jazeker. Ze gaat nu in de woning van dokter Meinhardt wonen en Kalle krijgt de hut.'

'Kalle? Zet hij die in zijn tuin?'

Mücke genoot, want nu kon ze het tweede nieuwtje onthullen. 'O, had ik dat nog niet verteld? Kalles moeder, Gerda Pechstein, heeft het rentmeesterhuis gekocht. Dus de ruïne en de tuin eromheen. Dat was Pospi's wraak. Hij kwam met een nogal dubieuze plattegrond van het perceel aanzetten om te bewijzen dat het rentmeesterhuis en de tuin niet tot het park van het landhuis behoorden. Daarom kon de gemeente dat afzonderlijk verkopen. Gerda was de snelste, zij had ook de benodigde centen op haar bankrekening staan.'

'O... Wat wil zij nou met het rentmeesterhuis?'

'Ik geloof dat ze het voor Kalle wilde hebben.'

Ze moesten allebei lachen. Kalle was een aardige jongen. Hij zat achter Mücke aan, maar zij gaf niet veel om hem. Er was een ander in het spel. Mücke had niet gezegd wie, maar Jenny had wel een vermoeden. Als het klopte, moest ze eens serieus met Mücke praten. Het had geen zin om verliefd te worden op een getrouwde man, dat wist ze uit eigen ervaring.

'En hoe zit het met jou?' vroeg Mücke. 'Heb je al actie ondernomen?'

Behalve de gynaecoloog was Mücke de enige persoon die wist dat ze zwanger was. Ze moest denken aan de talloze folders die nog in haar grote handtas zaten, folders met informatie over de mogelijkheden een zwangerschap af te breken. De arts had haar verteld dat een abortus een ingrijpende stap was waar ze zorgvuldig over na moest denken.

Jenny schraapte haar keel. 'Ja, dat wel... Maar het is niet zo simpel. Je moet hier een "indicatie" hebben. Ik moet hetzij ongeneeslijk ziek zijn of andere ernstige lichamelijke of psychische problemen hebben. Ook verkrachting is een reden voor een abortus. Een andere mogelijkheid is bewijzen dat ik het kind om sociale redenen niet kan krijgen. Dat is eerder van toepassing op mij, geen echtgenoot, geen baan, geen huis... Dat zou eigenlijk voldoende moeten zijn.'

'O...' Mücke klonk verbaasd. 'Wat ingewikkeld, zeg! Bij ons kun je de zwangerschap tot en met de derde maand afbreken. Om welke reden dan ook. Alleen als je verder bent dan drie maanden, is het een probleem. Wij zijn van mening dat een vrouw zelf moet kunnen beslissen of ze een kind wil krijgen of niet.'

Jenny had daarover gehoord. Blijkbaar was niet alles in de DDR slechter dan in het westen. Wat de abortuswet betrof, waren ze in elk geval vooruitstrevender. Hoewel die wet waarschijnlijk in het eenwordingsverdrag dat de politici in oktober hadden ondertekend, was gesneuveld. 'Tja,' mompelde ze. 'Het is nu eenmaal zoals het is. Het is nogal ellendig, dit hele gedoe.'

Mücke schraapte haar keel en zei toen zacht: 'Let vooral op dat je een goede arts en een goede kliniek kiest, oké? Dat is heel belangrijk.'

'Dat weet ik.' Jenny trok haar knieën op en sloeg haar vrije arm eromheen.

'En wanneer kom je?' vroeg Mücke.

Daar ben ik zelf ook benieuwd naar, dacht Jenny, maar ze wilde haar vriendin niet teleurstellen. 'Als ik dit achter de rug heb... Ergens in de loop van volgende week, denk ik.' Ze legde Mücke uit dat ze na vandaag niet meer telefonisch bereikbaar zou zijn, omdat ze tijdelijk in het huis van een collega ging wonen.

'Volgende week dus?' klonk Mückes enthousiaste stem uit de hoorn. 'O, Jenny, ik verheug me er zo op dat je weer komt. En je oma helemaal. Ze kan niet wachten tot je er weer bent.'

O, hemel! Nu was ze ook nog verantwoordelijk voor het geluk van haar oma. 'Ik verheug me er ook op,' zei ze en ze had het gevoel dat ze een laffe leugenaarster was. 'Tot dan, Mücke.'

Jenny had net opgehangen toen de telefoon opnieuw rinkelde. Hoe vaak had ze niet op dit gerinkel gewacht, in de hoop dat Simon belde en aankondigde dat hij nog snel even bij haar langs zou komen? *Ik heb de hele dag aan je gedacht. Mag ik even langskomen?*

Nee dat mag je niet, dacht ze en ze liep naar haar koffer. Nooit meer. Doei... Ze tilde de koffer op en voelde dat hij erg zwaar was. De telefoon hield niet op met rinkelen. Het was dus zeker niet Simon, die hing na drie keer overgaan altijd op. Waarom dacht ze constant aan Simon? Ze moest hier weg, dat was het.

Maar het kon natuurlijk ook Angelika zijn, die nog iets belangrijks moest zeggen over de woning. Ze kon dus maar beter opnemen, anders ging ze nu misschien voor niets de halve stad door.

'Jenny! Ik wilde al ophangen...'

Had dat dan gedaan, dacht Jenny geërgerd. 'Hallo, Kacpar,' zei ze niet erg enthousiast.

'Ik heb vaak aan je gedacht, Jenny. Je wordt gemist op kantoor. Heel erg. Angelika zegt het ook.'

Gek. Al die tijd dat ze op Simons kantoor had gewerkt, was Angelika niet bepaald aanhankelijk geweest, maar nu huurde ze haar huisje en mocht Jenny tot het eind van de maand in haar gedeeltelijk gemeubileerde woning verblijven. 'Ach, onzin,' zei ze. 'Simon zal vast gauw een stagiaire aannemen. Hoe zeg je dat ook alweer? Niemand is onvervangbaar.'

'Een stagiaire zal jou nauwelijks kunnen vervangen. Maar goed, ik belde omdat ik je vanavond graag voor een etentje wilde uitnodigen, Jenny.'

Gisteren zou ze het nog vriendelijk hebben afgewezen omdat ze haar opstandige maag niet vertrouwde, maar nu had ze alweer verschrikkelijk veel trek. Ze dacht even na. Het was duidelijk dat hij wat van haar wilde. Aan de andere kant was hij een aardige man en had hij het niet verdiend om simpelweg afgescheept te worden. Een afscheidsetentje kon ze hem wel gunnen.

'Waarom niet? Ik heb geen plannen voor vanavond. Gaan we naar de Italiaan? Ik heb wel zin in een bord spaghetti bolognese, met vooraf een grote Italiaanse salade.' O god, wat kletste ze nou? Hopelijk ging dat goed.

'Ik haal je op. Ik ben om zeven uur bij je.'

'Oké. Ik woon op de...'

'Ik weet waar je woont. Tot straks.'

'Tot straks, Kacpar,' zei Jenny en ze hing op.

Peinzend staarde ze naar de strak gespannen telefoonkabel die net lang genoeg was om het bed te halen. Natuurlijk wist hij dat. Hij had immers alleen maar in haar personeelsdossier hoeven kijken. Nou, vooruit. Misschien kon hij haar helpen met haar koffer.

Hij was exact op tijd, precies zoals ze had verwacht. Kacpar was betrouwbaar, eerlijk en een goede architect. Jammer dat hij niet haar type was. Hij keek haar stralend aan toen ze de deur voor hem opendeed. Blij en een tikkeltje verlegen gaf hij haar een hand, een warme, stevige hand, die hij behoedzaam om de hare sloot. Hij droeg haar zware koffer naar haar auto en daarna stapten ze in zijn Ford om samen naar de Italiaan te rijden.

Hij had een klein restaurant in een zijstraatje uitgekozen dat, ingeklemd tussen een bar en een bioscoop, nogal onooglijk leek. Maar toen ze naar binnen gingen, begreep ze waarom hij haar hier mee naartoe had genomen. De *padrone* begroette hen met een weids gebaar. Zijn dochter bracht hen naar een vrij tafeltje en gaf hun de menukaart.

'Wil je er even in kijken of blijf je bij je keuze?' vroeg Kacpar glimlachend.

'Ik blijf bij mijn keuze!' Jenny beantwoordde zijn glimlach. 'Spaghetti bolognese met vooraf een grote salade. Met tonijn. Ik heb reuzehonger.'

Ze bestelden een fles chianti en water. De padrone bracht pizzabrood en een bordje olijven als voorafje. Jenny tastte flink toe. Ongelofelijk wat de hormonen in haar lijf teweegbrachten. Ze kon wel de hele dag eten. Nou ja, wat gaf het, over een paar dagen zou deze kwestie afgehandeld zijn. 'Gaat het goed op kantoor?' vroeg ze onverschillig. 'Vind je je werk eigenlijk wel leuk?'

Hij proostte haar toe en glimlachte dromerig naar haar. 'Jazeker. Ik heb het werk altijd leuk gevonden. Daarom ben ik immers architect geworden. Ik denk alleen wel dat mijn dagen bij Simon Strassner zijn geteld. We passen niet bij elkaar.'

Dat was niets nieuws. Simon had Kacpar schaamteloos misbruikt. Hij had zijn ideeën gebruikt alsof het zijn eigen ideeën waren en een hoop geld verdiend met Kacpars ontwerpen.

'Dus je bent op zoek naar iets beters?'

Kacpar knikte. De salade werd geserveerd. Hij zag er heel lekker uit en alleen al de geur ervan kon een hongerige gast in hogere sferen brengen.

Jenny werkte ham, kaas, tonijn, olijven en sla naar binnen en luisterde naar Kacpar die zijn toekomstplannen uit de doeken deed. Hij wilde een eigen bureau beginnen en had er al met Simon over gesproken, die bereid was hem in het begin opdrachten te verstrekken. Dat klonk heel genereus, maar Jenny wist maar al te goed dat Simon Strassner alles op Kacpar zou afwentelen wat hem zelf alleen maar tijd en stress kostte en weinig winst opleverde.

Toen Kacpar vertelde dat hij hoopte dat hij de uitschrijving voor een of andere hal zou winnen, liet Jenny haar bestek zakken. Ze legde het naast haar lege saladebord en concentreerde zich op haar maag. Het ging goed. Ze voelde zich fantastisch. Haar maag was goed gevuld en nog steeds... Oeps! Wat was dat nou? Toch geen windje? Hoewel dat best zou kunnen met al die salade en uien. En olijven had ze nog nooit goed verdragen. Oeps, alweer! Ze voelde een heftige druk in haar buik, het was bijna alsof ze een trap kreeg. Zou ik de baby verliezen, vroeg ze zich af. Ze kon in geen geval het kind voelen bewegen, ze was immers hooguit twee maanden zwanger. Ze vermande zich en richtte haar aandacht weer op Kacpar.

'En jij?' Kacpar had geen salade besteld en hield het in plaats daarvan op de chianti.

'Ik... eh... tja, nou ja...' stamelde Jenny. 'Ik heb besloten om alsnog mijn middelbare school af te maken. En daarna wil ik gaan studeren.'

Kacpar glimlachte waarderend en zei dat dat een goede beslissing was. Hij vroeg of ze al besloten had hoe ze het aan zou pakken. Ging ze een avondopleiding doen, zodat ze overdag kon werken? Dat was wel zwaar, maar zij zou dat zeker kunnen. Daar was hij van overtuigd.

Jenny knikte, glimlachte en keek naar het gigantische bord met spaghetti bolognese dat de dochter van de padrone voor haar neerzette. Ze pakte haar bestek.

'Zelfs als je naar Mecklenburg-Vorpommern verhuist...'

Abrupt liet ze haar lepel en vork weer zakken en ze staarde hem verbluft aan. Hoe wist hij dat? Ze had hem nooit iets over haar oma of Dranitz verteld. Zelfs Simon wist er niets van af...

'Kijk niet zo naar me,' zei hij een tikkeltje verlegen. 'Angelika vertelde me dat je oma een landhuis in Mecklenburg-Vorpommern heeft geërfd...'

Echt wat voor Angelika! Die kon gewoon niets voor zich houden. Jenny baalde van zichzelf dat ze haar ex-collega over haar oma en het landhuis had verteld. 'Geërfd is een groot woord,' mompelde ze. 'Ze heeft het moeten kopen.' Ze strooide ruimschoots Parmezaanse kaas over haar spaghetti en begon te eten. Het smaakte uitstekend. De geur van basilicum met een heel klein beetje knoflook was heerlijk.

Ze had zelden zo genoten van een maaltijd. Tussen de happen door vertelde ze hem over landgoed Dranitz, over haar moedige en lichtelijk gestoorde oma, over het vervallen landhuis, het meer, het voormalige park...

'Dat klinkt geweldig,' vond Kacpar toen ze even pauzeerde om een grote slok wijn te nemen. Hij had een *jägerschnitzel* met patat besteld, een gerecht waarvoor hij nou echt niet naar de Italiaan had gehoeven. Hij prikte een patatje op zijn vork, kauwde, nam een slok rode wijn en stelde af en toe een korte vraag. Wanneer het huis was gebouwd. Hoe het was gebruikt. Wat haar oma ermee van plan was.

'Mijn familie heeft vroeger ook een landgoed gehad,' vertelde hij. 'Het is al lang geleden. Na de Tweede Wereldoorlog hebben de Russen het land toebedeeld gekregen. En dat zal ook niet veranderen.'

'O, echt?' Jenny keek hem verbaasd aan. Kacpar Woronski, de landheer. Dat paste helemaal niet bij hem. Hij was geen honkvast type. Eerder een kunstenaar. Een gevoelige, betrouwbare kunstenaar met heel veel passie, maar zonder enig zakelijk instinct.

'Ik kan je oma heel goed begrijpen,' ging hij verder. 'En daarom...'

Hij kon zijn zin niet afmaken, want ze voelde zich plotseling heel slecht.

'Ben zo terug.' Jenny sprong op en haastte zich met grote passen in de richting van het toilet. Toen ze de deur openduwde, zag ze dat Kacpar haar met een vreemde blik in zijn ogen nakeek.

Boven de wasbak liet ze koud water over haar polsen lopen. Even later ging het alweer beter met haar. Zie je wel? Blijkbaar was haar bloedsomloop van slag. Misschien had ze niet twee glazen chianti moeten drinken. Alcohol was niet goed voor zwangere vrouwen. Maar aangezien ze het kind toch niet wilde houden, maakte dat niet uit, toch? Ze kamde haar haar en bekeek zichzelf in de spiegel. Wat was haar gezicht bleek. Ze was een beetje gespannen, maar verder was alles weer in orde. Terug aan tafel at ze haar bord leeg en dronk ze nog een glas rode wijn.

'Weet je, Jenny, ik vind het dapper wat je oma doet. En ik zou haar graag mijn hulp willen aanbieden. Als architect. Puur uit persoonlijke belangstelling. Ik zou er geen geld voor aannemen.'

'Hm.' Jenny keek hem sceptisch aan. Hij wilde haar helpen? Gewoon zomaar, zonder tegenprestatie? Of dacht hij soms dat hij dan eerder succes had bij haar?

Kacpar keek haar afwachtend aan.

'Ik kan het haar vragen,' zei ze aarzelend.

'Ja, doe dat alsjeblieft. Ik zou het echt heel leuk vinden.' Hij wierp een blik op haar lege bord. 'Jij hebt gezonde trek, zeg. Mag ik je misschien nog trakteren op een dessert? Ze hebben hier heerlijke tiramisu.'

Jenny dacht na. De druk in haar buik was weg, maar ze moest uitkijken dat ze haar maag niet van streek maakte. Ze wierp een blik op de menukaart. Tiramisu, vanille-ijs met maraschinokersen, *zuppa inglese…*

'Ga je daarnaartoe verhuizen?' vroeg hij plotseling.

Jenny keek op van het verleidelijke aanbod op de menukaart. 'Ik weet het niet.'

'Je oma zou dolblij zijn, denk ik. En voor jou zou het ook een goede oplossing zijn. Voorlopig.' Hij grijnsde breed en onderdrukte een hik.

Hoeveel glazen chianti had hij eigenlijk op? Had hij een tweede fles besteld toen zij op het toilet was? 'Wat bedoel je?' vroeg ze voorzichtig.

'Nou ja, omdat je zwanger bent, is dat toch fantastisch? Een kind op het platteland, op een oud landgoed, misschien met dieren…'

Jenny staarde hem perplex aan. Hoe wist hij dat ze zwanger was?

Alsof hij haar vraag in haar ogen had afgelezen, ging Kacpar verder: 'Angelika zei dat je naar een kliniek had geïnformeerd. Hoe je er ook over denkt, doe het niet, Jenny. Alsjeblieft. Je zult er later zeker spijt van krijgen. Een kind is een groot geluk.'

Angelika. Kon dat mens nou helemaal nooit haar mond houden? Ze had inderdaad geïnformeerd naar een goede kliniek, maar voorgewend dat ze blindedarmontsteking had. Blijkbaar had haar ex-collega het een en ander gecombineerd. Ze wenkte de padrone en vroeg de rekening, die ze naar Kacpar toe schoof. Ze had plotseling sterk de behoefte om alleen te zijn en wat was er dan beter dan een leeg huis, waar ze vanavond voor de laatste keer zou zijn?

Franzi

Kerst 1942

'HIJ KOMT, MAMA!' FRANZISKA keek opgelucht naar het telegram dat Liese net voor haar naar de groene salon had gebracht.

> *Aankomst in loop van 24 december* STOP *verheug me op jullie* STOP *hartelijke groet* STOP *Walter* STOP

Hij zou komen. Alles was goed. Ze zouden met elkaar praten en hij zou haar eindelijk zijn liefde verklaren. Haar vertellen wat hij op het hart had. Welke boosaardige krachten er tussen hen waren gekomen, die de verandering teweeg hadden gebracht. Ach, ze herkende hem niet meer, de man van wie ze boven alles hield. Zijn zwijgzaamheid verstikte haar. Het doofde haar liefde.

'Godzijdank!' zei mama. 'Oom Alexander en tante Susanne kunnen pas na kerst bij ons zijn. En Jobst zal het kerstfeest waarschijnlijk in Rusland vieren.'

Jobst was bevorderd tot eerste luitenant en vocht in Rusland, dus op hem hoefden ze niet te rekenen met kerst. Ook Kurt-Erwin was inmiddels soldaat in de Wehrmacht en had bij de gevechten om Moskou zijn vuurdoop gehad, aldus oom Alwin.

'Goed dat Walter in elk geval wel kerst met ons viert,' zei haar grootvader Dranitz. ‘Anders staan er alleen maar oude mannen en vrouwvolk rond de kerstboom.’ Hij had deze winter veel last van reuma. Hij zat nu ook op de fauteuil dicht bij de kachel, met een wollen deken over zijn gezwollen knieën.

‘Laat Heinrich dat maar niet horen,’ waarschuwde Franziska’s moeder hem schertsend.

De oude man zweeg en staarde somber naar de gietijzeren kachel, die meerdere verdiepingen had en met barokengeltjes en allerlei krullerige ornamenten was versierd. Achter zijn cynische uitspraken ging het verdriet schuil dat zijn favoriete kleinzoon Heini, op wie hij zo veel hoop had gevestigd, een jaar geleden was gesneuveld. Brigitte had een miskraam gehad waarbij ze bijna het leven had gelaten. Een tweede zwangerschap zou haar dood kunnen betekenen, had dokter Albertus gezegd. Nu hoopte iedereen dat majoor Walter Iversen eindelijk met zijn verloofde trouwde, zodat er een nieuwe generatie erfgenamen kon opgroeien. Maar meneer de majoor nam de tijd. Hij stelde de bruiloft telkens uit met de smoes dat hij niet gemist kon worden. Niemand begreep die vreemde houding.

‘En, komt hij? Ik zei het toch al, hij houdt niet meer van je,’ zei Elfriede gemeen. ‘Hij houdt van iemand anders, maar durft dat niet aan je te vertellen.’

‘Hou je mond!’ snauwde Franzi boos.

‘Het is echt zo, ik weet dat ik gelijk heb!’ Elfriede sprong op, stormde de salon uit en rende de trap op naar haar kamer. De anderen hoorden haar deur dichtslaan.

Franziska’s moeder schudde haar hoofd. ‘Geloof niet wat ze zegt. Ze is nog maar een kind en zegt domme dingen.’

Wat dat laatste betrof, wist Franziska wel beter, maar ze zei niets. Maar ook zij geloofde niet wat haar zusje beweerde. Ze kende Walter goed genoeg om te weten dat hij geen huichelaar was. In zijn brieven verzekerde hij haar telkens weer dat hij van haar hield en dat hij in gedachten steeds bij haar was. Maar toch… ‘Je bent de spil van mijn bestaan, Franziska,’ had hij in zijn laatste brief geschreven. ‘Zonder jou, zonder de hoop dat ik op een dag samen met jou een gelukkige toekomst tegemoet zal gaan, zou deze ellende ondraaglijk voor me zijn...'

Kwam het door de oorlog? De gruwelijke kant van het heldendom? Of wat bedoelde hij anders met 'ellende'? Dat woord paste totaal niet bij de vrolijke, zelfverzekerde jonge man die twee jaar geleden onstuimig zijn liefde had bekend in de jachtkamer. Maar zeker, er was veel gebeurd. En hij had helaas gelijk gekregen, de oorlog bleef voortduren. De Wehrmacht rukte nu op naar Rusland en vocht om Moskou. Had de grote Napoleon dat niet ook ooit geprobeerd?

'Ook al zijn het zware tijden, vader,' zei haar moeder tegen de oude man bij de kachel, 'we zullen het kerstfeest vieren zoals het de traditie is. Dat zijn we onszelf en iedereen die we onder onze hoede hebben verplicht.' Ze stak een losgeraakte haarspeld weer vast in haar kapsel. Haar haar, dat ooit glanzend koperrood was geweest, was nu matter geworden en had her en der grijze plukken. Maar hoewel ze veel verdriet had om het verlies van haar jongste zoon, verspreidde ze nog net zo veel energie door het hele huis als vroeger.

Mama was de goede geest van Dranitz, dacht Franziska en ze keek bewonderend naar haar slanke, rechte gestalte. Ze bemoedigde, steunde, was zorgzaam en dacht aan iedereen. Aan het gezin, aan de familie en aan de personeelsleden.

'Ga alsjeblieft even bij Elfriede kijken, Franzi. Ik wil niet dat ze mokkend in haar eentje in haar kamer zit, dat is niet goed voor het meisje.'

Franziska stond braaf op en liep door de koude gang de trap op.

Nou, dacht ze zuchtend en ze bleef aarzelend voor Elfriedes kamerdeur staan. De oorlog kon niet eeuwig duren. Volgend jaar waren de jongemannen vast weer thuis en zouden de dwangarbeiders uit Frankrijk, die beneden in het dorp in het arbeidershuis waren gehuisvest, weer naar hun eigen land terugkeren. Het waren aardige jongens, die Fransen. Ze werkten hard en vonden het leuk dat haar vader Frans met hen praatte. Dat hij de taal tijdens de wereldoorlog had geleerd omdat hij met zijn regiment in Frankrijk gestationeerd was geweest, had hij hun overigens niet verteld.

Elfriede zat met opgetrokken knieën op haar bed. Ze had het warme donzen dekbed om haar schouders geslagen en schreef in haar dagboek. Toen Franziska binnenkwam, keek ze geïrriteerd op en klapte het boekje dicht. 'Je moet kloppen!' snauwde ze.

'Sorry. Mama vindt dat je weer naar beneden moet komen.'

Elfriede keek haar afwezig aan. Zoals zo vaak leek ze helemaal niet te luisteren. 'En, komt hij nu of niet?'

Franziska schoof de gordijnen open en keek naar de sombere decemberlucht. Het park zag er mistroostig uit. De paden waren modderig en overal op de grasvelden stonden plassen waarin de kale takken van de bomen weerspiegeld werden. 'Bedoel je majoor Iversen?' vroeg ze over haar schouder. 'Ja, hij heeft zijn aankomst in een telegram aangekondigd. Verheug je je al op kerst? Mama heeft in Waren cadeautjes voor ons gekocht.'

'Denk je dat mijn donkerblauwe jurk voor overmorgen klaar is?'

Overmorgen was het kerstavond. Wat een raar meisje was haar zusje toch. De cadeaus leken haar niet te boeien, haar enige zorg was haar nieuwe jurk. Mine naaide hem voor haar naar een nieuw patroon dat tante Guste uit Berlijn had opgestuurd. Heel modern en net over de knie. Precies zoals passend was voor een volwassen vrouw.

'Zeker weten,' antwoordde Franziska glimlachend. 'En hij zal je prachtig staan.'

'Ik weet het...' zei Elfriede, die dromerig naar de witgeschilderde kledingkast staarde, die in het midden een grote spiegel had.

'Kom op, Friedchen, laten we naar beneden gaan, anders is het niet leuk voor mama en grootvader. Beneden is het lekker warm en niet zo vochtig en koud als hierboven. Straks loop je weer een longontsteking op.'

Elfriede stond met tegenzin op en volgde haar oudere zus de kamer uit.

Ik ben onredelijk, dacht Franziska, terwijl ze met Elfriede de trap af liep en naar de groene salon ging. Ze is al zestien en geen kind meer. Waarom behandelen we haar nog altijd als een klein meisje?

Dit jaar was het koud en grijs op 24 december, en toen Franziska van haar ochtendrit terugkwam, dwarrelden de eerste sneeuwvlokjes neer op het landhuis. De honden hadden de sneeuw allang geroken, ze waren vandaag erg opgewonden. Ook de paarden hadden de witte schoonheid geroken, ze schudden snuivend hun manen uit en wilden niet de stal in, maar liever naar de wei.

Franziska wierp een snelle blik in de garderobe, maar ze zag geen uniformmantel of laarzen. Hij was dus nog niet gearriveerd. Haar moeder was met Mine en Liese in de zaal, haar vader zat bij de grootouders in de jachtkamer, waar het vuur in de open haard al flakkerde. Toen ze de trap op liep, kwam Elfriede net naar beneden, in de nog niet omgezoomde jurk.

'Waar is Mine? Ze moet mijn zoom omnaaien!'

'Ze helpt mama in de zaal. Waarom naai je hem zelf niet?' vroeg Franziska.

'Dat kan ik niet!' jammerde Elfriede, die het huilen nader stond dan het lachen.

'Breng de jurk naar mijn kamer, dan doe ik het voor je,' bood ze haar wanhopige zus aan.

'Echt? O, Franzi, je bent mijn enige, fantastische, allerliefste zus!' riep Friedchen en ze viel Franziska van dankbaarheid om de nek. Franziska moest zich uit Elfriedes uitbundige omhelzing bevrijden, anders waren ze allebei van de trap af gevallen.

Franziska moest nu opschieten, ze moest haar cadeautjes nog inpakken. Voor haar grootmoeder had ze een dun bedjasje van roze wol gehaakt, voor Elfriede een brede omslagdoek die perfect bij haar blauwe jurk paste. Grootvader kreeg zelfgebreide sokken, haar moeder een prachtige toneelkijker die ze in Schwerin had gekocht. En voor haar vader had ze de foto van het landhuis vergroot en ingelijst, zodat hij goed bij de meubels in de jachtkamer paste. Verder zou ze een bundel met gedichten van Hölderlin in kerstpapier inpakken en er een rood lint omheen doen. Dat cadeau was voor Walter. Wat zou hij haar dit jaar geven? Weer een bundel met gedichten van Rilke? Een zilveren armband uit Rusland? Of een klein doosje met twee gouden trouwringen? Ach, ze was gewoon dolblij dat hij überhaupt kwam. Dat ze hem in haar armen zou kunnen sluiten en zijn hartslag zou voelen als ze zich tegen zijn borstkas vlijde. Ze zou hem nooit alle idiote, zondige droombeelden kunnen vertellen die ze had voordat ze in slaap viel. Zelfs niet als ze getrouwd en helemaal van elkaar waren.

Ze naaide razendsnel en het lukte haar om haar geschenken voor het middaguur mooi in te pakken en van kleine kaartjes te voorzien. Zoals het de traditie was, was het middageten karig. Kippensoep met rijst, brood en een lichte moezelwijn.

’s Middags bracht rentmeester Heinemann, die rentmeester Schneyder verving die voor het leger was opgeroepen, de dames naar het dorp waar ze de kerstvieringen bijwoonden. Toen hij hen na afloop terugbracht en de koets voor de zuilengalerij tot stilstand bracht, stond er geen voertuig van de Wehrmacht op het voorplein. Franziska hoorde Elfriede teleurgesteld zuchten en ook haar moeder keek wat bezorgd, maar ze zei niets. Franziska’s hart werd door duizend angsten geplaagd.

De dames werden al verwacht. Liese nam hun mantels aan en bracht hun droge schoenen. De voorpret was van haar gezicht te lezen. Vanuit de zaal klonk geroezemoes. De personeelsleden hadden zich daar al verzameld om hun kerstgeschenk in ontvangst te nemen. Overal geurde het naar dennennaalden en koekjes.

Franziska’s vader, in jagerspak, wachtte bij de deur die op een kier stond. Naast hem stonden haar grootmoeder, die in feestelijk zwart was gekleed, en grootvader, die hoewel zijn gezwollen knieën vreselijk pijn deden, kaarsrecht stond en geen stok vasthield. ‘Goed, lieve mensen, laten we beginnen!' riep haar vader toen de dames waren gearriveerd, en hij knikte naar Liese om haar het sein te geven dat ze de deur van de zaal open mocht doen.

Vorig jaar was Walter erbij, dacht Franziska treurig terwijl ze aan Elfriedes zijde de zaal binnenging. De kaarsen in de grote dennenboom werden aangestoken, de andere lichten werden gedoofd, en iedereen bewonderde aandachtig de kleurrijk opgetuigde kerstboom. De oude pastoor Hansen las het kerstverhaal net zo zalvend voor als in de kerk en daarna sprak haar vader een paar woorden tot de personeelsleden. Hij dankte hen voor hun trouw en hun harde werk, sprak over de periode van beproeving die ze nu doormaakten en zei dat hij hoopte dat alle offers van het Duitse volk niet voor niets waren. De gezichten om hem heen werden ernstig en er vloeiden tranen, want ook in de families van het personeel waren jongemannen gesneuveld.

'En toch schenkt God ons elk jaar opnieuw de ster van Bethlehem,' besloot haar vader zijn toespraak. 'Het licht dat de geboorte van de Verlosser aankondigt. Op hem zullen wij onze hoop vestigen, hij zal ons leiden en de strijd van het Duitse volk naar een goed, vreedzaam einde voeren.'

Vorig jaar klonk haar vaders toespraak nog veel gloedvoller, dacht Franziska. Maar toen hoopten we ook nog dat deze ellendige oorlog gauw voorbij zou zijn.

De lampen in de zaal gingen weer aan en iedereen nam aan de lange tafel plaats om samen met de familie het kerstmaal te nuttigen.

'Denk je dat hij nog komt?' fluisterde Elfriede bedrukt.

'Ik denk het wel,' zei Franziska zonder veel overtuiging. Ze roerde wat in haar boerenkool. Ze wilde niet al te veel eten, want na dit feestmaal zou het feest in de jachtkamer worden voortgezet. Daar wachtten de echte lekkernijen die de kokkin had klaargezet. Traditioneel hadden de personeelsleden na de gezamenlijke kerstviering vrij. Op kerstavond zorgden de landheer en zijn familie voor zichzelf.

Na het eten namen de personeelsleden afscheid en keerden ze naar hun eigen verblijven terug, terwijl de familie Von Dranitz in de jachtkamer aan tafel ging. Buiten achter het raam was het stikdonker, in het schijnsel van de elektrische lampen op het voorplein zag Franziska de sneeuwvlokjes dwarrelen. Ze waren dik en als de wind ze tegen de ramen blies, bleven ze eraan vastplakken.

Brigitte kwam naar beneden om bij hen te komen zitten. Ze was nog steeds erg zwak na de miskraam en lag meestal op bed, maar ze wilde in elk geval kerstavond met de familie doorbrengen.

'De telefoon gaat,' zei Elfriede nadat ze net plaats hadden genomen in de jachtkamer. Elfriede had het beste gehoor, maar nu hoorde Franziska ook het gerinkel dat uit de rode salon kwam, waar het toestel stond.

Haar vader was net bezig om de lichtjes in de kerstboom aan te steken. Hij gaf de kaars aan haar grootvader en liep de kamer uit.

Een paar verschrikkelijke minuten lang zag Franziska afschuwelijke beelden voor zich. Het legervoertuig dat opzij was gekiept, de wielen nog draaiende, de inzittenden onder het bloed in de sneeuw. Walters levenloze lichaam, zijn gezicht bleek en vertrokken, zijn mantel in vlammen...

Haar vader kwam terug en sloot de deur achter zich. Hij hield het kort. 'Majoor Iversen laat zich excuseren. Een plotselinge militaire actie. Hij zal contact opnemen zodra het mogelijk is.'

Alleen Franziska's moeder reageerde op de boodschap. Elfriede beet op haar onderlip en zweeg, en Franziska was bijna opgelucht. In elk geval geen ongeluk, het ging goed met hem. En hij kon er immers ook niets aan doen dat hij plotseling het bevel had gekregen tot die militaire actie. Maar een paar tellen later voelde ze de oneindig diepe teleurstelling. Hij kwam niet. Ze zou hem niet zien, niet voelen. Haar verlangen, haar hoop was vergeefs geweest.

'We laten ons er niet onder krijgen,' zei haar vader en hij keek iedereen bemoedigend aan. 'Vrolijk kerstfeest, lieve mensen. God heeft onze Heini in zijn Rijk opgenomen, maar hij zal onze Jobst beschermen en hem veilig naar ons terugbrengen. Kom in mijn armen, Margarethe. Ik dank je voor al je liefde en je trouw. Een betere echtgenote dan jij is er op de hele wereld niet te vinden.' Hij trok zijn vrouw tegen zich aan en daarna wendde hij zich tot zijn dochters. 'Nu zijn jullie aan de beurt, mijn meiden...'

Ze omhelsden elkaar allemaal, wensten elkaar vrolijk kerstfeest en iedereen vermande zich om het voor de ander niet nog moeilijker te maken. Een paar jaar geleden hadden Jobst en Heini hier nog met hen bij de kerstboom gezeten. Nu waren hun plekken leeg. De toekomst van Dranitz lag in Gods hand.

Franziska

Eind oktober 1990

DE NEDERLANDER VAN DER VOOS keek bezorgd naar de kelderdeur van het landhuis, waarachter zijn grote meubelmagazijn zich bevond. Hij zette zijn bril af en poetste hem uitvoerig. Nee, een huurcontract met de gemeente was er niet... 'Het zou erg jammer zijn. Het is echt een uitstekend magazijn. Het biedt een hoop ruimte en het is er ook droog. Weet u het zeker, mevrouw de barones?'

Franziska begon haar geduld te verliezen. Wat was dat toch voor een ziekelijk gedoe om haar constant met 'mevrouw de barones' aan te spreken? Daar zat Pospuscheit zeker achter, die geen gelegenheid voorbij liet gaan om haar te irriteren.

'Mijn naam is Kettler,' zei ze droog. 'Ik ben van plan het gebouw grondig te renoveren. Daar kan ik geen meubelmagazijn in de kelder bij gebruiken.'

Het had een tijdje geduurd voordat ze hem had opgespoord, aangezien hij slechts af en toe naar Dranitz kwam. Mücke, die met Anne Junkers, de secretaresse van de burgemeester, bevriend was, had haar bij haar zoektocht geholpen. Mücke was goud waard. Franziska zou niet weten wat ze zonder dit lieve, vrolijke meisje moest doen.

'Mevrouw Kettler,' zei de Nederlander koppig, 'het is onmogelijk voor me om het magazijn in zo'n korte tijd leeg te ruimen. Hoe moet ik zo snel iets geschikts vinden? Maar misschien wilt u er gewoon eens een blik in werpen?'

De kelderdeur was van staal, Franziska herinnerde het zich nog goed. Vroeger werd in de ruimte daarachter het vlees van de geslachte dieren gesneden. Het werd er opgehangen om te besterven en houdbaar gemaakt. Onder de kelder was nog een kleine, tot aan het plafond betegelde ruimte, daar werd het wild gevild en ontweid. Haar grootvader was een goede jager geweest, haar vader iets minder goed, maar haar broers Jobst en Heini aardden naar hun grootvader. Franziska zelf had de jacht alleen leuk gevonden vanwege de honden. Ze vond het niet fijn dat de dieren gedood werden.

De stalen deur knarste, misschien was het deurkozijn vertrokken doordat het metselwerk was gaan werken. Een muffe geur van bruinkool sloeg haar tegemoet. Van der Voos kon de ouderwetse lichtschakelaar niet meteen vinden. De schakelaar was donkerbruin en rond, met een draaiknop in het midden die je moest omdraaien. De verlichting was een product van de DDR: een kelderlamp die aan het plafond was geschroefd en een somber, geelachtig licht verspreidde. Franziska zag rommelig op elkaar gestapelde tafels en stoelen. Langs de muren stonden kleding-, buffet- en ladekasten, dekenkisten en ook schilderijen en ingelijste tekeningen.

'Hemel, wat doet u met al deze meubelen?' riep ze verbaasd.

De Nederlander streek vakkundig over de leuning van een stoel en zei dat hij de meeste spullen wilde laten restaureren. Sommige spullen konden echter ook nog zo verkocht worden. Hij moest scherp calculeren, zodat hij er uiteindelijk geen geld op toelegde.

Franziska had niet de indruk dat hij er geld op toelegde. Integendeel, hij streek vast een flinke woekerwinst op. Waarschijnlijk had hij al deze mooie oude meubelen voor een habbekrats gekocht of misschien zelfs bij het vuilnis gevonden. De mensen hier waren gek op goedkope troep van westerse postorderbedrijven, ook Elkes ouders hadden een nieuw bankstel van spijkerstof gekocht. 'Dit is eikenhout en stamt uit het eind van de negentiende eeuw,' stelde ze vakkundig vast. 'En dit hier is biedermeier en daarachter zie ik empire en zelfs jugendstil...'

In het midden van de ruimte, verborgen onder allerlei stoelen en kleine meubelen, stond een reusachtige eikenhouten tafel. Van dat soort tafels hadden er vroeger drie in de grote zaal gestaan. Bij jachtgezelschappen of grote familiefeesten hadden ze de drie tafels tegen elkaar aan gezet, zodat er wel vijftig mensen aan konden zitten.

'Ik heb wel belangstelling voor die tafel,' zei Franziska nadat ze uitgebreid had rondgekeken. 'Hebt u daar bijpassende stoelen bij?'

'Jazeker, mevrouw de ba... eh, mevrouw Kettler. Direct daarachter. Wacht, ik zal ze u laten zien.' Terwijl hij ijverig de stoelen zocht, bekeek Franziska de kasten en commodes en ze ontdekte een paar bedden met houtsnijwerk. Zwart geschilderd en obscuur, dat vonden de mensen in het begin van de twintigste eeuw mooi. Misschien zou het hout wit geverfd kunnen worden?

'Luistert u, meneer Van der Voos,' zei Franziska tegen de Nederlandser. 'Ik stel een deal voor. U mag deze kelder een half jaar blijven gebruiken zonder huur te betalen en in ruil daarvoor zoek ik een paar meubelen uit.'

Hij was enthousiast en prees een aantal meubelen aan. Toen hij merkte dat ze er verstand van had en doelbewust de beste stukken eruit pikte, onderhandelde hij er een heel jaar uit.

Franziska ging akkoord. De kelderruimte was voorlopig oninteressant voor de renovatiewerkzaamheden, en voor verfemmers, gereedschap en materiaal was er elders voldoende plek. De kelder van het landhuis was enorm groot en er waren ruimtes waar behalve zij alleen nog Mine en Karl-Erich van afwisten. Ze hadden er destijds het familiezilver en haar moeders sieraden verstopt, maar de Russen hadden toch alles gevonden.

Sinds een week waren het landhuis, het park en het meer weer van haar. Ze had haar advocaat naar Dranitz laten komen en voor de goede orde hadden ze er een notaris uit Waren bij gehaald, die, hoewel hij het enorm druk had, haar zaak had aangenomen. Ook de inschrijving in het kadaster was inmiddels geregeld. Zij, Franziska Kettler, was weer de eigenaresse van landgoed Dranitz, ook al waren de landerijen die ooit tot het landgoed hadden behoord in andere handen. Maar wat moest ze ook met de akkers, bossen en weides? Ze had altijd alleen van het huis gedroomd, van het park en het meer, van de plekken waar ze haar kindertijd en jeugd had doorgebracht.

Na de lange, uitputtende wachttijd onder extreem krappe omstandigheden voelde ze zich nu als bevrijd. Bevangen door een koortsachtige bedrijvigheid sliep ze maar een paar uur per nacht. Overdag was ze de hele dag in de weer. Ze regelde van alles, reed overal naartoe, bestelde bouwmateriaal, rekruteerde arbeidskrachten, maakte plannen, raamde kosten. Het was alsof ze in een roes verkeerde. Ze zou alles wat vernietigd was weer herstellen. Alles wat vervallen was weer opbouwen. Ach, als haar moeder dit nog had meegemaakt! Zij had altijd gehoopt dat ze ooit naar Dranitz terug mocht keren. Nu was zij, Franziska, degene die uitvoerde wat haar moeder niet had kunnen doen.

De eerste nachten in het landhuis had ze in haar voormalige meisjeskamer doorgebracht, waar ze op de stretcher had geslapen. Toen de renovatie begon, was ze naar de oude waskamer verhuisd en had ze zichzelf getrakteerd op een bed en een matras, die ze in een warenhuis had gekocht. Niets duurs, maar aanzienlijk comfortabeler dan de wankele stretcher waar ze een paar maanden op had gelegen en die haar haar rug had gekost. Falko hield naast het bed van zijn baasje de wacht, vastberaden om iedere indringer buiten gevecht te stellen.

Overdag moest ze oppassen dat hij niet de Konsum in sloop en de worstbalie plunderde. Op verzoek van de dorpsbewoners had ze zich bereid verklaard om de winkel voorlopig in het landhuis te laten. Het was sowieso nog niet duidelijk wat er met de DDR-supermarkten zou gebeuren, maar zolang de Konsum er was, hoefden de Dranitzers niet met de auto boodschappen te gaan doen. Dat was vooral fijn voor de ouderen die geen auto hadden.

Het was belangrijk dat ze met de mensen hier een goede relatie opbouwde, dat ze hun liet zien dat ze niet als arrogante barones, maar als goede buur was teruggekomen. Natuurlijk waren de verhoudingen anders dan vroeger, want toen had baron von Dranitz zich voor het wel en wee van de dorpelingen verantwoordelijk gevoeld. Veel mensen werkten toen op het landgoed, maar ook de anderen, de ambachtslui en kleine boeren, waren nauw met het landgoed verbonden. De familie Von Dranitz vierde de dorpsfeesten mee, de kinderen van het landgoed gingen naar de dorpsschool en alle zon- en feestdagen zat de baron met zijn vrouw en kinderen in de dorpskerk om naar de preek te luisteren.

Franziska nam afscheid van de Nederlandse meubelhandelaar, hield een sleutel van het magazijn en kreeg toestemming de uitgekozen meubelen er naar behoefte uit te halen. In opperbeste stemming liep ze de trap op, die inmiddels met plastic folie was bedekt, want boven was de renovatie al in volle gang. Het behang was al van de muren gehaald en de vloerbedekking was ook verwijderd. Franziska had dolblij vastgesteld dat het oude houten parket bijna onbeschadigd onder het linoleum tevoorschijn was gekomen. Alleen een paar plekken waren door vocht zwart geworden, daar moest het hout worden vervangen.

'Als eerste zou ik het dak laten repareren,' had Karl Pechstein voorgesteld, die hier door iedereen 'Kalle' werd genoemd. 'Als dat niet dicht is, hoeven we hier niet eens te beginnen. Dan is alles binnen de kortste keren beschimmeld.'

Het was niet eenvoudig om hier in de regio een goed dakdekkersbedrijf te vinden. Uiteindelijk had Franziska een bedrijf in Frankfurt gebeld dat een medewerker zou sturen om het dak te bekijken, maar tot nu toe was er nog niemand op komen dagen. Daar zou ze dus nog achteraan moeten gaan. Het vervelende was dat ze 's ochtends voor elk telefoontje dat ze wilde plegen moest vechten. Het enige toestel dat werkte, stond in het gemeentekantoor, en als Gregor Pospuscheit daar aanwezig was, had ze geen kans om te bellen. Ze had met de gemeenteraad afgesproken dat het gemeentekantoor nog tot december in het landhuis mocht blijven, want hoewel ze haar goede wil aan de dorpsbevolking wilde tonen, hield ze het niet langer met Pospuscheit onder één dak uit.

'En de ramen, die moeten allemaal vervangen worden, mevrouw de barones. Het heeft geen zin om het dak te repareren als het vocht door de ramen binnendringt,' had Kalle gezegd. Haar blik dwaalde naar de grote ramen, die inderdaad dringend gerenoveerd moesten worden.

Kalle had zichzelf opgeworpen tot aanvoerder van de kleine renovatieploeg en nam zijn taak zeer serieus. En dat was niet alleen omdat hij indruk wilde maken op Mücke. Pospuscheit, de nieuwe bedrijfsleider van de landbouwcoöperatie, had hem en een paar anderen ontslagen. Om bedrijfseconomische redenen, was hem verteld. Maar in werkelijkheid was meneer de voorzitter boos omdat Gerda Pechstein, Kalles moeder, het rentmeesterhuis voor zijn neus had weggekaapt. Franziska was vastberaden om Kalle en zijn vrienden zo goed mogelijk te helpen. Voorlopig verdienden de jonge mensen geld bij de renovatiewerkzaamheden in het landhuis.

Bijna net als vroeger, dacht ze glimlachend. Alleen zou het geld al snel opraken. Ze zou het huis in Königstein im Taunus moeten verkopen. Ze rilde. Geen wonder, het regende al sinds de vroege ochtend en doordat de ramen niet goed sloten, trok er een onaangename kou door de eerste verdieping. In de gang stond een rij blauwe plastic zakken die volgepropt waren met verwijderd behang en gesneden linoleum, en die wantrouwig door Falko werden besnuffeld. Kalle had beloofd dat hij ze in de komende dagen naar een nabijgelegen vuilstortplaats wilde brengen. Of dat een officiële of niet-officiële vuilstortplaats was, wilde ze liever niet weten. Kalle zei alleen dat iedereen dat hier zo deed.

Franziska liep langs de kale muren waar het behang vanaf was gehaald. De pleisterlaag viel er in dikke brokstukken vanaf. Daarachter waren de helrode bakstenen zichtbaar, die er verbazingwekkend fris uitzagen. Alleen de voegen brokkelden, het oude cement zou eruit gekrabd moeten worden en de stenen opnieuw gevoegd – een tijdrovende, maar noodzakelijke klus. Ze zuchtte. Op dit moment was de aanblik van de voormalige slaapvertrekken van de familie echt ontmoedigend. Nogmaals zuchtend liep ze naar het raam en probeerde de dorpen aan de horizon te herkennen die haar vader haar had laten zien toen ze nog een klein meisje was. Maar het regende te hard, waardoor ze nauwelijks iets kon herkennen.

De herfst nadert met rasse schreden, dacht ze benauwd, en als het eenmaal winter is, zal alles nog veel moeilijker worden. Voor de eerste keer sinds Dranitz weer van haar was, voelde ze zich uitgeput en twijfelde ze of ze de komende werkzaamheden wel aan zou kunnen. Wat geen wonder was. Ze had dringend een paar uur slaap nodig. En een beetje warmte. Als ze nou maar op z'n minst een van de houtkachels kon aansteken. Het waren niet dezelfde kachels als vroeger, deze waren kleiner en bekleed met warmte verspreidende vuurvaste platen. De mensen die in de tijd van de DDR in deze kamers hadden gewoond moesten flink gestookt hebben, want rondom de kachels waren de muren en de vloer zwart van het roet.

Falko, die Franziska als een schaduw volgde, liep bij haar vandaan in de richting van de badkamer. Daarvandaan klonken opgewonden stemmen. Kalle en zijn medestrijders discussieerden weer eens over een probleem dat was opgetreden. Franziska dwong zichzelf positief te blijven. Ze moest nog een paar weken volhouden, daarna zouden in elk geval twee kamers enigszins bewoonbaar zijn. Dan zou het gemakkelijker zijn, want dan had ze een plekje waar ze zich terug kon trekken.

'Het water zoekt een weg,' hoorde ze Kalles luide stem. 'Het kan net zo goed van buiten komen. Of van boven.'

'Onzin! Het is een lekkage in de leiding. Overduidelijk. Hier, kijk maar, kopercorrosie. De messing pijp is helemaal weggevreten.'

Dat was Wolf Kotischke, Kalles beste vriend. Hij hielp alleen in de late namiddag met de renovatiewerkzaamheden mee, want hij werkte in de coöperatie als tractorbestuurder. Goede tractorbestuurders waren belangrijk voor de coöperatie. Pospuscheit zou hem niet zo gauw ontslaan, ook al zou hij dat het liefst willen.

'Is er een probleem?' vroeg Franziska en ze stapte over een emmer vol afgeslagen tegels die bij de drempel stond.

'De muur is vochtig,' zei Kalle en hij wees op een grote natte plek op de vrijgemaakte muur. 'Waarschijnlijk een lekkage.'

Franziska knikte. De waterleiding stamde nog uit de vorige eeuw. Ze kon zich niet herinneren dat haar vader ooit nieuwe waterleidingen aan had laten leggen en in de tijd van de DDR, dat vertelde iedereen die haar met de renovatie kwam helpen, was er vrijwel niets vernieuwd.

'We zouden de pijp kunnen repareren,' ging Kalle met opgetrokken wenkbrauwen verder. 'Maar dan loopt de smurrie morgen misschien ergens anders uit.'

Franziska knikte. Kalle had gelijk. Ze hadden een installateur nodig. Het zou onzinnig zijn om de pijp te repareren en alles opnieuw te betegelen, om later alles weer af te moeten breken.

Kalle beloofde een goede installateur te regelen. Tot die tijd wilde hij alvast beginnen met de muren en plafonds in de kamers. De oude pleisterlaag eraf slaan, voegen uitkrabben, puin wegbrengen…

'En wanneer kan ik hier wonen?' wilde Franziska weten.

Kalle krabde op zijn achterhoofd. Hij had weelderige krullen. Peinzend antwoordde hij: 'Hm, op zijn vroegst over drie weken, zou ik zeggen, mits het weer ons geen parten speelt. Als het zo blijft als nu, krijgen we het stucwerk niet droog.'

'Over drie weken pas?' kreunde ze. 'Maar als mijn kleindochter komt, heeft ze een behoorlijke kamer nodig. Ze kan immers niet eeuwig bij de Rokowski's blijven logeren. Kan het niet eerder?'

De mannen keken elkaar aan en haalden hun schouders op. 'Tuurlijk,' mompelde Wolf. 'Alles kan, als je het wilt.'

'Mooi.' Franziska glimlachte opgelucht. 'Ik vertrouw op jullie!'

Gevolgd door haar hond liep ze de badkamer uit. Ze wierp een blik op de klok. Het was al half vijf. Als ze geluk had, kreeg ze bij het dakdekkersbedrijf nog iemand te pakken. Inmiddels zou Pospuscheit zijn kantoor wel hebben verlaten en kon ze in alle rust telefoneren. Ze hadden haar een sleutel van de voorkamer gegeven, waar Anne Junkers' werkplek was en de telefoon stond. Bovendien mocht ze het toilet en de wasruimte gebruiken totdat haar badkamer af was.

Het was vandaag erg donker in de gang. Dat kwam door de zware regenwolken die de lucht als een grijze gewatteerde deken verhulden. Tot voor kort had ze het gemeentekantoor met de karige houten meubels en sobere muren nog lelijk en triest gevonden. Nu had ze bijna zin om er te gaan wonen. Het was er schoon en warm, er was een badkamertje en toilet en zelfs een klein keukentje met een kookplaat. Heel wat anders dan de klamme kamer waar ze momenteel in woonde.

Ach, onzin, dacht ze en ze schoof het benauwde gevoel van zich af. Stel je niet zo aan. Er waren tijden waarin je niet wist of je de nacht zou overleven. Wat zijn een paar ongemakken nu vergeleken met de oorlogstijd? Bij het dakdekkersbedrijf nam een jonge vrouw op, die haar mededeelde dat het momenteel erg druk was, maar dat ze de volgende week iemand zou sturen.

'Kunt u me een preciezere datum noemen?' vroeg Franziska door. 'Ik wil graag aanwezig zijn om alles aan uw medewerker te laten zien. Bovendien heeft het haast. Het dak lekt op een aantal plekken en sinds gisteren regent het binnen.'

De jonge vrouw beloofde dat ze zich zou inzetten en hing op.

Franziska legde de hoorn op de haak, maar in plaats van weer naar boven te gaan, bleef ze nog een poosje op de bureaustoel zitten. Ze aaide Falko's kop en vond het fijn dat hij zijn warme snuit op haar knie legde. Zou ze ook het elektra moeten laten vernieuwen? Zou dat nog steeds het oude elektra zijn dat haar grootvader destijds had laten installeren? Dat was toch haast niet mogelijk? Nou ja, ze zou het aan Kalle vragen.

Het was eindelijk opgehouden met regenen, maar nu zweefden er dikke nevelslierten om het huis. Morgen zou ze een makelaar in Königstein bellen, een kennis die vroeger af en toe bij hen op bezoek was geweest, toen Ernst-Wilhelm nog leefde. Hij kende haar huis en kon inschatten hoeveel het zou opleveren als ze het zou verkopen. Ze had het geld nodig om hier verder te kunnen, alleen het opnieuw dekken van het dak zou al een vijfcijferig bedrag kosten. Een oliestookinrichting zou ook geen kwaad kunnen. Ze wilde dat ze nu de hulp had van Ernst-Wilhelm, hij had veel verstand gehad van dat soort dingen. Maar Ernst-Wilhelm zou het er waarschijnlijk niet mee eens zijn geweest dat ze het huis in Königstein verkocht. Ze hadden er al die jaren hard voor moeten werken en zichzelf nauwelijks vrije tijd gegund. Ernst-Wilhelm was zo trots op het huis geweest. Hij had het zelf ontworpen en bij de architect voor elk detail gestreden.

Het spijt me, dacht ze bedroefd. Maar Dranitz is belangrijker. Niet alleen voor mij. Voor mijn hele familie. Dit huis zal ons allen weer herenigen. Ik ben een Von Dranitz en draag deze verplichting in mij, deze opdracht, die mijn familie me heeft gegeven...

Ineens had ze het gevoel dat ze niet meer helder kon denken. Het moest door de kou komen. Ze had het ijskoud en had dringend het warme gebreide vest nodig dat ze in Waren had gekocht. Op de eerste verdieping werd nog steeds luid gehamerd, wat in feite een goed teken was, want de bouwvakkers leken flink hun best te doen. Alleen wenste ze op dit moment dat de jongemannen nu naar huis gingen, zodat zij haar bed in kon en onder de warme deken kon kruipen.

Slapen dacht ze, en ze stond vermoeid van Anne Junkers' bureaustoel op. Ik moet dringend een paar uur achter elkaar slapen. Anders hou ik dit niet vol. Laat ze maar hameren en timmeren, ik laat alleen nog even kort de hond uit en ga dan naar bed. Kalle moet straks maar afsluiten, ik heb hem immers de tweede sleutel gegeven.

Terwijl Falko buiten rondsnuffelde, wachtte ze ongeduldig bij de voordeur. Waar bleef die hond nou? Ze zag hem niet doordat het zo mistig was. Jaagde hij weer op een eigenwijze marter? Ze had een hol gevoel vanbinnen, dat was geen goed teken. Ze zou toch zeker niet verkouden raken? Haar keel was wat ruw en deed zeer als ze slikte. Je mag nu echt niet ziek worden, sprak ze zichzelf streng toe. Je moet volhouden. In elk geval de komende weken.

Falko dook uit de duisternis op, schudde zich uitgebreid uit en liep snel langs haar heen de trap op naar de eerste verdieping. Hij haatte de plastic folie waarmee de trap was afgedekt. Het had een hele poos geduurd voordat hij bereid was geweest de trap op te lopen. Boven waren de bouwvakkers nu klaar voor vandaag. Ze kwamen haar op de trap tegemoet en wensten haar een goede avond. Kalle bood haar voor de zoveelste keer een kamer in het huis van zijn ouders aan.

'Op deze bouwplaats kan toch geen mens wonen, mevrouw de barones? U wordt nog ziek!'

'Ik ben niet van suiker, jongeman,' antwoordde ze en ze bedankte hem vriendelijk voor het aanbod. Nee, ze zou het pand niet verlaten. Ze moest hier blijven. Ze zou het huis bewaken en behoeden. Hier wilde ze de laatste jaren van haar bestaan doorbrengen en hier wilde ze ook sterven.

Maar voorlopig nog niet, dacht ze benauwd toen ze de voordeur achter de mannen op slot deed. Ze rilde steeds heftiger. Ze kreeg het warm en koud tegelijk en haar hart ging tekeer. Dus toch een verkoudheid, blijkbaar met koorts. Op je zeventigste had je nu eenmaal niet meer zo'n goede weerstand als op je vijfentwintigste. Moeizaam sleepte ze zichzelf de trap op. Ze aaide Falko, die boven op haar wachtte, over zijn vochtige rug en dacht na wat ze moest doen. Had Anne Junkers, de aardige secretaresse van de burgemeester, niet een doosje aspirine in haar bureaulade liggen? Natuurlijk, ze had vorige week nog geklaagd dat ze zo sterk op weersveranderingen reageerde en verteld dat ze daarom altijd een paar pijnstillers bij de hand had.

Franziska keerde naar Pospuscheits voorkamer terug en maakte Annes bureaulade open, waarin inderdaad een doosje aspirine lag. Er zaten nog tien tabletten in. Uit voorzorg drukte Franziska meteen twee tegelijk uit de strip en stak het doosje in haar broekzak. Het zou toch wel idioot zijn als ze deze stomme verkoudheid niet onder controle kreeg.

In haar tijdelijke slaapkamer was het stervenskoud. Franziska wikkelde zich in een dik wollen vest en kroop onder haar gewatteerde deken. Ze bibberde van de kou, haar handen en voeten waren bevroren en ondanks de aspirine kreeg ze hoofdpijn.

Morgen gaat het weer beter met me, dacht ze. Ik moet gewoon één nacht doorslapen. Ze viel inderdaad algauw in een onrustige koortsslaap. Ze lag kreunend te woelen en werd geplaagd door wilde dromen. Ze zag een immense hoeveelheid emmers met bouwpuin, keurig in rijtjes, als een groot leger op zich af komen. 'De Russen komen!' hoorde ze iemand roepen. 'We moeten vluchten!' De emmers rolden over de heuvels, trokken diepe, zwarte voren door het zilverviolette, glanzende zwenkgras en kwamen steeds dichter bij het landhuis. Franziska schrok wakker, kwam moeizaam overeind en nam nog twee tabletten. De koorts en hoofdpijn ebden voor een poosje weg, maar in plaats daarvan kreeg ze heftige buikpijn. Pas tegen de ochtend viel ze volkomen uitgeput weer in slaap. Ze droomde over een weide vol loeiende koeien.

'Mevrouw de barones?' hoorde ze plotseling vanuit de verte een mannenstem roepen die haar bekend voorkwam. 'Hallo? Bent u al wakker?'

'Ze slaapt nog,' antwoordde een vrouwenstem. 'Ik loop wel even snel naar haar toe.'

Mücke. Was dat niet Mücke? Franziska sloeg haar ogen open en zag dat het buiten al licht was. Een hoestaanval zorgde ervoor dat ze helemaal wakker werd. Ze voelde zich beroerd, haar hele lijf deed pijn, haar hoofd was zwaar en versuft. Ze ging met moeite rechtop zitten, glipte in haar schoenen en liep met bibberige benen naar het raam. Beneden op het voorplein stond Kalle midden in een kudde zwart-witte koeien. Grote Holsteinmelkkoeien met hele volle uiers. De koortsfantasie wilde niet wijken, ook niet toen Franziska een paar keer over haar ogen wreef en moeizaam knipperde.

Jenny

Eind oktober 1990

ZE KON DE VERLEIDING gewoon niet weerstaan. Terwijl ze al drie keer had gepauzeerd en in totaal vijf sandwiches en twee salades had gegeten. Bovendien had ze al drie bekers koffie verkeerd op. Maar toen ze het reclamebord met de gigantische burger zag, liep het water haar in de mond. Met een portie knapperige, vettig glanzende friet met veel mayonaise en een reusachtige beker cola...

Het was haar eigen schuld. Waarom had ze zo lang gewacht tot ze naar de dokter was gegaan? Je hoorde immers regelmatig dat vrouwen die aan de pil waren, zwanger raakten. Waarom had ze niet meteen de eerste keer dat haar menstruatie was uitgebleven, argwaan opgevat? Ze had gedacht dat het aan de pil lag of aan de stress van haar relatiebreuk.

Haar gedachten dwaalden af naar Kacpar. 'Een kind is een groot geluk,' had hij tijdens het etentje bij de Italiaan gezegd, en hij had gelijk. Maar niet als je het in je eentje moest krijgen en grootbrengen terwijl je niet eens een baan had! Dat kon hij zich echter vast niet voorstellen, de jonge, veelbelovende architect Kacpar Woronski.

Ach, nee, ze was niet eerlijk. Hij had haar in Angelika's voormalige woning bezocht en haar aangeboden om haar in geval van nood ook financieel te steunen. Gewoon zomaar, als goede vriend. Zonder wat voor verplichtingen van haar kant dan ook.

Natuurlijk had ze zijn hulp niet aangenomen. Het was risicovol om je in zo'n situatie te begeven. Kacpar was een lieve jongen, maar hij was verliefd op haar en hoopte haar op deze manier aan zich te binden. Jammer eigenlijk, maar je kon liefde nu eenmaal niet dwingen. De liefde was verraderlijk, die overviel je blijkbaar altijd op het verkeerde moment. Ook haar bezoek aan de kliniek was op het verkeerde moment geweest. Uit het uitgebreide onderzoek bleek dat ze al ruim drie maanden zwanger was en niet twee maanden, zoals ze had gedacht. 'U bent nu in de zestiende week, mevrouw Kettler,' zei de gynaecoloog. 'De zwangerschap afbreken door middel van een indicatie is dus niet meer mogelijk. Dan had u eerder moeten komen.'

In de zestiende week... Zou het kunnen dat ze bij de Italiaan toch het kind had voelen bewegen?

Omdat ze geen idee had wat ze anders moest doen, had ze haar oude Kadett volgetankt en was ze nu onderweg naar Dranitz. Ze ging dus toch bij haar oma wonen. In elk geval voor de komende maanden. Hoe hulpvaardig Kacpar ook was, Mücke en haar oma waren beslist een betere optie. Vooral Mücke. Ze verheugde zich er echt op om haar te zien.

Jenny nam de afslag naar het wegrestaurant, parkeerde de Kadett en bestelde een dubbele hamburger, een portie friet met mayonaise en een cola. Ze liep met haar dienblad naar een tafeltje en werkte het eten gulzig naar binnen. Als ze zo door bleef vreten, zou ze binnenkort zo rond zijn als een tonnetje. Verschrikkelijk. Wat was zwanger zijn afschuwelijk, je werd met de dag dikker, lelijker en onhandiger, maar die wetenschap zorgde er niet voor dat je minder trek had. Nadat ze drie maanden lang bijna al haar eten weer had uitgespuwd, nam haar lichaam nu wat het nodig had. En haar kleine gast natuurlijk ook. Ze stelde zich een embryo voor dat in zijn vruchtwaterbel aan een frietje zat te knabbelen. Hm, dit spul was vast heel ongezond voor baby's. Misschien moest ze erop gaan letten dat ze gezond at.

Toen ze haar dienblad opruimde, zag ze een doorzichtige plastic schelp aan de muur, waaronder een munttelefoon was bevestigd. Ze keek op de klok. Mücke had bijna lunchpauze op de kleuterschool, misschien kon ze haar even spreken.

'Mücke, hoi, ik ben het, Jenny.' Verdorie, het toestel slokte haar kleingeld op alsof het wekenlang niets te eten had gehad.

'Jenny! Ik word gek! Waarom heb je al die tijd niets van je laten horen? Hoe gaat het met je? Wanneer kom je?' schreeuwde Mücke aan de andere kant van de lijn in de hoorn.

'Ik ben onderweg. Hoe is het bij jullie? Alles goed?' Jenny doorwoelde haar portemonnee op zoek naar de laatste muntjes, maar moest er helaas een hele mark in gooien.

'Nee, het gaat helemaal niet goed!' Mücke zuchtte. 'Het is hier een en al ellende. Goed, dat je eindelijk komt.'

'Hoe bedoel je, een en al ellende? Ik dacht dat oma vrolijk in het landhuis zit en de muren opnieuw laat behangen,' grapte Jenny, maar Mücke leek momenteel geen gevoel voor humor te hebben.

'Ze is doodziek,' zei haar vriendin. 'Ze heeft een fikse longontsteking, maar wil absoluut niet naar het ziekenhuis. Je oma is vreselijk koppig. Mine is de hele tijd bij haar en ik zorg voor Falko.'

Nou, lekker dan. Jenny had gehoopt in een warm nest te komen en in alle rust haar ei uit te broeden. Maar het ging dus helemaal niet goed daar. Longontsteking, hemel! Bij een oude vrouw kon dat dodelijk zijn.

'En de renovaties?' stamelde ze. 'Ik dacht dat ik bij haar kon intrekken...'

De lijn kraakte. Mücke moest iets verkeerd doen met het snoer. Of ze hadden de oude afluisterapparatuur van de Stasi nog niet weggehaald.

'Dat zou ze zeker fantastisch vinden, maar tot nu toe zijn er alleen kale muren en een hoop puin. Je kunt weer bij ons wonen.' Mücke aarzelde, maar vroeg toen: 'Is het verder allemaal goed gegaan?'

Natuurlijk wisten ze allebei wat ze met deze vraag bedoelde.

'Dat vertel ik je later,' antwoordde Jenny ontwijkend.

'O nee, arme jij!' Mücke had het meteen begrepen. 'Nou, kom maar gauw hiernaartoe, dan bespreken we alles.'

Jenny was blij dat ze had gebeld, nu was ze tenminste op alle rampen voorbereid. Als eerste zou ze zorgen dat haar oma naar het ziekenhuis ging. Ongelofelijk dat oude mensen zo koppig konden zijn. Ze waren erger dan kleine kinderen!

Ze was Wittstock al gepasseerd. Als het verder vlotjes verliep, zou ze over een half uur tot drie kwartier in Dranitz zijn. De lucht begon gelukkig op te klaren en de zon kwam tevoorschijn. Ze was de kleindochter van een landgoedeigenaresse. De kleindochter van de barones. Dat was nogal wat.

Vanbuiten was aan het landhuis niet te zien dat het inmiddels van eigenaar was gewisseld. Alleen de kuipen vol bouwpuin die naast de ingang stonden wezen erop dat het huis werd gerenoveerd. Jenny reed voorzichtig het terrein op, waarbij ze de plassen probeerde te ontwijken, en parkeerde naast haar oma's witte Astra. De blokhut stond er nog, iemand had er een laag houten hekje omheen gezet. Daar lag Falko voor, die haar wantrouwend aankeek. 'Hallo, hond,' begroette ze hem. 'Ik ben er weer. Ken je me nog?'

Hij stond op en sjokte naar haar toe. Hij besnuffelde de hand die ze voor hem ophield, daarna haar broekspijpen, en ten slotte draaide hij zich om en ging weer voor het hek liggen. De vreugde van het weerzien was niet bepaald overweldigend. Nou ja, hij had ook tegen haar op kunnen springen en haar kunnen bijten.

Waarom zou haar oma een hekje om de blokhut hebben gezet? Ze liep er wat dichter naartoe en bleef toen geschrokken staan. Franziska was blijkbaar van plan een boerderij te beginnen en had als eerste twee biggetjes aangeschaft. Jenny stond een poosje gefascineerd voor het verblijf naar de twee roze varkentjes te kijken. Wat waren ze schattig. Ze renden met fladderende oortjes rond de blokhut, piepten en knorden en leken veel lol te hebben. Niet te geloven dat mensen zulke snoezige beestjes aan een spies konden rijgen om boven open vuur te roosteren. Jenny huiverde. Vanaf nu zou ze alleen nog kip of rundvlees eten.

'Jenny! Hé, Jenny, ik ben zo beneden!' riep Mücke uit een raam vanaf de eerste verdieping van het landhuis.

Er kwamen twee vrouwen met melkkannen uit de Konsum, die vriendelijk naar Jenny knikten. Toen ze haar passeerden, hoorde ze de een tegen de ander zeggen: 'Daar is ze eindelijk. Dat werd ook wel tijd...'

Mücke kwam het huis uit gerend, viel haar om de hals en legde haar hand op Jenny's licht gewelfde buik. 'Hij of zij zit er nog in, hè?' vroeg ze zacht.

'Zeventien weken inmiddels,' fluisterde Jenny.

Mücke zuchtte. Toen haalde ze haar schouders op. 'Maak je geen zorgen. Het wordt vast een fantastisch kind. De erfgenaam van Dranitz!'

'Hou alsjeblieft op!' Jenny was niet in de stemming voor grapjes.

Mücke merkte het en streelde haar vriendin zusterlijk over haar haar. 'Het komt wel goed,' zei ze troostend. 'Het gaat ons wel lukken.'

Het was maar een uitspraak, maar Mückes woorden deden haar toch goed. Ja, het was juist geweest om hiernaartoe te rijden. Mücke was de beste vriendin die ze ooit had gehad. Hoewel ze überhaupt nooit veel vriendinnen had gehad, wat mede kwam doordat zij en haar moeder zo vaak verhuisd waren. Haar blik dwaalde naar haar oma's blokhut met de twee biggetjes.

'Dat zijn Artur en Suusje,' zei Mücke. 'Die zijn ze vergeten toen alle dieren werden weggehaald.'

Jenny had het gevoel alsof ze in een andere wereld was beland. In de paar weken dat ze in Berlijn was geweest, was er hier op Dranitz een heleboel veranderd. Kalles moeder had de ruïne van het rentmeesterhuis gekocht en aan haar zoon geschonken. De LPG was gereorganiseerd tot een westerse landbouwcoöperatie, waarvan de bedrijfsleider niemand minder was dan Gregor Pospuscheit. Het eerste wat hij had gedaan, was Kalle en een paar van zijn vrienden ontslaan.

'Wat een hufter,' zei Jenny walgend.

'Dat kun je wel zeggen, ja...'

'Maar wel goed van Kalle dat hij de varkens houdt,' zei Jenny. 'Hij is vast een leuke man als hij van dieren houdt, of niet soms?'

Mücke haalde haar schouders op. Natuurlijk was hij aardig. Ze had ook niks tegen Kalle. Ze mocht hem graag.

'Ik begrijp het,' mompelde Jenny. 'Het is een lieve jongen, maar de vonk wil niet overslaan.'

'Nee, echt niet! De koeien zijn overigens ook weg. Ze zijn allemaal afgevoerd, Kalle heeft er maar vijf kunnen redden. Die staan nu bij het meer. Kalle heeft daar een stukje grond omheind, omdat hij anders ook niet weet waar hij ze moet laten. Het perceel van het rentmeesterhuis is te klein.'

'Staan de koeien in oma's geliefde park? En wat vindt ze daarvan?' vroeg Jenny geamuseerd.

'Helemaal niets. We willen het later pas opbiechten, als ze niet meer zo ziek is,' antwoordde Mücke met een slecht geweten.

'Oei. Waar is oma eigenlijk?'

'De trap op en op het gehoest afgaan...' Mücke was haar galgenhumor blijkbaar niet verloren. Terwijl de twee jonge vrouwen de met plastic folie afgedekte trap op liepen, vertelde Mücke trots dat ze de koeien twee keer per dag molken en de melk in de Konsum verkochten. Er waren niet veel mensen meer in het dorp die koeien hadden en de klanten waren enthousiast. En omdat Mine de oude karn had bewaard, hadden ze zelfs boter gemaakt. Die had heel anders gesmaakt dan de nepboter uit de Konsum. Goudgeel en zacht, en zó lekker. Jenny kreeg bij deze omschrijving meteen enorm veel trek in een stuk boerenbrood met verse boter en moest een paar keer slikken omdat het water haar in de mond liep.

Vanboven klonk haar oma's gehoest dat overstemd werd door

luide mannenstemmen. Kalle zat met twee andere bouwvakkers op de grond en dronk een biertje. Toen de mannen Mücke en Jenny zagen, wezen ze trots naar de zojuist behangen muren. Ranken met zalmkleurige en witte rozen en groene blaadjes, met her en der een lichtblauwe vogel. 'Niet helemaal onze smaak. We vinden het een beetje kitscherig, maar de barones wilde het zo,' zei Kalle.

Jenny groette hen, gaf een compliment en zei dat het prachtig was geworden. Daarna haastte ze zich verder in de richting vanwaar het gehoest vandaan kwam. Hemel, haar oma had het flink te pakken.

Ze lag met haar ogen dicht in een krappe, muffe kamer tussen oeroude bruine kasten. In de vrije ruimte daartussen pasten net een bed en een klein tafeltje. Daarop stond een dienblad met een halfvolle fles water, een paar medicijndoosjes, een thermometer en een schaaltje met een eenpansgerecht.

'Oma? Slaap je?' vroeg ze zacht.

Het was een van de domste vragen die je aan iemand die sliep, kon stellen, maar bij de aanblik van haar oma's bleke, ingevallen gezicht wist ze niets beters te bedenken.

Haar oma deed haar ogen open en staarde haar kleindochter een paar tellen lang aan. Het leek alsof ze even niet wist wie Jenny was en ze kreeg een heftige hoestaanval. 'Jenny!' zei ze hees toen ze uitgehoest was. 'Jenny! Ben jij het echt?'

'Ja, tuurlijk, wat dacht jij dan?' vroeg Jenny verbaasd.

'Ik dacht even dat je Elfriede was,' legde haar oma moeizaam uit. 'Weet je, ik zie de laatste tijd allerlei rare dingen. Dat komt vast door die stomme verkoudheid...'

'Elfriede? Wie is Elfriede?'

'Elfriede...' Franziska hoestte opnieuw en drukte haar hand op haar pijnlijke borst. 'Elfriede was mijn kleine zusje.'

Jenny herinnerde het zich weer. Dat had haar oma een keer verteld. Ze had een zusje en twee broers gehad, maar die waren allemaal in de oorlog omgekomen. Hoe dan ook, Jenny moest zo snel mogelijk actie ondernemen, straks ging haar oma nog dood aan die verschrikkelijke hoest. 'Je moet dringend naar het ziekenhuis, oma,' begon ze. 'Met een longontsteking valt niet te spotten.'

'Onzin,' wimpelde haar oma haar af en ze tastte naar de waterfles. 'Ik heb geen longontsteking. Het gaat uitstekend met me, ik ben alleen nog wat slapjes. Eergisteren was ik alweer op de been en heb ik de jongens verteld welk behang waar moest komen.'

Ze drukte twee blauwe tabletten uit de strip en nam ze met twee slokken water in. Daarna ging ze zwaar ademend weer liggen.

Mücke kwam achter Jenny staan en raakte zacht haar schouder aan. 'Klopt. Eergisteren is ze door het huis gerend en niet in bed gebleven. En gisteren ging het meteen weer slechter met haar. Toen kreeg ze een terugval. Zoiets kan verkeerd aflopen...'

Haar oma hoestte. 'Je komt precies op het juiste moment, Jenny,' zei ze met schorre stem. 'Jouw kamer is behangen en het raam hebben ze ook al gemaakt. Nu kunnen we de meubels uit het magazijn halen. En Mine wil de gordijnen naaien die Elfriede vroeger ook had.'

'Luister eens, oma,' zei Jenny voorzichtig en ze ging op de rand van het bed zitten. 'Ik vind dat je voor een of twee dagen naar het ziekenhuis moet en je eens heel goed moet laten onderzoeken. Zodat je snel weer op de been bent.'

'Maar dat gaat niet,' perste Franziska er tussen twee hoestaanvallen uit. 'De dakdekkers komen, de installateur wil iets in de woonkamer nakijken vanwege de oliestookinrichting...'

'Een of twee dagen maar, daarna ben je weer terug. En ondertussen zorg ik voor alles, dat beloof ik!

'Nou ja, misschien is het inderdaad wel beter,' fluisterde Franziska en ze gaf dankbaar een kneepje in de hand van haar kleindochter. Jenny kreeg een warm gevoel vanbinnen. Het was fijn om iemand te hebben die je vertrouwde. De relatie met haar moeder was altijd gekenmerkt door wederzijdse scepsis en wantrouwen. Hopelijk was het nog niet te laat. Haar oma maakte een nogal uitgeputte indruk.

'Ik ga de ambulance bellen,' fluisterde Mücke in haar oor en ze draaide zich om. 'Beterschap, mevrouw Kettler!'

Franziska liet Jenny's hand niet los. Glimlachend keek ze haar kleindochter in de ogen. 'Ik ben heel blij dat je gekomen bent, meisje. Maar je moet niet denken dat ik je met dit landgoed wil belasten. De renovatie is mijn zaak, helemaal alleen mijn zaak. Maar als je wilt, zou het fijn zijn...'

Jenny's ogen werden vochtig. De foto boven de piano in Königstein. Ach, ze kon deze oude vrouw zo goed begrijpen. Jarenlang had haar oma diep vanbinnen heimwee gehad en nu, nu ze eindelijk op haar bestemming was, had ze geen kracht meer.

'Natuurlijk wil ik dat,' zei ze op een vastberaden toon waar ze zich zelf over verbaasde. 'Ik ben een Von Dranitz en ik hoor hier. We zijn partners, oma.'

Ze bleef op het randje van het bed zitten tot de ambulance uit Neustrelitz kwam. Haar oma was ineens extreem levendig. Ze praatte over de dakdekker die de balken zou herstellen en het dak opnieuw zou dekken, over de installateur die in de badkamer al leidingen aan het leggen was, en over de Nederlander van wie de oude meubels in de kelder waren.

'Zoek de mooiste spullen uit, mijn meisje,' fluisterde ze. 'Er zijn ware kleinoden bij. De mensen hier hebben geen idee wat voor schatten ze wegdoen.'

'Doe ik, oma. En jij gaat nu zorgen dat je heel snel weer beter wordt.'

De twee jonge ambulancebroeders hielpen de patiënt op de brancard en mopperden over het puin dat overal in de weg lag. Beneden hield Mücke Falko vast om te voorkomen dat hij bij zijn baasje in de ambulance sprong. Toen de auto wegreed, trok de hond boos aan de riem en het duurde een hele tijd voordat Mücke hem had gekalmeerd.

Jenny observeerde het gebeuren van achter het raam van de nieuw behangen kamer. Toen de ambulance achter de dennenbomen uit het zicht verdween, voelde ze zich nogal eenzaam. De bazin van Dranitz. Zo had ze het zich eigenlijk niet voorgesteld.

'En, jongedame?' zei Kalle achter haar. 'Bevalt de nieuwe kamer je? Het behang zit erop, het moet alleen nog drogen.'

'Het is prachtig geworden,' loog ze. 'Rozen en blauwe vogels. Zo'n behang heb ik altijd al gewild.'

Mine

November 1990

DE WIND WAS KOUD EN meedogenloos. Hij greep Mines rok zodra ze uit de bus was gestapt en trok aan haar hoofddoek. Het lukte haar met moeite om haar handtas, paraplu en tas met levensmiddelen zo te ordenen dat ze alles kon dragen. Het was niet ver, ze hoefde maar een paar keer een hoek om te slaan, maar ze was toch altijd bang dat ze zou verdwalen en de bushalte niet meer terug zou vinden. Vandaag zou Ulli haar echter bij het ziekenhuis ophalen en thuisbrengen, dat was een hele opluchting. Ulli had nu ook doordeweeks af en toe tijd, want ze hadden tegenwoordig arbeidstijdverkorting op de werf.

'Goedemorgen,' groette ze toen de mollige dame bij de receptie het glazen ruitje opzijschoof. 'Ik kom voor mevrouw Kettler.'

Het ziekenhuis was geconstrueerd volgens de *Plattenbau*, zoals je die in veel steden had. Het was een grijs blok. Ulli en Angela woonden in een systeemwoning in een vergelijkbaar gebouw. Ze hadden de woning boven de werf gekregen en waren daar destijds heel blij mee geweest. Nu vond Angela hem echter te klein en ook te gehorig. Je kon elk woord verstaan van wat de buren in hun woonkamer zeiden.

'Derde verdieping, kamer 215. Neemt u de lift daar achteraan. Maar drukt u alstublieft niet op de groene knop.'

Mine bedankte de vrouw en liep in de richting van de lift. Er waren drie mensen die afwisselend achter de receptiebalie zaten, had ze inmiddels gemerkt. Een jonge blondine met een bril, die nogal onvriendelijk was. De mollige vrouw met zwartgeverfd haar van een jaar of vijftig, die was heel aardig. En een jongeman van hooguit dertig die er erg goed uitzag. Karl-Erich had haar uitgelachen toen ze hem dat vertelde, maar ze vond dat hij op de jonge baron leek. Op Heinrich-Ernst, die op zo'n jonge leeftijd gesneuveld was.

'Wie weet?' had Karl-Erich voor de grap gezegd, maar zijn stem had verbitterd geklonken. 'Hij was immers een levensgenieter, de jonge baron. Hij nam iedereen die hij leuk vond. Misschien is het wel een kleinzoon of achterkleinkind van hem.'

Ach, ze had het niet tegen hem moeten zeggen. Karl-Erich kon de kwestie met Grete niet vergeten. Hij zou zijn toorn jegens de jongeheer meenemen in zijn graf.

Zoals altijd wilde ze de trap nemen, maar een verpleegster gebaarde haar dat ze bij haar in de krappe lift moest stappen en ze kon niet weigeren.

'U bent zeker niet gewend aan liften?' vroeg de verpleegster glimlachend. 'Het is heel handig als je veel moet dragen.'

Mine knikte. 'Ja, dat is waar...' Ze was altijd een plattelandsvrouw geweest en dat was ook zo gebleven. Vijfentwintig jaar lang had ze koeien gemolken en de melk gezeefd, gebotteld en klaargemaakt voor het vervoer. Alleen vroeger, toen ze nog dienstmeisje was bij de familie, droeg ze mooie, schone kleren en schorten, toen dacht ze echt dat ze beter was dan anderen. Maar het leven had haar geleerd wat haar plek was.

De vriendelijke verpleegster stapte al op de tweede verdieping uit en Mine was bang dat de lift weer naar beneden ging. Maar hij stopte op de derde verdieping en er klonk een zacht belletje toen de deur openging. Een ouder echtpaar dat zorgelijk keek, stond al te wachten. Zonder haar te groeten stapten ze in de lift en gingen naar beneden.

Zo gaat dat in de stad, dacht Mine. Iedereen heeft zijn eigen besognes en praat er niet over omdat hij de mensen die hij tegenkomt niet kent. Nee, dan had zij het nog niet zo slecht getroffen. Ze hoorde in haar dorp thuis. Daar kende ze alle buren en ook de mensen die er destijds, toen de LPG werd opgericht, bij waren gekomen. Keizerrijk, Hitlerrijk en DDR en nu het verenigde Duitsland, alles was voorbijgegaan, maar het dorp, haar Dranitz, was gebleven. Niemand had het dorp kunnen deren. Ja, zo was het. Paleizen en kastelen, die moesten in verval raken, maar de hutten van de boeren, die waren tegen de tijd bestand. Wie had dat gezegd? Waarschijnlijk Karl-Erich, die het op mevrouw de barones had gemunt.

Kamer 215 lag direct naast de zusterkamer. Het was een grote kamer met vijf bedden. Mevrouw de barones lag hier pas sinds een paar dagen, daarvoor had ze op de vierde verdieping in een heel klein kamertje met slechts één andere patiënt gelegen. Toen had ze nog zo'n doorzichtig ding van plastic over zich heen hangen, een zuurstoftent. Het had bijna twee weken geduurd voordat de artsen de juiste antibiotica tegen de longontsteking hadden gevonden. De toestand van de arme barones was een tijdlang kritiek geweest, omdat ze nauwelijks nog lucht kreeg. Haar kleindochter, Jenny, was elke dag naar het ziekenhuis gereden en had Mine vaak meegenomen.

'Wat zou ik toch zonder jou en je kookkunsten moeten, Mine?' vroeg Franziska glimlachend en ze stopte een kussen in haar rug.

'Dan ben ik tenminste nog ergens goed voor op de wereld, mevrouw de barones,' zei Mine een beetje besmuikt. Ze zag met plezier dat de barones smulde van het eenpansgerecht. Het was dit keer ook wel bijzonder goed gelukt. Ze had thuis nog een pan vol, die was voor Ulli. Want hij was nog steeds een onbestorven weduwnaar.

'Zijn de dakdekkers al aan het werk?' vroeg de barones tussen twee happen door.

'Die lopen al boven op zolder rond,' vertelde Mine. 'Maar wat ze precies doen, dat moet u aan Jenny vragen, dat kan zij u beter vertellen.'

‘Het wordt echt tijd dat ik het ziekenhuis mag verlaten,’ zei de barones en ze keek ongeduldig naar de deur, alsof ze zo haar ontslag kon bespoedigen. Daarna richtte ze zich weer op haar eten. ‘Zeg eens, Mine,’ begon ze na een poosje opnieuw en ze gaf haar lege schaal en bestek aan het voormalige dienstmeisje van de familie Von Dranitz. ‘Ik wilde je al een hele tijd iets vragen…’

O jee, dacht Mine. Nu zal ik vast moeten liegen. Of op zijn minst de waarheid verzwijgen.

‘Mijn moeder en ik, wij hebben altijd geprobeerd om iets over mijn zus Elfriede te weten te komen. Maar behalve het feit dat ze vlak na de oorlog is overleden, hebben we niets kunnen achterhalen. Ik heb op de familiebegraafplaats naar haar graf gezocht, maar kon het niet vinden.’

Mine stopte de schaal overdreven zorgvuldig in de stoffen tas en dacht koortsachtig na hoe ze zich hieruit kon redden. ‘Ze is beneden in het dorp begraven,’ zei ze ten slotte. ‘Toen onze kerk er nog stond, hebben we haar op het kerkhof begraven. Later is de oude kerk afgebroken en is het cultuurhuis op die plek gebouwd.’

‘Dat heb ik bekeken,’ zei mevrouw de barones en ze vertrok haar gezicht. ‘Maar waar zijn de graven gebleven, het oude kerkhof… Is alles met de grond gelijkgemaakt?’

‘Maar nee,’ zei Mine geruststellend. Daarna ging ze aarzelend verder: ‘De graven achter de kerk, die zijn er nog steeds. In het plantsoen achter het cultuurhuis, hebt u ze niet gezien?’

‘Het plantsoen wel, maar geen graven. In elk geval geen grafstenen.’

‘Die hebben ze rondom voor de muur gezet. We hebben nu een nieuwe begraafplaats aan de andere kant van het dorp. Daar staat ook een kapel voor de begrafenisceremonies, die hebben de mannen uit het dorp gebouwd.’

‘O,’ zei de barones. ‘En wie heeft de inscriptie voor mijn opa op het familiegraf laten beitelen? Hebben de mannen uit het dorp dat ook gedaan?’

‘Nee,’ antwoordde Mine, ‘dat heeft uw zus Elfriede nog laten doen.’

'Elfriede! Mijn god! Dat moet vlak voor haar dood zijn geweest... Nou, vertel nou eens, Mine,' drong Franziska bij de oude vrouw aan. 'Is ze in Dranitz gestorven? In het landhuis?'

Mine knikte. 'Ze is in de herfst van 1946 overleden. Op de plek waar nu het gemeentekantoor is.'

'Ach,' zei mevrouw de barones weer. Mine zag aan haar dat dit nieuws haar raakte.

'Maar ik moet er weer vandoor,' zei ze benauwd en ze stond op. 'Ulli, mijn kleinzoon, haalt me op en ik wil hem niet laten wachten...'

'Natuurlijk niet. Maar je moet me echt nog een keer vertellen hoe Friedchen precies is overleden. Dat is heel belangrijk voor me en ik denk dat mijn dochter en Jenny deze dingen ook moeten weten.'

Mine had haar jas al aangetrokken en haar hoofddoek omgebonden, en draaide zich om om de kamer te verlaten. Ze zou een kwartiertje op Ulli moeten wachten, maar dat kon haar niet schelen. Als ze hier maar weg kon. Vanavond zou ze het allemaal nog eens met Karl-Erich bespreken. Die zei altijd dat de barones toch ooit de waarheid zou moeten horen, maar Mine vond dat niet per se nodig. En zeker nu niet, nu ze nog niet helemaal hersteld was. En als het dan toch aan Franziska von Dranitz werd verteld, moesten ze de woorden zorgvuldig uitkiezen.

'Misschien word ik morgen of overmorgen al ontslagen,' riep de barones haar na.

'Doet u maar rustig aan, mevrouw de barones,' zei Mine over haar schouder. 'Jenny doet het geweldig. Ze is een pittige dame. Net als uw moeder vroeger...' Mine duwde de deur open en glipte opgelucht de gang op. Gelukt. Ze was er nog net onderuit gekomen. Misschien maakte ze zich gewoon te veel zorgen. En dat was dom, zei Karl-Erich. Je moest vooruitkijken.

Blij dat niemand haar uitnodigde om in de lift te stappen, daalde ze de trap af. Ze vertrouwde dat zwevende stalen hokje niet. Alleen al omdat ze zich afvroeg waarom je niet op de groene knop mocht drukken. Wat zou er gebeuren als je dat per ongeluk toch deed?

Tot haar blijdschap stond Ulli beneden in de entreehal, in een nieuwe, lichtblauwe, gewatteerde jas en met een bontmuts op. Hij stond nonchalant met één hand op de balie van de receptie geleund en kletste met de mollige dame met het zwartgeverfde haar. Ze leken het goed met elkaar te kunnen vinden, want ze had het glazen ruitje helemaal opengeschoven. Bovendien stond er een tot de rand gevulde koffiebeker voor Ulli. Mine was sprakeloos. Haar kleinzoon had veel weg van Karl-Erich, dacht ze terwijl ze strompelend naar hem toe liep. Hij wond zich dan wel vaak op over de jonge baron Heinrich, maar wagenmaker Karl-Erich Schwadke had zich destijds ook niets laten ontgaan. In elk geval niet voor hun huwelijk. En Ulli was veel te jong getrouwd. Hij had nog niet eens zijn wilde haren kunnen kwijtraken of Angela had hem al gestrikt.

'Ik begrijp niet waarom je elke dag eten brengt naar mevrouw de barones,' bromde hij toen ze in de auto zaten. 'Die tijden zijn al lang voorbij, oma.'

'Niet elke dag,' verdedigde Mine zich glimlachend.

'En haar kleindochter, die roodharige trut… Gaat die eigenlijk weleens bij haar oma op bezoek?'

Mine vertelde dat Jenny in de eerste periode dagelijks naar Neustrelitz was gereden, hoewel ze haar dringend op landgoed Dranitz nodig hadden. Jenny deed erg haar best om verder te gaan met waar haar oma mee had moeten stoppen. 'Ze is een goed meisje, Ulli. En ze is dikke maatjes met Mücke.'

Dat wist hij. Hij vond het maar niks, maar Mücke zou wel weten wat ze deed. 'Het is sowieso een onzinnig plan. Die bouwval kan niemand renoveren, die kun je alleen maar slopen en er iets nieuws voor in de plaats zetten,' bromde hij.

Mine zei niets, maar ze vond dat Ulli was veranderd. Hij was ongeduriger geworden en zag alles altijd pessimistisch in. Misschien had het met de werf te maken, maar daar vertelde hij maar weinig over. Of met Angela. Zij was nog steeds bij haar familie in Schladming. Ze hielp inmiddels met het verzorgen van de wintergasten.

Schladming was een wintersportoord, dus het was nu de drukste tijd.

'Moet je morgen werken of kun je blijven slapen?' vroeg ze en ze keek hem vol verwachting van opzij aan.

Morgen was het zaterdag en hij had al een paar keer vrij gehad op zaterdag. Hij schudde zijn hoofd. Nee, hij had het morgen druk. Misschien kwam hij zondag weer. Mine knikte tevreden. Het was goed als hij zijn vrije tijd in Dranitz doorbracht. Vanwege Mücke. Het meisje vond hem leuk en vroeg ook altijd wat hij zoal deed. Zij was de juiste voor Ulli, zo iemand had hij nodig. Angela kon gerust bij haar familie in Oostenrijk blijven. Ze leek het daar wel naar haar zin te hebben, anders was ze allang teruggekomen.

Algauw kwamen de lichten van de dorpjes in zicht, die in de meren weerspiegeld werden. Op de landweggetjes lagen natte bladeren en Ulli moest voorzichtig rijden. Eén keer werd de weg versperd door een afgebroken tak. Ulli stopte, zette de waarschuwingslichten aan en sleepte de hindernis naar de rand van de weg. Daarna konden ze vlot doorrijden. Ze reden het dorp in, de fel verlichte ramen van de huisjes deden huiselijk aan en ook in het landhuis brandde licht. Blijkbaar waren de bouwvakkers nog met de dakconstructie bezig.

'Mücke is vast bij Jenny,' zei Mine. 'We zouden haar kunnen ophalen en dan vanavond samen kunnen eten.'

Ulli haalde zijn schouders op, maar hij stopte niet voor het voormalige arbeidershuis en reed door naar het landhuis. Daar parkeerde hij vlak naast de voordeur op de parkeerplaats van de burgemeester, al had Pospuscheit hier niets meer te zeggen. Volgende week zou het gemeentekantoor naar het cultuurhuis verhuizen.

Mine bleef in de auto zitten terwijl Ulli de treden naar de voordeur op liep en op de bel drukte. Terwijl hij wachtte, hupte hij ongeduldig van de ene op de andere voet en wreef hij in zijn koude handen. Het duurde een poos voordat iemand de bel hoorde, waarschijnlijk waren ze erg druk bezig met het dak.

Plotseling werd de voordeur opengetrokken en verscheen Jenny op de drempel, in een spijkerbroek en een ruim vest dat waarschijnlijk van haar grootmoeder was. Toen ze Ulli zag, deed ze verrast een stap naar achteren en fronste haar voorhoofd, maar daarna klaarde haar gezicht op. Mine kon niet verstaan wat ze zei, maar ze leek heel opgewonden en vrolijk te zijn. Ulli staarde haar aan alsof ze een buitenaards wezen was, maar zij lette helemaal niet op hem. In plaats daarvan gaf ze Mine een teken dat ze uit moest stappen en binnen moest komen.

Wat is er nu weer aan de hand, dacht Mine ontstemd. Ze had niet veel zin om uit de knusse, warme auto te stappen en het tochtige, kille landhuis binnen te gaan. Wat moest ze daar? Ze wilde alleen maar Mücke ophalen.

'Komt u, komt u,' hoorde ze Jenny's heldere stem. 'Het is geweldig. Het heeft er meer dan veertig jaar gehangen en is helemaal onbeschadigd. U zult het zeker kennen…'

Mine keek Ulli vragend aan, maar hij haalde alleen zijn schouders op. 'Wat is er aan de hand?' vroeg ze. 'Hebben jullie iets ontdekt? Waar is Mücke? We wilden haar ophalen om bij ons te komen eten.'

Jenny pakte de oude vrouw bij haar arm en trok haar over de drempel.

Mine had het meisje nog nooit zo meegemaakt, zo buiten zichzelf, enthousiast en met fonkelende ogen.

'Wees voorzichtig op de trap,' ratelde Jenny snel verder. 'Falko, ga weg, dit zijn Mine en Ulli, die ken je toch? Ja, Ulli is ook blij om je weer te zien… Niet de leuning vastpakken, Ulli, die is nog niet vastgeschroefd.'

Enigszins buiten adem kwam Mine iets later dan de anderen op de eerste verdieping. Jenny leidde haar naar de gerenoveerde woning waar vroeger dokter Meinhardt had gewoond. Lang geleden waren hier de slaapvertrekken van de familie geweest. Nu zat er gebloemd behang op de muren, stonden er antieke meubelstukken die volgens Jenny van de Nederlander waren geweest, was de oude vloer geschuurd en in de was gezet en leek ook de badkamer klaar te zijn.

Witte tegels met een randje van goudkleurige steentjes, dat had Mücke verteld. De oude badkuip ontbrak nog, die zou opgeknapt worden want mevrouw de barones wilde geen ander bad.

In de voormalige slaapkamer van het echtpaar Von Dranitz waren ze net klaar met behangen. Op de vloer lag plastic folie met restjes papier, in het midden stond een behangtafel. Mücke stond ernaast. Ze keek hen met rode wangen van de opwinding aan. 'Kijk eens, Mine!' riep ze enthousiast. 'Je moet ze nog kennen. Het zijn drie grote. En twee kleinere, daar staan landschappen en een gebouw op...'

Nu zag Mine de schilderijen op de behangtafel liggen. Hemel, dat was de oude baron, God hebbe zijn ziel. Otto met zijn Libussa. En daar was een van de voorvaderen te zien in een zwart pak met een gouden ster op zijn borst. Hij zou tegen Napoleon hebben gevochten, werd vroeger gezegd.

'Iemand moet de schilderijen uit de lijsten gesneden en opgerold hebben,' zei Jenny. 'We moeten er heel voorzichtig mee omgaan en ze laten restaureren. Oma zal helemaal buiten zichzelf zijn van vreugde als ze thuiskomt. Weet ze al wanneer ze naar huis mag?'

Thuis, had ze gezegd. Mine verbaasde zich. Jenny was hier al helemaal gewend. En wat leek ze veel op haar grootmoeder. Vooral in haar energieke manier van doen. Qua uiterlijk leek ze meer op Elfriede. Maar dat wist ze niet en Mine was de laatste die het haar zou vertellen. 'Morgen of overmorgen, zei mevrouw de barones...'

Ulli leek erg geïnteresseerd te zijn in de olieverfschilderijen. Hij bekeek ze uitvoerig, vroeg wie en wat ze voorstelden en betastte het omhulsel van wasdoek dat iemand zo'n vijfenveertig jaar geleden om de rollen had gewikkeld en boven in de dakconstructie achter een balk had vastgespijkerd. 'Stevig materiaal,' zei hij grijnzend. 'Het is niet gescheurd en niet broos. Spul van voor de oorlog.'

Jenny lachte. 'Het is allemaal zo bijzonder,' zei ze en ze legde haar arm om Mückes schouders. 'Dat we uitgerekend nu deze schilderijen vinden. En dat oma morgen uit het ziekenhuis komt...'

'Ja,' zei Mücke grinnikend en ze trok Jenny tegen zich aan. 'Het moest gewoon zo zijn. Dat moet het werk van jouw voorvader zijn.'

Lachend richtten ze zich weer op de schilderijen en Mine vertelde dat twee ervan in de jachtkamer hadden gehangen en de andere in de zaal. Daar stond vroeger ook altijd de grote kerstboom, die voor de personeelsleden. 'Met sterren van stro, die hebben wij voor mevrouw de barones gebonden. En er hingen rode appeltjes in. Bovenin zat een ster van goudpapier. De kaarsjes waren wit en in de hoek stond altijd een emmer met water...'

'Weten jullie wat?' zei Jenny plechtig. 'Met kerst zijn jullie allemaal bij ons uitgenodigd. Ook Kalle en zijn vrienden. En Karl-Erich, die haal ik met de auto op. En jij en je vrouw moeten natuurlijk ook komen, als jullie tijd hebben.'

De laatste zin had ze aan Ulli gericht. Mine merkte verbaasd dat hij een knalrood hoofd kreeg. Dat kwam vast door de warmte, ze hadden de kachels gestookt en Ulli was dik gekleed.

'Waarom niet... ja... heel graag,' stamelde hij. Hij zei dat hij een goede restaurateur in Schwerin kende, die in een kerk werkte en verstand had van schilderijen. Hij zou hem eens vragen wat hij kon doen.

'Dat zou super zijn!' riep Jenny blij.

Mine was nu wel verplicht om haar ook voor het avondeten uit te nodigen, anders zou het erg onbeleefd zijn. Maar tot haar opluchting sloeg Franziska's kleindochter het aanbod af. Ze bedankte haar, maar zei dat ze haar oma's kamer nog klaar moest maken. Bovendien was ze bij Elkes ouders uitgenodigd voor het eten. Jürgen had eindelijk in het westen een baan gevonden waar hij veel voor voelde. Elke en hij zouden naar Hannover verhuizen.

'Tja,' zei Ulli. 'Niets aan te doen.'

Het was niet duidelijk of hij daarmee het jonge stel bedoelde dat hun geboortedorp verliet, of Jenny die niet bij hen kwam eten.

Later, toen ze samen in Mines keuken aan tafel zaten en het eenpansgerecht aten, praatten ze nog een hele poos na over de verrassende vondst, en Mine vertelde dat de Russen het landhuis destijds van boven tot onder hadden doorzocht, omdat ze wisten dat de Duitsers hun waardevolle spullen verstopten. De kisten met het zilver en de familiesieraden in de kelder hadden ze snel opgegraven.

'Aan de schilderijen hadden ze toch niets gehad,' zei Ulli. 'Die had de oude baron rustig kunnen laten hangen.'

'Je hebt geen idee,' zei Karl-Erich. 'De Russen hadden een loeihekel aan alle grootgrondbezitters, omdat ze in hun eigen land nog als lijfeigenen werden gehouden. Het waren arme donders. Ze wisten niet wat een wc was en dachten dat wanneer ze de waterkraan van de muur trokken en meenamen, ze die elders alleen maar open hoefden te draaien en er dan water uit stroomde. Ze zouden de schilderijen van de muur af hebben getrokken en hebben vernietigd. Net zoals ze met de meubels hebben gedaan. Ze hebben alles aan diggelen geslagen!'

'Karl-Erich!' maande Mine, die dat soort dingen niet wilde horen tijdens het eten.

Mücke sperde haar ogen open. Zoiets mocht je vroeger nooit over de Russen zeggen. Hooguit achter je hand. De Russen waren in de zin van het socialisme immers altijd de grote broers geweest.

'En de barones?' vroeg Ulli. 'Jenny's oma, bedoel ik. Was zij hier toen de Russen kwamen?'

'Later pas,' zei Mine, die geen zin had oude verhalen op te rakelen. 'Ze is samen met haar moeder en een paar vrouwen gevlucht. Maar het Russische leger heeft hen ingehaald en de Engelsen lieten hen niet meer binnen in hun sector. Toen zijn ze teruggekomen.'

'En toen?'

Mine keek Karl-Erich wanhopig aan. Hij kon ook wel wat zeggen, ook al had hij toen in krijgsgevangenschap verkeerd.

Karl-Erich schraapte zijn keel. 'Ze hebben toen een poos in het landhuis gewoond, maar de Russen hebben hen weggejaagd. Eerst moesten ze op dertig kilometer afstand van hun bezittingen blijven, daarna werd het landgoed onder de boeren opgedeeld en zijn de jonkers naar het westen gegaan.'

‘Vrijwillig?’ vroeg Mücke en ze kneep haar ogen tot spleetjes.
‘Geen idee,’ bromde Karl-Erich.
‘Zeker niet vrijwillig,’ zei Mine.
Er viel een stilte. Mine verzamelde de lege borden en bracht het dessert. *Rote grütze* van ingemaakte bessen met slagroom erbij.
‘Die Jenny, zij is toch…’ zei Ulli.
Mine deed zuchtend drie lepels bessengelei in zijn glazen schaaltje.
‘Zij is zwanger, inderdaad!’ bevestigde Mücke grijnzend. ‘Goed gezien, Ulli. Respect.’
Ulli werd rood van gêne. ‘En de vader?’ wilde hij weten.
‘Pff,’ zei Mücke en ze wapperde met haar hand alsof ze een lastige vlieg wilde wegjagen.
Ulli knikte en at peinzend zijn dessert op. En ook Mine liet haar gedachten afdwalen.

Franziska

December 1990

ZE WAS OVERWELDIGD GEWEEST. Na haar ontslag uit het ziekenhuis had Jenny haar een rondleiding gegeven door het huis. Drie kamers waren bijna klaar en ingericht. En dan die prachtige badkamer. Hemel, wat had die meid een goede smaak. Witte tegels met een rand van goudkleurig mozaïek. En gouden kranen. Vandaag hadden ze de gerestaureerde badkuip gebracht. Een droom was in vervulling gegaan.

Maar dat was niet het enige. Het was meer. Het was Jenny. Haar kleindochter die zo aarzelend hiernaartoe was gekomen, meteen weer was vertrokken en nu ineens, noodgedwongen, haar enorme vaardigheden ontplooide. In zoverre was het bijna een geluk geweest dat Franziska longontsteking had gekregen en een langere periode uitgeschakeld was geweest. O ja, Jenny was een Von Dranitz. Franziska's overleden moeder Margarethe zou genoten hebben van dit meisje.

'Deze oude houten vloerplanken zijn gaaf… eh, geweldig, bedoel ik,' zei Jenny enthousiast en ze wees naar de in de boenwas gezette vloer. 'We hebben alleen de dorpels moeten vervangen, die waren helemaal verrot.'

Franziska grinnikte. 'Je mag gerust "gaaf" zeggen, hoor. Het woord is me heel bekend. Het was een van de lievelingswoorden van je moeder.'

Jenny vertrok haar gezicht en Franziska begreep dat haar dochter en kleindochter een slechte verstandhouding hadden. Wat jammer. Zelf had Franziska een heel goede band met haar moeder gehad en juist daarom deed het haar pijn dat ze het zelf nooit goed had kunnen vinden met haar dochter Cornelia. Ze kon niet goed zeggen wat de reden daarvan was geweest, maar de moeder-dochterstrijd had zich blijkbaar voortgezet bij Cornelia en Jenny.

'De keuken is nog een ramp,' ging Jenny verder. 'Een inbouwkeuken van het merk DDR. Maar het fornuis werkt en de koelkast ook.'

Wat was ze trots op haar prestaties. Haar knappe kleindochter was trouwens helemaal veranderd. Ze zag er niet meer zo bleek en verhongerd uit, maar was een beetje mollig geworden en had een gezonde trek.

'Ga zitten, oma. De bank is helaas een beetje muffig, maar wel echt antiek. Biedermeier, zei de Nederlander. De stoelen hebben we geborsteld en in de olie gezet.' Ze huiverde bij de herinnering. 'Gadverdamme, ze zaten vol spinnenwebben!'

Elkes moeder zou de gordijnen naaien, ze moesten alleen nog stof kopen. En als beneden eindelijk het gemeentekantoor en de kamer van de burgemeester waren uitgeruimd, konden ze ook die ruimtes renoveren.

'Maar voor die tijd zouden we over een behoorlijke verwarming moeten nadenken. Een centrale verwarming, die de warmte voor alle kamers levert. Bovendien hebben we een basisontwerp nodig. Als dit ooit een hotel moet worden, kunnen we beter een architect inschakelen.'

Franziska ging bij Jenny op de bank zitten en knikte bij alles wat haar kleindochter zei. Inderdaad, ze dacht aan een soort hotel. Geen hotel vol toeristen, maar eerder iets kleins en fijns. Voor vermogende gasten. Waarbij ze natuurlijk wel een paar kamers voor eigen gebruik wilde houden.

Het was ongelofelijk fijn om hier naast dit jonge, enthousiaste meisje te zitten, de zachte rugleuning van de bank te voelen en uit het raam naar het park te kijken. Althans, naar de plek waar vroeger een goed onderhouden park had gelegen. Nu was alles helemaal dichtgegroeid. Het park zou opnieuw aangelegd moeten worden en er zouden een paar bomen gekapt moeten worden.

'De dakdekkers willen volgende week de dakspanen aanbrengen,' zei Jenny. 'Dan zullen we wel een gepeperde rekening krijgen. Heb je wel zo veel geld, oma?'

'Het zal wel lukken,' antwoordde Franziska ontwijkend. Ze had de bank opdracht gegeven om een aantal obligaties te verkopen die Ernst-Wilhelm vroeger had verworven. Als zelfstandige had hij natuurlijk voor de oude dag gezorgd. Hij had geld belegd, wat een goede rente opleverde. Zijzelf kreeg als zijn werkneemster bovendien een klein pensioen. Maar ze wilde vooral het huis verkopen om de opbrengst in de verbouwing van het landhuis te investeren.

'Opa en jij, jullie hebben zeker echt veel geld verdiend, nietwaar?' vroeg Jenny nieuwsgierig. 'Jullie huis in Königstein is immers niet bepaald bescheiden...'

Echt veel geld... Wat dacht dit meisje? Dat ze miljonair was? Goed, ze was geen arme vrouw. Maar geld en bezit hadden voor haar een andere betekenis dan voor de jongelui van tegenwoordig. 'Toen mijn moeder en ik destijds in het westen aankwamen,' begon ze voorzichtig te vertellen, 'hadden we ieder een kartonnen koffer. Die hadden we bij de grens gekregen. Een oude militaire deken, een jas en twee onderbroeken, dat was alles wat ik bezat. En mijn moeder heeft een paar documenten gered. Daarmee kwamen we in een opvangkamp in Hamburg terecht. We sliepen met zijn zessen in een klein kamertje.'

Jenny keek haar met opengesperde ogen aan. 'Wat? Hadden jullie alleen een kartonnen koffer bij jullie?' vroeg ze ongelovig. 'Mochten jullie geen bagage meenemen?'

Oorlog, dacht Franziska. Hoe kon ze deze jonge vrouw, die in welvaart en veiligheid was opgegroeid, uitleggen wat oorlog betekent? Willekeur. Geen wetten. Haat die op de zwakken wordt geventileerd. Op de onschuldigen. Omdat de schuldigen niet te pakken zijn.

'We waren met een hoop bagage in Schwerin op de trein gestapt, Jenny. Maar elke keer als de trein stopte, werden de deuren opengetrokken en werden we overvallen door bendes. Bij de oude mensen trokken ze de jassen en schoenen van hun lichaam en ze doorzochten de bagage. En wat ze met de vrouwen hebben gedaan, dat wil je niet weten.'

Jenny slikte. 'De Russen zeker?'

'Nee. Ze hadden allerlei nationaliteiten. Veel Duitsers, maar ook Tsjechen en Polen... Ontwortelde mannen, ex-soldaten die niets hadden geleerd behalve vechten en doden.'

Jenny stond zwijgend op om nog wat hout in de kachel te leggen. Ze keek een poosje naar de hoog oplaaiende vlammen en vroeg toen: 'Ben jij ook verkracht?'

'Ja, twee keer,' antwoordde Franziska zacht. 'Anderen hebben erger meegemaakt. Sommigen hebben het niet overleefd.' Hoe moest ze haar kleindochter uitleggen wat haar gevoelens daarover waren? Destijds werd er niet over gesproken. Toen moest je de gruwelijkheden, schaamte en vernedering in je eentje verwerken.

Jenny ging weer naast haar zitten, leunde naar achteren en legde haar handen op haar buik. 'Hoe konden jullie in hemelsnaam verder leven?' vroeg ze toonloos. 'Dat soort dingen achtervolgen je toch je hele leven?'

'We wilden leven,' zei Franziska simpelweg. 'Het is verbazingwekkend wat mensen in zich hebben. Zo veel kracht. Zo veel doorzettingsvermogen. Zo veel hoop.'

'Nu begrijp ik waarom je per se dit huis weer in jouw bezit wilde hebben.' Haar blik dwaalde door de kamer. Daarna keek ze haar oma weer aan. 'Je wilt dat het mooie beeld dat je in je hoofd hebt van een betere wereld weer bewaarheid wordt.'

'In feite is het dwaasheid, Jenny. Het lukt ook alleen als je een voorstelling in je hoofd hebt. Een helder beeld van hoe het ooit zal zijn. Als je dat heel precies voor je ziet en er rotsvast in gelooft, zal het lukken.'

'Je bedoelt een visie.'

'Ja, dat bedoel ik.' Franziska was onder de indruk. Jenny was twintig... nee, eenentwintig jaar. Toch leek ze exact te begrijpen wat Franziska wilde zeggen. Wat ze destijds hoop noemden, was in feite een visie geweest. Haar voorstelling van een betere wereld.

'En hoe ging het toen verder?' vroeg Jenny. 'Ik bedoel, nadat jullie in het westen waren aangekomen?'

Waren ze ooit aangekomen, haar moeder en zij? Oppervlakkig gezien wel. Een nieuwe woonplaats. De wederopbouw. De beginnende welvaart. En toch was het verlangen naar haar oude thuis nooit verdwenen.

'We moesten eerst in dat kamp blijven,' vertelde Franziska. 'Het was 1947, Jenny. Overal lag puin. Bijna niemand had werk. In de winter waren we blij als we het een beetje warm hadden. Ook de levensmiddelen waren nog schaars. Ik kon het kamp alleen uit omdat Ernst-Wilhelm een baan bij een aannemer kreeg. We trouwden en kregen een tweekamerflatje toegewezen. Mijn moeder wilde eerst niet, maar kwam toen toch bij ons wonen.'

Jenny staarde haar oma verbijsterd aan. Waarschijnlijk was het voor haar een afgrijselijk idee om samen met je echtgenoot en je moeder in zo'n kleine ruimte te wonen. Maar Franziska was heel blij geweest dat haar moeder bij haar was, in tegenstelling tot Ernst-Wilhelm.

'Maar opa begon zeker algauw met het opbouwen van zijn eigen bedrijf, denk ik? En toen ging het bergopwaarts?' spoorde Jenny Franziska aan om verder te vertellen.

'Ik heb eerst een dochter op de wereld gezet. Ik was toen heel blij dat mijn moeder bij ons woonde. Het ging na de bevalling helemaal niet goed met me en mijn moeder heeft me veel geholpen.' Ze herinnerde zich plotseling hoe blij ze was geweest dat ze de oude kinderwagen van een buurvrouw mocht hebben. En babykleertjes waren verschrikkelijk duur, daarom hadden ze het meeste van oude hemden en kapot ondergoed genaaid. Na de geldhervorming ging het iets beter.

'Was je blij met je baby?'

Franziska keek Jenny aan, een beetje van haar stuk gebracht door deze onverwachte vraag. Maar ze had natuurlijk weer veel te veel nare dingen verteld, waardoor het meisje de indruk had dat de wereld destijds alleen maar grauw en somber was geweest. Terwijl dat niet zo was. Ze hadden samen gegeten en gelachen. Ze hadden een kleine kerstboom versierd en elkaar cadeautjes gegeven. En ze waren blij geweest met de kleinste dingen. Een handdoek. Een bloemenvaas. Een koffiekan...

'Natuurlijk was ik blij. We waren onbeschrijflijk gelukkig met ons kind. "Een nieuw leven, een nieuw begin," zei mijn moeder. En zo was het ook.'

Jenny glimlachte en sloot even haar ogen. Ze had een besmuikt trekje om haar mond, alsof ze iets wist wat anderen niet wisten. Franziska moest aan Elfriede denken. Het koperrode haar dat altijd krulde, hoe stevig je het ook vlocht. De bleke tint. De neus... Wat gek dat Cornelia noch de neus van de Von Dranitz, noch het rode haar had geërfd.

'Het is inderdaad zo dat Ernst-Wilhelm en ik hard hebben gewerkt,' ging ze verder. 'Misschien te hard. Misschien hebben we onze dochter verwaarloosd omdat we nauwelijks aan iets anders konden denken dan aan het bedrijf. Ernst-Wilhelm kwam uit Königsberg, zijn vader had daar een fabriek gehad. Het was haast een soort dwang, Jenny. Een missie. We wilden weer de status bereiken die we ooit hadden gehad. We wilden nooit meer als arme, in lompen geklede vluchtelingen met niets anders dan een kartonnen koffer uit de trein stappen. Nooit meer door de plaatselijke bewoners voor "vreemde, onder de luizen zittende schooiers" uitgemaakt worden.' Ze zweeg, want ze merkte dat ze een sluis had geopend die beter dicht kon blijven. Het was genoeg voor vandaag. Het was trouwens helemaal genoeg. Hoe het was geweest toen de wereld instortte, kon deze jonge meid toch niet begrijpen. Het zou haar alleen maar belasten. Ze merkte plotseling dat Jenny haar hand had gepakt en er zachtjes in kneep.

'Ik ben zo ontzettend blij dat ik je nu eindelijk heb leren kennen, oma,' zei Jenny zacht. Haar stem klonk heel liefdevol. 'En dat je me al die dingen vertelt, dat is gewoon... geweldig.'

De eerste tijd die ze na het lange verblijf in het ziekenhuis weer in het landhuis doorbracht, ervoer Franziska als puur geluk. Als een beloning voor haar moed, haar doorzettingsvermogen en haar schranderheid. Ze stond bij het raam van haar voormalige meisjeskamer en keek naar buiten naar het weidse landschap. Ze zag de decembermist op de velden liggen, de dennenbosjes als donkere schimmen in de witte nevel, het met wolken bedekte meer, zwijgend, in winterse rust. Een vlucht wilde ganzen trok over het landhuis in een rustig, gestaag tempo, als een pijl op weg naar het doel. In de bomen in het park ruzieden de raven om de beste plekjes, de kraaien hupten over de akkers en waren niet eens bang voor de roofvogels die een eindje verderop in de grove dennen nestelden. 'Daarachter, in de dorpen... zie je hun kerktorens?' had haar vader ooit gevraagd, waarbij hij zijn hand op haar schouder had gelegd. 'Die horen allemaal bij het landgoed. En verder daarbuiten, achter de bosjes, daar wordt de grond vruchtbaar, daar liggen onze beste akkers...'

Ze hoorde zijn stem en meende zijn hand te kunnen voelen alsof hij nog steeds achter haar stond. Ze moest het zich goed inprenten en het nooit vergeten. Het was een uitgemaakte zaak geweest dat Jobst, de oudste, het landgoed ooit zou overnemen.

'Jij gaat trouwen, Franziska. En het ziet ernaar uit dat je naar Berlijn gaat. Maar vergeet Dranitz niet, mijn meisje...'

Ze was het nooit vergeten. Ook al was alles heel anders gelopen dan haar vader had gedacht. Zij, Franziska, was nu weer hier, stond bij het raam van haar kamer en keek uit over het landschap dat sindsdien nauwelijks was veranderd.

Een tijdje later ontstonden de eerste irritaties.

'Waarom woon je nog steeds bij Mückes ouders, Jenny? Je hebt hier op Dranitz toch een kamer?'

'Ach, weet je, oma, ik heb het niet zo op die oude meubels. En ik heb ook altijd zo veel met Mücke te bespreken...'

Franziska zei niets, maar ze was onthutst. Waarom vond Jenny die prachtige oude meubels niet mooi? Ach, die jonge mensen hadden geen idee! Nou ja, ze mocht niet onbillijk zijn. Het was een kwestie van smaak. En natuurlijk had Jenny een vriendin van haar leeftijd nodig. Er waren ongetwijfeld dingen die een jonge vrouw niet met haar grootmoeder wilde bespreken.

Toch was Franziska's gelukzalige stemming meteen verdwenen. In plaats van weemoedig in haar oude herinneringen op te gaan, kon ze zich maar beter op de renovatiewerkzaamheden richten. Ze kon tenslotte niet alles aan haar kleindochter overlaten. Het gemeentekantoor was eindelijk inclusief alle stellingkasten en dossiermappen verhuisd. De kamers stonden leeg en ze konden er dus aan de slag.

'Behangen?' vroeg Jenny en ze keek Franziska met een verbaasde, verwijtende blik aan. 'Zou je niet eerst eens het basisontwerp moeten uitwerken, oma? Ik bedoel, je wilt toch een hotel maken van het landhuis? Of was dat grootspraak om te zorgen dat de gemeente het huis voor een mooie prijs aan jou verkocht?'

Franziska was verbijsterd. Elfriede had precies zo gekeken als er een ruzie dreigde los te barsten. 'Natuurlijk wil ik dat plan echt uitvoeren,' antwoordde ze met vaste stem. 'Maar niet meteen. Het zou mijn budget behoorlijk te boven gaan. Maar over een paar jaar...'

'Als je tachtig bent,' bracht Jenny ertegen in. 'Nou, geweldig! Mücke heeft iedereen verteld dat je werkgelegenheid gaat creëren. Pospuscheit, die klootzak, heeft alweer tien mensen ontslagen!'

Franziska voelde dat haar bloeddruk omhoogschoot. Vanwaar die verwijtende toon? 'Wat praat je nou?' zei ze boos. 'Er werken hier in huis minstens vijf mensen uit het dorp, plus een installateur en een tegelzetter uit het dorp ernaast. En afgezien daarvan grazen Kalles melkkoeien gratis op mijn weiden, om nog maar te zwijgen over de varkensmest die een uur in de wind stinkt!'

Jenny leek niet in te binden. 'Als je slim bent, dan vraag je subsidie aan. Dat krijgt iedereen die hier in het oosten iets opbouwt. Maar dan moet je wel met een goed concept komen.'

'Dat hoef ik niet,' bromde Franziska. 'Ik betaal, dus ik kan doen wat ik wil.'

'Nou, goed dan,' zei Jenny zuchtend. 'Doe maar wat je wilt, oma. Maar zonder mij. Ik heb geen zin om mijn kind in een Von Dranitz-herdenkingsmuseum groot te brengen.'

Franziska staarde haar kleindochter met grote ogen aan. Wat had Jenny zojuist gezegd? 'Hoezo kind? Heb jij een kind?' stamelde ze verbluft.

Haar kleindochter rolde met haar ogen en kreunde. 'Ik heb het nog niet,' legde ze geïrriteerd uit. 'Maar ik krijg het wel.'

Op zoek naar houvast leunde Franziska tegen de deurpost. Jenny kreeg een kind. Haar kleindochter was zwanger en ze had er niets van gemerkt. Natuurlijk was haar opgevallen dat Jenny nogal gezet was geworden, maar Franziska had het toegeschreven aan het goede eten dat ze hier op het platteland kreeg. Haar blik gleed naar Jenny's gewelfde buikje. Het moest de leeftijd zijn. Blijkbaar werd je daardoor blind. 'Hoeveel maanden ben je nu?'

'Bijna zes maanden.'

'Dan komt het in...'

'April.'

Ze keken elkaar aan, Franziska nog steeds verbijsterd, Jenny licht geamuseerd.

'Heb je echt niets gemerkt?'

Franziska schudde beschaamd haar hoofd. 'Nu wordt me een hoop duidelijk. Je was steeds zo misselijk. Maar daarna was ik gewoon blij dat je niet meer zo mager was. Wat dom van me,' stamelde ze.

Jenny keek haar met knipperende ogen aan. 'En wat vind je ervan?' vroeg ze zacht. Onzeker. Tartend. Een klein beetje hoopvol.

Franziska's antwoord kwam zonder aarzelen en recht uit het hart. 'Het is geweldig, Jenny! Ik ben zo blij!'

'Echt?'

'Ja, echt!'

Franziska voelde een enorme blijdschap. Het liefst had ze luid gejubeld. Een kind! Ze omhelsde haar kleindochter, lachte, kletste allerlei onzin en ging met alles akkoord wat Jenny had voorgesteld. 'Ja, je hebt gelijk, meisje. Als het lukt met die subsidie, dan doen we dat. Een luxueus hotel met conferentiezaal en restaurant. We creeren werkgelegenheid voor de mensen in het dorp. Ja, dat gaan we doen, nu de volgende generatie er al aankomt...'

Jenny lachte opgelucht en vertelde dat het hele dorp het allang wist. Al haar vrienden hadden het gemerkt, alleen haar oma niet.

'Waarom heb je niets gezegd, meisje?' vroeg Franziska.

Jenny aarzelde verlegen, maar bekende toen grijnzend: 'Omdat mama altijd beweerde dat opa en jij erg... nou ja, eh, conservatief zijn...'

'Je bedoelt kleinburgerlijk,' onderbrak Franziska haar.

Jenny haalde haar schouders op en Franziska besloot de kwestie te laten rusten. Ze wilde de ruzie tussen Cornelia en haar dochter in geen geval verder aanwakkeren. Integendeel, ze zou zich er geduldig voor inzetten om een verzoening tussen de twee tot stand te brengen. Ten slotte werd Cornelia grootmoeder. O, hemel, en zijzelf overgrootmoeder.

De volgende dagen zaten ze vaak bij elkaar in Jenny's kamer om plannen te smeden. Ook al wilde ze er voorlopig niet wonen, het was wel Jenny's kamer. Het restaurant en alle vertrekken die erbij hoorden, moesten op de begane grond komen. In de kelder kwamen de voorraadkamers en zou een wellnessruimte met sauna worden ingericht. De slaapkamers van de gasten kwamen op de eerste verdieping, en op zolder kwamen de conferentiezalen, de suites en misschien een theatertje. In het park wilde Franziska een dressuurbak met stallen aan laten leggen. Haar kleindochter wilde het liefst een zwembad naast de sauna.

'Ik zou graag een kennis uit Berlijn willen uitnodigen voor ons kerstdiner,' zei Jenny ineens.

'Toch niet de vader van je...'

'Nee, zeker niet, oma!'

Franziska had er niets op tegen. Het was een fantastisch idee van Jenny geweest om al hun vrienden uit te nodigen. Ze had er zelf ook al aan gedacht. Een feest met de dorpelingen die haar zo voortvarend hielpen, zou een waardige afsluiting van dit opwindende jaar zijn en tegelijk een brug naar het verleden slaan.

Ze begon meteen te plannen. De grote tafel uit het magazijn van de Nederlander moest naar boven gedragen worden, net als de stoelen. Twee beddenlakens zouden als tafelkleed kunnen dienen, alleen het servies was een probleem. Haar moeders prachtige Meissnerservies met uienpatroon hadden de Russen aan diggelen geslagen en haar eigen servies was in Königstein.

'Het is heel simpel, oma,' onderbrak Jenny Franziska's gedachten. 'Iedereen neemt zijn eigen bord, bestek en glas mee.'

Dat idee vond Franziska maar niks. Maar aan de andere kant was het je reinste onzin om halsoverkop een twaalfdelig servies aan te schaffen, dus ze stemde ermee in. Ze zou echter wel samen met Mine een fantastisch diner bereiden. Uiteraard met gebraden gans, net als vroeger. Eerst karper in dille, daarna gebraden gans met knoedels en rode kool, en als dessert pudding met frambozengelei. Het dessert moest Mine klaarmaken, de twee ganzen zou Franziska na elkaar braden, aangezien er in de oven maar plek was voor één gans. Als de tweede in de oven zat, moest de eerste in een kist met hete bakstenen en handdoeken warm gehouden worden. Zo had de kokkin het vroeger ook gedaan.

Op de ochtend van de vierentwintigste ging om negen uur 's ochtends de bel. Falko blafte opgewonden en kalmeerde pas toen Franziska hem scherp terechtwees. Ze had de postbode of Kalle verwacht, die rond deze tijd meestal een kan verse melk bracht en de gang met een sterke koeienstalgeur vulde, maar voor de deur stond een slanke, donkerharige man met mooie blauwe ogen, die zich uitgesproken beleefd en welopgevoed voorstelde.

'Ik heet Woronski, ik ben een kennis van mevrouw Jenny Kettler. Ik hoop dat ik niet te vroeg ben...'

Een Pool. Nou ja.

'Zeker niet, jongeman. U bent precies op tijd voor het ontbijt, mijn kleindochter kan hier elk ogenblik zijn...'

'O, neemt u me niet kwalijk, mevrouw Von Dranitz.'

'Ik heet Kettler.'

'O, pardon.'

Wat een vriendelijke man. Hij leek alleen bang te zijn voor honden. Op haar aanwijzing liep hij naar de Konsum om verse broodjes te halen en dekte hij uiterst nauwkeurig de tafel. Toen de geur van verse koffie door de kamers trok, hoorde Franziska Jenny door de voordeur binnenkomen en even later stond ze in een spijkerbroek en een wijd, gebreid vest in de salon.

'Hé, Kacpar! Fijn dat je er al bent! En? Hoe vind je het hier?'

O jee, zijn ogen puilden uit van blijdschap. Hij leek zich totaal niet te storen aan Jenny's duidelijk zichtbare buikje. Hij liep voorzichtig naar haar toe, trok haar ter begroeting in zijn armen en kuste haar rechts en links op haar wang. 'Nou,' zei hij toen hij haar weer had losgelaten. 'Dit gebouw heeft zonder twijfel karakter. Hier kun je echt wat van maken. Vooral van het terrein eromheen. Hoort het meer er ook bij?'

Hij was architect! Langzaam begon het Franziska te dagen waarom Jenny deze aardige jongen hiernaartoe had laten komen.

Na het uitgebreide ontbijt liepen ze met z'n tweeën door het hele huis. Ze bekeken het van de kelder tot aan de zolder, en leken een hoop met elkaar te bespreken te hebben.

De tafel zag er met de vele verschillende borden en glazen kleurrijk uit. Niets paste bij elkaar en toch was de totale indruk op de een of andere manier heel harmonieus. Mücke en Jenny serveerden de eerste gang en iedereen proostte op de gastvrouw en smulde van de heerlijke karper in dillesaus. Daarna probeerde Jenny 'O, dennenboom' in te zetten, maar de poging mislukte doordat Falko per se mee wilde zingen, waardoor iedereen begon te lachen.

'Wat jammer dat Ulli niet kon komen,' zei Mine toen Kalle gebraden gans nummer één binnenbracht.

Franziska stond op om een korte toespraak voor haar gasten te houden. Ze zei dat ze zich gelukkig prees dat ze het huis van haar voorouders met nieuw leven mocht vullen. En dat het zo fijn was dat ze zo veel lieve vrienden om zich heen had verzameld. 'Dit huis is in de negentiende eeuw gebouwd, het heeft vele generaties zien komen en gaan, maar het staat nog altijd fier overeind...'

Op dat moment kraakte er iets boven haar. Er dwarrelde wit stof naar beneden en er vielen een paar brokken kalk van het plafond. Iedereen gilde van schrik. Mine wierp zich beschermend over de schaal met gebraden gans, architect Woronski schudde kalkschilfers uit zijn haar.

Franziska verstijfde van angst en staarde naar het plafond, waar meerdere donkere vlekken en gaten te zien waren. Falko kroop uit voorzorg onder de tafel.

'Ik zei het je toch,' fluisterde Kacpar tegen Jenny, die naast hem zat.

'Jij met dat stomme pessimistische gedoe van je,' snauwde ze.

'Er zit niks anders op,' hield hij vol. 'De hele dakconstructie is vermolmd, die moet vervangen worden. En de muren en vloeren op de eerste verdieping ook. Alles moet vernieuwd worden...'

'Nou, proost dan maar!' zei Karl-Erich droog.

Dagboek van Elfriede von Dranitz

5 augustus 1944

In deze afschuwelijke dagen, waarin er tussen ons allen een dodelijke stilte heerst, heb ik het teruggevonden. Het was toeval. Ik ging met Mine naar de zolder om een paar afgedankte kleren te halen, die we daar in de reiskisten bewaren. Omdat er nu zo weinig te koop is, naaien we jasjes en rokken van de oude spullen. En daar lag het tussen mama's witte zomerjurk en Franzi's bolero. Het rook sterk naar mottenpoeder, dat we vanwege papa's wollen kamerjas in de kist hadden gestrooid, maar het was onaangeroerd. Het touwtje dat ik eromheen had gebonden zat nog strak dichtgeknoopt. Mijn oude dagboek.

Wat heb ik daar een hoop onzin in geschreven! Toen ik het doorbladerde, moest ik vaak glimlachen of mijn hoofd schudden. Er waren ook passages waar ik me voor schaamde en ik overwoog serieus om de bladzijden eruit te scheuren. Maar uiteindelijk heb ik het niet gedaan. Omdat dit dagboek mijn enige, echte vriend is en omdat ik eerlijk tegen hem wil zijn. Er is niemand in huis aan wie ik mijn gedachten en gevoelens kan toevertrouwen. Aan mama niet en aan papa ook niet. Aan Franzi al helemaal niet, en aan Brigitte en mijn grootouders ook niet. Ook aan Mine niet. Alleen aan Heini. Ja, Heini was mijn enige vertrouweling. En nu is het dit boek.

Ze zwijgen. Ze ontwijken me, zeggen vriendelijke, maar onbelang-

rijke dingen en gaan niet in op mijn vragen. Het is alsof ik tegen een muur op loop waar ik niet doorheen kom. Ik strek mijn armen uit en mijn hand raakt een doorzichtige scheidingswand. Ik zie ze glimlachen, vol medelijden, vragend om begrip, maar tegelijkertijd afwijzend. Laat ons met rust, Friedchen. Val ons niet lastig met je vragen. Er valt niets te zeggen.

Er is alleen maar die stilte. Die verstarring.

De arme Brigitte sluipt rond als een geluidloze schim. Sinds ze het kind is verloren, is ze de hele tijd ziekelijk geweest en niemand weet hoe ze de nieuwe klap zal verwerken.

Ze is sinds drie maanden weduwe. Ook mijn broer Jobst is gesneuveld. We kunnen hem niet begraven omdat zijn levenloze lichaam ergens bij Sebastopol ligt en de Russen de gevallen Duitse officieren niet vrijgeven. Het nieuws van zijn dood werd door twee van zijn kameraden overgebracht. We ontvingen ze in mama's salon en serveerden hun thee en gebak. Er heerste een vreemde sfeer omdat ze zo lang aarzelden voordat ze met het nieuws op de proppen kwamen. Ze hadden het er duidelijk heel moeilijk mee. Toen ze het uiteindelijk vertelden, bleef Brigitte verstard zitten, alsof het haar allemaal niets aanging. Mama omhelsde haar en Franzi trok mij tegen zich aan. Grootvader begon te tieren. Zijn kleinzoon was voor het vaderland gevallen. Voor het vaderland, niet voor Adolf Hitler. Voor hem had hij niet gevochten. Geen enkele Von Dranitz was ooit voor die parvenu te velde getrokken. Alleen voor de keizer en voor ons Duitse geboorteland. Het kostte mama en Franzi moeite om hem te kalmeren en nadat papa hem naar buiten had geleid, zei Franzi tegen de twee officieren dat haar grootvader in de war was, dat het verdriet hem van zijn verstand had beroofd. Ze deden alsof ze dat goed konden begrijpen, maar later vertelde Liese, die de twee in de entreehal hun mantels en petten had gebracht, dat ze 'verbijsterd' waren en gezegd hadden dat 'deze lui' in de gaten gehouden moesten worden.

Dat was in mei. Het was vreselijk. We waren allemaal terneergeslagen en hoopten dat de oorlog gauw voorbij zou zijn. Maar toen was die glazen wand er nog niet tussen ons. We praatten met elkaar. Mama, Franzi en ik. We huilden samen en zorgden voor Brigitte. Ze werd steeds magerder en de donkere kringen onder haar ogen werden steeds zwarter, maar ze beweerde dat het goed met haar ging en dat we ons geen zorgen hoefden te maken.

Franzi kreeg regelmatig post van haar verloofde. Als er een brief voor haar kwam, pakte ze hem meteen en liep ermee naar boven om zich op haar kamer op te sluiten. Ze liet Walters brieven aan niemand zien en verstopte ze zo goed dat ik ze niet kon vinden. Ja, ik weet het, het is niet netjes om brieven te lezen die voor een ander zijn bestemd, maar ik had het toch gedaan. Al was het maar om zijn handschrift te zien. Om het papier te voelen dat zijn handen hadden aangeraakt. Om in vervoering te raken door zijn woorden, ook al waren ze niet voor mij bestemd. Dat ben ik immers gewend. Hij houdt van Franzi. Ik ben alleen maar het kleine gemene zusje dat de bruiloft heeft verhinderd. Tenminste, dat zegt Franzi. Ze beweert dat het mijn schuld is dat Walter de bruiloft heeft uitgesteld. Hij zou bang zijn dat ik me weer in het water stort of iets anders stoms doe. Maar dat is niet waar. Franzi vergist zich. Ze weet niets, maar dan ook helemaal niets van hem. Alleen ik heb gemerkt hoe erg Walter was veranderd toen hij uit Rusland terugkwam. Dat is ongeveer tweeënhalf jaar geleden, in februari 1942, toen hij voor een korte verlofperiode naar Dranitz kwam. Hij was een ander mens geworden. Ik zag het aan zijn ogen. Om zijn mond zat een vreemd trekje en zijn stem klonk zachter en ernstiger. Franzi was zo verliefd dat ze er niets van heeft gemerkt. Ze was zo gelukkig dat hij weer bij haar was. Waarschijnlijk hoopte ze dat ze nu snel konden trouwen, maar hij vroeg haar om tot na de oorlog te wachten. Dat begreep niemand op Dranitz, want juist vanwege de oorlog trouwden mensen zo snel mogelijk. Stiekem zijn veel families van mening dat de mannen, als ze al ten strijde moeten trekken en moeten sterven, in elk geval van tevoren nog kinderen moeten verwekken.

O, wat heeft ze me aangevallen, mijn grote zus. Wat deed ze gemeen tegen me. 'Gemeen kreng,' noemde ze me. 'Jaloers mens.' Ik zou haar liefde kapot hebben gemaakt. Haar levensgeluk hebben verstoord. God zou me daarvoor met het hellevuur straffen. Ze ging zó ver dat mama me uiteindelijk in bescherming nam en papa zei dat ze beter naar zichzelf kon kijken. Als majoor Iversen niet wilde trouwen, kon het ook liggen aan het feit dat ze maandenlang in haar eentje in Berlijn had vertoefd om fotografe te worden, wat totaal niet gepast was voor een fatsoenlijke jongedame. Franzi had haar opleiding na nog geen vier maanden afgebroken en was teruggegaan naar Dranitz. De reden daarvoor had ze alleen aan mama verteld en die zweeg erover. Helaas. Het is vreselijk om de jongste in het gezin te zijn, want je wordt je hele leven als een klein kind behandeld.

Maar dat alles heeft niets te maken met de grote, sombere stilte die sinds twee weken in het landhuis elk geluidje en elke beweging verstikt en me de adem beneemt. Ik weet dat mijn ouders en Franzi bezorgd op gedempte toon met elkaar praten, maar als ik de kamer in kom, glimlachen ze naar me en beginnen ze over de oogst of de nieuwe rentmeester. Heinemann heet hij. Hij heeft een stijf been en hoeft niet naar het front.

Maar het verwarrendst vind ik dat ik soms midden in de nacht wakker word en Franzi in de kamer naast me hoor snikken. Dan ben ik verschrikkelijk bang en vouw ik mijn handen ineen om te bidden. Ik geloof niet dat God ons zal helpen, maar bidden is het enige wat ik kan doen.

8 augustus 1944

Het is duidelijk. Het afgrijselijke scenario dat boven ons hoofd hing, is werkelijkheid geworden. Ze hebben mijn ouders en Franzi opgehaald. Of we ze ooit nog terugzien, is ongewis. Maar één ding is zeker: Walter zal terechtgesteld worden. Misschien is hij allang dood.

Het gebeurde vanochtend, toen ik op onze begraafplaats was om verse bloemen te brengen bij Heini. Ik ga elke dag naar hem toe om hem te vertellen wat er in me om gaat. Vandaag had ik hem verteld dat ik me zo ellendig voel en hij troostte me. Rustig maar, zus, het gaat voorbij. Ze bedoelen het niet slecht, ze houden van je en willen je beschermen. Ik kreeg een beetje ruzie met hem omdat hij me ook als een kind behandelde, maar ineens zag ik de grijze legervoertuigen. Het waren er twee. Een kleinere waar de officieren in rijden en een open troepentransportwagen waar minstens twintig soldaten in zaten.

'Blijf hier,' fluisterde Heini tegen me. 'Ga niet naar het landhuis terug. Hier ben je veilig, Friedchen.' Maar ik hield het niet uit en ben door het park naar het rentmeesterhuis gelopen. Ik belde aan, maar er werd niet opengedaan en daarom ben ik doorgelopen, tot een van de soldaten die voor de voordeur van het landhuis de wacht hielden, me zag. Toen kwamen ze naar me toe en brachten me naar binnen.

In het huis was overal lawaai, soldaten liepen heen en weer, een tweede luitenant blafte bevelen. Ze brachten me naar mama's rode salon, waar ik moest wachten. Ik ging op een stoel zitten en had het gevoel dat ik in een vreemde droom zat. De deur naar papa's werkkamer stond op een kier en ik zag dat ze zijn bureau doorwoelden. Ze trokken alle laatjes eruit en kiepten ze boven het tapijt om, de dossiermappen vielen open. Vanuit de groene salon klonken stemmen. De ene was van een onbekende man, die klonk snijdend en boos, de andere stem was van Franzi. Zij sprak rustig en zacht.

Net toen ik dacht dat ze me vergeten waren, kwam er een majoor binnen. Hij was geïrriteerd en zweette in zijn uniform. Of ik Elfriede von Dranitz was en zo ja, waarom ik me voor hen had verstopt? Ik zei tegen hem dat ik me niet had verstopt, maar dat ik zoals elke ochtend naar ons familiegraf was gegaan om met mijn broer te praten.

'Met welke broer?'

'Met Heini. Heinrich-Ernst von Dranitz. Hij was tweede luitenant en is vier jaar geleden gesneuveld.'

De majoor staarde me aan en ik had het gevoel dat hij me met zijn blik kon doorboren. 'U hebt dus met een dode gepraat... Nou ja. Wat was uw relatie met majoor Walter Iversen?'

Ik begreep niet waarom hij dat vroeg, maar ik was vastberaden om zo min mogelijk prijs te geven. 'Hij was met mijn zus verloofd,' antwoordde ik daarom.

'Werd de verloving verbroken?'

'Dat weet ik niet.'

Hij wilde weten hoe vaak Walter op landgoed Dranitz was geweest. Welke gesprekken er waren gevoerd. Of er een regelmatige briefwisseling was. Ik zei telkens dat ik het niet wist. Gelukkig beschouwde hij me ook als een kind, want hij geloofde me. 'De geniepige aanslag op onze geliefde Führer zal ook gevolgen hebben voor uw familie, juffrouw Von Dranitz. Hoe eerlijker u bent, hoe beter het voor u is,' zei hij met zijn harde stem.

Ik had er in de krant over gelezen, maar er niet veel belang aan gehecht. Er was immers niets gebeurd met de Führer. Er werd gezegd dat de samenzweerders keihard aangepakt zouden worden.

Was Walter soms een van de aanslagplegers? Was dat wat ze voor mij verzwegen hadden? Was dat de reden van die glazen wand?

'Hoe oud bent u, juffrouw Von Dranitz?'

'Achttien...'

'O,' zei hij traag. 'Ik had u jonger ingeschat.' Hij schreef iets in een zwart notitieboekje, klapte het dicht en stopte de pen in het borstzakje van zijn uniformjasje. 'U blijft voorlopig hier!' bepaalde hij en hij liep de rode salon uit.

Ik stond bij het raam en zag dat ze mama en papa afvoerden. En vervolgens ook Franzi. Ze moesten alle drie in de troepentransportwagen stappen en zaten daar tussen de soldaten als opgepakte misdadigers. Het was verschrikkelijk om aan te moeten zien. Maar nog erger was de gedachte dat ze majoor Walter Iversen ongetwijfeld zouden executeren.

Toen ze weg waren, liep ik heel voorzichtig de kamer uit. Ik durfde nauwelijks te lopen en voelde me een vreemde in het huis waar ik sinds mijn geboorte woon. De ordening van de dingen was verstoord, de harmonie van de vertrekken verbroken, door vreemde handen om-

woeld, de inhoud van de kasten en ladekasten lag op de grond, prijsgegeven aan onbevoegde ogen. Mine kwam vanuit de keuken naar boven, haar ogen waren rood van het huilen. Ze hadden de personeelsleden beneden verhoord en hun verboden de keuken te verlaten.

Grootvader zat in de jachtkamer en had een glazige blik omdat hij zijn woede in perenlikeur verdronk.

'Een officier die zijn opperbevelhebber van achteren wil opblazen, dat is een verachtelijke verrader. Een lafaard die zijn eed schendt,' schold hij. 'En dan heeft die idioot hem niet eens geraakt!' voegde hij eraan toe en hij sloeg het volgende glas achterover.

19 augustus 1944

Vandaag is papa weer bij ons teruggekomen. Rentmeester Heinemann moest hem in Waren van het station ophalen, net als mama en Franzi. Zij waren eergisteren al vrijgelaten, maar papa hielden ze nog twee dagen langer in hechtenis. Toen hij uit de auto stapte, liep Franzi naar hem toe en omhelsde hem. Mama wachtte in de salon. Ze wilde niet dat de personeelsleden zagen hoe zij elkaar bij het weerzien omarmden. Papa zei niet veel. Hij nam mij ook in zijn armen en het was vreemd omdat hij raar rook en zijn wangen bedekt waren met witte stoppels.

'Mine heeft het bad voor je vol laten lopen,' zei mama.

We hadden inmiddels opgeruimd en de beschadigde spullen weggehaald, maar we wisten dat het op landgoed Dranitz nooit meer zo zou zijn als vroeger. 's Avonds zaten we zwijgend in de eetkamer. Grootmoeder lag in bed en ook Brigitte was te zwak om op te staan.

'Waarom hebben jullie mij niets verteld?' wilde ik weten.

Mama legde uit dat er niets te vertellen viel. Wat Walter Iversen ook gedaan of geweten had, hij had het aan niemand van de familie verteld. Ook niet aan Franzi.

'En waarom heb je gisteren dan al zijn brieven verbrand, Franzi?'

Ze werd boos en beweerde dat het me niets aanging. Ze had het gedaan omdat Walter dat in zijn laatste brief aan haar had gevraagd.

En mama smeekte me om het aan niemand te vertellen. Ik geloofde hen niet. Ze logen tegen me.

'Jullie wisten het gewoon. Waarom deden jullie allemaal zo raar?'

Ze begrepen eerst niet wat ik bedoelde. Toen zei papa dat een goede vriend hem vlak na de aanslag had gebeld en gewaarschuwd. Majoor Iversen zou contact hebben gehad met de aanslagplegers, daarom moesten ook zijn verloofde en haar familie rekening houden met de mogelijkheid dat ze in de problemen konden komen.

'We waren van mening dat het, als er iets ergs zou gebeuren, beter voor je was als je niets wist, Friedchen,' zei mama. 'Je handelt vaak zo overhaast en ondoordacht, we maakten ons zorgen dat je jezelf in gevaar kon brengen.'

Het is altijd hetzelfde. Ze beschouwen mij als een onnozel kind dat je niets belangrijks mag toevertrouwen. Toen Franzi mijn leeftijd had, gingen ze met haar heel anders om. Franzi was altijd de verstandige, grote meid die door de volwassenen in vertrouwen werd genomen.

'Het lijkt erop dat we de dans voorlopig nog net ontsprongen zijn,' zei papa en hij keek ons een voor een aan. 'Moge God zorgen dat het zo blijft. Laten we het glas heffen op ons thuisland. Op eer en gerechtigheid. En op een spoedig einde van de oorlog!'

We proostten met elkaar en dronken met een ernstig gezicht. Franzi nam maar een piepklein slokje. Ze kreeg amper een hap door haar keel en vroeg mama of ze naar haar kamer mocht.

'Wat is er met majoor Iversen gebeurd?' vroeg ik bezorgd.

Papa wachtte met zijn antwoord tot Franzi de eetkamer had verlaten en keek me toen aan. Nu hij zich had geschoren, viel me pas op hoe vaal zijn huidskleur was en dat hij wallen onder zijn ogen had.

'We zullen hem waarschijnlijk niet meer terugzien, Friedchen…'

3 september 1944

Franzi is een week geleden naar Berlijn gegaan. Ze heeft het stiekem en zonder toestemming van onze ouders gedaan. Grootmoeder, die al seniel is en niets begrijpt, heeft haar het benodigde geld gegeven. Franzi had tegen haar gezegd dat ze haar bruidsjurk wilde laten naaien en stof moest kopen.

Het was gemeen van Franzi om de oude vrouw zo om de tuin te leiden, maar ik begrijp haar wel. Een tijdlang heb ik ook overwogen om hem te gaan zoeken en hem misschien zelfs te helpen. Als hij nog geholpen kan worden… Ach, ik heb zo vaak gedroomd dat ik hem uit zijn donkere gevangenis bevrijd, met hem door de nachtelijke straten van de grote stad sluip en hem naar de vrijheid ontvoer. Dan gaan we in Bremerhaven aan boord van een schip en varen we naar Amerika. Of naar Australië. Of naar Indië. We wonen in een hutje aan zee en voeden ons met vruchten. Of we gaan in een blokhut wonen, zoals de farmers in Amerika bouwen. En dan is hij van mij. Mijn geliefde. Voor altijd en eeuwig. Ja, ik ben een dromer, maar dromen is het enige wat voorkomt dat ik gek word van de wanhoop. Franzi is geen dromer. Zij pakt dingen aan, zij zorgt dat ze krijgt wat ze wil. Alleen zal ze dit keer met lege handen thuiskomen.

Gisteren ontvingen we een brief uit Berlijn. Het was een gerechtelijk vonnis. Walter Iversen is als verrader en aanslagpleger veroordeeld tot de strop. Het vonnis is op 30 augustus voltrokken.

Ik ben een gemeen, boosaardig en slecht mens. Ik beken het ook alleen hier, in mijn dagboek, want ik heb beloofd dat ik eerlijk zou zijn. Walter is dood. Niets en niemand kan hem terugbrengen. Hij is voor altijd weg. En toch ben ik opgelucht. Franzi zal niet met hem trouwen, ze zullen nooit een gelukkig liefdespaar zijn, nooit samen kinderen krijgen. De kwelling is voorbij. Het lot is gruwelijk, maar rechtvaardig. Ik mocht hem niet hebben en nu zal Franzi hem ook niet krijgen.

Ze is nog steeds in Berlijn, waar ze bij onze oom en tante logeert, en heeft al twee keer gebeld. Waarschijnlijk komt ze binnenkort naar Dranitz terug. Van mij mag ze rustig nog een tijdje wegblijven, want het is veel fijner zonder haar.

'Nu hebben we alleen jou nog, mijn Friedchen,' zegt mama telkens.

Mama en papa vertroetelen en verwennen me. Het is eigenlijk heel droevig, want vroeger zaten we met zo veel mensen aan tafel. Jobst en Heini zijn er niet meer en nu is Franzi er ook niet. Maar Brigitte vermant zich. Ze staat elke ochtend op, kleedt zich aan en is er elke maaltijd bij. Ik ben ineens het lievelingetje van mijn ouders. Het laatste kind dat ze nog hebben. Het kleintje dat ineens volwassen wordt. Het meisje op wie alle hoop is gevestigd.

Het is fijn om eens hun volledige, onverdeelde liefde te hebben.

2 oktober 1944

Gisteren kregen we bezoek van tante Susanne en oom Alexander. Ze hebben een landgoed in de buurt van Königsberg in Oost-Pruisen. Als kind gingen we daar in de zomer vaak naartoe en dan zwommen we in de Oostzee. Tante Susanne is mama's oudere zus. Omdat ze geen kinderen kan krijgen, hebben ze het er weleens over gehad of Heini misschien zin zou hebben om landgoed Hirschhausen over te nemen. Maar dat gaat niet meer.

Helaas bleven ze maar drie dagen, maar het was toch een fijne tijd die voor ons een afleiding vormde van alle treurige dingen. Ik vond het ook helemaal niet meer erg dat Franzi weer terug is. Integendeel, we kunnen het nu heel goed met elkaar vinden. We maken samen lange wandelingen en praten over van alles en nog wat. Maar nooit over Walter.

Onze kokkin Hanne heeft zichzelf overtroffen en ondanks de schaarse levensmiddelen heerlijke soepen en zelfs hazengoulash op tafel getoverd. En papa heeft de beste wijn uit zijn geheime voorraad in de kelder gehaald. Helaas moeten we heel veel levensmiddelen afgeven. Ook onze boter wordt van ons afgepakt en binnenkort zullen ze de laatste varkens en runderen uit de stallen halen. Tante Susanne vertelde dat het in Oost-Pruisen niet anders was. Bovendien hadden zij nog Poolse dwangarbeiders op het landgoed die allemaal te eten moesten krijgen. Bij ons zijn het de Fransen. Maar het zijn aardige mensen, ze groeten ons vriendelijk en werken hard. Ik geloof dat ze blij zijn dat ze niet hoeven te vechten.

's Avonds zaten we met z'n allen in de jachtkamer en vertelden we elkaar oude verhalen. We hebben veel gelachen, wat ik later raar vond, want het is immers een droevige tijd. Maar misschien heb je juist als het onheil je in de greep houdt, een sterk verlangen naar vrolijkheid en luid gelach. Tante Susanne vertelde dat grootvader en grootmoeder Wolfert nog steeds gezond zijn, maar inmiddels vreselijk vergeetachtig. Grootvader was onlangs vergeten zijn broek aan te trekken en verscheen in zijn onderbroek aan het ontbijt.

Later, toen Brigitte en Franzi al naar boven waren gegaan, praatten ze over de oorlog. De Russen zouden dicht bij de grens zijn, vertelde oom Alexander. Er waren al mensen in Oost-Pruisen die hun spullen bij elkaar pakten om naar het westen te vluchten.

'Een schande!' riep tante Susanne. 'Als je zoiets doet, dan speel je de vijand in de kaart. Wij, Alexander en ik, zullen onze geboorteplaats nooit verlaten.'

'Dat zal van ons ook niemand doen,' zei papa en mama knikte erbij.

Maar natuurlijk hebben wij makkelijk praten. Wij zitten in Mecklenburg, op een dag reizen van Berlijn. Hier komen de Russen niet zo gauw.

24 december 1944

Ik heb een krans van dennentakken voor Heini gevlochten en vanochtend vroeg op zijn graf gelegd. We gaan straks met zijn allen naar het kerstspel in de school kijken en daarna delen we de geschenken uit aan de personeelsleden. Het is bitter koud, de thermometer geeft min acht graden aan. Morgen gaan we net als elk jaar naar de kerk. Ook de Fransen krijgen dan een kerstcadeau, dat heeft papa vorig jaar ook gedaan en dit jaar zullen we dat uit zijn naam ook zo doen.

Papa is vier weken geleden opgeroepen voor de Wehrmacht. Terwijl hij al vijfenvijftig is. Het ergste voor hem was echter dat ze hem zijn officiersrang ontnomen hadden. In de vorige oorlog was hij ritmeester, maar nu moet hij als eenvoudige soldaat vechten. Niemand zei het hardop, omdat we Franzi niet wilden kwetsen, maar ze hebben dit papa aangedaan omdat zijn dochter met een aanslagpleger verloofd is geweest.

Ik heb niet veel tijd om in mijn dagboek te schrijven. In het landhuis zijn vier gezinnen uit Oost-Pruisen ondergebracht, van wie drie met kleine kinderen. Bovendien moeten we voor onze zieke grootmoeder zorgen. Mine en Liese redden het niet in hun eentje en Hanne is ook overbelast, dus we moeten allemaal meehelpen. Het is goed zo, want het werk leidt af van het verdriet.

20 januari 1945

Er ligt een laagje sneeuw en de grond is bevroren. Het kostte de Fransen veel moeite om het graf voor grootmoeder in de aarde te hakken. Ze is nog in het vorige jaar overleden, op 28 december. Nu liggen er twee oude mannen in de kapel, ze kwamen met de vluchtelingenstroom uit Oost-Pruisen en zijn hier in het landhuis overleden.

Alles is anders geworden. We worden overspoeld met vluchtelingen. Ze liggen in alle kamers op zolder, en ook in de zaal hebben we bedden en scheidingswanden voor ze opgesteld. We moeten constant stoken. Het zijn heel verschillende mensen. Sommigen gedragen zich beleefd. Dat zijn ontwikkelde mensen. Een lerarenechtpaar met twee dochters, een jonge vrouw die orgel kan spelen en twee oude vrouwen die onderweg hun familie zijn verloren. Maar er zijn ook andere mensen, die nog nooit een toilet of nachtpot hebben gezien en hun behoefte vanwege de kou gewoon in een hoekje van de kamer doen. Ze liggen de hele dag op hun veldbed te wachten totdat wij ze wat te eten komen brengen. En dan worden ze nog brutaal ook. Ze eisen sterkedrank en zeggen dat we toch rijk zijn en hun gebraden kip en rode wijn kunnen serveren.

Het is moeilijk om kalm te blijven. Mama heeft gezegd dat het onze plicht als christenen is om al deze arme mensen die hun thuis zijn verloren, onderdak te verlenen en eten te geven. Maar Mine zei beneden in de keuken dat we sowieso geen andere keus hebben dan deze vele monden te voeden, want als we het niet vrijwillig deden, dan zouden ze zelf pakken wat ze nodig hebben en nog veel meer.

Was papa maar bij ons, dan zouden we ons allemaal veiliger voelen. Maar we horen niets van hem en grootvader is helemaal in de war. Sinds grootmoeder is overleden, zit hij alleen nog in de jachtkamer voor zich uit te staren. Als iemand de kamer binnenkomt, vraagt hij of de bruidegom al is gekomen. Niemand weet wat hij daarmee bedoelt.

8 februari 1945

Er rijden soldaten van de Wehrmacht door Dranitz. Gisteren zijn ze hier gestopt en hebben de officieren met ons in de jachtkamer gegeten. Franzi heeft een paar flessen wijn uit papa's geheime voorraad in de kelder gehaald en we waren allemaal erg uitgelaten.

Later, toen ze weer weg waren, reden er meerdere vrachtwagens waarin gewonden werden vervoerd door het dorp. Mine zegt dat ze de arme jongens heeft horen schreeuwen en kermen. In de kapel liggen nu al vier doden. We kunnen ze niet begraven omdat de grond bevroren is.

Er komen steeds meer vluchtelingen. In Oost-Pruisen gaan de Russen tekeer. Er wordt gezegd dat ze alle mannen doodslaan en de vrouwen verkrachten. Zuigelingen smijten ze tegen de muur. We hebben geen nieuws van tante Susanne en oom Alexander. Mama maakt zich heel erg zorgen om haar zus.

13 februari 1945

Propagandaminister Goebbels heeft een radiotoespraak gehouden. Hij zei dat we allemaal moeten aantreden voor het laatste, beslissende gevecht om de eindoverwinning binnen te slepen. De telefoonverbinding met Berlijn is verstoord. Er wordt gezegd dat onze steden gebombardeerd worden. Franzi ligt in bed, ze heeft hoge koorts. In haar kamer wonen drie vrouwen uit Pillau, een van hen zorgt voor Franzi. Ik moet nu naar de kachels gaan kijken, we hebben bijna geen hout meer.

16 maart 1945

Vandaag is onze arme Brigitte overleden. Ze heeft zich tot op het laatst met heel veel discipline staande gehouden en ons geholpen waar ze maar kon. Maar vannacht is ze rustig ingeslapen. Mama zegt dat ze nu bij onze Jobst en haar ongeboren kindje is.

20 maart 1945

Ik heb heel lang naar mijn dagboek lopen zoeken en vreesde al dat ik het kwijt was. Het is een komen en gaan op landgoed Dranitz. Nu het iets warmer is geworden, gaan veel vluchtelingen op weg naar familie of vrienden bij wie ze hopen te kunnen verblijven. Er wordt gefluisterd dat de Russen helemaal naar Berlijn zullen oprukken. Dan zouden ze ook hiernaartoe komen…

Een van de Wehrmachtofficieren die drie dagen geleden bij ons is geweest, heeft mama geadviseerd dat we beter onze spullen kunnen pakken.

2 april 1945

Papa is weer bij ons! We zijn allemaal ongelofelijk gelukkig. Hij is gewond aan zijn schouder en aan zijn rechterknie, en is helemaal uitgeput. We moeten hem in de kelder verstoppen, zodat niemand hem ziet.

10 april 1945

Nieuwe colonnes vluchtelingen verplaatsen zich moeizaam door de straten. Daartussen rijden voertuigen van de Wehrmacht die de mensen dwingen de weg voor hen vrij te maken. Het kost de uitgeputte vluchtelingen oneindig veel moeite om opzij te gaan. Hun paarden zijn vermagerd en zwak, ze kunnen de last haast niet trekken. Papa heeft tegen Franzi gezegd dat we de twee koetsen moeten nemen en de ruin en de merrie moeten voorspannen. Rentmeester Heinemann kan rijden, de leraar uit Oost-Pruisen kan de andere koets nemen.

Mama heeft geweigerd het landgoed te verlaten. Ook ik zal blijven. Niemand krijgt mij hiervandaan.

10 mei 1945

Je kunt ze al horen. Hun geweren dreunen en denderen als een verre donder. Soms beeft de aardbodem. Als ik boven uit een van de dakramen kijk, zie ik ze in de verte op de heuvels. Grijszwarte pantservoertuigen, vrachtwagens, mannen. Telkens weer wordt er geschoten. Ze hebben twee van onze dorpen overrompeld en komen nu als een zwarte, onheilspellende golf op het landhuis af.

Franzi en mama hebben lang gesmeekt, maar ik ga niet met hen vluchten. Ik blijf bij papa en grootvader in het landhuis.

Vanochtend vroeg zijn de twee koetsen weggereden, helemaal beladen met kisten en beddengoed, kookgerei, levensmiddelen en mama's sieraden. Het zilver hebben we in de kelder begraven.

We hebben twee dode vrouwen en een meisje uit het meer getrokken. Ze hebben zichzelf verdronken uit angst voor de Russen. Liese zegt dat ze niet de enigen zijn... Papa is naar het dorp gegaan en heeft hun verboden zo'n zonde te begaan. 'Het leven van ons allen ligt in Gods hand,' zei hij. 's Avonds heeft hij me een broek, een hemd en een half gescheurd jasje gegeven. Ik heb mijn haar afgeknipt en ben nu een jongen. Friedel, de stalknecht. Ik moest lachen toen ik mezelf in de spiegel zag met de gehavende kleren en de scheve pet op mijn hoofd.

Ik heb mijn dagboek in de stal onder de voederkist verstopt. Al zouden ze het vinden, ze kunnen geen Duits lezen.

Ik ben niet bang voor de Russen. Papa is bij me. En Heini heeft ook beloofd me te beschermen.

Jenny

Februari 1991

JENNY HAD EEN HARDE strijd achter zich. Tjonge, wat kon oma koppig zijn. Ze zei dat ze Dranitz nooit zou verlaten! En dat ze nooit toestemming zou geven om het huis tot de grond toe af te breken. Daarvoor was ze niet hiernaartoe gekomen. Ze wilde het behouden, weer opbouwen, renoveren, restaureren, maar natuurlijk niet slopen. 'Alleen over mijn lijk!' had ze geroepen.

Maar Jenny was ook een Von Dranitz. En als het hard tegen hard ging, kon zij ook heel koppig zijn. 'Dat had anders zomaar kunnen gebeuren, oma. Als we je niet op tijd naar het ziekenhuis hadden gebracht!'

'Oké,' gaf de oude dame toe, 'ik ben ziek geworden, maar dat geeft je nog lang niet het recht mij de wet voor te schrijven. Dit is mijn huis, mijn eigendom...'

'En wie krijgt deze tent als het de volgende keer niet zo goed afloopt, oma?'

Franziska keek haar verbijsterd aan en Jenny kreeg een slecht geweten. Maar deze dingen moesten een keer uitgesproken worden. 'Ik zal je zeggen wie het krijgt,' ging Jenny verder. 'Mijn moeder zal het van je erven. En wat gaat zij met landgoed Dranitz doen? Nou? Ik geloof dat we dat allebei maar al te goed weten.' Cornelia zou het landhuis zo snel mogelijk verkopen, dat was een ding dat zeker was. Ze haatte alles wat aan het adellijke grootgrondbezittersverleden van haar moeder herinnerde. Ze was zelfs nog in staat het landhuis aan de landbouwcoöperatie te schenken. Omdat ze ten eerste in hart en nieren een ex-communist was en ten tweede de aasgier Pospuscheit niet kende. 'Als je dus wilt dat Dranitz in de familie blijft, moet je op mijn voorstel ingaan, oma!'

Ze moest wel zwichten, de koppige mevrouw de barones. Eerst leek het haar enorm veel moeite te kosten, toen grinnikte ze en ineens begon ze zelfs te lachen. 'Jij bent een harde tante,' zei ze. 'Keihard. Maar dat is precies wat Dranitz nodig heeft. Jij bent de juiste persoon, dat weet ik. En dat maakt me blij. Meer dan je denkt. Toch laat ik me nog lang niet door mijn kleindochter de les lezen. Voorlopig heb ik de touwtjes nog in handen, mijn roodharige duivel…'

Jenny was meteen bereid om op elk vredesaanbod in te gaan. Natuurlijk had haar oma het voor het zeggen. Het was immers haar landhuis en haar geld. Zij had dit allemaal op gang gebracht. Maar Jenny had het gevoel dat ze er al te veel bij betrokken was om het nu nog los te kunnen laten. Het was de moeite waard om voor een landgoed als Dranitz te leven. Een doel. Een zingeving. Een toekomst voor haar en haar kind.

'De dakconstructie… goed,' gaf Franziska toe. 'Dat zie ik in. Die boeven hebben me bedrogen, ze hebben nieuwe dakspanen op het rotte hout gelegd…' Er was helaas niets meer aan te doen. Het bedrijf was inmiddels failliet gegaan. Meteen nadat ze het geld had overgemaakt. 'Maar de eerste verdieping blijft zoals die is…'

Zonder Kacpars hulp zou Jenny het niet voor elkaar hebben gekregen. Hij had het talent om de stand van zaken helder en begrijpelijk uit te leggen. En hij bleef altijd rustig, met een glimlach om zijn lippen, zelfs als de gemoederen hoog opliepen en hij het risico liep door beide partijen onder vuur genomen te worden. Je zou bijna denken dat Kacpar Woronski het leuk vond om twee leeuwinnen tegelijk te temmen.

'Wat zou uw vader hebben gedaan, mevrouw Kettler?' vroeg hij ernstig. 'Ik denk dat uw vader een man was die naar de toekomst keek. Die het voortbestaan van de familieresidentie na aan het hart ging. Om dit te garanderen zou u het dak compleet moeten vernieuwen. U hebt verwarming nodig, de kelderruimtes moeten gesaneerd worden, er moeten nieuwe waterleidingen aangelegd worden en er zouden binnen een paar dingen verbouwd moeten worden. Daarvoor moeten we een begroting opstellen.'

Subsidie aanvragen, geld lenen van de bank... Franziska weerde het af. 'Dat is niet nodig. Ik ga mijn huis in Königstein verkopen. Bovendien heb ik nog spaargeld...'

'Dat zult u ook nodig hebben, mevrouw Kettler. Het kan jaren duren voordat u inkomsten kunt generen.' Hij stelde voor dat Jenny in het kadaster als mede-eigenaar werd ingeschreven. Dan zou het gemakkelijker zijn om een bankkrediet te krijgen.

'Ben je gek? Moet ik mezelf soms opzadelen met een hoop schulden?' riep Jenny. 'Ik heb ooit een bankopleiding gedaan. Oké, ik ben er alleen aan begonnen, maar één ding weet ik wel: als je geld van de bank leent, moet je beseffen dat je vier keer zo veel terugbetaalt. De bank verdient er altijd aan.'

Half februari gingen ze eindelijk over tot daden. Franziska besloot naar Königstein te rijden, waar drie ijverige makelaars al handenwrijvend om haar huis heen slopen. Aangezien het landhuis tijdens de nieuwe renovatie- en verbouwingswerkzaamheden niet bewoonbaar was, wilde Jenny de vrijgekomen woning van Elke en Jürgen voor hen beiden inrichten. Zij hadden eind januari een afscheidsfeestje gegeven en waren daarna met weinig bagage vertrokken. Op een paar meubels na hadden ze alles laten staan. Omdat het naar de DDR rook en ze hun nieuwe huis toch helemaal opnieuw wilden inrichten.

'Als je de antieke spullen maar niet weer in de kelder laat zetten,' waarschuwde Franziska haar kleindochter. 'Die Nederlander is in staat om ze te verkopen.'

'Die moet hier sowieso weg met al die troep!' zei Jenny harteloos. 'Hij heeft al een hal gehuurd van de coöperatie. Daar zaten vroeger leghennen in. Mine zegt dat je, als je daar naar binnen gaat, dood neervalt omdat het er zo naar kippenstront stinkt.'

Franziska lachte hard.

Voor Kacpar vonden ze eveneens een onderkomen in het dorp. Hij kon in Jenny's voormalige kamer bij Mückes ouders slapen. Die hadden in het begin wel geaarzeld toen ze hoorden dat er een Pool bij hen wilde wonen, maar toen Woronski zich had voorgesteld, had hij hun hart veroverd.

'Een architect,' zei Mückes moeder en ze knikte naar haar dochter. 'En zo bescheiden...'

'Hij is inderdaad een aardige man,' stemde Mücke schouderophalend in.

'En nog knap ook, Mücke.'

'Hm.'

Mevrouw Rokowski herinnerde haar dochter eraan dat zij van vaderskant eveneens van Poolse afkomst was. Alleen waren de Rokowski's al in de vorige eeuw naar Mecklenburg-Vorpommern geëmigreerd.

'Ik geloof dat we hem nog een donzen dekbed moeten geven, mama,' stelde Mücke voor. 'Het is ijskoud in de slaapkamers en de kachel werkt niet goed.'

Jenny kreeg een half uur later een gedetailleerd verslag van dit gesprek en de meisjes kwamen niet meer bij van het lachen.

'Ik denk dat je moeder hem graag als schoonzoon wil. Hij is iemand die het ver kan schoppen, Mücke!' zei Jenny plagend.

'Vast! Mama is al bezig me aan hem te koppelen...'

'Gefeliciteerd! Je krijgt een goedaardige, vlijtige echtgenoot met trouwe blauwe ogen.'

'Nee, dank je,' zei Mücke. 'Ik val niet op trouwhartig.'

Ze namen met een poetslap en schuurspons de nieuwe verblijfplaats van Franziska en Jenny onder handen. Elke en Jürgen hadden in de laatste weken nauwelijks nog schoongemaakt en hadden de keuken na het afscheidsfeest niet erg goed opgeruimd.

'Waar val je dan op?' vroeg Jenny grijnzend en ze zette vier lege bierflesjes terug in de krat.

'Lang, goedgebouwd, slim... gewoon, een goede man.'

'Met baard?'

'Nee! Dat kriebelt.'

'Dus Kalle komt niet aanmerking?'

'Kalle!' Mücke schudde haar hoofd. 'Hij is gewoon een goede vriend.'

Hm. Dat zou Kalle vast niet leuk vinden om te horen, dacht Jenny. Ze poetste het fornuis vol overgave met schuurmiddel en hield plotseling op omdat de baby in haar buik trappelde.

'Het wordt een meisje,' zei Mücke glimlachend. 'Ze wil je al helpen met poetsen.'

'Een meisje zou leuk zijn,' zei Jenny peinzend. Ze kon zich niet voorstellen dat ze een jongen op de wereld zou zetten. En al helemaal niet een die op Simon leek.

'Heb je gehoord dat Ulli naar Schladming is gereden?' vroeg Mücke, die nu aan het woonkamerraam begon. 'Omdat Angela niet eens met kerst is thuisgekomen.'

Jenny had niet veel belangstelling voor Ulli's echtelijke problemen. Hij leek een fatsoenlijke jongen te zijn, die erg lief was voor zijn grootouders. Maar verder was hij een sukkel. Een echte DDR-sukkel. Vreselijk onvriendelijk. Misschien was Angela daarom wel weggegaan.

'Als je het mij vraagt, heeft ze een ander. Ik vind het echt sneu voor Ulli.' Mücke vulde een emmer met water om het raam te zemen.

'Nou ja, misschien verzoenen ze zich weer met elkaar.' Zo, het fornuis was klaar.

Jenny's vriendin achtte die kans uitgesloten. Ze hadden vroeger al veel ruziegemaakt, zei ze. Alleen toen Angela zwanger werd, had Ulli haar behandeld als een rauw ei. Hij had haar op handen gedragen. 'Maar Angela bleef dezelfde trut als daarvoor,' vertelde ze. 'Het is nu natuurlijk naar voor hem, maar eigenlijk mag Ulli blij zijn als hij van haar af is,' vertelde ze.

Jenny zei er niets over. Ze had allang gemerkt dat Mücke een oogje op Ulli Schwadke had. En haar oma moedigde haar nog aan ook. Ze zei dat Mücke precies de juiste was voor Ulli.

'Ken je Ulli al lang?' vroeg Mücke.

'Tuurlijk!' Mücke kneep haar ogen tot spleetjes en legde haar hoofd schuin om te zien of de ramen nu eindelijk schoon waren. 'Ik ken hem al sinds mijn geboorte. Hij was nog heel klein toen zijn ouders zijn verongelukt. Ze zijn met hun Trabi tegen een boom gebotst. Daarom is hij bij Mine en Karl-Erich opgegroeid. Maar destijds, weet je, toen was ik voor hem altijd alleen het kleine, ronde kadetje...'

Jenny begon te lachen en legde meteen haar hand op haar buik. Daar zat iemand die mee wilde lachen. En zelfs met de voeten wilde trappelen.

'Heb je gemerkt dat Ulli je leuk vindt?' vroeg Mücke en ze keek haar van opzij aan. 'Hij vraagt altijd naar je als hij hier is.'

'Lieve hemel,' kreunde Jenny en ze liet zich op de keukenstoel zakken.

'Je bent ineens heel bleek,' stelde Mücke vast. 'Dat gepoets is toch niet te veel voor je? Weet je wat? Neem Falko en ga even een rondje in de sneeuw wandelen. Ik maak nog even die ramen af en dan zijn we toch klaar.'

'Maar ik kan je toch niet in je eentje laten schoonmaken,' protesteerde Jenny.

'Natuurlijk wel. Hup, naar buiten jij!'

Falko volgde Jenny nieuwsgierig naar het landhuis en ging op zoek naar de worstbalie van de Konsum, die er helaas niet meer was. Er waren wel een paar tafels en kasten blijven staan, evenals lege houten kisten, drankflessen, kartonnen dozen en een hoop plastic afval. Dat had je hier vroeger niet. In de DDR waren alle verpakkingen van karton of papier geweest.

Op een van de tafels had Kacpar zijn plan uitgerold en de uiteinden met twee bakstenen verzwaard. Hij was bezig om er met een potlood dingen op te tekenen en toen hij Jenny zag, gebaarde hij haar te komen.

'Kijk!' riep hij. 'We gaan rondom hoge ramen plaatsen, dan heb je een prachtig uitzicht op het park. En buiten leggen we een aantal terrassen aan die door bloembedden of zwerfstenen van elkaar worden gescheiden. Dat is intiemer dan één groot buitenterrein.'

Jenny slenterde langzaam naar hem toe en boog zich over de tekening. 'Zeg, heeft Kalle je ook verteld dat hij geiten wil gaan fokken?' vroeg ze en ze wees naar de plek op het perceel waar het rentmeesterhuis stond.

Kacpar keek haar vragend aan, toen lachte hij. Hij maakte een afwimpelend gebaar. 'Ach, die is gewoon boos omdat ik kritiek had op zijn behangerscapaciteiten. En vanwege het bouwbedrijf uit Hamburg.' Kacpar had contact opgenomen met een bouwbedrijf dat gespecialiseerd was in het renoveren van oude huizen en was al aan het onderhandelen. 'Ik denk dat het het slimste is als we profs inschakelen, Jenny. Ik zal uiteraard toezicht houden op de werkzaamheden, daar hecht ik veel waarde aan.'

Zijn blauwe ogen konden zeer doordringend zijn. Jenny begon langzaam te beseffen dat de zachtmoedige, schuchtere Kacpar verdomd ambitieus kon zijn. 'Maar we moeten absoluut werklui uit de regio aanstellen, Kacpar,' bracht ze ertegen in. 'Voornamelijk uit Dranitz...'

'Voor een paar hulpkrachten is dat prima, maar voor de rest hebben we een team nodig dat goed op elkaar is ingespeeld. Dat is een groot voordeel, Jenny. Kijk, dit is het ontwerp voor het restaurant.' Hij wees naar de tekening die voor hem lag. 'Hier komt het buffet, dat wordt in een rondje gebouwd en in het midden kan een kok werken.'

'Prima,' zei Jenny cynisch. 'En voor het ontbijt is er pannenkoek met geitenkwark...'

Mine

Eind maart 1991

DE BARONES WAS EEN aantal weken weggeweest. Eergisteren was ze weer teruggekomen. Haar auto was helemaal volgeladen met allerlei spullen en gisteren kwam er ook nog een verhuiswagen. Ze was wel genereus, je kon niet anders zeggen. Zelfs Karl-Erich, die altijd erg terughoudend was jegens haar, moest dat toegeven. Mevrouw de barones had haar spiksplinternieuwe koffiezetapparaat aan hen geschonken, plus een elektrische deken die drie standen had en heel fijn was voor Karl-Erichs reumatische ledematen. En in de gang en de slaapkamer lagen nu drie echte, handgeknoopte vloerkleden, die de barones en haar man uit Turkije hadden meegebracht. Daardoor werd hun huis, dat in de winter altijd ijskoud was, een stuk aangenamer.

'Ze kon gewoon geen afscheid nemen van haar rommel,' had Karl-Erich mopperend gezegd, maar hij had de spullen wel aangenomen en haar er zelfs beleefd voor bedankt. Ulli had de tapijten bekeken en gevoeld, en vervolgens gevraagd of ze wel wisten dat die door kinderen waren vervaardigd. Tienjarigen moesten urenlang tapijten knopen voor een hongerloontje en mochten niet naar school. De handelaren streken een forse winst op als de tapijten aan toeristen werden verkocht.

Mine wist waarom hij zo slechtgehumeurd was. Vanwege de scheiding die Angela had aangevraagd. In feite was het het beste wat hem kon overkomen, alleen wist Ulli dat zelf nog niet.

'Bederf die mooie tapijten nou niet voor ons,' zei ze. 'Nu ze toch eenmaal geknoopt en verkocht zijn, kunnen we er maar beter van genieten.'

'Er wordt gestookt in het landhuis,' stelde hij vast en hij rekte zijn nek uit om over de dorpshuizen heen het dak van het landhuis te kunnen zien. 'Ik dacht dat mevrouw de barones en Jenny er momenteel niet woonden.'

Nu zag Mine ook een rooksliert boven het dak, die meteen uit elkaar werd gedreven door de sneeuwjacht. 'Waarschijnlijk is de barones met Jenny bezig om de dozen door te kijken. Gisteren kwam er een verhuiswagen bij het landhuis. De spullen staan allemaal in de grote zaal.'

'In de grote zaal?' vroeg Ulli en hij trok zijn neus op.

'Ja, daar waar vroeger de Konsum was. Dat was ooit de zaal. Daar werden de grote familiefeesten gehouden. En de jachtgezelschappen...'

'Tuurlijk...' mompelde Ulli somber. 'De adellijke familie amuseerde zich op kosten van de dorpsbewoners. Ik snap het...'

Mine, die geen zin had in ruzie, ging er niet op in. Ze had genoten van de tijd bij de familie. Ze was er trots op geweest dat ze als dienstmeisje voor de familie Von Dranitz mocht werken. Ja, ze wist dat Ulli zinspeelde op wat Karl-Erichs zus was overkomen, en dat was helaas waar. Maar wat gebeurd was, was gebeurd. Je kon de tijd niet terugdraaien. Daarom vroeg ze nu: 'Zou je me er even heen willen brengen, Ulli? Ik wilde nog even met mevrouw de barones praten. Want we hebben boven op zolder nog de wieg staan...' Dan was de jongen tenminste even afgeleid en kwam hij ook eens in de frisse lucht.

Ze had de wieg destijds gewoon meegenomen, omdat ze een bed voor haar jongste, Olle, nodig had en omdat de Russen toch alles in het landhuis kort en klein sloegen. Het was een zware, eikenhouten wieg met houtsnijwerk, groot genoeg om een kind van zes maanden nog in te laten slapen. Alle nakomelingen van de familie Von Dranitz hadden in deze wieg gelegen, en later ook haar Olle en nog later Ulli als zijn ouders met hem op bezoek waren.

'Voor het onechtelijke kind van Jenny?' vroeg Ulli en hij lachte. 'Wanneer is het zo ver?'

'Het duurt niet lang meer. Misschien nog twee, drie weken...'

Beneden in de dorpsstraat waaide de wind de sneeuw in de forsythia's die net waren gaan bloeien. Anna Loop stond met Elkes moeder bij het cultuurhuis. Ze zwaaiden naar Mine en Ulli.

'Zo, Ulli, weer eens bij je oma op bezoek?'

Ulli knikte en maakte de auto open. Mine riep naar hen dat Ulli zijn geboortedorp niet was vergeten.

'Stomme vragen,' bromde Ulli toen ze in de auto zaten en naar het landhuis reden. 'Wat zou ik hier anders doen? Een strandvakantie aan het meer houden?'

'Ach, ze bedoelen het niet verkeerd,' zei Mine sussend.

'Nee, helemaal niet. Ze wil ons uithoren, die Loop. Ze hoopt zeker dat ik werkloos ben...'

Voor het landhuis stonden Jenny's rode Kadett en een gedeukt bestelbusje. Een nieuwe aanwinst van Kalle. Tussen de oude muren van het rentmeesterhuis was een aantal mannen met pikhouwelen en scheppen bezig. Waarschijnlijk gingen ze het struikgewas te lijf dat daar was gegroeid.

Ulli liet Mine voor de ingang van het landhuis uitstappen en slenterde op zijn gemak naar Kalle en zijn helpers. Mine bleef staan en keek nieuwsgierig naar hen. De jongemannen begroetten elkaar als oude vrienden. Ulli klom over de puinhopen en de ommuring en werd ook vrolijk begroet door Kalles maten. Het ontbrak er nog maar aan dat hij een schep pakte en meehielp. Maar dat deed hij niet. Hij stond erbij en kletste met hen, lachte en praatte verder. De beste vrienden.

Toen Mine zich naar de ingang omdraaide, zag ze dat de deur nog op een kier stond. Ze liep voorzichtig de gang in en luisterde. Ze hoorde vrouwenstemmen. De barones zei iets en daarna hoorde ze Jenny praten. Ze hadden de houten scheidingswand weggehaald en nu kwam je net als vroeger van de jachtkamer in de zaal. Mine strompelde door de voormalige eetkamer, waar een hele hoop puin en een berg afval lag, van daaruit naar de jachtkamer en opende de oude vleugeldeuren naar de zaal.

'Mine!' riep mevrouw de barones toen ze binnenkwam. 'Wat fijn dat je er bent. Moet je deze oude foto zien. Mijn moeder heeft hem al die jaren bewaard en ik heb hem ooit laten vergroten.'

De oude vrouw keek in de zaal om zich heen. Wat een chaos! Kasten en fauteuils, een antiek buffet met talloze laatjes en vakjes, opgerolde tapijten, de lattenbodem van een bed en achteraan in de zaal niets anders dan kisten en dozen. Jenny zat op een rode pluchen bank met twee stapels fotoalbums naast haar. Ze had roze wangen en haar ogen glansden. Het album dat opengeslagen op haar dikke buik steunde, leek fantastische geheimen te bevatten.

Mine kreeg een pluchen fauteuil aangeboden waarin ze diep wegzonk en kreeg een ingelijste foto in haar handen gedrukt. O, hemel, het landhuis! Zoals het vroeger was geweest. In volle glorie, midden in de zomer. Mine kreeg tranen in haar ogen omdat ze aan de goede, oude tijd moest denken. Toen ze nog jong en knap was geweest en Karl-Erich haar verliefd had nagekeken. Toen de wereld nog in orde leek en baron von Dranitz voor hen allen zorgde.

'Zo was het vroeger,' hoorde ze mevrouw de barones zacht zeggen, die achter haar stond. 'En zo moet het weer worden, Mine. Dat wil ik in dit leven nog voor elkaar krijgen.'

'Ach, mevrouw de barones,' zuchtte Mine. En ze schraapte haar keel omdat ze helemaal schor was van ontroering. 'Was ik nog maar tien jaar jonger...'

Op dat moment kwam Ulli de zaal in. Hij keek om zich heen, liep naar de rode bank en vroeg aan Jenny of hij naast haar mocht zitten.

Ze legde de fotoalbums op de grond en klopte uitnodigend op de pluchen stof.

Het beviel Mine helemaal niet hoe hij naar Jenny keek. O, hemel, nu ging hij zelfs met zijn hand door zijn haar. Hij glimlachte en trok de kraag van zijn overhemd recht. Terwijl ze hoogzwanger was! Van een man met wie ze niets meer te maken wilde hebben. Ach, die Ulli! Hoe kon iemand nou telkens dezelfde fout maken…

'Kijk, Mine, dit was Ernst-Wilhelm,' zei Franziska en ze hield een foto voor Mines neus. Een jongeman, met glad naar achteren gekamd haar, heldere ogen en een smal gezicht. De foto was vast vlak na het einde van de oorlog genomen. De jongen zag er erg mager uit.

'We hebben elkaar in het vluchtelingenkamp leren kennen,' vertelde de barones. 'Het was allemaal niet gemakkelijk. Niemand heeft ons daar met open armen ontvangen. We hebben ons heel moeizaam op moeten werken, Ernst-Wilhelm en ik. In de eerste jaren was het ondenkbaar om een kind in de wereld te…'

Ze werd onderbroken door luid gekreun. Jenny drukte met opengesperde ogen haar handen op haar buik. 'Omaaa! Ik geloof dat het gaat beginnen… Ik had al de hele dag zo'n kramp in mijn buik, maar ik dacht dat ik weer eens te veel had gegeten. Ah, weer zo'n kramp!'

Iedereen verstarde van schrik. Ulli had zich als eerste weer onder controle. Hij legde zijn armen om de zwangere jonge vrouw en hielp haar voorzichtig van de bank. 'Rustig maar, Jenny, ik breng je naar het ziekenhuis. Mijn auto staat voor de deur.'

'Het doet zo'n zeer!' riep Jenny hijgend en ze kromp ineen van de pijn. 'Ik kan niet lopen, ik kan geen stap zetten… Ah!'

'Hou de deur voor me open, oma, dan draag ik haar naar de auto.' Ulli schoof een arm onder Jenny's knie, legde de andere om haar schouders en tilde haar op. Ja, hij was echt sterk, haar kleinzoon. Jenny kromp opnieuw ineen. De weeën kwamen vlak achter elkaar, veel te snel naar Mines zin. 'Ah!' Ulli was al bijna bij de deur toen Mine besefte dat het zo niet ging. 'Stop!' zei ze, zelf verbaasd dat haar stem zo fel klonk.

'Doe de deur open, oma…'

'Nee! Laat haar hier. Of wil je dat ze het kind bij jou in de auto krijgt?'

'We zijn over een half uur in het ziekenhuis.'

'De weeën komen zo snel achter elkaar dat het kind er over hooguit tien minuten is.' Mine klonk nu heel rustig.

Ulli bleef besluiteloos staan met de jammerende, kronkelende Jenny in zijn armen. Hij wist dat Mine er verstand van had. Ze had jarenlang in het dorp bij de bevallingen geholpen, ook al had ze er nooit voor geleerd. 'Jij bent verantwoordelijk,' zei hij en hij droeg de Jenny terug naar de bank. Jenny begon te hijgen.

'Mevrouw de barones, haal een deken, handdoeken, heet water en een schaar,' nam Mine het commando over.

Nu kwam Franziska eindelijk in beweging. Ze knikte, scheurde een doos open, haalde er een stapel handdoekjes uit en wierp ze naar Ulli. Daarna haastte ze zich weg om water te gaan koken.

'Waarom gaat het zo snel?' fluisterde Ulli volledig buiten adem. Hij was op de rand van een fauteuil gaan zitten. 'Ik dacht dat een bevalling uren duurt.'

Mine ging zo zitten dat hij niet kon zien wat er gebeurde. Mannen hadden zwakke zenuwen. Het kwam niet zelden voor dat ze flauwvielen en storend in de weg lagen. 'Ga naar de keuken en haal een schaar…' Haar woorden werden overstemd door een schelle kreet. Ulli verroerde zich niet. 'Ah!' Persweeën. Zo'n turbobevalling had Mine zelden meegemaakt. 'Je bent er bijna, meid,' zei de oude vrouw met vaste stem. 'Ik kan het hoofdje al zien. Niet te hard persen… Langzaam…'

'Ik kan niet langzaam,' jammerde Jenny. 'Ik wil niet meer. Ik kan niet meer. Dit doet zo'n pijn! Ah!'

'Daar is het al!' Het hoofdje was er. Nu de schouders, het moeilijkste deel. En eruit ermee… Gelukt! Er klonk een hoge kreet. 'Geef die handdoeken eens aan!' zei Mine tegen haar kleinzoon. 'Waar blijft de barones met het hete water? En de schaar?' Mine draaide zich naar de deur. 'Het kind is er, mevrouw de barones! Een meisje! Waar blijft u nou?'

Jenny lag volkomen uitgeput en apathisch op haar rug. Haar polsslag was snel, maar dat was geen wonder. Een turbobevalling was immers geen kleinigheid. 'Een meisje?' fluisterde ze. 'Godzijdank. Mag ik haar vasthouden, Mine?'

'Zo meteen...'

Eindelijk kwam de barones met een dampende pan waarin allerlei messen en scharen lagen die ze in de keukenla had gevonden. 'Heel goed,' mompelde Mine. 'Scheur die keukendoek in stroken, Ulli, voor het navelbandje.'

'De verloskundige is onderweg. Ik heb het ziekenhuis gebeld, ze sturen iemand hiernaartoe,' zei Franziska rustig.

Aha, daarom had het zo lang geduurd. Mevrouw de barones had niet alleen water gekookt, maar ook gebeld. Heel goed.

Mine wikkelde de pasgeborene in een paar laagjes handdoeken en legde het meisje in Jenny's armen. Jenny zat half rechtop met haar rug tegen de armleuning en bekeek haar dochter.

'Kijk eens, ze heeft pikzwarte haartjes. En die kleine vingertjes!' riep ze verbaasd en liefdevol tegelijk. 'Zo klein en nu al vingernageltjes... O god, wat schattig...'

De barones zat op haar hurken voor haar kleindochter en achterkleindochter op de grond en durfde de nieuwe wereldburger nauwelijks aan te raken. 'Een meisje. Ach, wat leuk, Jenny. Mine, dat heb je fantastisch gedaan. Ik wist wel dat we op jou konden rekenen.'

Mine was blij met het compliment. Tenslotte had ze ruim twintig jaar geen zuigeling meer op de wereld geholpen en ze had nooit verwacht dat ze het op haar tachtigste nog eens zou doen. 'Ach,' wimpelde ze bescheiden af. 'Ik heb nauwelijks iets gedaan, mevrouw de barones. De natuur doet dat helemaal vanzelf...'

'We zouden haar Libussa Maria kunnen noemen,' stelde de trotse overgrootmoeder voor. 'Zo heette mijn grootmoeder. Of Ida, dat is de naam van mijn grootmoeder van moederszijde, haar meisjesnaam was Wolfert. Of Irene, zoals Alwins vrouw. Alwin was een neef van me…'

'Ben je gek, oma? Libussa Maria… Dat doe ik mijn dochter niet aan,' sprak Jenny haar verbazingwekkend levendig tegen.

'En Susanne? Of Margarethe, zoals je overgrootmoeder…'

Op dat moment kwam de verloskundige binnen. Ze joeg de barones, Mine en Ulli de zaal uit en onderzocht Jenny en de baby. Daarna mochten de anderen weer binnenkomen. Moeder en kind maakten het goed, zei ze. De nageboorte was volledig, maar Jenny moest wel naar het ziekenhuis. 'Het perineum is gescheurd en moet gehecht worden.'

Ulli bood aan om Jenny en de kleine naar Neustrelitz te brengen en de barones stond erop met haar kleindochter en achterkleindochter mee te gaan.

De verloskundige nam afscheid en Mine besloot ook naar huis te gaan. Ze kon hier niets meer doen.

Op de terugweg genoot de oude vrouw van de frisse lucht die in haar gezicht waaide en voelde ze de fijne sneeuwvlokjes op haar huid. Ze verdreven de nare schaduwen die haar overvielen, de herinnering aan een andere bevalling, vele jaren geleden, die niet zo goed was afgelopen.

Franziska

April 1991

Op donderdag 28 maart 1991 bracht Jenny Kettler op landgoed Dranitz een gezonde dochter ter wereld. De naam van het meisje is Julia Kettler. Ze is de kleindochter van Cornelia Kettler en de achterkleindochter van Franziska Kettler, meisjesnaam Von Dranitz.

FRANZISKA ZETTE DE VULPEN in de houder en luisterde naar Jenny. Ze hoorde een huiltje dat meteen overging in gesmak. De kleine Julia vond het niet leuk als er tijdens het voeden van kant werd gewisseld. Julia… wat een naam. Maar Jenny had er nu eenmaal op gestaan en Julia was altijd nog beter dan Jennifer, Laura of Lena. Franziska aaide Falko over zijn kop, die tegen haar aan duwde om haar aan te moedigen om hem uit te laten. Ze keek nog een keer met kritische ogen naar wat ze zojuist had opgeschreven. Was het niet te kort? Moest ze het nog wat opsmukken? Ze had een week geleden besloten om de gebeurtenissen rond de wederopbouw van het landhuis op te schrijven. Om als het ware een kroniek te schrijven die begon op de dag dat ze haar ouderlijk huis na de Wende voor de eerste keer had teruggezien. Een klus die haar hopelijk afleiding bood van de zorgen en ergernissen en vooral een middel tegen haar ongeduld was.

Ach, er waren zo veel mooie dingen te vertellen. Vooral dat Jenny bij haar was. Haar kleindochter wijdde zich helemaal aan landgoed Dranitz en had nu zelfs een dochter op de wereld gezet. De kleine Julia was geboren in het landhuis. Niet hier in de krappe tweekamerwoning in het dorp of in het ziekenhuis in Neustrelitz. Nee, in de grote zaal van het landhuis, waar vroeger de bruiloften en doopceremonies van de familie Von Dranitz werden gevierd. Als dat geen goed voorteken voor de toekomst was!

De baby werd zoals het officieel moet bij het gemeentehuis aangegeven en in het geboorteregister ingeschreven. De volledige naam van het meisje luidt Julia Franziska Margarethe Kettler. De vader van het kind...

Nu werd het lastig, want Jenny had op het gemeentekantoor aangegeven dat de vader van het kind onbekend was. Het was een heel onaangenaam bezoekje geweest, want burgemeester Pospuscheit had de hele tijd laatdunkend gegrinnikt en dubbelzinnige opmerkingen gemaakt. Gelukkig deerde het Jenny niets en liet ze de primitieve neanderthaler duidelijk merken dat ze niet onder de indruk was.

Jammer dat ze de Pool niet als vader kon opgeven, dacht Franziska. Dat was een fijne man. Ze boften echt met hem. Kacpar Woronski, die onvermoeibaar en zonder op zijn gezondheid te letten de verbouwing van het landhuis in gang hield. Hij was fanatiek, maar absoluut een aanwinst voor Dranitz. Hij bezat niet alleen de benodigde vakkennis, maar was ook praktisch ingesteld en had een visie. Je moest wel oppassen dat hij niet doordraafde met zijn fantasierijke ideeën, maar je kon met hem praten. Ja, Woronski verdiende veel lof. Aanvankelijk had Franziska gedacht dat hij zich alleen voor het landhuis wilde inzetten omdat hij verliefd was op Jenny, maar nu was ze ervan overtuigd dat hij verliefd was op het landhuis. Dranitz was zijn passie. Ze hadden het niet beter kunnen treffen.

Toch voelde Franziska zich diep ongelukkig. Vanuit het raam van haar woning kon ze een deel van het landhuis zien. Vorige week had ze nog uit het raam staan turen. Ze had zelfs Ernst-Wilhelms oude veldkijker gepakt om de werkzaamheden beter te kunnen volgen. Inmiddels probeerde ze het raam te mijden om niet almaar wanhopiger te worden. Hemel, ze hadden alle dakspanen weggehaald en de dakconstructie afgebroken. Alleen de schoorstenen rezen op in de bewolkte lucht. En nu waren ze bezig om ook de eerste verdieping gedeeltelijk af te breken. Het mooie behang. De prachtige badkamer. De keuken. Natuurlijk hadden ze alles in veiligheid gebracht wat beschadigd kon raken, maar de aanblik van het verminkte, met blauw plastic folie bedekte huis was moeilijk te verdragen voor Franziska. Hoe kon het in godsnaam drogen terwijl het constant regende?

'Nou, vooruit,' mompelde ze toen Falko voor de derde keer zijn snuit tegen haar knie duwde. 'Laten we onze avondronde maken.'

Jenny was in de andere kamer met haar dochter bezig, die nu voldaan en tevreden op het verschoonkussen trappelde. 'Maar alleen in het dorp, oma!' riep ze haar na. 'Ik wil niet dat je 's avonds op de bouwplaats rondstruint!'

Ondanks het late uur was het nog druk in het dorp. Bij het cultuurhuis stonden jongelui bij elkaar. Ze dronken bier en kletsten luid. Aan de rand van het dorp, aan de weg naar het landhuis, had Heino Mahnke een buurtwinkeltje met levensmiddelen en een bar geopend, waar de dorpelingen tot diep in de nacht zaten. Kalle en zijn maten waren er bijna altijd. De maan scheen, het was eindelijk eens een heldere avond en Franziska zag zelfs sterren. Eindelijk eens geen regen. Franziska slenterde op haar gemak van het dorp in de richting van het landhuis. Ze genoot van het uitzicht over de donkergrijze heuvels waar het zaaigoed al opkwam, de eilanden van zwarte dennenbosjes en de donkere greppels waar in de herfst en het voorjaar het water in stroomde.

Als je de lage hallen van de voormalige LPG even buiten beschouwing liet, was hier sinds haar jeugd niet veel veranderd. Alleen gingen haar broers en zij vroeger meestal te paard. Later had ze vaak alleen met haar vader een controlerit gemaakt omdat Jobst en Heinrich studeerden.

Daar waren ze, de spoken in de nacht, waarvoor ze moest uitkijken. De schimmen die zich sinds enige tijd uit de diepten van het verleden bevrijdden en haar lastigvielen. Herinneringen die plotseling bovenkwamen, zo helder en levendig dat ze soms van zichzelf schrok en zich afvroeg waar al die beelden zich al die jaren verborgen hadden gehouden. Als in een film zag ze de ruiters over de veldwegen draven, zwarte silhouetten die door de maan werden beschenen. Daar was Jobst, die altijd een beetje voorovergebogen zat, en pal achter hem reed Heini met zijn pet op. Daarna kwam haar vader op de zware ruin, Joschka. En daar was zijzelf, terwijl ze op de slanke vos reed en haar arm uitstrekte. Franzi, de twintigjarige, knappe en kwieke freule Von Dranitz. Ze strekte haar arm naar de ruiter uit die vlak naast haar reed. Hij lachte naar haar en heel even hielden ze elkaars hand vast. Als een bliksemschicht flitste de herinnering door haar heen. Walter. Hoelang was dat geleden? Het leek wel eeuwen. Walter Iversen, de grote, enige en onvergankelijke liefde van haar leven. Althans, dat dacht ze toen. En waarschijnlijk was het ook zo, want haar huwelijk met Ernst-Wilhelm had niet veel met hartstocht te maken gehad. Dat was eerder een verstandshuwelijk geweest tussen twee mensen die elkaar graag mochten en elkaar nodig hadden. Maar met Walter had ze puur geluk ervaren. Bedwelmende gelukzaligheid. Op dat moment kon niemand weten hoe kort zijn leven zou zijn. En hoe gruwelijk en onterend zijn einde.

Ze was zo verdiept in de schimmen uit vervlogen tijden dat ze de echte schimmen pas op het laatste moment opmerkte. Ze zag ze pas toen Falko begon te grommen. Er liepen donkere gestalten bij het rentmeesterhuis. Ze sleepten met zijn drieën een zwaar voorwerp over de weg, waar een bestelbusje met de dimlichten aan stond te wachten.

Zonder lang na te denken bleef Franziska staan en schreeuwde zo hard ze kon: 'Laat die spullen vallen! Nu! Of ik stuur de hond op jullie af!'

De drie gestalten lieten zich nauwelijks door haar geschreeuw storen, maar toen Falko begon te blaffen, haastten ze zich om het zware voorwerp in het busje te krijgen.

Franziska liet de herdershond los. 'Pak ze, Falko!'

De hond schoot als een zwarte pijl weg en verdween in de duisternis. Meteen daarna hoorde ze woedend geblaf en gevloek in een Slavische taal. Het groepje van drie stoof uit elkaar, waarbij een van de gestalten iets zwaars liet vallen en naar de auto vluchtte. De andere twee probeerden de hond te trappen en met stenen te bekogelen om hem zo van het lijf te houden. Franziska vreesde voor Falko. Verdorie, ze zou het pistool moeten gebruiken dat ze voor elke avondwandeling in de zak van haar mantel stak. Het was puur een voorzorgsmaatregel omdat ze de overvallen op haar blokhut nog levendig in herinnering had. Had ze nou maar de gebruiksaanwijzing in haar hoofd! Hoe moest het ook alweer? Het pistool moest eerst schietklaar gemaakt worden. Maar hoe? Ze betastte het koude, gladde metaal, vond uiteindelijk het hendeltje en schoof het naar achteren.

Daarna ging alles heel snel. Drie schoten klonken in de nacht, zo luid dat ze zelf vreesde doof te worden. Ze hoorde de hond janken en daarna het geluid van autodeuren die dichtgeslagen werden. Nog twee schoten en het bestelbusje werd gestart en scheurde slingerend weg in de richting van Waren.

'Falko! Falko, hier!'

Het duurde verschrikkelijk lang voordat de hond bij haar opdook, hijgend en met hangende kop. Donkere druppels stroomden uit zijn snuit. In het vale maanlicht zag ze dat hij uit zijn bek bloedde. Hij was van opzij geraakt door een steen, zijn lip was gescheurd en hij had een gemene wond. Ze moest zo snel mogelijk terug naar het dorp zodat hij behandeld kon worden. De dichtstbijzijnde dierenarts was in Waren. Ze liep zo snel ze kon naar Heino Mahnkes bar en riep luid: 'Kalle Pechstein! Ben je daar? Je kunt maar beter naar je bouwplaats gaan kijken. Je cementmolen is net bijna gestolen!'

In de bar zaten vijf mannen en drie vrouwen, onder wie Kalle, Mücke en Gerda Pechstein. Ze staarden Franziska met grote ogen aan, die met verward haar en met bloedvlekken op haar mantel in de deuropening stond.

Mücke had zichzelf als eerste onder controle. 'Hebben de dieven op u geschoten?' stamelde ze.

'Op mij? Nee, natuurlijk niet. Maar Falko is gewond en moet dringend naar de dierenarts in Waren.'

Kalle en zijn maten sprongen op en stormden de bar uit naar de bouwplaats.

Mücke liep snel naar Franziska. 'Kom, ik breng u naar de dierenarts! Ik ken dokter Gebauer. Ze heeft hier vroeger gewoond, maar heeft sinds een paar jaar een praktijk in Waren.' Ze rende voor Franziska uit naar de Trabi van haar ouders. 'We gaan Falko redden,' riep ze over haar schouder, 'en dan trap ik die dierenbeulen net zo lang in hun reet tot mijn voet blijft steken!'

Jenny

Juni 1991

ZE GING NOOIT MEER een kind op de wereld zetten. Wat een marteling! Ze kon geen enkele nacht doorslapen. Inmiddels was ze het bijna met haar oma eens als ze zei dat ze het kind maar moest laten huilen, omdat dat goed was voor de longetjes. Ze had vaak de neiging om de wieg met haar voet een trap te geven zodat hij heen en weer schommelde terwijl ze zich zelf in haar bed op haar andere zij draaide en het hoofdkussen over haar oren trok.

Constant meldde dat stomme moederinstinct zich. Wat als ze ziek is? Wat als ze de melk weer uitspuwt en erin stikt?

'Waarom huilt ze nu alweer?' vroeg oma, die ook wakker was geworden en in haar lange ochtendjas en op haar vilten pantoffels de kamer binnenkwam.

Jenny gaf geen antwoord, ze deed gewoon alsof ze sliep, zodat haar oma, aangezien die nu toch al op was, zich om Juultje bekommerde. Dan had ze een paar heerlijke minuten rust. Ze schakelde alles om zich heen uit en zonk weg in de ontspannende bewusteloosheid van de diepe slaap.

'Jenny? Jenny, het spijt me, maar ik geloof dat ze honger heeft. Je moet haar voeden.'

O, het deed pijn om wakker te worden als je zo extreem moe was.

De slaap hing met duizend draden aan haar en ze moest zich er met geweld van lostrekken.

Die stomme borstvoeding ook! Dat moest maar eens afgelopen zijn. Acht weken waren meer dan genoeg en poedermelk was gezond en lekker. Ze verdiende zelf toch zeker ook wel wat rust?

Julia begon harder te huilen.

Er zat niks anders op. Jenny ging rechtop zitten in bed en legde haar dochter aan. En plotseling werd de schreeuwlelijk met het rode hoofd weer het betoverende kleine wurmpje dat volkomen hulpeloos en helemaal op haar mama aangewezen was. Wat rook ze heerlijk! De warme babygeur van frisse was en karamel. Het van het huilen vochtige gezichtje dat nu tevreden glansde. Ach, het was heerlijk om een kind te hebben. Het allerfijnste ooit. Iemand die dat niet voelde, die dat niet meemaakte, miste iets heel belangrijks. Die wist niet wat leven was. 'Jij, lief klein krengetje, mijn lieve, schattige, betoverende dochter,' mompelde ze teder. 'Julia, Juultje, Jule...'

Julia zou toch hopelijk geen rood haar krijgen zoals haar moeder? Tot nu toe was het zachte babydons op haar hoofdje in elk geval donker. Julia leek het haar van haar oma geërfd te hebben. Trouwens, wat betreft haar oma... Jenny had onlangs een verrassend telefoontje van haar moeder gekregen.

'Jenny? Ben jij het echt? Jeetje, dat ik je eindelijk eens aan de lijn krijg!' klonk Cornelia's stem uit de hoorn.

Hoe kwam ze in hemelsnaam aan haar telefoonnummer? Haar oma en zij hadden nog niet zo lang een telefoon in de tweekamerwoning die van Elke en Jürgen was geweest. 'O... Hallo, mama! Wat een verrassing!'

Aan het andere eind van de lijn viel iets op de grond. Jenny's moeder zuchtte en riep ene Herrmann. Hij moest eindelijk eens die boeken opruimen. Daarna zei ze verwijtend: 'Ik heb een geboortekaartje gekregen. Je hebt mij tot grootmoeder gemaakt. Zonder waarschuwing vooraf. Gewoon zomaar! Van de ene op de andere dag ben ik jaren ouder!'

'Een geboortekaartje?' vroeg Jenny verbaasd. Dat kon alleen haar oma gedaan hebben. Ze had achter haar rug om kaartjes verstuurd. De geboorte van een gezond achterkleinkind verdient het om verkondigd te worden... O god, wie zou ze nog meer een kaartje hebben gestuurd?

'Het is ongelofelijk wat voor idiote dingen jullie doen, jij en je grootmoeder! De een stort zich op haar bejaarde leeftijd nog in de schulden om een jeugddroom in vervulling te laten gaan en de ander krijgt een onechtelijke dochter!'

'Dat moet jij zeggen!' verdedigde Jenny zich.

'Wat mij betreft, kun je zo veel onechtelijke kinderen krijgen als je wilt, Jenny. Maar het zou wel zo aardig zijn als je het me zou vertellen. Ik ben tenslotte je moeder. Misschien wil ik wel bij jullie langskomen om mijn kleindochter te leren kennen. Heeft ze net als jij rood haar?'

'Nee!' blafte Jenny onvriendelijk, waarbij niet duidelijk was of ze het rode haar of het bezoek van haar moeder aan Dranitz bedoelde. Haar moeder hier in het landhuis. Dat ontbrak er nog maar aan. Haar oma en de baby waren al vermoeiend genoeg. Met Cornelia erbij, die altijd overal iets op aan te merken had en zich overal mee bemoeide, zou ze het niet overleven.

'Ik dacht erover om aanstaande zondag langs te komen,' zei haar moeder.

'Het komt nu niet uit, mama,' zei Jenny snel. 'Wacht alsjeblieft tot de zomer. We zitten midden in de verbouwing en hebben geen tijd voor bezoek.'

'Ik ben geen bezoek. Ik ben je moeder!' klonk het schel uit de hoorn.

'Juist daarom. Ik neem in juli of augustus contact met je op. Dag, mam, tot dan.'

Het voordeel van een telefoon was dat je gewoon op kon hangen. Dat je iemand de mond kon snoeren. Klaar. Geen discussies meer. Het was de enige manier om zich tegen haar moeder te beschermen.

Want die was er heel goed in anderen te overtuigen. Dat had ze waarschijnlijk in de jaren zestig bij de bijeenkomsten van de buitenparlementaire oppositie geleerd, dat waren allemaal praatjesmakers geweest.

Toen haar oma's middags van de bouwplaats terugkwam, begon Jenny over de geboortekaartjes. Franziska was door een bui verrast en was drijfnat, en ook Falko was doorweekt. Hij schudde zich uitgebreid uit in de gang. Ze waren allebei niet bepaald vrolijk gestemd.

'Natuurlijk heb ik geboortekaartjes verstuurd,' zei haar oma, alsof het de normaalste zaak van de wereld was. 'Ook aan mijn dochter Cornelia. Tenslotte heeft zij het recht te horen dat ze grootmoeder is geworden.'

'Nou, ze sprong een gat in de lucht van blijdschap,' zei Jenny sarcastisch. 'En wie heb je nog meer een kaartje gestuurd?'

'Een paar oude vrienden en familieleden. Mensen die je niet kent...'

Ook dat vond Jenny maar niks. Waarom werden mensen die zij niet eens kende, geïnformeerd over de geboorte van haar dochter?

'Bovendien zou je je eens moeten afvragen of je Julia's vader niet op de hoogte moet brengen. Misschien is hij wel blij.'

'Vast. Hij zal uit zijn vel springen van enthousiasme!'

Franziska keek haar kleindochter onderzoekend aan. Jenny had haar niet verteld dat Julia de dochter van haar ex-baas was. Ze had ook niets gezegd over Simons verraad. Maar de oude dame was niet gek en toen ze recht voor z'n raap haar vermoeden had geuit, had Jenny het niet ontkend. 'Op een dag zul je je dochter moeten vertellen wie haar vader is, Jenny,' hield Franziska koppig vol.

'Dat heeft geen haast, oma. Ik verwacht geen alimentatie of andere hulp van hem. Als Juultje volwassen is, zal ik er met haar over praten, beloofd. Maar dat duurt nog wel even...' Daarmee was het onderwerp voor haar afgedaan, ook al bleef haar oma nog zo aandringen. Ze was tenslotte niet de enige moeder op de wereld die bij de burgerlijke stand 'vader onbekend' had aangegeven. Andere vrouwen redden het ook in hun eentje.

Op dat moment begon Juultje, die blijkbaar alweer honger had, te huilen. Jenny liep met tegenzin naar haar toe en tilde haar uit de wieg. Voeden, verschonen, in slaap wiegen, ze deed de hele dag niets anders. Zo langzamerhand kon ze Franziska begrijpen als die over de goede oude tijd praatte. Barones Margarethe von Dranitz had haar kinderen niet zelf gevoed. Zij had een zoogster gehad. En een kokkin. Een wasvrouw. En een kindermeisje. Ook Franziska had hulp gehad. Van Margarethe, die destijds veel jonger was dan haar oma nu en haar daarom beter kon helpen. En wat had zij?

'Je hebt de babyblues,' zei Mücke niet veel later. 'Echt, je bent onuitstaanbaar, Jenny!'

Ze had vaak discussies met Mücke over Kalles 'idiote idee' om een geitenboerderij te beginnen. In het begin had ze nog geprobeerd om in Mückes bijzijn het thema 'Kalle' te vermijden, maar dat lukte haar nu steeds minder vaak en het was aan Franziska te danken dat de twee jonge vrouwen elkaar niet in de haren vlogen.

'Heb je nou echt helemaal niets door?' had Franziska gevraagd toen Mücke weg was.

'Wat moet ik door hebben? Dat ze steeds irritanter wordt?'

Franziska had zuchtend haar hoofd geschud en gezegd dat Jenny normaal toch ook niet zo dom was. 'Elke zaterdag en zondag is Ulli hier. Hij gaat met jou en de kleine wandelen, neemt speelgoed mee, helpt zelfs haar luier te verschonen...'

Dat was waar. Het was ook heel fijn als Ulli kwam, omdat hij zo lankmoedig en geduldig was en zo veel plezier met de kleine had. Maar toch... Jenny wist dat Mücke verliefd was op Ulli. 'Ik heb hem niet uitgenodigd,' zei ze daarom. 'Hij komt helemaal uit zichzelf. Bovendien is Mücke er bijna altijd bij.'

'Ja, juist daarom.' Franziska zuchtte. 'En dus ziet ze zelf met wat voor een smachtende blik Ulli jou aankijkt.'

'Wat een onzin!' riep Jenny boos. 'Ik wil niks van hem. Ik wil helemaal niks. Van niemand. Ik heb helemaal genoeg van mannen, ik zweer het!'

Op zaterdagmiddag stond Ulli weer voor de deur. Fris gedoucht, in een gestreken overhemd en met spiksplinternieuwe gymschoenen aan. Hij keek Jenny vol verwachting aan. Verliefd.

'Nou, ik ga er maar eens vandoor,' zei Mücke, die de babykleertjes had opgevouwen en in de commode had opgeborgen. 'Ik wilde nog even langsgaan bij Kalle, die is aan het metselen...'

'Hé, maar waarom?' vroeg Ulli oprecht teleurgesteld. 'Ik heb voor ons allen taart meegebracht. Van Mine. Met de hartelijke groeten.'

Jenny was blij dat Ulli Mücke tegenhield en steunde hem. Ze konden toch eerst koffiedrinken en daarna samen naar de bouwplaats lopen. En Juultje kon in de draagdoek die Mücke Jenny cadeau had gedaan. Het had een poos geduurd voordat Jenny ermee overweg kon, maar nu gebruikte ze hem heel graag. Vooral omdat haar dochter heel ontspannen en gelukkig leek als ze zo dicht tegen haar mama's lijf aan lag.

Mücke liet zich overhalen, maar was vrij stil tijdens het koffiedrinken en hield zich voornamelijk met Juultje bezig. Ulli vertelde dat de scheidingsprocedure vanwege de juridische veranderingen langer zou duren dan verwacht doordat de rechtbanken en advocaten overbelast waren.

'En hoe gaat het op de werf?' informeerde Franziska.

Hij haalde zijn schouders op. 'We hebben orders voor drie passagiersvrachtschepen. Voor Noorwegen. Dat komt wel goed...'

'Nou, kijk eens aan!'

Ook Jenny reageerde optimistisch. 'De Noren zijn zeker niet blut, die kunnen betalen wat ze bestellen.'

'Dat denken wij ook,' zei Ulli en hij grijnsde tevreden. 'Schepen zijn altijd nodig.'

Na het koffiedrinken hielp Mücke om Juultje voor het uitstapje klaar te maken en in de draagdoek te wikkelen. Ulli nam Falko aan de lijn mee. De wond aan zijn snuit was gelukkig helemaal geheeld.

Franziska wenste hun veel plezier en zei dat ze zich even terugtrok voor een uitgebreid middagdutje.

Terwijl Ulli en Mücke de vorderingen op Kalles bouwplaats bekeken en met de mannen daar praatten, liep Jenny langzaam verder over het smalle bospaadje dat naar de oude familiebegraafplaats leidde. Toen ze halverwege was, werd ze ingehaald door Ulli.

'Ben je daar al eens geweest?' vroeg hij en hij wees naar het eind van het pad. Door het lichte struikgewas waren de resten van muren te zien.

'Ja, met oma. Dat is de oude familiebegraafplaats. Maar een stelletje vandalen heeft de kapel vernietigd en de grafstenen omgegooid.'

'Ja, helaas,' zei hij. 'Mine zegt dat het in de jaren vijftig is gebeurd. Toen liepen hier in deze omgeving nog een hoop gekken rond. Ze hadden nog niet genoeg van de oorlog en gingen door met vernietigen en kapotmaken.'

Jenny schoof Juultjes muts voorzichtig iets hoger. Als ze sliep, had ze dikke roze wangetjes, ze leken wel opgeblazen.

Op de begraafplaats gaf Ulli haar een hand om haar te helpen om over de restanten van de ingestorte muren te klimmen. Ze liet zich bij wijze van uitzondering door hem helpen, maar natuurlijk alleen omdat ze absoluut niet mocht vallen vanwege Juultje, die voor haar borst was gebonden. Het was fijn om zijn grote, stevige hand te voelen. Waarom zou die Angela hem nou verlaten hebben? Nou ja, hij zou ook wel zo zijn gebreken hebben. Zoals alle mannen. Die liet hij nu niet zien, maar die waren er ongetwijfeld. Misschien dronk hij. Of was hij opvliegend en kon hij handtastelijk worden...

'Ongelofelijk hoe snel het bos alles opvreet,' zei hij en hij keek om zich heen.

Inderdaad. De open plek met de resten van de oude kapel was behoorlijk overwoekerd. De natuur pakte de door mensen gecreëerde plekken met verbazingwekkende snelheid terug. Van de kapel zelf was niet veel meer over dan het solide fundament van zwerfkeien die bewerkt en samengevoegd waren. Die waren voor de vandalen zeker te zwaar geweest. Falko leek de plek goed te kennen, want hij tilde op diverse plekken zijn poot op. De begraafplaats behoorde duidelijk tot zijn territorium.

'Die dikke brokstukken konden ze niet wegdragen,' bevestigde Ulli haar vermoeden. 'Maar de bakstenen en dakbalken, die zijn beneden in het dorp bij menig schuurtje te zien. Kijk eens!' riep hij. 'Deze kan ik overeind zetten!'

Echt een man. Dat was zijn gebrek, hij was een heimelijke opschepper. Hij had een van de grijze, met mos begroeide en omgevallen grafstenen gepakt en duwde hem langzaam overeind. Zijn armspieren kwamen naar voren. Het leed geen twijfel, hij zou elke bodybuildingwedstrijd hebben gewonnen.

'O, wat jammer,' zei Jenny en ze ging op haar hurken zitten, met haar arm stevig om Juultje heen. 'Ze hebben er een behoorlijk groot stuk uit geslagen.' Ze duwde de hond weg die alweer zijn poot optilde. 'Ga weg, Falko. Je mag hier niet plassen.'

De steen was aan de voorkant ernstig beschadigd, maar toch waren er een paar letters en cijfers te herkennen. Jenny brak een paar takken van een wild woekerende struik af en veegde de inscriptie ermee schoon.

IVERSEN
tember 1946

'Daar stond vast september,' zei Jenny. 'Deze persoon is in september 1946 overleden. Dus vlak na de oorlog…'

'Was er iemand in jouw familie met de achternaam Iversen?'

Jenny had geen idee. Ze zou het aan haar oma vragen, die had de hele ingewikkelde stamboom van de Von Dranitz in haar hoofd. 'Misschien heette deze persoon niet Iversen, maar stonden er nog meer letters voor. Tiversen, Griversen, ik weet niet...'

'Dat klinkt raar,' zei Ulli. 'Dan denk ik toch eerder Iversen. Misschien kwam deze persoon wel uit Noorwegen…'

'Wij hebben beslist geen Noren in onze stamboom.'

'Wie weet?' Hij lachte. 'Zal ik die steen daarginds ook even rechtop zetten?'

'Nee, laat maar…'

Juultje begon te huilen en wilde weer gevoed worden. Jenny ging op een van de omgevallen grafstenen zitten en legde haar dochter aan. Om moeder en kind niet te storen ging Ulli in de tussentijd met Falko op hazenjacht. Jenny's blik dwaalde telkens weer naar de rechtop gezette grafsteen. *Iversen… tember 1946*. Ze moest het beslist aan haar oma vragen.

Franzi

Eind september 1944

DE TREINCOUPÉ WAS OVERVOL. Franziska had slechts met moeite een plekje tussen twee dikke vrouwen weten te bemachtigen. Een van de vrouwen had een trappelend en constant huilend jongetje op haar schoot. Tegenover haar zaten twee magere meisjes met grote ogen en twee oudere vrouwen. In het gangpad stonden kartonnen koffers, de bagagenetten waren volgepropt met buidels en tassen die telkens boven op de reizigers vielen als de trein schokte. Franziska voelde zich ellendig. Haar maag knorde want ze had sinds die ochtend niets meer gegeten. De vrouw naast haar pakte hardgekookte eieren en een boterham met ham uit en deelde de maaltijd met het jongetje. De meisjes tegenover haar volgden met hongerige ogen de weg van de levensmiddelen naar de maag van de vrouw en de jongen, maar zeiden niets. Franziska staarde uit het raam naar de voorbijtrekkende velden en dorpjes, die er allemaal regenachtig, grauw en treurig uitzagen. Ze ging naar huis. Naar Dranitz, waar de wereld nog in orde was.

Drie weken in de hoofdstad waren voldoende geweest om haar de ogen te openen. Wat waren ze naïef geweest in hun landelijke idylle. Ze hadden de politiek alleen via de krant en radio gevolgd en gedacht dat Heini en Jobst, haar geliefde broers, in een heldhaftige strijd voor het vaderland waren gevallen.

‘Ze hebben die jonge jongens zinloos opgeofferd,’ had oom Albert gezegd. ‘Een misdaad tegen de Duitse jeugd. Maar dat mag je niet hardop zeggen omdat Gajevski van hiernaast bij de Gestapo zit en zijn oren spitst.’

Ze had het niet willen geloven. Zeker, ook in Mecklenburg geloofde inmiddels niemand meer in de ‘eindoverwinning’, maar dat deze oorlog van begin af aan zinloos geweest zou zijn, dat kon toch niet waar zijn? Hadden Heini en Jobst niet vast in de zaak van de Führer geloofd? Haar broers waren toch niet dom geweest?

Alleen haar grootvader had onvermoeibaar tegen Adolf Hitler van leer getrokken. De jongelui hadden daar meewarig om geglimlacht en achter zijn rug gefluisterd dat grootvader oud werd en niet met zijn tijd meeging. Maar misschien was de oude man de enige geweest wiens blik niet vertroebeld was.

Ze moest denken aan wat tante Guste had gezegd: ‘Ach, die Otto. Die gelooft alleen in Hindenburg. Hij is immers een militarist. Maar voor de rest is het een zeer fatsoenlijke man…’

Haar oom en tante hadden altijd hun eigen mening gehad. Franziska’s moeder beweerde dat het kwam doordat ze in de hoofdstad woonden, waar ze zich lieten beïnvloeden door allerlei nieuwerwetse ideeën. Toen Franziska in het fotoatelier werkte en bij hen woonde, hadden ze af en toe over politiek gepraat. Toen had ze nog om hen tweeën gegrinnikt, want ze scholden vaak over de ‘bruine pest’. Maar nu hoorde Franziska dingen waarvan haar haren overeind gingen staan. Of ze niet wist wat er in de concentratiekampen gebeurde? Of ze er ooit over had nagedacht waar de Joden waren gebleven? Geëmigreerd? Naar Amerika? Naar Israël? Sommigen wel, ja. Degenen die op tijd konden vluchten. De anderen waren allemaal vermoord. Mannen, vrouwen, kinderen, op gruwelijke wijze om het leven gebracht.

‘Hoe kunnen jullie dat nu weten?’ had ze hoofdschuddend gevraagd. ‘Dat zijn toch alleen maar geruchten?’

Ze had in de krant over de werkkampen gelezen en foto's gezien. Daar werden werkschuwe mensen, misdadigers en communisten naartoe gestuurd. En Joden en zigeuners. Om heropgevoed te worden, stond er. Dat had niemand op Dranitz erg gevonden. Tenslotte waren de Joodse marskramers geen graag geziene gasten in de dorpen en op de landgoederen. En in de nabijgelegen stadjes waren allang geen Joodse gemeenten meer.

'Als je in zo'n kamp terechtkomt, ziet niemand je ooit nog terug. Ze hebben daar gaskamers,' zei oom Albert.

Tante Guste gaf hem met haar elleboog een por in zijn zij. 'Sst. Straks zit Gajevski nog met zijn oor tegen de muur.'

Wat was er in godsnaam van Duitsland geworden? Van het verheven land van de dichters en denkers? Van haar trotse geboorteland? Het was een misdadigershol. Een leugenpoel. Een moordkuil. En een oord van verwoesting. Franziska had Berlijn amper herkend. Hele woonwijken waren platgebombardeerd, het theater op de Kurfürstendamm lag in puin, de dierentuin was verwoest en ook het operagebouw in de Bismarckstrasse bestond niet meer. Tante Guste had haar verteld dat je sinds maart niet meer veilig was voor de vijandelijke bommen en had Franziska daarom als eerste de schuilkelder laten zien.

'Goebbels heeft gezegd: "Als er ook maar één bom op Berlijn valt, wil ik voortaan Meier heten." Toen de eerste luchtaanvallen begonnen, gingen een paar jonge mensen naar de kanselarij en scandeerden: "Meier, Meier!" Maar die hebben ze heel snel tot zwijgen gebracht.'

Franziska had vertwijfeld geprobeerd om haar ogen te sluiten voor de realiteit. Het ging om Walter, om de man die ze boven alles liefhad en zonder wie ze niet meer wilde leven. Er moest toch een manier zijn om hem te redden? Ze nam contact op met gezamenlijke kennissen. Ze vroeg hun om haar toegang te verschaffen tot de rijkskanselarij en deed een paar pogingen om daar een afspraak te krijgen, maar ze faalde. Eén keer werd ze zelfs gearresteerd en verhoord, maar daarna werd ze weer vrijgelaten.

'Nu zullen we het gedonder krijgen,' zei oom Albert toen ze laat in de avond in de Bleibtreustrasse thuiskwam. 'Nu hebben ze je in het vizier...'

Drie dagen lang lieten ze Franziska met rust, maar ze had het gevoel dat ze geobserveerd werd. De kennissen die ze belde, gaven niet thuis. Anderen deden de deur niet open. Het fotoatelier waar ze had gewerkt, bestond niet meer, dat was samen met alle huizen eromheen platgebombardeerd. In de vroege ochtend van de vierde dag belden er twee mannen in donkere mantels aan. Ze moest zich snel aankleden. Haar handtas met paspoort en geld namen de mannen in hun bezit. Een paar minuten later zat ze in een limousine die haar naar de Prinz-Albrecht-Strasse bracht. Het hoofdkwartier van de Gestapo bevond zich in een imposant gebouw dat ooit een museum was geweest.

Franziska was dapper, althans op de eerste dag. Ze was geen misdadigster, kende niemand van de aanslagplegers. Nee, integendeel. Ze was hier om de autoriteiten te verzekeren dat majoor Iversen niets, maar dan ook helemaal niets met de geniepige aanslag op de Führer te maken had. Hij was onschuldig. Dat kon ze zweren. Walter Iversen stond helemaal achter het nationaalsocialisme, hij was een overtuigd aanhanger van de Führerstaat.

Maar terwijl ze dapper voor haar geliefde streed, werd haar steeds duidelijker dat ze loog. Hoe kon zij eigenlijk weten of Walter in het nationaalsocialisme had geloofd? Ze hadden er nooit over gesproken. Had hij dat onderwerp niet juist bewust vermeden?

'Hij heeft onze verloving niet verbroken. Hij wilde met me trouwen. Na de eindoverwinning, zei hij altijd...'

De man aan de andere kant van de tafel was niet jong meer. Hij had een grijze snor, zijn gezicht was glad, zijn voorhoofd hoog. Hij had alerte, grijsblauwe ogen, die de hele tijd op haar gericht waren. 'Na de eindoverwinning. Zo, zo...'

Zag hij aan haar dat ze niet de waarheid sprak? Walter had nooit over de ‘eindoverwinning’ gesproken, maar over het einde van de oorlog.

‘Ik heb hier in het dossier de uitspraak van uw vader, juffrouw Von Dranitz. Hij heeft beweerd dat de verloving al in 1942 is verbroken. Uw moeder deed dezelfde uitspraak, hoewel zij echter het jaar 1941 noemde. Dus wat is er nu waar?’

Dossiers. Ze hadden de protocollen naar Berlijn gestuurd, die sluwe bureaucraten. Maar Franziska gaf zich niet gewonnen.

‘Mijn ouders beschouwen de verloving inderdaad als zijnde verbroken. Ikzelf hou me eraan vast. Begrijpt u dat? Ik hou van majoor Iversen. Ik hou van hem en ik ken hem beter dan wie dan ook. Walter Iversen zou nooit in staat zijn tot zo’n laffe daad. Daar ben ik heilig van overtuigd.’

Hij keek haar half spottend, half waarderend aan, terwijl zij op hem in praatte en telkens nieuwe argumenten, nieuwe bewijzen voor de onschuld van haar geliefde aandroeg en steeds verder verstrikt raakte in een net van leugens. Toen ze eindelijk zweeg, begon hij haar vragen te stellen. Het waren de vragen die ze ook in Rostock had moeten beantwoorden. Ook daar hadden ze eindeloos dezelfde dingen gevraagd, tegenstrijdigheden onder haar neus gewreven, valkuilen uitgezet, geprobeerd dingen aan haar te ontlokken die tegen haar gebruikt konden worden.

Ze speelde het spelletje niet mee. Ze zei dat ze alle vragen allang beantwoord had. ‘Ik heb u verder niets te zeggen, officier…’

‘Als u geen antwoord geeft… Wij hebben middelen om uw zwijgen te doorbreken…’ Hij liep de kamer uit en liet haar alleen. Zonder een druppel water, laat staan een kopje koffie. Na een hele tijd kwam hij terug en probeerde het opnieuw. Franziska hield stand. Ze had geen idee hoelang ze in de kamer zonder ramen had gezeten, want ze hadden haar horloge in beslag genomen. Op een gegeven moment stortte ze in. Ze werd hysterisch en begon te schreeuwen.

‘Doet u maar met me wat u wilt! Maar majoor Iversen is onschuldig, dat is de pure waarheid. Ik zweer het, ik ben bereid daarvoor te sterven. Zonder hem wil ik toch niet meer leven!'

Ze bracht twee dagen en twee nachten door in een piepkleine, donkere cel. In doodsangst luisterde ze naar de voetstappen van de gevangenbewaarders, het gerinkel van de sleutels, het metaalachtige, slijpende geluid als het kleine raampje in de stalen deur werd opengeschoven. Ze voelde de hatelijke, onderzoekende blikken van de vrouwelijke cipier op zich gericht. Ze hoorde mensen schreeuwen die geslagen en gemarteld werden en de snijdende stemmen van hun folteraars. Wat waren dat voor mensen die er bevrediging in vonden om anderen pijn te doen? Perverselingen, psychopaten en monsters hadden hier vrij spel, die dienden hun Führer en het Duitse Rijk. Wat zouden ze wel niet met Walter doen?

De vrouwelijke cipier maakte de deur open, beval haar de cel uit te komen en voor haar uit te lopen. Zonder verdere toelichting liepen ze door de lange gang, langs talloze celdeuren waarachter lotgenoten wegkwijnden. Franziska liep kaarsrecht en zonder te aarzelen. Ze was een Von Dranitz. Wat ze ook voor haar hadden bedacht, ze zou hun niet de genoegdoening geven om genade te smeken.

'Halt!' riep de cipier en ze leidde haar naar een kantoor dat door een groene bureaulamp werd verlicht. De gordijnen waren dicht. Op het bureau stond Franziska's handtas, daarnaast lag haar horloge. 'Kijkt u of er niets ontbreekt!'

Ze was te verward om het nauwkeurig te controleren. Ze ondertekende het formulier en liep een paar minuten later naar buiten, de nacht in. Er stond een koele wind en ze bibberde in haar rok en blouse. Ze kon niet geloven dat ze haar hadden vrijgelaten.

Het was pikdonker in Berlijn, er stond geen ster aan de hemel, er brandde nauwelijks straatverlichting en alle vensters waren met papier verduisterd. Ze reed met de metro naar de Bleibtreustrasse, waar ze ruim een uur beneden in de tunnel moest wachten omdat boven het luchtalarm was afgegaan. Pas tegen de ochtend klopte ze bij haar oom en tante op de deur, en toen ze eindelijk opendeden, zakte ze volkomen uitgeput in elkaar.

Aan welke gelukkige omstandigheid ze het te danken had dat ze was vrijgelaten, kreeg ze niet te horen. Tante Guste en oom Albert deden al het mogelijke om haar weer op te lappen. Ze stelden vrijwel geen vragen over waar ze haar naartoe hadden gebracht en wat ze met haar hadden gedaan. Ze leken het zo ook al te weten.

'Je hebt ongelofelijk veel geluk had, meid,' zei oom Albert zacht. 'Of een goede engel. Maar ook engelen mag je niet overbelasten.'

Franziska besefte dat ze haar oom en tante door haar bezoek in moeilijkheden bracht. Het zou zelfs kunnen dat de twee oude mensen door haar schuld in het web van de Gestapo terechtkwamen. Ze maakte zichzelf verwijten. Het was van begin af aan een volkomen zinloze, ja, zelfmoordreis geweest, die ze tegen de wil van haar ouders had gemaakt. En wat had ze bereikt? Helemaal niets. Ze had alleen twee lieve mensen in gevaar gebracht en haar ouders ontzettend bezorgd gemaakt. Maar vooral was haar duidelijk geworden dat Walter Iversen wel degelijk iets met de aanslag te maken had. Hij moest al snel na haar verloving de waarheid hebben ingezien en met groepen in contact zijn gekomen die toewerkten naar de val van het nationaalsocialisme. Daarom had hij de bruiloft telkens weer uitgesteld. Daarom was hij steeds minder vaak bij hen in Dranitz op bezoek geweest. Hij had hen willen beschermen. Hij had gevreesd dat ze hen konden arresteren en onteigenen als ze hem en zijn vrienden op het spoor kwamen. Majoor Walter Iversen had zijn leven geriskeerd om Duitsland van het nationaalsocialisme te verlossen. Het was hem tragisch genoeg niet gelukt, maar hij was evengoed een held.

O, wat was ze boos op hem! Waarom had hij haar niet ingelicht? Had hij zo weinig vertrouwen in haar dat hij zijn belangrijkste gedachten en plannen voor haar geheimhield? Wat was dat voor een liefde, als hij dat soort dingen niet kon delen? Delen in goed en kwaad, zoals Gods wil was? Menigeen vond zijn houding misschien ‘nobel’, zij vond het onbeschrijflijk kwetsend.

Ze hield van hem. Wat hij ook had gedaan, ze wilde aan zijn zijde staan. Wat voor straf hij ook zou krijgen, slaag, marteling, vernedering, de dood, ze wilde eveneens lijden. Ze wilde met hem sterven. Dat was wat ze onder grote, eeuwige liefde verstond. Maar majoor Walter Iversen had het anders gezien. Kleingeestig en egoïstisch had hij de dood en het heldendom voor zichzelf opgeëist en zij had geen andere keus dan op deze grauwe dag in september met een gebroken hart terug te reizen naar Dranitz.

De regen sloeg tegen de ramen van de treincoupé, trok lange strepen over het vuile glas en deed het landschap vervagen. Er werd nu gepraat in de coupé. De twee dikke vrouwen naast Franziska waren schoonzussen. Hun echtgenoten vochten in de oorlog, zijzelf gingen met de kleine naar het platteland waar ze veiliger waren voor luchtaanvallen dan in de stad. De twee dunne meisjes waren met hun grootmoeders onderweg naar familie in Neuruppin. De oudere vrouw die links bij de deur zat, sliep een groot deel van de tijd, alleen als de trein stopte deed ze haar ogen open en keek ze geschrokken om zich heen. Zodra de trein verder reed, liet ze zich naar achteren zakken en sloot ze meteen weer haar ogen.

De trein kwam met vertraging in Waren aan, maar toen ze het perron op stapte, stond Jossip Guhl al met de koets op haar te wachten. Hij had de merrie wat haver gegeven. Toen hij Franziska zag, nam hij ondanks de regen zijn hoed af en begroette de freule met een buiging.

‘Godzijdank bent u weer bij ons, juffrouw… Uw ouders zijn ontzettend blij.’

‘Bedankt, Jossip. Ik ben ook heel blij om weer hier te zijn.’

Jossip had een heupaandoening en was daarom niet opgeroepen. Hij moest inmiddels ook in de stal meehelpen, want ze hadden nog maar één stalknecht. De kap van de koets was omhooggeklapt, zodat ze enigszins beschut was tegen de regen. Op de zitting vond Franziska haar wintermantel. Haar moeder wist dat ze bij vertrek nauwelijks warme kleren had ingepakt. Ze vlijde zich tegen de wollen stof en merkte nu pas hoe uitgeput ze was.

Slapen, dacht ze verlangend. Alleen maar slapen. Alle verschrikkingen vergeten. En als ik wakker word, moet het weer zo zijn als vroeger...

Ze leunde met haar hoofd tegen de harde bekleding en werd pas wakker toen de koets voor de zuilengalerij van het landhuis stopte. Daar stond haar moeder, met Elfriede naast zich. Mine liep de treden al af om de bagage aan te nemen. Bijoux kwam over het voorplein aangerend om zijn liefste baasje te begroeten.

Ach, het was zo onbeschrijfelijk fijn om weer thuis te zijn. Haar moeder sloot haar in haar armen, Elfriede huilde en wierp zich tegen haar borst. In de gang stond haar vader te wachten. Hij noemde haar mopperend een 'gekke kip' en een 'verloren dochter', en had tranen in zijn ogen.

'Mama, papa, het spijt me zo. Vergeef me alsjeblieft. Ik was niet goed bij mijn hoofd.'

Haar ouders maakten haar geen verwijten. Haar moeder had voor een warm bad gezorgd en schone kleren klaargelegd, zoals ze altijd deed als iemand van een reis terugkwam. Gisteravond had tante Guste Franziska's terugkeer per telefoon aangekondigd.

'Als je klaar bent, kom dan naar beneden voor het middageten, Franzi!' riep haar moeder haar na toen ze zich naar boven haastte. 'Hanne heeft speciaal voor jou kwarkknoedels met frambozen gemaakt. Ze was dolblij toen ik haar gisteravond vertelde dat je vandaag weer thuis zou komen.'

Elfriede wachtte tot haar zus was aangekleed. Ze wachtte Franziska in de gang op en versperde haar de weg. 'Hier!' zei ze en ze hield een brief voor Franziska's neus. 'Dat je het maar meteen weet. Hij komt niet meer terug. Omdat hij dood is. Daarom.'

De brief viel op de traptreden. Elfriede snikte luid en rende naar haar kamer. Met een angstig voorgevoel raapte Franziska het blad op. Razendsnel las ze de regels. Ze kon de brief nauwelijks tot het einde lezen omdat haar hand zo erg beefde.

'... veroordeeld tot de strop. Het vonnis werd op 30 augustus voltrokken.'

Franziska

Juni 1991

ZE HAD DE HELE NACHT geen oog dichtgedaan en dit keer was dat niet de schuld van haar achterkleindochter. Nee, ze was juist blij als de kleine begon te jengelen, want dan had ze een reden om op te staan. Dan moest ze ernaartoe lopen en kon ze iets zinvols doen. Het kleine, levendige wurmpje optillen, wiegen, er zachtjes tegen praten en naar de vragende blauwe oogjes kijken. Dat alles leidde haar af van de benauwende schimmen die haar belaagden zodra ze weer in bed lag en het licht uitdeed. De schimmen stortten zich massaal op haar en dan was er geen ontkomen aan.

Dit had ze niet kunnen weten. Toen ze halsoverkop hiernaartoe was gereden en het huis had gekocht, had ze niet beseft wat de herinneringen met haar zouden doen. Ach, ze had gedacht dat ze de gelukkige tijd van haar kinderjaren en jeugd weer kon laten herleven. Ze had gehoopt dat ze de verbroken familietraditie weer kon lijmen en ooit aan haar kleindochter Jenny kon overdragen. Nu pas werd haar duidelijk dat niet alleen de mooie dingen in haar geheugen bewaard waren gebleven. Nee, daar bevonden zich ook de nare, gruwelijke en pijnlijke herinneringen, de herinneringen die ze al die jaren had verdrongen. Die lagen helemaal onder in de kelder van haar onderbewustzijn op de loer, ertoe veroordeeld om zich niet te verroeren, om het nieuwe, tweede leven dat al haar energie opeiste, niet te storen. Maar nu leek iemand de deur voor ze geopend te hebben. Ze waren uit het donkere gat ontsnapt en wreekten zich omdat ze zo lang gevangen hadden gezeten.

Als die dakconstructie nu eindelijk maar eens af was, dan zou het beter met haar gaan. Eigenlijk zouden de timmerlieden nu zover moeten zijn. Alles was besproken en uitgemeten, de transporteurs met de balken konden er nu elke dag zijn. Maar zelfs de mooiste dakconstructie op het landhuis zou niet het spook in bedwang kunnen houden dat Jenny gistermiddag met een onschuldige vraag had opgeschrikt.

'Zeg, oma, was er iemand in onze familie die Iversen heette?'

Franziska had bijna een hartstilstand gekregen. 'Hoe kom je daar nou bij?' vroeg ze, waarbij ze haar best deed om haar stem onder controle te houden.

Jenny, die Juultje net een schone luier gaf, antwoordde terloops: 'Dat stond op een van de oude grafstenen op de oude familiebegraafplaats. Juultje, lig nou eens stil, anders plak ik de luier weer aan je been!'

Dat was nog een stoot onder de gordel. Walters naam op een van de grafstenen op de familiebegraafplaats. Hoe was dat mogelijk? Walter was geëxecuteerd. Door die smeerlappen in Berlijn, die een kat-en-muisspelletje met haar hadden gespeeld toen hij allang dood was. Opgehangen. Voor een officier de meest vernederende dood. Maar wat maakte het uit? Dood was dood.

Hadden de Russen of de Amerikanen Walters stoffelijk overschot gevonden en naar Dranitz laten overbrengen? Dat was hoogst onwaarschijnlijk, want destijds werd er gezegd dat de geëxecuteerde aanslagplegers en medeplichtigen werden gecremeerd. Deze grafsteen kon dus eigenlijk alleen voor de vorm op de familiebegraafplaats zijn neergezet. Ja, zo moest het geweest zijn. Elfriede, die immers ook gezorgd had voor de begrafenis van grootvader en de inscriptie op zijn grafsteen, had een gedenksteen voor Walter laten plaatsen. Dat zou wel kunnen kloppen. Haar zusje was destijds tot over haar oren verliefd geweest op Walter. Misschien had ze een plek nodig gehad waar ze met haar verdriet naartoe kon.

Franziska wilde zo snel mogelijk naar de begraafplaats gaan. Ze moest die inscriptie lezen. Ze moest zeker weten of het echt zo was.

In de laatste dagen van juni hing de lucht zwaarbewolkt boven het land en waren er pittige buien. Dat was goed voor het zaaigoed, maar niet voor de verbouwing. Ook deze ochtend balden verraderlijke, donkere wolkenformaties zich voor de zon samen. Kacpar, die met Franziska was meegereden en naast haar in de auto zat, keek er bezorgd naar. Maar toen hij zag wat zich voor het landhuis afspeelde, kreeg de blijdschap de overhand. 'De timmerlieden zijn er. En de hoogwerker is ook gekomen. Geweldig! Zet u de auto maar aan de straat, mevrouw Kettler, anders staan we in de weg.'

Voor het landhuis werd de kraan opgezet. De transporteur met de op maat gemaakte dakbalken stond ernaast. Twee in het zwart geklede timmerlieden observeerden de bewegingen van de kraan kritisch en gaven de machinist aanwijzingen.

Kacpar stak enthousiast zijn duim op naar Franziska en stapte uit de auto. Meteen daarop was hij met de twee timmerlieden in gesprek. Hij maakte grote gebaren met zijn armen en knikte met zijn hoofd.

Franziska was vreselijk moe. Het liefst had ze haar stoel naar achteren gezet en een dutje gedaan. Maar ze vermande zich. Zo oud was ze nog niet. Wat was nu een doorwaakte nacht? Toen ze voor de Russen waren gevlucht en het leger hen inhaalde, had ze geen enkele nacht kunnen slapen. Toen moesten alle vrouwen zich verstoppen. Ergens in het bos, op een zolder of in een greppel langs de kant van de weg. En als je in de extreme kou in slaap viel, werd je niet meer wakker. Zijzelf was toen vijfentwintig geweest, maar haar moeder, die altijd bij haar bleef, was al boven de vijftig. Ze had longontsteking opgelopen en was er bijna aan gestorven.

Weg met die spookbeelden, dacht ze geïrriteerd. Niet ook nog overdag. Het is al erg genoeg dat ik er 's nachts door overvallen word. Vastberaden stapte ze uit de auto om niet het gevaar te lopen zittend in slaap te vallen.

Ze keek naar het landhuis, waar de eerste, reusachtige balk omhoogzweefde en boven door grote, vakkundige mannenhanden werd aangepakt. Er zat nu echt schot in, het huis zou er vanavond al niet meer als een oorlogsruïne uitzien. Franziska slaakte een zucht van verlichting. Toen besloot ze aan de verleiding toe te geven. Ze floot Falko bij zich en liep het pad op dat naar de begraafplaats leidde.

Het was gaan motregenen, het pad was in schemerdonker gehuld en doordat het bos zo vochtig was, rook ze allerlei geuren. Franziska liep langzaam door. Ze probeerde zich te concentreren op het gekwetter van de vogels, het zachte geruis van de wind in de takken en het gedruppel van de regen. Maar de vrijgelaten herinneringen lieten zich niet verbannen, ze loerden tussen de stammen en bleven aan haar kleven, als spinrag uit het verleden.

'Waarom moet onze bruiloft uitgesteld worden?' hoorde ze haar eigen, vierentwintigjarige stem zeggen. 'Leg het alsjeblieft aan me uit, Walter. Ik begrijp het niet.'

'Ik kan niet uitleggen wat de redenen zijn, Franzi. Als je van me houdt, dring dan alsjeblieft niet verder aan.'

Het was alsof hij naast haar liep. Net als toen, toen ze samen over dit pad liepen, langzaam en hand in hand. Ze hadden even alleen willen zijn, om eindelijk uit te praten wat er tussen hen in leek te staan.

'Hou je niet meer van me, Walter? Is dat het? Vertel het me dan. Laten we alsjeblieft eerlijk zijn tegen elkaar.'

Hij was blijven staan en had haar in zijn armen getrokken. O, dat moment! Dat moment dat zijn ogen de wereld om haar heen stralend blauw kleurden. Dat moment had ze nooit kunnen vergeten. Ze had het weggestopt, dat wel ja, omdat ze niet wilde toegeven dat Ernst-Wilhelms omhelzingen haar koud lieten.

'Denk dat alsjeblieft niet, Franzi. Ik heb nog nooit zo veel van je gehouden als nu op dit ogenblik en ik zal van je blijven houden tot aan mijn dood. Dat zweer ik je.'

Zijn kussen waren vol verlangen, naar het leven, naar het geluk, naar het zoete van het bestaan. Ze had het gevoel gehad dat het bos en de nachtelijke sterrenhemel in een jubelende dans om haar heen cirkelden. Als hij toen had geprobeerd haar te nemen, had ze het hem makkelijk gemaakt. Maar dat deed hij niet. Later had ze pas begrepen waarom niet.

'Je hoeft het niet te zweren, mijn liefste, ik geloof je. Ik zal wachten tot je me vertelt dat onze tijd is gekomen.'

Het krakende geluid van brekende takken haalde Franziska terug naar het heden. Falko had een haas of een ree geroken en was aan de zijkant van het pad in het struikgewas verdwenen.

'Falko!' riep ze, hoewel ze wist dat het te laat was. Als het jachtinstinct eenmaal bij hem bovenkwam, was het een tijd gedaan met de gehoorzaamheid.

Langzaam liep ze verder. Ze stapte over de resten van de muren van de begraafplaats en liet haar blik zoekend over de omgevallen grafstenen dwalen. Daar moest het zijn. Een van de stenen was overeind gezet. Had Ulli dat gedaan? De jongen leek op zijn grootvader. Wagenmaker Schwadke was vroeger de sterkste en snelste jongen van de hele omgeving geweest. Zou hij daarom de oorlog en gevangenschap overleefd hebben?

Ze voelde dat haar hartslag onrustig werd naarmate ze dichter bij de steen kwam. Misschien was het toch geen goed idee geweest om hiernaartoe te gaan, want ze werd nu helemaal duizelig van de spanning. Ze moest een muur openbreken en tot het schaduwrijk doordringen. Zoals Orpheus ooit had gedaan op zoek naar zijn geliefde.

IVERSEN

tember 1946

Ze staarde naar de letters en cijfers en begreep pas na een paar seconden dat dit slechts een gedeelte was. Waar was de rest? Ze porde in de rechthoekige richel in de aarde waar Ulli de steen uit had opgetild. Maar er lagen alleen een paar brokstukken en scherven. Ze hadden zijn grafsteen kapotgeslagen. Bekogeld met stenen. Verbrijzeld.

IVERSEN

Zijn naam. De voornaam Walter was weg, die was vernietigd. Had Elfriede er ook zijn officiersrang voor laten zetten? Majoor Walter Iversen? Ze zou het nooit te weten komen.

Franziska bukte zich, veegde met haar hand over de inscriptie en voelde tranen opwellen. Daar stond ze nu, een oude vrouw met grijs haar, die het woord streelde, zijn achternaam in steen gehouwen. Dat was alles wat er van hem over was gebleven. Teder ging ze met haar wijsvinger langs de randen van de letters en ze hoorde zichzelf snikken. Haar liefde. Haar grote liefde. Al zo lang voorbij. En zo levendig alsof hij voor haar stond.

Ze ging zo op in haar verdriet dat ze ondanks de motregen op een van de omgevallen stenen voor de muur van de vernietigde kapel moest gaan zitten. Nee, het ging haar niet lukken. Ze had te veel hooi op haar vork genomen. Het ontbrak haar aan moed. Aan energie. Ze was te oud. Het verleden haalde haar in, de schaduwen waren sterker dan zij.

Ik kan niet meer terug, dacht ze vertwijfeld. Ik heb alles opgegeven. Mijn huis, mijn spaargeld, onze vrienden in Königstein. Alles waar we na de oorlog zo hard voor hebben gevochten. Ze zocht in haar jas naar een zakdoek, toen de hond ineens weer opdook. 'Daar ben je, schooier.'

Zijn tong hing uit zijn bek en zijn vacht zat onder het gras en de modder. Het scheen een opwindende, maar gelukkig vergeefse jacht geweest te zijn. Hij keek haar schuldbewust aan.

Met haar rug tegen de muur van de ingestorte kapel geleund, aaide ze Falko over zijn kop. De regen ruiste zacht, het bos dronk gulzig, het mos was bezaaid met piepkleine waterpareltjes.

Wat raar, dacht Franziska. Ze had de steen in september 1946 laten plaatsen. Vlak voor haar dood...

De rust keerde terug. De schaduwen gleden terug naar het rijk van de schemering waaruit ze gekomen waren. Franziska sloot haar ogen en ook Falko legde zijn kop moe op zijn poten. Hij leek te slapen, maar zijn oren bewogen bij elk geluid. Hij bewaakte de slaap van zijn baasje.

Mine

Juli 1991

ULLI STEUNDE MET BEIDE handen op de vensterbank en leunde ver naar buiten om het landhuis beter te kunnen zien. 'Ze zijn wel goed, zeg, die timmerlieden uit Hamburg,' zei hij. 'De dakconstructie staat. Ze beginnen nu aan de dakkapellen. Volgende week is het tijd voor het pannenbier.'

Ulli was deze zondag voor de lunch gekomen. Hij had samen met hen jonge kabeljauw met aardappelen en kruidensaus gegeten en cider gedronken. Nu stond hij op van de tafel en zei hij dat hij naar Kalle ging. Die was vast op zijn bouwplaats.

'Kijk maar uit dat je onderweg niet blijft hangen,' zei Karl-Erich. Hij schoof op zijn stoel heen en weer omdat hij last had van zijn ischias.

'Maak je daar maar niet druk om, opa!' reageerde Ulli, die heel goed wist waar Karl-Erich op doelde.

Maar Karl-Erich liet het niet rusten. Hij wilde eindelijk eens zeggen wat hij al heel lang op het hart had. 'Het is nergens goed voor, Ulli!' riep hij en hij sloeg met zijn vuist op de tafel. 'Het is nergens goed voor als die hoge lui zich inlaten met de lage bevolking. Jonker blijft jonker. Knecht blijft knecht. Je kunt die roodharige freule wel leuk vinden, maar zij zit anders in elkaar dan wij. Ze ziet de dingen niet zoals wij. Ze is niet een van ons. De jonkers hebben altijd op ons neergekeken. Ze zien ons niet als mensen van gelijke stand. Ze beliegen mensen zoals wij en maken misbruik van ons. In hun ogen zijn wij geen mensen, maar arbeiders die ver onder hen staan.'

Ulli keek hem met grote ogen aan, maar Mine was blij dat hij niet reageerde op Karl-Erichs woordenvloed. Ze wist immers wat erachter schuilging. De oude kwestie met de arme Grete. Daar had Karl-Erich het nog altijd erg moeilijk mee, en nu het zo slecht met hem ging, nog meer dan vroeger.

Gelukkig wist Ulli dat ook. Hij wisselde snel een blik met Mine en knikte toen vreedzaam. 'Het is al goed, opa. Ik ben niet van plan iets met Jenny te beginnen. Maar ook niet met Mücke. Punt uit. Mücke is een lief meisje en ik mag haar graag. Ze is als een zus voor me. Niet meer, maar ook niet minder.' Eindelijk was het eruit. Hopelijk zouden zijn grootouders hem nu eindelijk met rust laten wat Mücke betrof. 'Ik ben met het avondeten weer thuis!' riep hij overdreven opgewekt. Hij trok zijn jas aan en verliet de woning.

'Dat krijg je er nu van,' zei Karl-Erich verwijtend toen Ulli weg was. 'Je probeerde goedbedoeld voor huwelijksbemiddelaar te spelen, maar met een tegengesteld effect.'

Mine ruimde zwijgend de tafel af en begon af te wassen. Ze ergerde zich een beetje aan Karl-Erichs opmerking. Dacht hij soms dat het hele dilemma haar schuld was? Omdat ze Ulli op het goede spoor had willen zetten?

'Ach, die jongelui doen toch wat ze zelf willen,' mompelde ze en ze goot nog wat heet water uit de ketel in de afwasteil. Vroeger had Karl-Erich afgedroogd, hoewel hij het niet graag had gedaan en er altijd stomme grapjes over had gemaakt. Dat hij de leerling van Mine was geworden en moest aanhoren dat er geen druppeltje water meer op de messen en vorken mocht zitten als je ze in de besteklade legde. Inmiddels waren zijn vingers zo stijf dat hij het bestek nauwelijks nog kon vasthouden. Er waren al twee grote borden gesneuveld, waarna Mine had besloten dat de vaat ook prima vanzelf kon drogen in het rek.

Karl-Erich had niets gezegd, maar ze wist dat hij het moeilijk vond. Hij deugde nergens meer voor, niet eens meer als hulp in het huishouden. 'Stukje bij beetje wordt alles van je afgepakt,' had hij eens gezegd. Eerst werd het lopen moeilijker, daarna werden zijn handen krom en nu werkte zijn rug ook niet meer mee.

'Kun je me even insmeren?' vroeg hij en hij vertrok zijn gezicht van de pijn. 'Daar links. Op het schouderblad.'

'Is het nog steeds niet beter? Wacht, ik pak de zalf...' Mine droogde haar handen af en opende het keukenkastje waar ze de medicamenten tussen het koffieservies bewaarde. De reumazalf rook vrij scherp en brandde op de huid. Het was duivels spul. Vroeger hadden ze reumapatiënten met paardenzalf ingewreven, dat was nog erger geweest, maar het had ook wel beter geholpen. Althans, dat beweerde Karl-Erich, hoewel hij toen nog helemaal geen reuma had. Ze hielp hem uit zijn vest en overhemd, schoof zijn onderhemd omhoog en zag dat zijn rug aan de linkerkant helemaal rood was van het inwrijven. 'Doet het ook zeer als je inademt?' vroeg ze.

'Ja. En als ik mijn arm beweeg. Smeer het erop, Mine.'

'Maar het is helemaal ontstoken...' Mine keek vertwijfeld naar Karl-Erichs rug.

'Maakt niet uit.'

Ze nam een heel klein beetje zalf en probeerde zo voorzichtig mogelijk te zijn. Ze wilde de behandeling ook niet helemaal weigeren, want dan zou hij gaan klagen dat hij alleen maar een last voor haar was en dat soort onzin.

'Doet het pijn?' vroeg ze meelevend.

'Het is alsof iemand er met een mes in prikt,' bromde hij en hij haalde sissend adem. 'Stop maar, zo is het genoeg.'

Dat vond zij ook. Voorzichtig schoof ze het onderhemd weer naar beneden, maar toen ze hem in zijn overhemd wilde helpen, weerde hij dat af. 'Laat maar. Ik ga toch even een uurtje slapen.'

Hij wilde in bed liggen, dat was ongebruikelijk. Anders ging hij voor zijn middagdutje gewoon in zijn fauteuil zitten en schoof ze een krukje onder zijn benen. Langzaam kwam er twijfel bij haar op. Die pijn onder het linkerschouderblad was wel raar.

'Zou je niet eens naar de dokter gaan, Karl-Erich?' vroeg ze. 'Het zou ook iets anders kunnen zijn.'

Hij schudde zijn hoofd en steunde op het tafelblad om zich moeizaam omhoog te duwen. Ze hielp hem op te staan, begeleidde hem naar de slaapkamer en sloeg de deken terug zodat hij kon gaan zitten. Hoewel ze hem steunde, plofte hij toch vrij hard op het matras. Hij klaagde niet, maar vertrok alleen pijnlijk zijn mond. 'Als ik een uurtje slaap, gaat het wel weer over. Bovendien is het zondag, dan heeft de dokter sowieso geen spreekuur.'

'Voor spoedgevallen is er een nooddienst,' herinnerde Mine hem.

Hij pakte de deken die ze over hem heen legde vast en het lukte hem om hem omhoog te trekken. 'En achteraf lachen ze ons uit omdat we vanwege zo'n kleinigheid komen...'

Het was hopeloos. Karl-Erich had dokters altijd al gewantrouwd. Hij haatte het om onderzocht te worden en als er iemand 'aan hem zat'. En hij haatte het om medicijnen te moeten slikken. Hoe vaak had hij al niet beweerd dat hij kerngezond was, maar dat hij ziek werd door die stomme pillen? Hij had zijn hele leven op zijn sterke lichaam vertrouwd en wilde maar niet snappen dat hij dat niet meer kon.

Mine deed het raam open en schoof het gordijn dicht. Ze draaide zich naar hem om. Hij had zijn ogen gesloten. Zou hij al slapen? Nee, hij deed alsof. Ze zag dat zijn oogleden bewogen. Waarschijnlijk had hij pijn, maar wilde hij dat niet toegeven. Waarom gedroegen mannen zich altijd als kleine jongens? Wat dat betreft, waren ze allemaal hetzelfde.

Toen ze de slaapkamerdeur achter zich had dichtgedaan, slaakte ze een diepe zucht. In elk geval kon ze nu de vaat afdrogen en in de kast zetten, en daarna zou ze aan de voorbereidingen voor het avondeten beginnen. En tussendoor zou het niet verkeerd zijn om een kopje koffie voor zichzelf te zetten, om te voorkomen dat ze moe werd en in de stoel in slaap viel.

Ze was net bezig met de vorken toen er werd aangebeld. Was Ulli weer eens zijn sleutel vergeten? De jongen was behoorlijk verstrooid. En dat allemaal vanwege de roodharige freule. Soms dacht Mine dat het beter was geweest als de grens dicht was gebleven. Dan hadden ze hier hun rust gehad en niets te maken gehad met de barones en haar kleindochter.

Ze strompelde naar de voordeur, deed open en schrok. Want niet Ulli stond voor haar, maar Franziska von Dranitz hoogstpersoonlijk.

'Goedemorgen, Mine,' zei ze. 'Ik wens je een mooie zondag. Mag ik even binnenkomen?'

De barones zag er nogal geradbraakt uit, vond Mine. Geen wonder, met al die uitdagingen die zo'n verbouwing met zich meebracht. Mine trok de voordeur verder open en maakte een uitnodigend gebaar.

'Komt u binnen, mevrouw de barones. Wat leuk dat u bij ons langskomt. Karl-Erich is net even gaan liggen, dat moet u hem maar niet kwalijk nemen.'

Ze leidde Franziska naar de woonkamer, liet haar in de goede fauteuil plaatsnemen en vroeg of ze een kopje koffie wilde.

'Alleen als je net koffie hebt gezet.' De barones keek glimlachend om zich heen in Mines en Karl-Erichs rijk. Ze hadden het hier heel gezellig.

'Dat is geen moeite, mevrouw de barones. Ik ben zo terug...'

Het was wel raar. Daarnet had ze nog gewenst dat de barones in het westen was gebleven en nu haastte ze zich naar de keuken om een kopje koffie voor haar te zetten. Dat was als een automatisme en ze deed het zelfs graag. Net als vroeger, toen zij nog het dienstmeisje Mine en Franziska de jonge freule was. Nee, het was toch goed dat de barones was teruggekomen. Een cirkel sloot zich. En dat vond ze fijn. Het moest zo zijn dat begin en einde elkaars hand vastpakten.

Toen ze met de koffiekan en twee kopjes terugkwam in de woonkamer, stond de barones bij het raam en keek uit over de velden.

'De rogge staat er goed bij,' zei Mine en ze dekte de koffietafel. 'De coöperatie heeft nieuwe machines gekocht, daarmee kunnen ze alles in een paar weken oogsten.'

'Ja,' bevestigde de barones. 'Ik heb erover gehoord. Hopelijk krijgen ze zo veel voor hun rogge als ze hopen.'

Dat had Karl-Erich ook gezegd, want de prijzen op de wereldmarkt schommelden en in een goed oogstjaar kelderden ze vaak.

'Vroeger heeft papa hier ook aardappelen geplant,' zei Franziska peinzend. 'En schapengras op de minder vruchtbare grond. En haver en koolraap.'

Mine herinnerde het zich nog goed. Het schapengras hadden ze als veevoer gebruikt, voor iets anders deugde het niet. Maar als de wind erdoor waaide, zag het er mooi uit. Als zilverviolette golven.

'Ik moet je iets vragen, Mine,' begon de barones terwijl Mine koffie voor haar inschonk.

'Ik haal alleen nog even snel room en suiker, mevrouw de barones,' zei Mine en ze haastte zich weer naar de keuken. De barones wilde dingen vragen. Dat had Mine kunnen bedenken. Ulli had immers verteld wat Jenny en hij op de begraafplaats hadden gevonden. Het was nog een geluk bij een ongeluk dat de inscriptie maar voor een deel bewaard was gebleven. Ach, het was vreselijk als je constant moest liegen. Maar de waarheid was moeilijk te verklaren. Die zou pijn doen. En uitgerekend vandaag zag de barones er zo moe en bleek uit.

'Er is een grafsteen voor Walter Iversen op onze oude familiebegraafplaats. Die zal Elfriede destijds nog voor hem hebben laten plaatsen, nietwaar?'

Mine zweeg terwijl ze koortsachtig nadacht. Mevrouw de barones dacht dus dat Elfriede de steen had laten plaatsen. Hemel...

'Ja, ja,' zei ze hulpeloos en ze roerde suiker door haar koffie. Dat deed ze zo onhandig dat de koffie over de rand klotste en er een plasje ontstond op het schoteltje.

'Maar majoor Iversen ligt daar toch niet begraven, of wel soms?' vroeg de barones verder.

'Nee, nee.' Mine schudde haar hoofd, blij dat ze niet hoefde te liegen. 'Die ligt daar niet.'

'Dat dacht ik al.' Franziska pakte haar kopje en blies voorzichtig op de dampende vloeistof. 'Elfriede moet kort daarna zijn overleden,' ging ze peinzend verder.

Mine veegde het schoteltje met een keukendoekje af, nam een grote slok koffie en zette het kopje omslachtig weer neer. 'Ja, ze is in de herfst van 1946 overleden.'

'Is ze... is ze verkracht? Ik heb gehoord dat ze is doodgebloed.' Franziska's blik dwaalde naar het raam om de spoken uit het verleden in bedwang te houden.

Mine zag alles weer voor zich. Elfriede was zo mager als een jongen geweest, behalve haar buik, die was reusachtig. Ze kronkelde van de pijn. Ze vocht, maar werd steeds zwakker. Steeds bleker. Ze hield haar kleintje nog een paar minuten in haar armen, ze hoorde het huilen, en toen was ze overleden. Heel stil en helemaal alleen. 'Ze is overleden aan een miskraam. Wat er precies aan de hand was, weet ik niet, mevrouw de barones.'

Franziska knikte en boog haar hoofd. Ze zweeg een poos en daarna glimlachte ze dankbaar naar Mine. 'Het is goed, Mine. We moeten de oude tijden maar laten rusten. Als het landhuis helemaal is gerenoveerd, zullen Jenny en de kleine Julia er samen met mij intrekken. Een kind, dat is een nieuw leven, een nieuw begin.'

Mine schraapte haar keel. Ze haalde haar zakdoek tevoorschijn en deed alsof ze haar neus moest snuiten, omdat er plotseling tranen in haar ogen opwelden. 'Dat hebt u mooi gezegd, mevrouw de barones.'

Vanuit de slaapkamer klonk een hese oudemannenhoest en daarna hoorden ze Karl-Erich schor roepen: 'Mine! Kom eens...'

De oude vrouw schrok. Zijn stem klonk zo klaaglijk dat ze ineens het ergste vreesde. 'Sorry,' zei ze tegen Franziska. Ze stond op en haastte zich naar de slaapkamer. Toen ze bij zijn bed kwam, strekte hij zijn armen naar haar uit. Zijn gezicht was wit, zijn lippen waren blauwachtig.

‘Trek me omhoog,’ kreunde hij. ‘Ik hou het niet meer uit.’

Ze vroeg niets, maar deed wat hij vroeg. Het was niet makkelijk om hem in een zittende positie te brengen. Hij leek wel een rotsblok, zo zwaar was hij. Toen hij eindelijk zat, boog hij zich voorover en hijgde, met zijn rechterhand tegen zijn borst geperst.

‘Ik krijg geen lucht,’ bracht hij met moeite uit. ‘Heel plotseling…’

‘Doet het pijn in je borst? Daarboven?’ vroeg Mine doordringend, maar hij gaf geen antwoord. Hij staarde alleen voor zich uit en verkrampte telkens. ‘Nu is het afgelopen,’ zei ze tegen hem. ‘Ik bel een ambulance. Dit kan zo niet langer doorgaan.’

Ineens werd hij weer levendig. ‘Geen ambulance! Ik wil niet naar het ziekenhuis! Heb je me gehoord, Mine? Niet naar het ziekenhuis!’

‘Maar Karl-Erich,’ zei ze.’

‘Nee!’ zei hij hijgend en hij staarde Mine met opengesperde ogen aan. ‘Ik wil hier blijven. In het ziekenhuis gaan mensen dood!’

Hij stopte omdat er nu een boze stem klonk die zich ermee bemoeide. ‘Potverdorie, Schwadke!’ schold de barones, die op de drempel stond. ‘Ik wilde ook niet naar het ziekenhuis. Ik ging bijna dood omdat ik zo eigenwijs was. En met u zal het precies zo gaan als u zo koppig blijft!’

Hij zei niets, maar kreunde en hapte naar adem.

‘Hij wil niet,’ zei Mine hulpeloos. ‘En ik kan hem toch niet dwingen…’

Franziska stapte vastberaden naar het bed van voormalig wagenmaker Schwadke, die hijgde en snoof. Hij hing meer dan dat hij zat, maar hij bleef eigenwijs.

‘Ik doe u een voorstel, Schwadke. We rijden samen naar het ziekenhuis in Neustrelitz en laten de artsen eens kijken wat er met u aan de hand is. En als u daarna weer naar huis wilt, dan beloof ik u dat ik u weer terugbreng.’

Hij vertrok zijn gerimpelde wangen en keek wantrouwend naar haar op. Mine hield haar adem in. Hij had zijn hele leven over de jonkers en baronnen gemopperd, over de uitbuiters die zo’n heerlijk leventje hadden geleid. Terwijl hij donders goed wist dat dat niet waar was.

'Hand erop,' zei hij. Zijn kin trilde.

'Hand erop,' antwoordde Franziska.

Karl-Erich had moeite om zijn gekromde rechterhand van zijn borst te halen en naar haar uit te steken. Franziska pakte zijn hand en hield hem vast.

'Mine, help me iets aan te trekken,' zei hij. 'Ik kan immers niet in mijn ondergoed bij mevrouw de barones in de auto zitten.'

Franziska lachte, liet zijn hand los, zei dat ze snel even haar kopje koffie op ging drinken en liep naar de woonkamer. Mine pakte op aanwijzing van haar man zijn nieuwe geruite overhemd uit de kast, zijn goede broek, bijpassende sokken en de speciale schoenen van de orthopeed. Ze was opgelucht. Als hij ijdel was, kon het niet zo slecht met hem gaan als ze had gevreesd.

Samen lukte het hun om hem de trap af te krijgen en met wat moeite ook op de passagiersstoel van de Opel Astra. Mine ging achterin zitten. Handig, zo'n vierdeursauto. Vijfdeurs, zei Ulli altijd, want hij telde de klep van de kofferbak mee.

'Best mooi, die westerse auto's,' zei Karl-Erich en hij moest hoesten. 'Heeft deze ook airco en stoelverwarming?'

Jenny

Juli 1991

'DE TELEFOON IS EEN uitvinding van de duivel.' Wie zei dat altijd? Haar moeder? Nee, die zeker niet. Die zat soms urenlang te bellen en dan blokkeerde ze het toestel voor de hele woongroep. Dan kwam het zeker uit een of andere oude film die ze leuk had gevonden.

Als het toestel begon te rinkelen, kon ze het gewoon niet laten om de lelijke grijze DDR-hoorn op te nemen en 'Kettler' te zeggen, zoals nu.

'Jenny?' hoorde ze een bekende stem zeggen. 'Hang alsjeblieft niet meteen op. Luister naar me. Alsjeblieft.'

Jenny liet zich op haar oma's pluchen fauteuil zakken en hapte naar adem. Simon... Hoe kwam hij aan haar nummer? Waarschijnlijk had hij haar moeder gebeld en had zij hem gewoon haar nummer gegeven. Echt wat voor Cornelia.

'Ik wil niet met je praten,' bracht ze uit en ze wilde net ophangen toen hij 'Nee! Wacht, Jenny!' in de hoorn riep. 'Een paar woorden maar, alsjeblieft...'

Waarom hing ze nu niet op? Het was zo simpel. De hoorn op de haak en klaar. En als hij dan nog een keer belde, gewoon de lijn blokkeren.

'Wat wil je?' vroeg ze aarzelend. 'Hou het kort, ik heb het druk!'

'Klopt het dat wij een dochter hebben?'

Jenny slikte. 'Hoe kom je daar nou bij?'

'Ik heb een geboortekaartje gekregen.'

Oma! Nou, die zou wat te horen krijgen! 'Dat is een vergissing.'

'Een vergissing? Hoe bedoel je dat? Hier staat dat je een dochter hebt gekregen die Julia heet... Klopt dat niet?'

Het had weinig zin om het te ontkennen. Ze kon beter tot de aanval overgaan, misschien liet hij haar dan met rust. 'Hoe gaat het met je lieve vrouw en kinderen?' vroeg ze. Haar stem droop van sarcasme. 'Allemaal oké? Helemaal het gelukkige en knusse gezinnetje?'

Hij snoof in de hoorn. Het klonk als een mengeling van een zucht en boos gesis. 'Ik woon sinds drie maanden alleen. De scheidingsprocedure is in gang gezet.'

Maakte hij haar iets wijs? Of had Gisela eindelijk de moed gevonden om spijkers met koppen te slaan? Nou ja, het maakte haar niet uit. Ze had genoeg van hem. Van zijn leugens en laffe gedoe. Het was voorbij. Afgelopen. Fini.

'De scheiding gaat mij niets aan. En wat mijn dochter betreft, ze is van mij. Hoor je dat, Simon Strassner? Helemaal alleen van mij. We hebben je niet nodig. Jou niet en je geld ook niet. Is dat duidelijk?'

Zijn stem klonk nu afstandelijk. Zo praatte hij met klanten die hij wilde afwimpelen. 'Je bent totaal niet veranderd, Jenny. Toen ik het kaartje kreeg, dacht ik eerst dat we misschien als vrienden met elkaar konden praten. Maar blijkbaar is dat helaas niet mogelijk. Overigens moet ik je erop attenderen dat ik als vader van het kind bepaalde rechten heb. Juridisch gezien...'

'Dan zul je eerst moeten bewijzen dat je überhaupt de vader bent,' onderbrak ze hem.

Simon zweeg een hele tijd. Ze dacht al dat hij had opgehangen, maar toen zei hij: 'Met jou valt niet te praten. Ik zal later weer contact met je opnemen. Tot dan...'

'Tot nooit meer!' riep ze, maar hij had al opgehangen.

Ze legde de hoorn op de haak en bleef een paar tellen op de bank zitten om het telefoontje te verwerken. Oma! Verdorie nog aan toe. Zo langzamerhand begon ze haar moeder een beetje te begrijpen. Hoe haalde haar oma het in haar hoofd om niet alleen haar moeder, maar ook Simon een geboortekaartje te sturen?

Peinzend gaf ze Juultje een flesje. Na een tijdje werd ze ruw uit haar gedachten gehaald door de deurbel. Ook Juultje schrok van het schelle geluid en spuwde de melk uit. Met haar dochter op haar arm liep Jenny naar de voordeur en maakte hem open. Ulli stond voor de deur. Hij keek haar grijnzend en vol verwachting aan. In zijn ene hand had hij een bos bloemen en in zijn andere een in roze papier ingepakt cadeautje met een strik eromheen. Toen hij Jenny's afkeurende blik zag, zakten zijn mondhoeken naar beneden. 'Hallo, knappe meiden. Ik kom zeker op een ongelegen moment?'

Ach, hij was zo'n aardige man. Ze mocht hem echt graag. Wat zag hij er nu teleurgesteld uit! 'Je stoorde ons tijdens het eten!' zei ze gespeeld verwijtend.

'O, dat spijt me,' antwoordde hij berouwvol. 'Dan kan ik maar beter weer gaan...' Hij gaf haar een samenzweerderige knipoog. Hij kende het spelletje. Hij wist dat ze hem binnen zou vragen.

En inderdaad: 'Nee hoor, je kunt rustig blijven. En nu je er toch bent, kun je meteen even een handdoek halen. Juultje heeft een beetje gespuwd.'

Ulli kwam binnen, legde het pakje en de bloemen neer en liep snel naar de commode. Slimme jongen, hij wist al aardig de weg in haar kleine woning. Die Angela had hem goed opgevoed.

'Dat was het wereldrecord spuwen,' grapte hij en hij wreef met de handdoek over de natte plek op haar schouder. 'Het is zelfs op de vloerbedekking gekomen. En op je oma's pantoffels.'

Jenny grijnsde. 'Hier, hou haar eens vast, dan zet ik even snel de bloemen in het water.'

Ze pakte een van haar oma's kristallen vazen uit de keukenkast, vulde hem met water en zette de bloemen erin. Zalmroze rozen met witte gerbera's en sluierkruid.

‘Mooi,’ zei ze en daarna pakte ze het pakje op. ‘Wat zit hierin?’ vroeg ze nieuwsgierig en ze schudde het voorzichtig. Het was licht. Het rammelde niet. Een knuffeldier?

‘Maak maar open,’ zei hij grinnikend. Hij had allang gemerkt dat ze dol was op cadeautjes. Wat dat betreft, was ze net een klein kind.

Ze trok voorzichtig de strik eraf, scheurde het cadeaupapier open en jubelde: ‘Een zeehond! O, wat schattig! Met van die grote kraalogen!’

Hij was blij. Ze had hem een keer verteld dat ze als kind zelden cadeautjes had gekregen. Haar moeder vond de burgerlijke gewoonte om elkaar met verjaardagen en kerst cadeautjes te geven afgezaagd. Haar moeder kocht speelgoed voor haar als ze geld had. Eén keer had een huisgenoot zijn cowboyuitrusting meegenomen omdat hij indruk wilde maken op Cornelia.

‘Het is een huiler,’ zei Ulli glimlachend. ‘Een zeehondenbaby. Nog helemaal wit. Als ze volwassen zijn, hebben ze een grijze vacht.’

Jenny wreef haar wang tegen de zachte stof en vond het zonde om het knuffelbeest aan een spuwende baby te geven. ‘Die neem ik mee naar bed. Lekker knus.’

Ulli keek haar een paar tellen lang met een zeer merkwaardige blik aan. Daarna tilde hij Juultje op en draaide met haar in de rondte. Ze hikte van plezier, krijste en lachte. En ze wilde nog een keer. En nog een keer.

‘Pas op dat ze niet weer gaat spuwen!’ riep Jenny vrolijk.

‘Zullen we haar in de kinderwagen leggen? Het is heerlijk weer buiten. Ik had eigenlijk verwacht dat jullie tweeën bij het landhuis zouden zijn…’

‘Nee… Alleen oma en Kacpar zijn daar. Juultje en ik hebben een zware nacht achter de rug.’

Jenny droeg Juultje de trap af en Ulli droeg de kinderwagen. Beneden legden ze haar in de wagen. De huissleutel legden ze onder het dekentje, en in het netje legden ze een reserveluier en een kruippakje voor noodgevallen. Jenny duwde de wagen die Mücke via een vriendin voor haar had geregeld. Ulli liep naast haar. 'Zullen we de veldweg nemen?' stelde hij voor. 'Via dat pad liepen wij als kind altijd naar het meer.'

'Gingen jullie daar zwemmen?' vroeg Jenny.

'Tuurlijk. Zwemmen. Bootje varen. En vissen. Het was een geweldige tijd. En geen volwassene in de buurt...'

'Wij gingen vaak naar het Maschmeer,' vertelde Jenny. 'Dat is midden in Hannover. We gingen met de tram. Zonder te betalen.'

'Werd je moeder dan niet kwaad?'

Jenny lachte. 'Alleen als ik zo dom was om me te laten betrappen...'

Ulli schudde zijn hoofd en lachte. 'Ik dacht dat je je kinderen zo moest opvoeden dat ze eerlijk zijn en zich fatsoenlijk gedragen!'

'Daar heb je zeker gelijk in,' was Jenny het met hem eens. 'Maar vooral moeten ze hun ogen openhouden en zich niets wijs laten maken. Naar mijn ervaring zijn er te veel mensen die je maar iets op de mouw spelden.' Ze zag Simon Strassners gezicht voor zich, maar ze wilde nu niet aan hem denken. 'Je zou niemand al te zeer moeten vertrouwen,' ging ze verder en ze joeg wapperend met haar hand een dikke vlieg weg bij de kinderwagen. 'Dat zullen jullie op de werf ook nog merken.'

Blijkbaar had ze een gevoelige snaar geraakt. 'Hoe bedoel je dat?'

'Nou ja, in feite zijn jullie een inefficiënt bedrijf. Zoals alle bedrijven in het oosten. Dat weet bij ons ieder kind. Jullie bouwen misschien wel goede schepen, maar gewoon niet op een efficiënte manier. Veel te duur. Te hoge personeelskosten. Op die manier kapen anderen de orders voor jullie neus weg.'

Hij snoof geïrriteerd en raadde haar aan niet over dingen te praten waar ze geen verstand van had. 'Kwaliteit heeft zich altijd bewezen,' beweerde hij. 'En daarom zal de werf zich bewijzen. Daar ben ik van overtuigd!'

'Als je dat denkt...'

Ze liepen zwijgend naast elkaar. Jenny deed alsof ze met de kinderwagen bezig was, Ulli had zijn handen diep in zijn broekzakken gestoken en staarde naar de weg. Op het punt waar de veldweg begon, vroeg hij of hij de kinderwagen moest duwen. Jenny accepteerde het vredesaanbod. Hij was in elk geval niet iemand die lang beledigd bleef. Een pluspunt voor hem.

'Dat het landhuis nog staat, hebben jullie aan ons te danken,' zei hij. 'Het zou eigenlijk gesloopt worden, maar een hoop mensen in Dranitz hebben zich verenigd en een verzoekschrift ingediend. Ook mijn grootouders en mijn ouders. Omdat ze van mening waren dat het landhuis bij Dranitz hoort. Als een soort symbool. Een stukje identiteit. En uiteindelijk hebben ze het laten staan.' Hij bleef staan en liet zijn blik over het bloeiende landschap dwalen. 'Mooi hier, hè?'

Jenny knikte en keek hem glimlachend aan. Ze bleven even zwijgend staan. Heel langzaam tilde Ulli zijn hand op en raakte haar kin aan. Hij streek een rode haarpluk achter haar oor, die meteen weer losraakte en in de wind fladderde.

'De Von Dranitz en de Schwadkes,' zei hij zacht en hij boog zich zo dicht naar haar toe dat zijn overhemd haar blote arm aanraakte. 'Die hebben altijd al met elkaar te maken gehad. Die horen op de een of andere manier bij elkaar, nietwaar?'

Nog één seconde en dan was het gebeurd. Wat had Jenny hem graag gekust. Wat had ze graag zijn sterke handen en warme, gespierde mannenlijf gevoeld. Maar het ging niet. Ze moest eerst Simon uit haar leven verbannen, en wel definitief. 'Laat dat, Ulli Schwadke!' snauwde ze en ze duwde hem abrupt van zich af.

Ulli staarde haar volkomen perplex aan, maar had zichzelf weer snel onder controle. 'Hé! Verbeeld je maar niks, voorname freule!'

'Doe nou niet zo onschuldig… Eerst de kinderwagen duwen en dan even snel de mama versieren. Zo doen jullie ossi's dat zeker, hè?'

'Tuurlijk,' zei hij boos. 'Eerst de mama versieren en dan de kinderwagen laten staan, dat is zeker hoe de wessi's het doen?'

Jenny wierp hem een woedende blik toe, draaide de kinderwagen om en liep weer in de richting van het dorp.

Ulli volgde haar. 'O ja,' zei hij onvriendelijk toen ze bij de eerste huizen kwamen. 'Dat is waar ook. Ik heb even in het telefoonboek van Stralsund gekeken. En toen ik daarin niets vond, ook in het telefoonboek van Rostock. Vroeger zijn immers veel mensen van het platteland naar de stad getrokken. En stel je voor, er is inderdaad een Iversen. Walter Iversen, scheepsschrijver bij het havenkantoor. Alleen is dat telefoonboek wel van 1985.'

Jenny bleef staan en haar mond viel open. Ze wilde iets zeggen, maar hij was haar voor.

'Dat wilde ik alleen maar even kwijt. Nou, dag...' Hij liep weg en nam een pad door de wei. Kennelijk wilde hij een rondje gaan joggen om de opgekropte woede kwijt te raken.

Franziska

Juli 1991

AL NA DE EERSTE kilometers was Karl-Erich stil geworden. Hij had zijn hand weer op zijn borst gelegd. Ondanks het geronk van de motor hoorde Franziska zijn zware ademhaling. In het achteruitkijkspiegeltje zag ze Mines bezorgde gezicht. Ze had een hoofddoek omgebonden waardoor haar gerimpelde kin extra opviel. Wat waren ze toch allemaal oud geworden. Wat had de tijd hun lichamen onbarmhartig veranderd. Ach, ze zag nog de jonge, nog geen twintig jaar oude Mine voor zich, op haar eerste dag in het landhuis. Iedereen had vol lof gezegd dat het nieuwe meisje zo bekwaam was. En zo deftig, had Franziska's grootvader daar meesmuilend aan toegevoegd. Mine met haar appelronde gezicht en bruine vlechtjes, die ze onder het witte mutsje opstak. Ze was behendig geweest. En slim. Ze wist zich altijd te redden en dacht mee. En je zag aan haar dat ze haar werk leuk vond.

Franziska glimlachte in het achteruitkijkspiegeltje naar Mine om haar moed te geven. Mines gezicht bleef ernstig en onbewogen. Misschien had ze helemaal niet in het spiegeltje gekeken, maar gewoon voor zich uit gestaard.

Het ziekenhuis in Neustrelitz werkte maar met halve bezetting. In het kader van de eenwording zou het gereorganiseerd worden. Er zouden nieuwe gebouwen, nieuwe medische afdelingen en nieuwe banen komen. Franziska liet Mine bij Karl-Erich in de auto zitten en vertelde tegen de dienstdoende verpleegkundige, een jonge blondine met een bril op, dat het om een spoedgeval ging.

'Waar gaat het om?' vroeg de verpleegkundige.

'Ik vermoed een hartinfarct...'

Nu ging alles heel snel. Een paar minuten later stonden Franziska en Mine in de gang van de eerste verdieping, direct voor de intensive care. Nu moesten ze wachten. De klok sloeg drie uur, half vier... Een verpleegster met kortgeknipt haar en een piercing in haar neus kwam naar hen toe en zei dat de patiënt nu stabiel was, maar dat ze nog niet naar hem toe konden. Hij lag aan het infuus, de arts had hem een kalmeringsmiddel gegeven.

En weer moesten ze wachten. Het was al vijf uur geweest. Franziska probeerde vergeefs Jenny te bereiken. Na een tijdje haalde ze bij de verpleegsters pepermuntthee en een paar biscuitjes en bracht het dienblad naar Mine. Zwijgend dronken de twee vrouwen de thee.

'Mevrouw de barones,' zei Mine plotseling en ze slaakte een diepe zucht. 'Mevrouw de barones, ik moet u iets vertellen.'

Dat klonk als een bekentenis. Franziska zette zich schrap. Ze had voor vandaag eigenlijk wel genoeg stress gehad. 'Nou, vertel maar, Mine.'

Mine zuchtte opnieuw en veegde zorgvuldig de biscuitkruimels van haar rok. 'Ik heb u niet de waarheid verteld, mevrouw de barones. En Karl-Erich heeft altijd gezegd dat u het vroeg of laat toch te weten zult moeten komen...' Ze stopte en zocht naar woorden.

Franziska zweeg en wachtte af. Ze staarde naar het verlichte bord met INTENSIVE CARE boven de deur naast hen.

'Het graf op de begraafplaats waar Iversen op staat, is wel een echt graf. Niet alleen een gedenksteen.'

Franziska schrok. Hij was dus toch op de familiebegraafplaats begraven. Maar hoe was dat mogelijk? Hadden Hitlers beulsknechten zijn stoffelijk overschot vrijgegeven? Of zijn as?

‘Weet je, Mine, ik geloof dat ik het helemaal niet wil weten,’ zei ze zacht. ‘Het is zo lang geleden. En het is niet goed om het op te rakelen. Want dan komt alles weer boven...’

Mine knikte. Ze begreep het heel goed. Er was in Mines herinnering ook het een en ander dat ze achter slot en grendel hield. Omdat het te veel pijn deed om het tevoorschijn te halen. ‘Maar ik moet het u toch vertellen, mevrouw de barones. Omdat er nog mensen zijn die ervan afweten. In het graf, waar Iversen op staat...’

De deur onder het bordje INTENSIVE CARE ging open. ‘Mevrouw Schwadke? U kunt nu met uw man praten.’

Mine bond haar hoofddoek strakker, stond op en haalde diep adem. Ze maakte haar zin niet af en dat nam Franziska haar niet kwalijk. Langzaam, met de typische wijdbeense gang van de plattelandsbevolking, strompelde ze naar de deur.

Franziska leunde vermoeid met haar achterhoofd tegen de groen geverfde ziekenhuismuur. Goed dat ze Karl-Erich had overtuigd om zich door haar naar het ziekenhuis te laten brengen. Hopelijk kwam hij niet op het idee om vanavond nog naar Dranitz terug te willen. Ze had immers beloofd hem in dat geval thuis te brengen. Maar dat zou hem beslist geen goed doen.

Iemand rommelde aan de andere kant van de deur naar de intensive care en Mine verscheen. ‘Komt u, mevrouw de barones. Alstublieft. Hij wil iets tegen u zeggen...’

Franziska zuchtte en stond van de harde bezoekersstoel op. Zou ze de intensivecareafdeling zonder toestemming van de verpleegkundige wel mogen betreden?

Ze liep aarzelend naar binnen, keek Mine nog een keer vragend aan, en toen zij naar haar knikte, liep ze naar het bed.

‘Het gaat om Grete,’ hoorde ze hem fluisteren. ‘Om Grete...’

Franziska boog zich dichter naar hem toe om hem beter te kunnen verstaan. Grete?

‘Zijn zus,’ fluisterde Mine, die naast haar stond, alsof ze haar onuitgesproken vraag had gehoord.

Ja, natuurlijk! Nu herinnerde Franziska het zich. Mine had gezegd dat hij het gewoon niet kon vergeten. O, hemel, het was al zo lang geleden…

'Het is mijn schuld,' fluisterde hij. 'Ik heb niet opgelet. Ik had iets moeten merken…'

'Nee,' sprak Franziska hem tegen. 'Niemand heeft het gemerkt. Zelfs Elfriede niet, terwijl zij zo veel met hen omging. Heinrich en Grete hebben het heel stiekem gedaan.' Ze stopte en keek naar zijn gezicht. Zijn voorhoofd was nu niet meer bleek, maar roodachtig. Ze wist niet of dat een goed of een slecht teken was. De pieptoon in het grijze kastje bij zijn bed bleef in elk geval gelijkmatig.

'Waarom heeft ze niets tegen me gezegd?' fluisterde hij weer. 'Ik zou echt niet kwaad zijn geworden op haar. Ik hield van haar. Ik hield van die kleine meid.'

'We hielden allemaal van haar,' zei Franziska droevig. 'Elfriede heeft veel om haar gehuild. Het was niet fatsoenlijk van Heini. Hij heeft haar onrecht aangedaan. Groot, bitter onrecht. Hij was altijd onze lieveling, begrijp je dat, Karl-Erich? Hij was altijd zo vrolijk, zo optimistisch. Als hij wilde, kon hij iedereen aan het lachen maken. Maar door de oorlog was hij enorm veranderd, net als zo veel anderen. Misschien was alles anders gelopen als hij was blijven leven…'

Ze moest slikken omdat ze ineens tranen voelde opwellen. Ze pakte snel haar zakdoek, snoot haar neus en wreef over haar ogen. Maar de tranen bleven komen. 'Het spijt me,' mompelde ze. 'Het spijt me zo erg.'

De pieptoon begon te haperen. Achter haar ontstond beroering, een verpleegster kwam snel de kamer binnenlopen, draaide aan de wieltjes van een infuusslang en wachtte tot het gepiep weer regelmatig werd.

'Het is beter als u nu gaat. Morgenochtend vanaf tien uur is het weer bezoekuur. Mocht er iets dringends zijn, dan bellen we u uiteraard.'

Karl-Erich had zijn ogen nu gesloten en leek rustig te slapen. Misschien had het gesprek hem uitgeput. Toch had Franziska het gevoel dat er tussen hen iets was opgelost. Een bepaalde weerstand was doorbroken. Iets wat al heel lang smeulde, was eindelijk ter sprake gekomen. En dat had hun beiden goedgedaan.

Weer terug in Dranitz stopte Franziska voor het voormalige arbeidershuis om Mine uit te laten stappen. De oude vrouw bedankte haar en liep in de richting van het huis toen haar plotseling iets te binnen schoot.

'O ja,' zei ze en ze draaide zich nog een keer naar Franziska om. 'Dat graf op de begraafplaats... Daar ligt niet Walter Iversen. Dat is het graf van uw zus Elfriede.' Daarna draaide ze zich om en liep snel het huis in.

Franziska bleef als verstard in de auto zitten. Ze keek naar het houten tuinhekje waar de verf van afbladderde en probeerde Mines uitspraak te duiden. Het leek erop dat er de hele tijd iets voor haar geheim was gehouden. Waarschijnlijk om haar te beschermen en te voorkomen dat ze zichzelf dingen ging verwijten. Haar betreurenswaardige zusje moest geestelijk gestoord zijn geweest toen ze overleed.

Dagboek van Elfriede von Dranitz

15 mei 1945

Ik zit in een hoekje van de paardenstal, daar waar de brand het minst erg heeft gewoed en nog een deel van de muren overeind staat. Ze zijn zwart verkoold en ruiken nog steeds naar brand, en ook een beetje naar salmiak, want hier heeft ooit onze hengst Sterrenprins gestaan. Hij is weg, net als de andere paarden. De Russen hebben ze allemaal meegenomen. Ook de koeien hebben ze weggedreven. De varkens zijn geslacht, de kippen verdwenen.

Ik had nooit gedacht dat er mensen bestaan die zo wreed zijn. De blik in hun ogen was dof, hun lijven stonken naar zweet en alcohol. Ze schoten op onze honden en die jankten van de pijn, maar die duivels hielden niet op met schieten en lachen tot alle honden dood waren. Ze hebben de voordeur kapotgetrapt, hoewel die openstond. Ze hebben de vluchtelingen die zich in het huis verborgen hielden, geslagen en beroofd, en alle vrouwen, ook de oude vrouwen en de kleine meisjes, aangerand. Voor de lol begonnen ze daarna onze meubels kapot te slaan, en alleen omdat ze papa's wijnkelder ontdekten, stopten ze daarmee en gaven ze er de voorkeur aan om zich met rode wijn te bezatten.

In het dorp was geen enkel huis veilig voor ze. Mine wilde me niet vertellen wat daar is gebeurd, maar ze huilde toen ze ons gisteren iets te eten bracht. Met haarzelf is niets ergs gebeurd. Althans, dat zei ze. Het is amper te geloven, maar de Russische duivels zijn dol op kleine kinderen. Ze zijn vooral gek op de kleine Vinzent, die nog geen twee is. Ze hebben Mine zelfs meel en boter gebracht en een koe, zodat ze melk heeft voor de kinderen.

Ze hebben grootvader doodgeschoten. Hij trok de voordeur wijd open en stond op de drempel toen ze uit hun vrachtwagen sprongen en naar het landhuis liepen. Hij had een van onze jachtgeweren in zijn handen. Dat vertelde de oude Koop. Ze zegt dat ze het vanaf het meer heeft gezien. Papa en ik hoorden de schoten zelfs in de paardenstal.

'Hij wilde het zo,' zei papa zacht, toen Koop weer was weggestrompeld. 'Hij wilde als een man sterven, met het wapen in zijn hand, oog in oog met de vijand. God hebbe zijn ziel.'

Ik geloof dat papa zich schaamt voor zijn vermomming. Hij zou liever willen vechten. Zo zijn mannen nu eenmaal. Maar tegen deze overmacht kan niemand vechten, je kunt alleen maar doodgaan. En papa wil leven. Voor ons, voor mama, voor Franzi en mij. Voor het landgoed. Voor onze familie. Voor de tijd daarna, als er betere tijden komen en we allemaal weer bij elkaar zijn.

De Russen hebben ons niets aangedaan toen ze in de paardenstal kwamen. Ze hadden meer oog voor onze mooie dieren dan voor de twee stalknechten. Een van de soldaten hield zelfs zijn veldfles voor ons op en we namen er een slok uit. Het was wodka van de allergoedkoopste soort. Maar hij bedoelde het vast goed en wilde zich met ons verbroederen. Je weet nooit waar je met hen aan toe bent. De ene keer zijn ze goedmoedig en vrolijk als kinderen, het volgende moment slaat de stemming om en vechten en moorden ze als beesten. De officieren zijn overigens uit ander hout gesneden, zij zijn beschaafd en drinken alleen de beste rode wijn uit papa's kelder. Misschien zou je met hen zelfs redelijk kunnen praten, maar we wagen het niet en blijven liever als stalknechten verkleed. Ze voeren een streng regime en aarzelen niet om hun eigen soldaten om kleine vergrijpen dood te laten schieten.

Ik had mijn dagboek onder mijn hemd gestoken toen papa en ik in de nacht naar het landhuis slopen om grootvader te halen. Dat was slim van me, want toen we de dode door het park naar de begraafplaats droegen, zagen we ineens vuur. Ze hadden de paardenstal aangestoken. De paarden waren allang weg, maar het hooi en het stro stonden in lichterlaaie. 'Het is goed zo,' mompelde papa verbitterd. 'Waarvoor hebben we ook hooi nodig als ze al onze dieren hebben gestolen?'

Het was vreselijk inspannend om de dode naar de begraafplaats te slepen. Ik moest telkens blijven staan en zijn enkels loslaten om even op adem te komen. Zijn enkels waren ijskoud en hard, maar zijn gezicht was glad en mooi, alsof hij alleen maar sliep. Ze hebben hem in zijn borst geraakt, maar papa had zijn jas dichtgeknoopt zodat ik het bloed niet hoefde te zien. De sleutel van de kapel lag nog op dezelfde plek, onder een platte steen naast de ingang. We legden grootvader achter het altaar op de stenen vloer, vouwden zijn handen en ik streek zijn haar en zijn baard glad. Papa sprak het psalm 'De Ene is mijn herder, mij zal niets ontbreken, in weiden vol groen vlijt hij mij neer...' en we zeiden allebei het onzevader op. Daarna ging ik naar Heini's graf om hem alles te vertellen en hij zei tegen me dat hij blij was dat grootvader nu bij hem was.

Het regende toen papa en ik teruggingen. We moesten voorzichtig zijn, want in het park zat een horde Russen rond een kampvuur. Ze lachten en maakten lawaai, dronken en hadden ook vrouwen bij zich. De regen scheen hen niet te deren. Papa en ik brachten de nacht door in een schuur van het rentmeesterhuis.

20 mei 1945

Het is heel koud 's nachts en ik heb ontzettend honger. Mine zei dat ik bij haar in het dorp moet komen, dan zegt ze dat ik haar kleine broertje ben en zou ik met hen kunnen mee-eten. Ze maakt soep van meel en melk, want ze heeft de koe nog steeds. Maar ik ben bang en durf niet naar het dorp te gaan. Er komen telkens nieuwe Russen. De oude trekken verder nadat ze genoeg hebben huisgehouden, en andere volgen hen om te pakken wat is overgebleven. Vaak zijn het Tataren met scheve ogen en kleine, geelachtige gezichten. Ze hebben een dun snorretje en schreeuwen harder dan de Russen. 'Uri, uri!' Daarmee eisen ze onze spullen en nog ergere dingen. De arme vluchtelingen in het landhuis worden telkens opnieuw beroofd. De vrouwen verstoppen zich in het park, maar omdat sommigen kleine kinderen hebben, worden ze vaak verraden door het gehuil en vinden de Russen ze. De kleintjes huilen omdat ze honger hebben en hun moeders hun niets kunnen geven. De voorraden in het landhuis zijn op en er is niemand die voor de hongerlijdende mensen zorgt.

Papa zei dat we blij mogen zijn dat het landhuis niet in brand is gestoken, zoals het rentmeesterhuis. Dat hebben ze aangestoken omdat ze op een nacht ruzie kregen en wild om zich heen schoten. Binnen is alles uitgebrand, het dak is ingestort en de vlammen hebben de oude bomen naast het huis verschroeid, de kronen zijn kaal en zwart. Omdat er drie Russen in het vuur om het leven zijn gekomen, hebben ze alle vluchtelingen die in het landhuis waren naar het voorplein gedreven en tien mensen uitgezocht die doodgeschoten moesten worden. Toen schreeuwde een van de vrouwen dat ze beter de landheer dood konden schieten, die had zich als stalknecht verkleed en woonde in de afgebrande stal. Ze sprak een beetje Russisch, omdat ze uit Oost-Pruisen kwam, en daardoor verstonden ze wat ze zei. Ze hebben papa gehaald en de officier heeft hem verhoord. Maar ze hebben hem niet doodgeschoten. Ze hebben hem in een vrachtwagen gezet en zijn weggereden. Daarna hebben ze de vluchtelingen weer het huis in gedreven, alleen moesten een paar vrouwen met de soldaten mee.

Toen ze kwamen om papa te halen, zei hij tegen me dat ik zo snel als ik kon weg moest rennen en me op de begraafplaats moest verstoppen. Maar ik ben maar tot de splitsing gekomen. Daar ben ik in de oude eik geklommen. Ik heb me tussen het gebladerte verstopt en naar het landhuis gekeken. Pas 's avonds, toen alles voorbij was, ben ik naar Heini's graf gelopen en heb ik de nacht tussen de stenen doorgebracht. Ik heb heel lang gehuild voordat ik eindelijk in slaap viel.

Nu ben ik helemaal alleen. Alleen Heini is bij me, die houdt zich aan zijn belofte. Hij zei tegen me dat ik naar het dorp, naar Mine, moet gaan, omdat ik anders van de honger omkom. En dat ik niet bang mag zijn.

Niemand zal me verraden. Dat weet hij heel zeker.

10 juni 1945

Vandaag kwamen mama en Franzi met een van onze koetsen terug naar het landhuis. Het half verhongerde paard dat de koets trok, hadden ze onderweg tegen mama's onyxbroche geruild, want onze eigen paarden zijn door de Russen gestolen. De onyxbroche was een oud familie-erfstuk. Ik heb hem nooit mooi gevonden omdat hij zo zwart was en er zo triest uitzag. Het was het laatste sieraad dat mama nog had. De rest, alle familiejuwelen, hebben de Russen onderweg van hen afgepakt. Net als al het andere dat hen op de een of andere manier bruikbaar leek: de dekbedden, levensmiddelen, pannen, kleren en bontjassen, en zelfs de boeken. Ook de twee koetsiers, rentmeester Heinemann en de leraar uit Oost-Pruisen, zijn weg. Ze zijn ervandoor gegaan en hebben de twee vrouwen alleen gelaten.

Ze hadden de Britse sector al bereikt, zei mama, maar daar was alles gebarricadeerd. De Britten lieten niemand meer toe, waardoor ze gedwongen waren om weer om te keren.

Mama zei geen woord toen ik haar vertelde wat er met papa is gebeurd, maar Franzi begon te huilen. We wonen nu met zijn drieën in een van de personeelskamers van het landhuis en mogen blij zijn als de vluchtelingen ons niet verraden. Er komen nu wel minder Russen naar Dranitz, maar als ze horen dat wij de eigenaren van het landgoed zijn, zullen ze ons deporteren of doden. Net zoals ze dat in hun eigen land met de tsaar en alle adellijke grootgrondbezitters hebben gedaan.

Ik heb mama en Franzi de vrouw aangewezen die papa heeft verklikt. Ze heeft drie kinderen. Ze zijn brutaal en voelen zich heel wat. Hun moeder heeft altijd goed te eten omdat ze het met de Russische soldaten doet. Als ze kookt, jaagt ze de andere vrouwen uit de keuken, zodat ze niet zien wat voor voorraden ze allemaal heeft en bij haar gaan bedelen. Niemand durft haar tegen te spreken omdat ze dikke maatjes is met de Russen. Mama, Franzi en ik gaan haar zo veel mogelijk uit de weg. Ze heeft al een paar keer gedreigd dat de adellijke smeerlappen hier niets meer te zoeken hebben.

Het landhuis ziet er verschrikkelijk uit. Ik herkende de kamers nauwelijks. Alles is kapotgeslagen en -getrapt. De kamers zijn vervuild en stinken vreselijk. De mensen poepen midden in de kamer, sommigen hebben zelfs de wanden met hun uitwerpselen besmeurd. Wat zijn dat voor mensen? Wat heeft de oorlog van hen gemaakt?

Het heeft mama, Franzi en mij een paar dagen gekost om de kleine zolderkamer enigszins schoon te krijgen. We hebben vooral ons best gedaan om van die afgrijselijke stank af te komen. Het zilver, dat we in de kelder hadden begraven, is verdwenen. Het gat waarin de kist heeft gestaan is nog zichtbaar. Het schijnen de Russen geweest te zijn, is ons verteld. De eerste die hier aankwamen, zouden in de kelder hebben gegraven omdat ze wisten dat de Duitse grootgrondbezitters altijd hun schatten daar in de grond stoppen.

Mama gelooft het niet. Ze is ervan overtuigd dat iemand de verstopplek heeft verraden. Maar Franzi zei dat het zilver en de familiejuwelen haar niets kunnen schelen. Als papa maar weer bij ons komt. En als het maar eindelijk vrede wordt in het land. De oorlog heeft al onze mannen afgepakt. Jobst en Heini, grootvader en daarna ook papa. En Walter. Zijn dood hebben de beulen van de Führer op hun geweten. Hij stierf niet op het ereveld. Hij stierf niet in de strijd. Ze hebben hem op schandelijke wijze vermoord. Opgehangen. En toch was hij een held. Walter was dapperder dan Jobst en Heini. Moediger en intelligenter dan alle Duitse officiers en hun gehoorzame soldaten bij elkaar. Walter behoorde tot degenen die Adolf Hitler uit de weg wilden ruimen, om daarna te onderhandelen over een vredesverdrag dat ons al deze ellende had bespaard. Het was pure pech dat de aanslag mislukte.

Franzi en ik slapen in één bed. Voordat we in slaap vallen, fluisteren we vaak met elkaar en vertellen we elkaar dingen die we niet kunnen bespreken als mama erbij is. Mama denkt nog steeds dat het tegen de eer van een officier is om zijn veldheer te doden, maar ik vind dat Franzi gelijk heeft. We zullen Walter allebei ons hele leven niet vergeten.

Gisteren hebben we met zijn drieën een graf voor grootvader gegraven. Het was een zware klus, want we hadden maar één schep. Twee van ons maakten de aarde met stokken los, de derde schepte. We hebben hem met kiezelsteentjes en kleine stenen bedekt, omdat we geen doodskist voor hem hadden. Daarna hebben we het gat weer opgevuld met aarde en de heuvel stevig aangeklopt met de schep. Franzi en ik hebben van takken een kruis gebonden en op het graf gestoken, zodat we de plek weer terug kunnen vinden. Ooit, als we weer in vrede op ons land kunnen leven, zullen we een grafsteen laten plaatsen, zoals dat een Von Dranitz waardig is.

In juli 1945

Franzi heeft met een mes mijn haar gekortwiekt, omdat we geen schaar hebben. Het is nu nog korter dan eerst en heel ongelijk. Mama zegt dat het korte haar me goed staat en dat ik er heel 'modern' uitzie.

We hebben maar weinig te eten, want er groeit nauwelijks iets in de moestuin van het landhuis. Niemand heeft sla of wortelen gezaaid en het kleine beetje dat vanzelf is gaan groeien, wordt zodra het opkomt door de vluchtelingen geplukt. Mama zegt dat het nog veel erger zal worden, want op de akkers is in het voorjaar ook niet meer gezaaid. We zullen dus geen graan of haver kunnen oogsten en volledig van de veroveraars afhankelijk zijn. Onze arme paarden en koeien moeten helemaal naar Rusland lopen. Dat gaan ze nooit halen. Wat een waanzin. Vaak weet je niet of de Russen gewoon dom zijn of verschrikkelijk gemeen. Wat hebben ze eraan als de dieren op de lange weg van de honger en de uitputting doodgaan?

Maar ondanks alles ben ik heel blij dat mama en Franzi nu bij me zijn. Met zijn drieën is het makkelijker om alle ellende te verdragen. Vaak zitten we 's avonds bij elkaar en vertellen we elkaar dingen over vroeger. Dan laten we de mooie tijd, de gouden jaren, weer herleven. De grote familiefeesten, de drijfjachten en de oogstfeesten met het personeel en de seizoenarbeiders. Dan beschrijft mama wat er allemaal aan de lange tafel werd geserveerd, de heerlijke soepen met hazenvlees en kip, de reerug met rode bosbessen, de kwarkknoedels in zoete saus. We likken onze lippen af, proeven de smaak van het zachte vlees en de vette saus op onze tong en hebben het gevoel dat we verzadigd raken, ook al hebben we overdag slechts een korst brood en een paar lepels meelsoep gegeten. Om niet helemaal wanhopig te worden vertellen we elkaar flauwe moppen en lachen we om de onnozele Rus die in de badkamer uit de wc-pot wilde drinken omdat hij nog nooit in zijn leven een wc had gezien. Of we maken grapjes over hoe we eruitzien, over onze versleten kleren en kapotte schoenen, en onze kapsels. Het enige wat we alle drie hebben, is wat we aan ons lijf hebben. Als mama en Franzi hun ondergoed wassen, zijn ze naakt onder hun jurk. Niemand weet hoe het in de winter moet gaan, want er is geen kachel in onze kamer en we hebben geen mantel, jas of warme sokken. Mama zegt dat het maar goed is dat papa ons niet kan zien, want hij zou het verschrikkelijk vinden.

We hebben boven onze kast twee planken van het plafond losgemaakt, zodat we ons op de kruipzolder kunnen verstoppen als er weer nieuwe Russen komen. Er trekken veel mensen langs het landhuis, die niet weten waar ze naartoe moeten gaan. Ze lijken niet op de vluchtelingen die in het voorjaar uit Oost-Pruisen kwamen, want ze hebben geen karren en geen bagage. Franzi zegt dat het Polen of Russen zijn die als dwangarbeiders zijn gedeporteerd. Er zitten ook ex-gedetineerden van concentratiekampen tussen. Sommigen dragen nog een grijze kiel. Hun gezichten zijn uitgemergeld, hun ogen hebben iets krankzinnigs. De Russen geven hun levensmiddelen, maar vaak komen ze naar het landhuis en eisen ze iets te eten. Als ze niets krijgen, pakken ze het met geweld.

Franzi lacht me uit omdat ik altijd in dit dagboek zit te schrijven. Ze heeft een paar van onze boeken gered en op de kruipzolder verstopt, zodat ze gedichten kan lezen. Ik mag er van mama niet met haar over ruziën. Mama zegt dat we allebei moeten doen wat we zelf fijn vinden. Ik vrees alleen dat mijn potlood binnenkort op is. Het is al zo klein dat ik het nauwelijks nog tussen mijn vingers kan houden.

September 1945

Het was een verschrikkelijke tijd. Mama heeft tyfus gekregen en we hadden de hoop al opgegeven. Mine heeft een ladderwagen voor ons geregeld zodat we mama naar het lazaret in Waren konden brengen. Ze heeft zich er met hand en tand tegen verzet, omdat ze hier op ons landgoed wilde sterven. Maar het is Franzi uiteindelijk gelukt om haar over te halen. Er is hier geen dokter en er zijn ook geen medicijnen. Alleen in Waren had ze de kans behandeld te worden en het te overleven. Mama ging pas akkoord toen een paar vluchtelingenvrouwen naar ons toe kwamen en zeiden dat ze vreesden voor hun kleine kinderen, het is immers een besmettelijke ziekte. Toen hebben we haar in al onze dekens gewikkeld en een tentzeil over de wagen gespannen dat de Wehrmachtsoldaten maanden geleden achtergelaten hebben. Franzi en ik hebben de ladderwagen getrokken. Mine huilde omdat het zo koud was en het regende en ze ons niet kon helpen. Ze kan haar kinderen immers niet alleen laten. Onderweg stuitten we drie keer op een troep Russen, maar omdat we al vanuit de verte 'tyfus, tyfus!' riepen, gingen ze met een grote boog om ons heen.

In het lazaret hebben ze mama in een zaal met veel andere tyfuspatiënten gelegd. We mochten niet mee, maar moesten meteen weer weggaan. Franzi schudde bezorgd haar hoofd en dacht dat het mis-

schien toch verkeerd was geweest om onze arme moeder naar het lazaret te brengen. Maar we konden het nu niet meer terugdraaien. Ze hebben ook nog onze dekens gehouden. Franzi en ik zijn 's nachts heel dicht tegen elkaar aan gaan liggen om ons aan elkaar te warmen. Gisteren heeft Mine ons een deken gebracht en een paar spullen van Karl-Erich. Gebreide sokken en twee warme truien. Ach, als we Mine niet hadden!

Mama is drie weken in het lazaret gebleven. In het begin mochten we haar niet zien, toen zijn we helemaal voor niets naar Waren gelopen en wisten we ook niet of ze de melk en de korsten brood die we voor haar hadden meegebracht, wel kreeg. Maar Franzi kon de arts spreken, een jonge arts uit Berlijn die in de oorlog hospik in Frankrijk was geweest. Ik geloof dat ze hem een beetje het hoofd op hol heeft gebracht, want hij beloofde om goed voor mama te zorgen.

Hij heeft zijn woord gehouden. We mochten mama vorige week weer naar Dranitz brengen. Ze is nog heel zwak. Haar rok en blouse hangen aan haar als aan een kapstok, want ze bestaat alleen nog uit huid en botten. Maar we doen ons best om haar op te lappen. Ook Mine helpt zo goed mogelijk en een paar mensen uit het dorp brengen ons brood, meel en groente. Nu we allemaal in hetzelfde schuitje zitten, tonen ze medeleven en praten ze over de goede, oude tijden toen baron von Dranitz op het landgoed was en we allemaal genoeg te eten hadden.

'Dat was nog eens een heer, die zorgde voor ons allemaal,' zei de oude mevrouw Bott, Lieses grootmoeder. 'De Russen zeggen wel dat we land zullen krijgen en dat ze de landgoedeigenaren wegjagen, maar wij moeten meel, boter en vlees bij hen inleveren. Waar moeten we dat vandaan halen? Niemand heeft in het voorjaar immers gezaaid en onze dieren hebben ze allemaal meegenomen.'

Het klopt niet helemaal, wat ze beweert. De Russen hebben het vee van het landgoed weggedreven, maar de boeren in het dorp hebben veel dieren mogen houden. De dorpelingen hebben ook groente in hun tuintjes verbouwd, alleen de moestuin op het landgoed is omgewroet en leeg.

Mama zei dat we hun dankbaar moeten zijn. En dat ze blij is dat de mensen in het dorp ons nog steeds trouw zijn. Ze zegt dat dat een groot geluk is.

Oktober 1945

Vandaag moesten we voor de burgemeester verschijnen die de Russische militaire regering heeft aangesteld. Hij heet Otto Brockmann en komt uit Schwerin. Het is een nare man. Hij is klein, knokig en kaal. Alleen zijn wenkbrauwen zijn zwart en borstelig. Hij staarde ons in onze versleten lompen van top tot teen aan en zei dat we lang genoeg de boeren van dit land hebben uitgebuit. De militaire regering van de Sovjets heeft bepaald dat alle jonkers hun land moeten verlaten. Waar we naartoe gingen, kon hem niet schelen, maar er moest minstens dertig kilometer tussen onze woonplaats en het landgoed liggen.

We waren er helemaal kapot van. Mama zei dat haar echtgenoot in Russische krijgsgevangenschap verkeerde en ons zou zoeken als hij uit de gevangenis kwam. En dat ze daarom hier op hem wilde wachten.

'Denkt u nu echt dat de Sovjets een grootgrondbezitter vrijlaten?' vroeg Brockmann laatdunkend. Hij ging ervan uit dat we papa nooit meer zouden zien. We kregen twee weken de tijd om onze spullen te pakken, daarna moesten we het landhuis hebben verlaten. Anders dreigde de gevangenis. Ons land wordt geconfisqueerd en onder de boeren verdeeld.

We hebben nu niets meer over, behalve een paar meubels en aandenkens, voor zover we ze met een wagen kunnen vervoeren. Voor paard-en-wagen moeten we zelf zorgen.

'U mag blij zijn dat we grootmoedig zijn en u er levend vanaf komt, mevrouw Von Dranitz. In Rusland werden de landheren door de woedende boeren uiteengereten en als voer voor de honden geworpen.'

We kregen een formulier mee dat we moeten invullen. Bij vertrek moeten we het door Brockmann laten afstempelen.

20 oktober 1945

Franzi heeft met Mines hulp een paard voor ons geregeld. We zullen onze spullen op de wagen laden waarmee Franzi en mama teruggekomen zijn. Veel is het niet. Twee matrassen, een commode, een tapijtje, wollen dekens, twee kussens, kookgerei, metalen borden en lepels, een waskom, een zakje meel, een beetje suiker en Franzi's boeken. Mama wilde een paar foto's meenemen, maar de vluchtelingen wilden ons niet in hun kamer laten omdat ze bang waren dat we dan misschien spullen van ze zouden stelen. Sommige vluchtelingen zijn in de zomer verder naar het westen getrokken. Voor hen in de plaats zijn anderen gekomen die hier willen overwinteren. Mama bewaart een paar documenten in een leren map, die ze bewaakt alsof het haar belangrijkste bezit is.

We vertrekken volgende week. Dertig kilometer, dat is niet zo ver als je denkt, zegt mama. Alleen tot Malchow. Daar vinden we misschien een leegstaande boerderij. Als we eerst maar eens de winter hebben doorstaan en papa weer bij ons is, zal alles beter worden.

'Het gaat ons lukken, meiden,' verzekert mama ons telkens. 'Ze krijgen ons niet klein. Wij zijn sterker, want wij vertrouwen op God. En op onszelf.'

Vannacht kreeg ik heel erge keelpijn en het leek wel alsof mijn hoofd elk moment uit elkaar kon spatten. Mama wilde dat ik in bed bleef, stevig ondergestopt onder de wollen deken, omdat ik nu in geen geval een verkoudheid mag krijgen. Maar ik hield het niet vol in bed, de hele kamer rook ineens naar oude schoensmeer en vermolmd hout. Ik werd er misselijk van. Ik heb me in de deken gewikkeld en ben bij het raam gaan zitten. De loofbomen in het park zijn rood en geel, ze glanzen prachtig in de schuine herfstzonnestralen. Ze verstrooien hun bladeren over de grasvelden. Het gras staat nu heel hoog, alsof het weides zijn, omdat niemand het gemaaid heeft. Ik kon ook de begraafplaats zien, de kapel van rode bakstenen schemert tussen de dennen door en op het dak glanst de kleine, goudkleurige weerhaan. Het is onbeschrij-

felijk gruwelijk dat ze ons hier wegjagen, want ik zal ook Heini's graf achter moeten laten. Ik zal nooit meer met hem kunnen praten, nooit meer zijn zachte, rustgevende stem horen.

Nee, ik wil niet weg van hier. Ik ga nog liever dood.

24 oktober 1945

Mama heeft mijn dagboek naar mijn bed gebracht. Ik heb koorts. Mijn hoofd ontploft bijna en in mijn buik rommelen kiezelstenen. Het schrijven kost me ongelofelijk veel moeite.

25 oktober 1945

Ik heb grootmoeder gezien. En tante Susanne. Ze stonden naast mijn bed en gooiden gekleurde ballen naar elkaar. Als de ballen naar mij vlogen, werden ze sluiers en trokken ze lange, fladderende linten achter zich aan. Mama fluistert met Franzi. Ze wikkelen vochtige doeken om mijn enkels en polsen, maar het vuur dat binnen in me brandt, laat zich niet doven. Ik ben zo ziek dat ik niet eens zonder hulp kan gaan zitten.

December 1945

Onze goede Mine heeft mijn dagboek bewaard. Ik woon nu bij haar, in de kamer die vroeger van haar broer was. Mine en de kinderen slapen met zijn allen in het echtelijke bed. Ze zei dat het vast ruzie wordt als Karl-Erich terugkomt, want hij zal de kinderen niet dulden in de echtelijke slaapkamer. Maar tot nu toe is er niemand teruggekomen. Karl-Erich niet, en ook koetsier Guhl, rentmeester Schneyder en leraar Schwenn niet. Alleen de oude pastoor Hansen is er nog, die is al ver in de zeventig en hoefde het leger niet in.

Mama en Franzi zijn weg. Ik kan me niet herinneren wanneer ze me verlaten hebben, omdat ik zo'n hoge koorts had. Mine zei dat ik de dood zeer nabij was. Nadat mama en Franzi weg waren, hebben ze me naar Waren naar het lazaret gebracht, dat had Mine mama beloofd. Ik kan me er niet veel van herinneren, de meeste tijd verkeerde ik in een droomwereld die soms heel mooi, maar meestal kwellend en akelig was. Het kwam door de pijn. Alles deed zeer, mijn hoofd, mijn ledematen, mijn rug, mijn buik. Ik voelde elk haartje op mijn hoofd en mijn ogen brandden in de holtes. Maar het ergste was dat ik me zo zwak voelde. Ik wilde alleen maar liggen en in de droomwereld onderduiken. Erin ondergaan. Tot op de bodem van de dromen afzakken en daar blijven liggen. Zonder pijn. Zonder verdriet. Zonder de gruwelheden. Alleen maar rustig en stil liggen en nooit meer naar het echte leven terugkeren.

Maar de koorts is gezakt en ik ben weer beter geworden. Het was niet fijn om in de ziekenzaal te liggen en het leed van de mensen om me heen te zien. Ik zou niet geschikt zijn als verpleegster, want ik kan niet aanzien hoe andere mensen lijden. Hoe ze kreunen, kermen, rochelen, in emmers braken. Sommigen zijn ook doodgedaan.

Ik heb de dokter gesmeekt om me te laten gaan en ik ben terug naar Dranitz gelopen. Het sneeuwde, maar ik had het niet koud. Ik had een deken die ik om mijn schouders had geslagen en wollen sokken van Mine. Alleen zijn mijn oude schoenen helaas niet waterdicht, maar dat was niet van belang. Ik liep langzaam en ving de sneeuwvlokjes met mijn mond op. Ze waren koel en schoon en smolten op mijn tong. En ik heb de zuivere winterlucht ingeademd. Toen ik 's avonds in Dranitz aankwam, was ik volkomen uitgeput, maar in het leven teruggekeerd.

Mine zegt dat ik moet wachten tot we bericht krijgen van mama en Franzi. Het heeft geen zin om naar Malchow te gaan, want misschien konden ze daar niet blijven en zijn ze verder getrokken. Ze zegt dat ik nog veel te zwak ben om hen in mijn eentje te gaan zoeken. Bovendien heeft de dokter gezegd dat de koorts terug kan komen.

Ik ben al drie keer bij Heini's graf geweest. Ik moet voorzichtig zijn, omdat er weer nieuwe Russen zijn gekomen en mijn haar alweer een heel eind is gegroeid. Mine wil het niet kort knippen, ze heeft me een pet van Karl-Erich geleend, zodat ik er als een jongen uitzie. Ik mis mama en Franzi heel erg. Maar zelfs als ze me zouden laten gaan, zou ik liever hier willen blijven. Alleen al vanwege papa. Zodat hij ten minste één lid van ons gezin vindt als hij terugkomt.

21 december 1945

De aarde beeft en het paradijs is opengegaan. De koorts is terug en heeft zijn akeligste en gelukkigste droom over me heen geworpen. Misschien droom ik nog steeds. Misschien is alles maar bedrog.

Maar ik heb in zijn ogen gekeken. Hij heeft me in zijn armen gehouden en we zijn naar de wolken gestegen…

Vanaf het begin: vanmiddag, toen ik in de keuken de kleine Vinzent meelsoep voerde, klopte er iemand op de voordeur. Mine keek meteen door het keukenraampje naar buiten, omdat je voorzichtig moet zijn, maar aan de manier van kloppen hoorden we al dat het geen Russen waren. Ze dacht dat het vast een vluchteling was, die honger had en zich even wilde warmen, en we deden de deur open.

Hij zag er heel vreemd uit. We herkenden hem niet en hij staarde ons ook aan alsof hij diep moest nadenken. Toen vertrok hij ineens zijn mond en glimlachte hij. Op dat moment dacht ik dat ik gek was geworden. Dat ik een dode zag.

'Friedchen,' zei hij. 'Jij bent toch Elfriede, nietwaar?'

Noch Mine, noch ik gaven antwoord. We stonden er als zoutpilaren bij. Alleen Vinzent begon te huilen omdat niemand hem meer voerde.

'Jullie hoeven niet te schrikken,' zei de vreemdeling en hij keek naar de grond. 'Ik ben erg veranderd, dat weet ik.'

Toen begon ik ineens te praten. De woorden stroomden uit mijn mond, zonder dat ik ze kon sturen. Ze buitelden over elkaar heen, raakten in de knoop, overlapten elkaar. 'We dachten dat je dood was! Ze hebben ons een doodsvonnis gestuurd… daarin stond… daarin stond dat het allang voltrokken was…' Ineens begon ik te snikken. Ik hoorde nog Mines kreet, daarna was er ineens een draaiende, kol-

kende afgrond voor me die me opzoog. Duisternis. En daarna niets meer. Geen gedachte, geen geluid, geen tijd. Op een gegeven moment gleed er een schaduw over me heen. Treden kraakten, een kind huilde…

'En? Ben je er weer, Friedchen? Je hebt ons vreselijk laten schrikken.'

Zijn gezicht boven me. Heel vreemd. Heel anders dan vroeger. Overal schaduwen. Rond zijn ogen. Op zijn wangen. Om zijn mond. Zijn ogen keken anders. Verbitterd. Treurig. Hij glimlachte, maar zijn glimlach was niet dezelfde. Deze glimlach paste niet in dit verwoeste gezicht.

Ik keek hem de hele tijd aan. Ook toen hij me op bed legde en me met een wollen deken toedekte, bleef ik hem aankijken. Zijn handen waren dun en wit, zijn polsen knokig. Dwars over de rug van zijn rechterhand liep een rood litteken. 'Blijf hier!' smeekte ik toen hij zich zachtjes terug wilde trekken.

Hij ging bij mijn bed zitten en wist niet goed wat hij moest zeggen. Pas na een poos zei hij: 'Jullie dachten zeker dat ik een spook was, nietwaar?'

Ik grijnsde en knikte beschaamd.

'Ze hebben me laten leven,' ging hij schor verder. 'Ik heb geen idee of dat goed of slecht was…' Hij stopte en keek de andere kant op.

Ik pakte zijn hand en hield die vast. 'Het is goed,' zei ik zacht. 'Ik ben heel blij dat je leeft, Walter.'

Hij keek me met een vreemde blik aan. Alsof ik me vergiste. Alsof er geen reden was om blij te zijn. Maar hij boog zich wel over me heen en kuste me op mijn wangen. Heel zacht, zoals papa vroeger deed.

'Mijn Friedchen,' mompelde hij. 'Ja, het is fijn om vertrouwde vrienden terug te vinden. Fijn, maar ook moeilijk. Omdat we niet meer dezelfden zijn.'

23 december 1945

Hij is vanochtend vroeg weggegaan. Hij wil te voet naar Malchow om mama en Franzi te zoeken. Hij wilde mij niet meenemen.

'Dat is te lastig voor me, Friedchen. Alleen al omdat je geen behoorlijke schoenen hebt en ook niet zo snel kunt lopen. Als ik Franzi heb gevonden, kom ik terug om je op te halen. Ik beloof het.'

Ik was heel kwaad op hem. Het klopt dat ik schoenen met gaten heb, maar daarin loop ik nog altijd sneller dan hij in zijn stevige laarzen.

'Ik kan je gemakkelijk bijhouden met dat manke been van je!'

Hij zei niets en later schaamde ik me heel erg omdat ik zoiets gemeens had gezegd. Hij sleept met zijn linkerbeen. Mine denkt dat de Gestapo hem in de gevangenis heeft gemarteld. Daardoor heeft hij nu goede kaarten bij de Russen, want hij heeft een document waarin staat dat hij door de nazi's gevangengehouden is. Ze hebben hem een warme mantel en laarzen gegeven en hij mag gratis met de trein reizen.

'Hij komt vast wel terug,' troostte Mine me. 'Hij is geen leugenaar, hij houdt zijn woord.'

Ik was verschrikkelijk terneergeslagen toen hij wegging. Overdag kon ik me nog beheersen, maar 's nachts kon ik niet stoppen met huilen. Waarom had ik in godsnaam zoiets naars gezegd? Nu zal hij me haten. Hij is weggegaan om Franzi te zoeken. Zijn bruid. Natuurlijk houdt hij nog van haar. Misschien zelfs nog meer dan daarvoor. Hij heeft ons van alles over haar gevraagd. Hij wilde weten of de Gestapo haar heeft verhoord, of we te maken hebben gehad met represailles en of Franzi hem veracht omdat hij tegen de officierseer heeft gehandeld. Of ze opnieuw verloofd is. Toen ik hem vertelde dat Franzi naar Berlijn is gegaan om hem uit de gevangenis te redden, kreeg hij vochtige ogen. Ik had niet zo veel moeten kletsen, maar ik kan ook niet goed liegen. Nu houdt hij nog meer van Franzi.

'Liefde is als de schurft,' zeggen de mensen in het dorp. 'Als je ermee besmet raakt, kom je er niet meer zo snel vanaf.'

Waarschijnlijk heeft hij mama en Franzi allang gevonden. Ze zullen ongetwijfeld vreselijk geschrokken zijn, net als wij. Maar toen zijn ze elkaar in de armen gevallen en heeft Walter Franzi gekust. Niet zoals bij mij op de wangen. Hij heeft haar vast op haar mond gekust en haar teder tegen zich aan gedrukt. Zoals verliefde stelletjes doen. Ze zitten nu in een leuk boerenhuisje aan tafel en vertellen elkaar wat er met hen is gebeurd en smeden plannen voor de toekomst.

Als de voormalige Gestapogedetineerde Walter Iversen met de adellijke freule Von Dranitz wil trouwen, zullen de Russen vast niet enthousiast zijn. Misschien verliest hij dan zijn privileges. Maar het zal hem er zeker niet van weerhouden om Franzi tot zijn vrouw te nemen. Wat is ze nu gelukkig, mijn slimme, mooie, oudere zus. Ondanks alle ellende die ons is overkomen, kan ze nu toch hoopvol naar de toekomst kijken. Terwijl ik…

Ze komen me halen, dat is zeker. Walter zal met de paard-en-wagen komen en Franzi zal naast hem op de bok zitten. Dicht tegen hem aan. Als de verliefde echtgenote. Ik zal niet met ze meegaan naar Malchow. Ik wil niet moeten aanzien hoe ze elkaar het jawoord geven, elkaar vol verlangen in de ogen kijken. En ik wil vooral niet horen wat ze met elkaar in de slaapkamer doen! Ik wil niet, ik wil niet, ik wil niet…

Ik huil nu al voor de derde nacht, maar het helpt niets. Het wordt alleen maar erger. Waarom ben ik niet aan de tyfus doodgegaan? Dan zou me deze ellende bespaard zijn gebleven.

25 december 1945

Hij is vanochtend vroeg teruggekomen. Zonder paard-en-wagen. Het regende. Alle wegen waren nat. Hij was helemaal doorweekt en zijn laarzen zaten onder de modder. Hij wenste ons met een raar, vertrokken lachje 'vrolijk kerstfeest', maar ging niet met ons mee naar de kerk. Hij wilde ook niet in de keuken bij de warme haard blijven. In plaats daarvan heeft hij meteen op zolder naast de schoorsteen een slaapplaats gemaakt en is hij gaan liggen om te slapen.

'In zijn natte kleren!' zei Mine hoofdschuddend. 'Als hij maar niet ziek wordt.'

Ik heb tijdens de kerst de hele tijd gebeden en God gevraagd of Hij zorgt dat Walter gezond blijft. En dat hij niet met Franzi trouwt. Dat hij hier blijft. En dat hij niet meer boos is op mij…

Het zijn geen vrome wensen, ik weet het. Maar God kijkt immers toch wel in mijn hart en weet hoe het er daar uitziet. Waarom zou ik dus vrome wensen moeten huichelen?

Toen we na de kerkdienst thuiskwamen, lag hij helemaal opgekruld en met zijn ogen dicht. Mine ging naar boven en gaf hem wat droge kleren van Karl-Erich, maar hij trok ze niet aan. Hij wilde ook niets eten. Pas 's avonds, toen we de kinderen naar bed brachten, kwam hij naar beneden in de keuken en vertelde hij dat hij Franzi en mama niet had gevonden in Malchow. Ze mochten daar niet blijven, de mensen wilden ze daar niet hebben en dus moesten ze verder trekken. Blijkbaar zijn ze met paard-en-wagen naar Karow getrokken en van daaruit verder met de trein naar Güstrow. Daarna naar Lübeck. Naar het westen. Weg uit de Russische sector.

'O god, o god,' jammerde Mine. 'Hoe moet dat nou? Zo ver weg? Dan komen ze vast nooit meer bij ons terug.'

Walter zag hoe verbijsterd ik keek en had vast spijt dat hij zo veel had verteld. Hij zei dat het maar geruchten waren, allemaal dingen die niet bewezen waren. Misschien was er wel niets van waar. En zelfs als Franzi en mama probeerden om zo naar het westen te gaan, was het zeer onwaarschijnlijk dat het hun zou lukken.

Ik was blij dat hij me wilde troosten. Ik zei tegen hem dat ik al zo lang op een bericht van mama en Franzi had gewacht. En dat ik hier helemaal alleen was, als laatste van onze familie. Dat ik me vaak eenzaam voelde. Moederziel alleen.

Mine fronste haar voorhoofd en zei dat ze er niets tegen had als Walter nog een paar dagen bij haar logeerde. Ze vroeg wat zijn plannen waren.

'Ik heb geen plannen,' zei hij. 'Maar ik kan helpen op de hoeve.'

Het was duidelijk dat Mine dat geen goed idee vond. Zeker, ze kon wel hulp gebruiken. Maar het was vanwege de mensen. En omdat

Karl-Erich zo jaloers was. 'Als hij thuiskomt en hier een man bij mij aantreft, zal hij ik weet niet wat van me denken.'

'Ik begrijp het,' zei Walter en hij glimlachte.

Wij tweeën, Walter en ik, wisten maar al te goed dat Mine maar wat verzon. Ze wilde gewoon niet dat Walter in mijn buurt bleef. Omdat ze had gezien hoe ik naar hem keek. En omdat hij medelijden met me had en me wilde troosten in mijn eenzaamheid.

27 december 1945

Walter heeft twee kamers in het landhuis betrokken. Het zijn de rode salon en de bibliotheek. Ik heb hem geholpen om er op te ruimen en schoon te maken. Ze hebben er vreselijk huisgehouden. Walter was net zo ontzet als ik. Met de mooie, oude boeken die grootvader voor veel geld uit Berlijn heeft laten komen, hebben ze een vuur gestookt. Er zijn maar enkele boeken behouden gebleven en van de meubels alleen twee kleine fauteuils, waarvan de stof kapotgesneden is, en de bank. Walter heeft die voor mij als bed ingericht. Hij gaat in de bibliotheek slapen en van twee boekenplanken een bed timmeren.

'Ik pas op je, Friedchen,' beloofde hij. 'Vanaf nu ben je niet meer alleen. Ik zal als een vader en een broer voor je zijn, dat ben ik je familie schuldig.'

Ik heb tegen hem gezegd dat ik hem oneindig dankbaar ben. En dat we bij elkaar moeten blijven tot we bericht krijgen van mama en Franzi. Dat vindt hij ook. Ik weet niet waarom, maar hij heeft het opgegeven om Franzi te zoeken. Als ik haar naam noem, wat ik maar zelden doe, verschijnt er een verbitterd trekje om zijn mond, waardoor hij er erg oud uitziet. Maar als ik vrolijk ben en grapjes maak, gaat hij erin mee. Hij zoekt mijn nabijheid en als ik hem aan het lachen maak, geniet hij ervan alsof het iets is wat hij lang heeft ontbeerd. Overdag is hij buiten. Hij hakt hout, praat met de overgebleven bewoners, leent gereedschap en helpt ook een handje bij anderen. Hij gaat op een innemende manier met anderen om. Vooral de vrouwen luisteren graag naar hem.

's Middags eten we wat ik beneden in de keuken van het landgoed heb klaargemaakt. Het is niet geweldig, want ik ben geen kokkin, maar hij geeft me vaak complimentjes. In de namiddag steekt hij de kachel aan, dan kiest hij een van de boeken uit en leest hij me voor. Als het te donker is om te lezen moet hij stoppen, want we hebben maar een paar kaarsen en die moeten we bewaren voor geval van nood. We zitten dicht bij de kleine kachel, zien onze schaduwen op de muur in het roodachtige licht van de gloed en praten zachtjes met elkaar. Het zijn vreemde dingen, die we elkaar vertellen. Dingen waarover je op klaarlichte dag niet zou praten. Over de koortsdromen en de mooie, andere wereld. Over de gedachten die iemand in een gevangeniscel heeft, die niet weet of hij de volgende dag zal overleven. Over vervlogen hoop. Over de glansrijke, gelukzalige tijd, die voor altijd verdwenen is. We praten met zachte stem, soms fluisteren we. We zien elkaar alleen als donkere schimmen, maar voelen de aanwezigheid van de ander sterker dan bij daglicht. Twee schaduwen die elkaar met woorden raken. Die naar elkaar toe bewegen, elkaar ontwijken en toch voor elkaar bestemd zijn…

31 januari 1946

Hij is van mij. Ik ben zijn heerseres, hij is mijn knecht. Ik ben zijn gewillige slavin, hij is mijn meester. We zijn met elkaar verbonden, voor eeuwig verbonden. Niets kan het web dat ons omsluit, doen scheuren.

Het was heel gemakkelijk. Ik wist niet dat hij zo snel voor me zou vallen. Dat zijn weerstand zo gering was. O, ik ben een verleidster, de kunst is mij aangeboren. Elke beweging van mijn lijf, elk gebaar, elke blik giet olie op het vuur van zijn hartstocht. Hij fluistert tegen me dat hij het niet mag doen, dat het oneervol is, maar ik lach hem uit. Ik streel zacht over de binnenkanten van zijn handen, leg mijn armen om zijn nek en teken met mijn vingers rondjes in zijn hals. Mijn mond is warm en mijn lippen zijn zo gesloten dat hij er niet aan kan ontko-

men. Het is heerlijk om zijn weerstand te breken en te voelen hoe de hartstocht hem steeds meer in zijn greep krijgt, dat hij in extase raakt en doet wat hij nooit wilde doen. Of waar hij altijd al naar heeft verlangd. Ik praat mezelf aan dat Walter van begin af aan alleen van mij heeft gehouden, omdat ik zijn zinnen heb geprikkeld. Ik, de boosaardige, gekke, roodharige duivelin. Het gemene kleine zusje. De liefdevolle, maar wilde geliefde. O nee, mijn brave zus had nooit die wellustige begeerte in hem opgewekt, die cirkelende pyromaan, het zoete hellevuur dat rond ons liefdesnest laait, dat ons tot as verbrandt, waaruit we dagelijks opnieuw herrijzen.

Ik heb mijn doel bereikt. De oorlog, die zo veel ellende heeft gebracht, gaf mij mijn geliefde.

3 maart 1946

Hij heeft mijn dagboek verstopt. Hij wil niet dat ik er onzin in opschrijf. Ik was heel boos omdat hij erin had gelezen zonder dat ik daar toestemming voor had gegeven.

'Dat soort dingen schrijf je niet op, Friedchen. Dat is onfatsoenlijk.'

'We doen dus onfatsoenlijke dingen met elkaar?'

Hij kuste me en zei dat er een verschil was tussen dingen doen en erover schrijven. We doen inderdaad allerlei idiote dingen met elkaar en het is jammer dat ik niets daarvan aan dit dagboek mag toevertrouwen. Maar ik ben gehoorzaam en leg mijn potlood weg, want mijn strenge heer is bezig de kachel te stoken. Hij wil niet dat ik het koud heb, want ik draag geen jurk of hemd als ik hem verleid…

4 april 1946

Ik ben doodziek. Ik kan niets eten, zelfs geen kamillethee drinken. Ik spuug alles weer uit en dat gaat al weken zo. Walter maakt zich zorgen om me omdat ik steeds dunner word. Binnenkort ben ik nog maar een draadje, zei hij gisteren.

Ik krijg een kind. Een zoon. Walters zoon. Als ik niet zo ziek was, zou ik vreselijk trots en blij zijn...

Walter is naar de burgemeester gegaan. Hij wil dat we gaan trouwen. Mijn zoon en ik zullen zijn naam dragen.

O god, waar is de emmer? Ik ben zo misselijk.

10 mei 1946

Het leven is goed voor me. Ik ben nog nooit zo tevreden en gelukkig geweest. Alles waar ik naar heb verlangd, heb ik hier nu bij me. Mijn man en mijn ongeboren kind.

De lente is over het door de oorlog geteisterde land gekomen. Het jonge zaad gedijd, de velden zijn lichtgroen. Er heerst ruzie onder de mensen aan wie ze ons land hebben gegeven, want veel van hen zijn handwerkers of hebben een ander beroep en totaal geen verstand van landbouw. Walter is veel op pad. Hij heeft een paard-en-wagen gekocht en handelt in verschillende waren op de zwarte markt, onder andere ook in de zelfgestookte sterkedrank van de boeren. Het is de beste manier om aan levensmiddelen en een beetje geld te komen. Ook de Russen doen eraan mee, Walter heeft een grote klantenkring. Hij is nu heel actief en bedenkt allerlei ideeën om onze leefomstandigheden te verbeteren.

'Je hebt me weer hoop gegeven en het geloof in mezelf teruggegeven,' zegt hij telkens tegen me.

Vergeleken met de grote feesten in het verleden was onze bruiloft erg sober, maar wel mooi. Ik droeg een witte jurk die Mine van beddengoed voor me had genaaid, en een gordijn als sluier. De mirtenkrans liet ik maar achterwege, want mijn buik is nu zo dik dat ik de zwangerschap niet meer kan verbergen. Maar pastoor Hansen nam er geen aanstoot aan. Later hebben we het met een klein aantal gasten gevierd. Mine en de kinderen waren erbij, de vluchtelingen die nog in het landhuis wonen en de pastoor. Walter heeft twee hazen geregeld en Mine heeft daar een heerlijke stoofschotel van gemaakt. Daarna hadden we pudding, honingkoekjes en echte bonenkoffie.

Het gaat goed met me, alleen ben ik vaak erg moe. Mine zegt dat dat niet zo raar is als je zwanger bent. Walter is ontzettend lief voor me, maar vanwege het kind wil hij nu niet meer met me vrijen.

Ik hou meer van hem dan van mijn leven. Als hij bij me is, ontbreekt er niets meer aan mijn geluk. Ik ben bijna bang dat onze zoon deze harmonie zou kunnen verstoren, als hij eenmaal is geboren...

Jenny

Juli 1991

DE BARBECUE DIE MÜCKES ouders hadden georganiseerd, was een sof geworden. Althans voor Jenny. De anderen hadden zich prima vermaakt in de met lantaarns verlichte tuin van de Rokowski's. Thüringer worstjes, zelfgemaakte aardappelsalade en natuurlijk friet uit de oven. Met ketchup. Daar konden ze hier geen genoeg van krijgen. Ze had met moeite een worstje naar binnen gewerkt en twee hapjes aardappelsalade genomen, maar voor de rest had ze het alleen op bier gehouden.

Ze kon niet goed in de stemming komen en nam al vrij snel afscheid met het excuus dat ze doodmoe was omdat Juultje haar nog steeds 's nachts wekte. Wat niet helemaal gelogen was, maar ook niet helemaal overeenkwam met de waarheid.

'Doe de groeten aan je oma,' zei Mücke, die met haar meeliep naar het tuinhekje. 'Ulli heeft me verteld dat ze Karl-Erichs leven heeft gered. De barones is echt een fantastisch mens!'

Jenny knikte, omhelsde haar vriendin en duwde slingerend de kinderwagen over de dorpsstraat terug naar haar woning. De biertjes hadden duidelijk effect. De volgende ochtend vertelde Franziska haar dat ze waggelend met haar kind was binnengekomen. Ze had Juultje in Franziska's armen geduwd en zich meteen op haar bed laten vallen. De kinderwagen was ze beneden vergeten. Als oma die niet naar boven had gesleept, was hij nu waarschijnlijk weg geweest. Waarom had ze zich zo bezat?

'Ik kan me er niets van herinneren,' kreunde Jenny, die een verschrikkelijke kater had. Wat was er aan de hand met haar? Vroeger had ze nooit last gehad van drie biertjes, maar nu voelde ze zich afschuwelijk en lukte het haar nauwelijks om Juultje te verschonen en haar een flesje te geven.

Haar oma gaf haar twee tabletten tegen de hoofdpijn en een grote kop zwarte koffie. Daarna vertelde ze dat Karl-Erich een hartinfarct had gehad, maar dat hij in het ziekenhuis in Neustrelitz in goede handen was. 'Dagenlang pijn achter zijn linkerschouderblad,' zei ze hoofdschuddend, 'maar naar de dokter gaan… ho maar. En al helemaal niet naar het ziekenhuis. Die oude mensen ook!'

Jenny verborg haar grijns achter haar koffiekop. Haar oma was zeker vergeten dat ze zelf net zo koppig was geweest en geweigerd had om naar het ziekenhuis te gaan. Tja… die oude mensen! Ze nam de twee tabletjes in en was blij dat oma zich om Juultje bekommerde. De kleine was 's ochtends heel actief en wilde spelen, spelen, en nog eens spelen.

Na de koffie ging het al iets beter met Jenny en de tabletjes begonnen ook te werken. Ze smeerde een boterham met boter en jam en keek geamuseerd toe terwijl oma en achterkleindochter zich met een stoffen ezeltje vermaakten. Het was indrukwekkend hoe stevig haar dochter iets kon vastpakken. En loslaten was niet haar ding. Alles wat ze te pakken kreeg, stopte ze meteen in haar mond.

'Zeg, oma,' begon ze toen de hoofdpijn begon te zakken. 'Nog even over die Iversen. Je weet wel, die rare grafsteen op de oude begraafplaats…'

Haar oma keek even op en concentreerde zich toen weer op Juultje. Ze leek niet veel belangstelling te hebben voor dit onderwerp.

Jenny liet zich echter niet van de wijs brengen. 'Ulli heeft eens in het telefoonboek van Rostock gekeken. Daar staat een Walter Iversen in. Zou hij iets met ons te maken kunnen hebben?'

‘Rostock? Hoe komt Ulli nou bij Rostock?’ vroeg haar oma verbaasd en ze bukte zich om het toegetakelde ezeltje van de grond te rapen.

‘Geen idee. Het telefoonboek was zes jaar oud, maar de naam klopt. Misschien is het een familielid van de Iversen die bij ons begraven ligt…’

Het duurde een poos voordat oma iets zei. Haar antwoord was kort en bondig. ‘Walter Iversen is dood!’

Blijkbaar had ze geen zin om over dit onderwerp verder te praten, want ze stond op om Juultje in de wieg te leggen waar hele generaties in hadden gelegen. Vanuit Jenny’s kamer klonk protestgehuil. Juultje had niets met de familietraditie. En ook niet met houtwormen. Haar oma zong een slaapliedje, daarna nog een en ten slotte probeerde ze Juultje nog te sussen door zachtjes op haar in te praten. Even later verscheen ze weer aan de ontbijttafel, met het huilende meisje op haar arm. ‘Ze is gewoon nog te wakker.’

‘Hoe weet je zo zeker dat hij dood is, oma?’ pakte Jenny de draad weer op.

‘Ik weet het gewoon.’

Jenny hoorde de waarschuwende ondertoon in Franziska’s stem, maar was niet iemand die snel onder de indruk was van onuitgesproken signalen.

‘Je kent een Iversen, nietwaar? En zijn voornaam is Walter.’

Stilte. Juultje hield op met huilen en keek haar overgrootmoeder nadenkend aan.

‘Waarom zou hij dan niet op de begraafplaats liggen, als hij toch dood is?’ bleef Jenny vissen.

Nu verloor haar oma haar geduld. Ze knalde het koffiekopje dat ze net had opgepakt op de tafel en voer boos tegen Jenny uit: ‘Dat is dus niet zo! Daarboven ligt geen Iversen, maar mijn zus Elfriede. Nou goed? En nu heb ik er schoon genoeg van. Ik wil er niets meer over horen. Heb je dat begrepen, Jenny?’

Nee, ze begreep er helemaal niets van. Juultje begon hard te huilen en Jenny hield haar oren dicht. Haar oma stond op, droeg haar achterkleinkind door de kamer en praatte zacht en kalmerend op haar in.

Hm. Hoe zat het ook alweer, dacht Jenny. Elfriede was de jongere zus van oma, dus Jenny's oudtante. Ze was niet meegegaan naar het westen omdat ze was overleden. Vreselijk, ze moest nog heel jong zijn geweest. 'Mijn oudtante Elfriede ligt dus onder een grafsteen waar Iversen op staat,' vatte ze samen, zonder acht te slaan op haar oma's duidelijke ontstemdheid. 'Als dat klopt, dan moet ze met die Iversen zijn getrouwd, toch? Anders stond er "Von Dranitz" op de steen...'

Haar oma bromde boos en keek haar aan met een blik alsof ze op het punt stond de koffiekan naar haar kleindochter te smijten. 'Wat moet ik met al die spitsvondigheden?' snauwde ze. 'Elfriede kan niet met Walter zijn getrouwd omdat hij in 1944 door de nazi's is vermoord!'

Jenny kromp ineen. 'Het is al goed, oma. Wind je niet zo op. Anders houdt Juultje nooit op met huilen.'

Maar Julia was na alle inspanning op haar oma's arm in slaap gevallen. Nu werd ze toch in de wieg gelegd, liefdevol toegedekt en nog een beetje geschommeld. Terwijl ze haar achterkleindochter wiegde, leek Franziska tot bezinning te komen. Ze kwam terug in de keuken, ging aan de tafel zitten en haalde diep adem. 'Alleen zodat je het weet,' zei ze, 'Walter Iversen was mijn verloofde. Hij was in 1944 betrokken bij de aanslag op Hitler en werd ter dood veroordeeld.' Ze stopte en keek vluchtig naar Jenny's verbijsterde gezicht. Daarna gleed haar blik langs haar kleindochter, zocht houvast bij de kledingkast en vervaagde in de richting van de gordijnen voor het raam. Na een poosje sprak ze met zachte stem verder. 'Ik ben destijds naar Berlijn gegaan en heb wanhopig geprobeerd om iets voor hem te doen. Maar het enige wat ik bereikte, was dat ze me drie dagen lang hebben opgesloten en me als mogelijke medeplichtige hebben verhoord. Ik heb het puur aan een goede vriend van mijn vader te danken dat ze me uiteindelijk weer lieten gaan, maar dat hoorde ik pas veel later. Toen ik terugkwam op landgoed Dranitz, liet Elfriede me het doodsvonnis zien. Er stond bij dat het al was voltrokken.'

'O nee,' bracht Jenny uit. 'Sorry, oma. Dat... dat kon ik natuurlijk niet weten...'

'Nu weet je het!'

Franziska begon het ontbijtservies op te ruimen. Ze schroefde de jampotjes dicht en stootte daarbij bijna het melkkannetje om.

Jenny keek uit het raam. Er schoten duizend vragen door haar hoofd. 'Maar... maar stel dat hij helemaal niet dood is?' vroeg ze zacht. 'Het zou toch kunnen dat...'

Haar oma zette de borden luidruchtig in de gootsteen en draaide zich naar haar kleindochter om. 'Nu is het afgelopen, Jenny!' riep ze boos. 'Ik wil er niets meer over horen. En al helemaal niet die hersenspinsels van je, waarbij je geen enkele piëteit voor de doden hebt. Heb je me begrepen?'

'Jazeker, maar...'

'Geen gemaar.' De oude dame schoof haar stoel aan en liep met woedende passen de keuken uit.

Jenny waste peinzend af. Zo had ze haar oma nog nooit meegemaakt. Ze was gewoon helemaal hysterisch geworden! Wat alleen maar kon betekenen dat deze kwestie haar na aan het hart ging. Walter Iversen moest haar grote liefde zijn geweest. Logisch, ze was zelfs naar Berlijn gegaan en had zichzelf in levensgevaar gebracht om hem te redden. Maar waarom lag haar oudtante in Walter Iversens graf? Er klopte iets niet aan dit verhaal, ze wist alleen niet wat. Zou Mine er meer over kunnen vertellen? Vastberaden wierp Jenny een blik op Juultjes wieg. Haar dochtertje sliep diep en vast, ze kon rustig even een uurtje naar Mine gaan. Overigens was Mine ook niet bepaald spraakzaam wat vervlogen tijden betrof. Ze zou het dus diplomatiek moeten aanpakken.

Franziska

Juli 1991

DAAR WAREN ZE WEER, de spoken. Ze vielen haar nu zelfs lastig tijdens het autorijden. Ze schoven zich voor de voorruit van de auto en dansten in het achteruitkijkspiegeltje. Franziska minderde vaart en reed een veldweg op. De auto hobbelde over de oneffen ondergrond, wat niet goed was voor de vering, maar wat wel de ongevraagde herinneringen verdreef. Aan de rand van het bos, naast een vermolmde bank die waarschijnlijk nog van voor de oorlog was, bracht ze de auto tot stilstand en stapte ze uit. De hond, die op de achterbank had gezeten, rende het veld in. Ze moest even bijkomen. De geesten verdrijven. Met zichzelf in het reine komen. Tot die tijd had het geen zin om zich op de bouwplaats te laten zien. Anders kregen Kacpar en de dakdekkers nog de indruk dat ze geestelijk niet meer helemaal in orde was. Jongelui waren al snel geneigd om oudere mensen als seniele bejaarden af te stempelen.

Ze liep een paar passen, keek knipperend in de zon en ademde de geur van de zomer diep in. Bloeiende rogge, kamille, knoflookkruid, lupines en nog veel meer. Ze meende ook de vochtige, zanderige grond te kunnen ruiken, en de kiezels en het stof. Te laat merkte ze dat de geur van de planten en de velden haar herinneringen vleugels gaf en ze er nu helemaal niet meer aan kon ontsnappen.

Elfriedes rode haardos dook uit de groen kleurende rogge op. Ze hoorde gegiechel, een naar binnen gekeerde lach die ze destijds als gemeen en hatelijk had ervaren. Haar irritante zusje was hen gevolgd. Ze had het haar niet gegund om even samen met haar verloofde te kunnen zijn, maar was stiekem achter hen aan gegaan. Zodra Walter bleef staan en haar in zijn armen probeerde te nemen, was Friedchen er opeens. De kleine heks. De roodharige duivel. Ze dook plotseling van achter een struik op, verscheen tussen de donkere dennenstammen of stond op uit de rogge waar ze op de loer had gelegen. Iedere indiaan had trots kunnen zijn op deze geruisloze achtervolging. Walter was uiteindelijk kwaad geworden. Hij had haar betrapt en haar bij haar schouders gepakt. Wat haalde ze in haar hoofd? Niemand had zin in die flauwe spelletjes. Ze moest met hen mee gaan wandelen of naar huis lopen. Elfriede glimlachte op een vreemde manier toen hij haar bij haar schouders vasthield. Uitdagend. Toe maar, schud me maar heen en weer. Sla me maar. Doe me maar pijn. Als je me maar aanraakt. Dat is alles wat ik wil!

Elfriede, die nu onder de steen lag waar zijn naam op stond. Waarom had Mine aanvankelijk in godsnaam tegen haar gelogen? Ze had gezegd dat Elfriede in het dorp op het kerkhof begraven lag!

Franziska werd ineens vreselijk bang. Niet verder denken. Als ze die gedachte volgde, wachtten er duizend messen op haar. Pijn die niet te verdragen was. Dodelijke pijn. Ze staarde naar het roggeveld dat zich in glooiende heuvels tot aan de horizon uitstrekte als een deinende, groene zee. Golven gingen op en neer, kwamen op haar af, leken tegen de boomstammen te ketsen, overspoelden de weg, de oude bank, haar witte Opel…

Ze werd steeds banger en kreeg het verpletterende gevoel dat ze alles verkeerd had gedaan. Ze had het haar man niet aan mogen doen. Ernst-Wilhelm was een fatsoenlijk mens geweest, hij was haar altijd trouw gebleven en was een grote steun voor haar geweest toen ze allebei helemaal opnieuw moesten beginnen. Hij had geen eigen, vermetele plannen gevolgd, zoals Walter had gedaan. Ernst-Wilhelm dacht eerst aan haar en Cornelia, aan zijn werk, aan het bedrijf, aan hun huis in Königstein. Hij zou nooit op het idee zijn gekomen om een tiran te vermoorden om Duitsland uit de ellende te bevrijden.

Ze zag haar echtgenoot in het kantoor achter zijn bureau zitten. De glimmend roze, kale plek op zijn schedel, de bril met gouden rand, die naar het puntje van zijn neus was gegleden, zijn smalle, vertrokken mond als hij over de rekeningen gebogen zat. Als zij binnenkwam met een dienblad met koffie in haar handen, keek hij op en glimlachte hij naar haar. Blij dat ze er was. Ook dat was liefde. De altijd trouwe verbondenheid tussen twee mensen die door het lot waren samengebracht. Voor zijn dood had hij op een 'langstlevende testament' gestaan, zodat later alles alleen van haar was. Omdat je immers nooit kon weten of Cornelia ooit zou trouwen en de schoonzoon er dan aanspraak op maakte.

Ze had hun gezamenlijke eigendom verkocht. Hun gezamenlijke verleden weggegooid. Hoe had ze dat in hemelsnaam kunnen doen? Plotseling had ze er spijt van en had ze het liefst alles ongedaan gemaakt. Ze wilde dat ze zich in haar mooie huis in Königstein terug kon trekken en alle deuren naar het verleden op slot kon doen. Ze wilde op de bank zitten en naar de foto van Dranitz kijken die boven de piano hing, met Ernst-Wilhelm koffiedrinken en er twee plakjes vruchtencake bij eten. Zoals ze in de jaren vijftig hadden gedaan.

Een bij vloog zo dicht langs haar heen dat hij in haar haar verstrikt raakte en luid zoemend om zijn vrijheid vocht. Geschrokken ging Franziska met haar vingers door haar haar, maar de bij had zichzelf al bevrijd.

Afgelopen nu met die somberheid, dacht ze. Je kunt niet achteruit leven, het gaat altijd vooruit. Wat voorbij is, is voorbij. Wie had dat altijd gezegd? Juist, Ernst-Wilhelm. Ze floot naar de hond, gooide een stok voor hem weg en liet hem die twee keer halen. Daarna wees ze met haar hand naar de achterbank van haar Opel Astra en Falko sprong braaf op zijn plek. Ze reed door tot het volgende bospad, waar ze keerde en terugreed naar de weg.

De nieuwe dakconstructie van het landhuis leek haar erg pompeus. Hij was hoger dan het oude dak en te protserig voor het gebouw. Maar volgens Jenny's plannen moest het landhuis immers een hotel worden en daarom waren er op zolder hoge plafonds nodig voor de conferentiezaal en de kantoren. Vroeger sliepen er een paar personeelsleden onder het dak. Met slecht weer werd de was er gedroogd. En verder was er de fantastische oude rommel, de koffers en kisten, de afgedankte banken, de met jampotjes volgestopte, door de wormen aangetaste ladekasten. Hoe vaak had ze daar als kind niet met haar broers verstoppertje gespeeld? Hoeveel opwindende geheimen hadden ze niet ontdekt? Ach, en die keer dat op een van de balken een grijze oehoe een nest had gebouwd die hen met grote, gele ogen observeerde terwijl ze er rondstruinden…

Aan de noordkant waren de dakdekkers al aan het werk.

'Mevrouw Kettler!' hoorde ze Kacpar roepen zodra ze voor het gebouw uit haar auto was gestapt. 'Goed dat u er bent. We moeten beslissen wat we met het puin doen.'

In de kelder en op de begane grond, waar al verwarmingsbuizen en waterleidingen waren gelegd, hoopte allerlei afval zich op. Vooral het stucwerk dat ze van de muren hadden geslagen, maar ook kabels en snoeren, schakelaars en draden en dergelijke. Nog afgezien van het afval van de voormalige huurders. Die hadden de kelder blijkbaar veertig jaar lang als vuilstortplaats gebruikt.

'Breng het maar naar een afvaldepot,' stelde ze schouderophalend voor.

Dat zou erg duur zijn volgens Kacpar. Vrachtwagens, arbeiders, heffingen… 'Wat als we een deel ervan in het gat daarginds kiepen? Dat moet sowieso dichtgegooid worden.'

'Maar hoe zit het dan met ratten en ongedierte?' zei Franziska.

'Dat is geen probleem. Alles wordt goed aangestampt en dan komt er kalk overheen.'

Franziska was niet enthousiast. Zeker niet omdat in het gat de middeleeuwse muren tevoorschijn waren gekomen. Daar kon je toch niet gewoon puin op gooien en kalk overheen strooien? Dat was een stukje geschiedenis. Haar vader had een keer gezegd dat Dranitz in de middeleeuwen een kloosterstichting was geweest. Er was ook ergens een kroniek geweest, maar die was in de chaos van de oorlog zoekgeraakt.

'Wie weet dat nou?' bromde Kacpar. 'Als we eenmaal het bureau voor monumentenzorg of een of andere archeoloog op onze nek hebben, zijn wij niet meer de baas over onze eigen grond.'

'Dan moet het op z'n minst zo dichtgemaakt worden dat je er later zonder problemen weer bij kunt,' hield ze vol. Ze zei het iets feller dan nodig was, maar dat kwam door de manier waarop Kacpar het had gezegd. Dan zijn we niet meer de baas over onze eigen grond... Hij deed alsof hij mede-eigenaar van Dranitz was. De jongeman leek zich iets té veel met dit bouwproject te identificeren. Ze moest oppassen dat hij niet de realiteit uit het oog verloor.

Franziska keek hem na en zag hem met haastige passen door de voordeur naar binnen gaan. Ze vroeg zich af wat deze knappe jongeman ertoe dreef om zich helemaal aan de renovatie van haar landhuis te wijden. Deed hij het uit liefde voor Jenny? Hoopte hij soms dat het gerenoveerde landhuis en florerende hotel ooit van hem werden door met Jenny te trouwen? Ze kon zich niet voorstellen dat hij zo berekend was. Maar aan de andere kant, wat zou hij gaan doen als alles – zo God wilde – eenmaal klaar was? Met een vriendelijke handdruk afscheid nemen en zijn eigen weg gaan? Misschien. Maar eerst zou hij haar waarschijnlijk een gepeperde rekening overhandigen. En dat was beslist niet onterecht. Weer voelde ze een angst die ze nooit eerder had gevoeld. Het geld, altijd weer dat stomme geld. Zou het geld dat ze had, genoeg zijn voor de omvangrijke renovatie? Voor het landhuis en het park? Voor de hovelingenhuisjes, die Jenny in oude stijl wilde laten herbouwen? Voor de sport- en recreatievoorzieningen? Paardrijden. Ritjes met de koets. Tennis. Een zwembad. Een sauna...

Ze moest gek geworden zijn. Dat zou ze nooit allemaal kunnen betalen. Ze zou een hypotheek moeten nemen. Geld lenen tegen een hoge rente. En uiteindelijk zou alles van de bank zijn.

Mine

Juli 1991

‘NEE, JONGEN, IK BEN geen invalide. Je hoeft me niet te dragen. Ik kan zelf lopen…’

‘Overdrijf niet zo, opa! Hou je aan de leuning vast. Ik loop vlak achter je.’

Mine stond bovenaan de trap. Ze lachte en snikte tegelijk, en riep naar Karl-Erich dat hij langzaamaan moest doen en uit moest kijken voor de scheve treden. Hij keek naar haar op, grijnsde en riep dat ze alvast koffie moest zetten. Hij mocht één kopje per dag drinken en dat wilde hij nu meteen. O, hemel! Zijn gezicht was knalrood. Als hij zich maar niet te veel inspande. Hij rende de trap op als een jonge hond.

Op de laatste trede moest hij toch even op adem komen, maar hij stond niet toe dat Ulli hem hielp.

Mine snikte toen haar man haar in zijn armen nam. Hij rook nog naar het ziekenhuis, naar een of ander sterk desinfecteermiddel. En zijn gezicht was gladgeschoren, wat normaal zelden voorkwam.

‘Er is toch geen reden om te gaan huilen,’ zei hij liefdevol. Hij streelde met zijn kromme vingers haar natte wangen en gaf haar een dikke kus op haar mond. Idiote man. Daarbij leunde hij met zijn hele gewicht op haar, waardoor ze bijna omviel.

‘Kom, opa,’ zei Ulli. ‘Laten we naar binnen gaan. Je moet gaan liggen, zei de arts.’

‘Niks daarvan. Ik wil nu koffie drinken. Met jullie tweeën in de keuken. Kom op, Mine. Blijf daar niet zo staan, ouwe meid. Zet maar een potje zwarte koffie voor je lieve man.’

‘Jaja, rustig aan,’ zei Mine grinnikend.

Het duurde even voordat hij zich van haar had losgemaakt, maar daarna strompelde hij zelfstandig naar de keuken, waar hij zich op een stoel liet vallen.

Mine, die al druk bezig was bij het aanrecht, was blij dat ze van tevoren nog het dikke paardenhaarkussen op de stoel had gelegd, zodat hij niet meteen zijn ischias voelde.

‘Ik haal even snel zijn tas uit de auto. Ben zo terug, oma,’ riep Ulli en hij rende alweer naar beneden. Mine hoorde hem onderaan de trap met mevrouw Kruse praten. Die stond natuurlijk weer in het trapportaal, om vooral niets te missen.

Karl-Erich leunde met zijn armen op de tafel en keek knipperend uit het raam, waar de middagzon op scheen. ‘Ik heb het al gezien,’ zei hij. ‘Het dak ligt er nu op. En het is met echte, goede dakspanen gedekt. Het ziet er alleen wel wat pompeus uit, vind je niet? Het is een stuk hoger dan vroeger. Tja, mevrouw de barones heeft het hoog in haar bol.’

‘Je hebt een hoop aan haar te danken,’ zei Mine, die de waterketel naar het midden van het fornuis schoof.

‘Dat is waar,’ zei hij en hij knikte. ‘Ze is net als haar vader, meneer de baron. Hij keek ook altijd naar zijn mensen om en zorgde voor ze.’ En toen zei hij iets heel verbazingwekkends. Ook Ulli, die net met Karl-Erichs ziekenhuistas binnenkwam, hoorde het. ‘Het is toch goed dat de barones er weer is. Ja, ik ben er nu echt blij om. En wat er in het verleden is gebeurd… met Grete… daar kon zij immers ook niets aan doen.’

Ulli en Mine wisselden een verbaasde blik uit. Daarna richtte Mine zich op de koffiebus en Ulli legde de meegebrachte broodjes in een mandje.

Er werd aan de deur gebeld. Mine wilde al opstaan, maar Ulli zei dat ze rustig kon blijven zitten. 'Als het mevrouw Kruse is omdat ze een ei of een kopje suiker nodig heeft, zal ik tegen haar zeggen dat ik straks wel even beneden kom...'

Maar meteen daarna hoorde Mine Jenny's stem. O jee! Wat wilde zij nu weer? Ze kwam altijd als ze net aan het eten waren.

'De freule!' riep Karl-Erich amicaal. 'Kom binnen, kom binnen! We hebben koffie genoeg. Voor mooie vrouwen altijd!'

Mine was er nu helemaal van overtuigd dat hij een pepmiddel had gekregen. Het was haar gisteren al opgevallen dat hij grapjes maakte met de verpleegsters. Haar Karl-Erich speelde alweer het haantje. Vleugellam, maar de rode kam hoog opgestoken. Mannen...

Jenny kwam de keuken binnen alsof ze hier helemaal thuis was. Ze begroette Karl-Erich met een omhelzing, drukte haar rode haardos tegen zijn wang en zei dat het geweldig was dat het weer goed met hem ging. Logisch dat Karl-Erich enthousiast was. Ulli was bij de deur blijven staan en trok een scheve mond. Goed zo, dacht Mine. Zijn passie voor de freule leek voorlopig gedoofd te zijn.

'Ik wilde jullie iets vragen,' zei Jenny en ze glimlachte naar Mine alsof zij haar oma was.

'Nou, kom maar op met je vraag,' zei Karl-Erich die, voor zover dat mogelijk was, door de koffie nog levendiger was.

'Kunnen jullie je Walter Iversen herinneren? Hij was met mijn oma verloofd en is door de nazi's vermoord. Verschrikkelijk, hè? Hij zou betrokken zijn geweest bij de aanslag op Hitler...'

Mine keek naar Ulli. Ook hij had naar Iversen gevraagd, maar ze had gezegd dat ze het zich niet goed kon herinneren. Hij had verder niet doorgevraagd, maar nu stak Karl-Erich van wal. Dat was pijnlijk omdat Ulli merkte dat ze niet helemaal eerlijk was geweest.

'Majoor Iversen,' zei Karl-Erich, en hij knikte. 'Jazeker. Die kan ik me goed herinneren. Dat was een aardige man. Vriendelijk. Niet zo arrogant als menig ander. En hij zag er goed uit, hè, Mine? Jij hebt hem ook aanbeden. Ja, geef het maar toe, meid. Het is immers allang voorbij...'

Mine schonk voor Jenny en Ulli koffie in en mompelde dat ze het niet meer zo goed wist. Maar dat was niet slim van haar, want nu praatte Karl-Erich verder.

'Weet je dat niet meer? Terwijl hij jarenlang met Sonja in het landhuis heeft gewoond? Nee, Mine, het moet er eindelijk eens uit. Het moet gezegd worden omdat het nu eenmaal de waarheid is.'

Hij klopte met zijn kromme hand op de koffietafel en keek Mine zo verontwaardigd aan dat ze heel bang werd. Als hij nou maar niet te veel kletste in zijn door de pillen veroorzaakte euforie.

Jenny keek kauwend van Karl-Erich naar Mine en weer terug. 'Wat bedoel je, Karl-Erich? Wanneer heeft Walter Iversen in het landhuis gewoond?'

'Nou, in de jaren vijftig. Wanneer is Sonja weggegaan, Mine? In 1963 of 1964. Rond die tijd...'

Mine besloot zo min mogelijk te zeggen. Om Karl-Erich niet tegen zich in het harnas te jagen knikte ze alleen. Ze zette de koffiekan zorgvuldig op het plaatje van het koffiezetapparaat terug.

'Wacht eens even,' mengde Ulli zich nu in het gesprek. 'Die Walter Iversen, die daarboven op de begraafplaats ligt, was toch ooit met mevrouw Kettler verloofd? En is toen toch door de nazi's vermoord?'

'Ja, toch?' zei Jenny.

'Nee,' zei Karl-Erich.

Mine zei niets, maar ze zag dat Ulli en Jenny elkaar verbaasd aankeken. Misschien wilde ze alles ontrafelen omdat ze Ulli aan zich wilde binden. Net als Elfriede vroeger. Die verzon ook elke keer wat nieuws om te zorgen dat majoor Iversen zich wel met haar bezig moest houden.

'Hoe zit het nou?' vroeg Jenny.

Karl-Erich veegde met zijn papieren servet omslachtig een restje kersenjam van zijn mondhoeken. 'Hij is teruggekomen. De Gestapo had haar belogen, die zwijnen. Ze hebben een doodsvonnis verstuurd, maar niet voltrokken. De Russen lieten de gevangenen van de nazi's in 1945 vrij en daar was Iversen ook bij. Maar toen hij kwam, waren freule Franziska en haar moeder al weg.'

Jenny was zo overweldigd door dit nieuws dat ze het broodje, waar ze al een hap van had genomen, terug moest leggen op het bordje.

Ulli keek Mine verwijtend aan. Hij kon echt boos kijken. Terwijl Mine het alleen maar goed had bedoeld. Het was niet altijd een zegen om het verleden te kennen. Sommige dingen kon je beter vergeten. Omdat ze alleen maar nieuw verdriet met zich meebrachten.

'Hoe bedoel je... al weg?' vroeg Jenny. 'Naar het westen? Waarom is hij niet achter haar aan gegaan? Oma was tenslotte zijn verloofde. Ze had haar leven op het spel gezet om hem uit de gevangenis te bevrijden. Dan moet ze wel heel veel van hem gehouden hebben.'

Dat wist Karl-Erich ook niet zo precies. Hijzelf had destijds in Rusland in krijgsgevangenschap gezeten, maar Mine had alles meegemaakt. Hij keek zijn vrouw vragend aan en Mine besefte dat het geen zin meer had om te zwijgen.

'Het zat zo,' begon ze omslachtig. 'Majoor Iversen is wel degelijk achter hen aan gegaan, maar hij heeft hen niet kunnen vinden. Omdat de Russen alle jonkers wegstuurden of martelden, is de barones van Dranitz met freule Franziska naar de Engelse sector gegaan. Daarom was de zoektocht van de majoor vergeefs.'

Jenny vond dat nogal raar. Voor haar klonk het alsof hij niet goed genoeg zijn best had gedaan om haar te vinden.

'Hij was ziek,' verdedigde Mine hem. 'Ze hadden hem gemarteld en ik weet niet wat nog meer. Hij zag eruit als een spook toen hij bij ons op de deur klopte.'

Jenny perste haar lippen op elkaar en staarde naar haar broodje. 'En later woonde hij samen met die... Sonja? Dus hij heeft zich met een ander getroost, die majoor Iversen. Is hij met haar getrouwd?'

Mine slaakte een diepe zucht en keek geïrriteerd naar Karl-Erich, die net de laatste slok uit zijn koffiekopje slurpte.

'Sonja was niet zijn vrouw,' antwoordde Mine. 'Dat was zijn dochter. Hij heeft haar helemaal alleen opgevoed, omdat zijn vrouw bij de geboorte was overleden.'

Jenny fronste haar voorhoofd, kauwde, pakte haar koffiekopje op en zette het weer neer omdat het al leeg was. 'Nu valt het kwartje,' zei ze. 'Zijn vrouw was mijn oudtante Elfriede. Die boven op de begraafplaats begraven is, nietwaar? Walter Iversen, die ooit met mijn oma verloofd was, is later met haar jongere zus getrouwd. En die twee hebben een dochter. Sonja. Nou, dat is frappant, zeg! En waarom heeft niemand ons dit verteld? Jullie hebben dit toch al die tijd geweten, of niet soms?'

Karl-Erich zweeg omdat de jonge freule zo verontwaardigd leek.

Zie je nou wel, had Mine het liefst gezegd, dat krijg je er nou van. Maar ach, er was nu niets meer aan te doen.

'Geef me eens even mijn pillen uit mijn tas, Ulli,' zei hij gegeneerd. 'Daar rechts vooraan in het vakje met de rits.'

Wat leek ze toch veel op Elfriede, die Jenny. Ze kon echt boos worden. 'Verhit raken,' zoals meneer de baron het destijds had genoemd. Wat kon het toch raar lopen in het leven. Franziska von Dranitz had een kleindochter gekregen die op haar zusje leek...

'Waarom is tante Elfriede eigenlijk niet met oma en haar moeder naar het westen gegaan? Zijn ze haar hier soms vergeten?'

'Freule Elfriede had toen tyfus en lag in het lazaret. Daarom konden ze haar niet meenemen,' legde Mine uit, die nu ook verontwaardigd was. Wat dacht die griet nou? Dat de goede barones Margarethe zomaar haar dochter in de steek had gelaten?

Jenny knikte. 'Ik begrijp het. En hoe zit het nu met Walter Iversen en zijn dochter Sonja? Waar zijn die? Wonen die soms in Rostock?'

Ulli legde drie verschillende doosjes naast het koffiekopje van zijn opa en haalde een glas water voor hem. Daarna ging hij weer aan de tafel zitten. Mine zag aan hem dat hij niet blij was met dit hele gebeuren. 'Beheers je, Jenny,' zei hij. 'Je kunt dit ook rustig bespreken. Die twee zijn immers niet meer de jongsten!'

Jenny haalde diep adem en leunde naar achteren. 'Sorry.'

Ulli schoof een briefje naar Mine toe waarop stond welke tabletten Karl-Erich wanneer en hoe vaak moest nemen. Daarna telde hij de pillen voor zijn opa uit en legde ze op een lepeltje. Dat kon Karl-Erich met moeite pakken en in zijn mond schuiven.

'Sonja is op haar achttiende of negentiende getrouwd,' pakte Mine de draad op. 'Daarna is ze met haar man naar het westen gegaan. Dat was ook toen niet gemakkelijk, ze zijn stiekem de grens over gegaan. Meneer Iversen kreeg daarna gedoe met de Stasi en is naar Rostock verhuisd. Wat hij daar heeft gedaan, weten we niet. Hij heeft niets meer van zich laten horen.'

'Waarschijnlijk is hij scheepsschrijver geweest,' vermoedde Ulli. 'Dat staat in het telefoonboek.'

'Heb je ook het nummer opgeschreven?' vroeg Jenny. 'Ach, maakt niet uit. We bellen gewoon het inlichtingennummer.'

Karl-Erich slikte zijn pillen door, spoelde ze na met water en hoestte omdat hij zich had verslikt.

'Rustig aan, jongens,' zei hij schor. 'Als jullie Iversen zomaar bellen en hem vertellen dat zijn vroegere verloofde, Franziska von Dranitz, hier is, krijgt hij nog een hartaanval.'

Jenny haalde onbevangen haar schouders op en zei dat zo'n weerzien nadat ze zo veel jaren van elkaar gescheiden waren geweest, juist een grote vreugde was. 'Ze waren immers ooit een liefdespaar,' voegde ze er met een glimlach aan toe.

'Dat wel,' zei Mine aarzelend. 'Maar er is inmiddels veel gebeurd. En dat met Elfriede, daar zal mevrouw de barones niet bepaald blij mee zijn.'

'Ach, onzin!' riep Jenny en ze maakte een handgebaar alsof ze meteen al het servies inclusief de koffiekan van tafel wilde vegen. 'Oma spreekt altijd heel aardig over haar zus. Haar moeder en zij hebben altijd geprobeerd te achterhalen wat er met haar was gebeurd, vertelde ze. Ze zei dat ze heel verdrietig was omdat Elfriede zo jong is overleden en zal ongetwijfeld heel blij zijn dat ze een nicht heeft.'

'Je moet in elk geval eerst met je oma praten voordat je naar Rostock belt,' vond Ulli.

Jenny veegde met het laatste stukje brood een klodder jam van haar bord, stopte het in haar mond en stond op. 'We zullen wel zien,' zei ze luchthartig. 'Het was heel lief van jullie dat jullie me dit alles hebben verteld. Hartelijk dank daarvoor!'

Ze gaf hun alle drie een knuffel ten afscheid en een tel later was ze de deur uit.

'Ik vrees dat we een tijdbom hebben geplaatst,' zei Ulli met een slecht geweten toen Jenny weg was.

Wat waren mannen toch altijd slim, dacht Mine. Achteraf dan.

Jenny

Augustus 1991

DRIE DAGEN LANG WAS Jenny volkomen in paniek. Juultje had koorts. Ze wilde geen melk en geen pap. Jenny had er slechts met moeite een beetje kamillethee in gekregen. De kinderarts in Waren zei iets over een infectie en dat het momenteel heerste. Juultje moest drinken, drinken en nog eens drinken. Kamillethee met een beetje suiker, sinaasappelsap, water, pepermuntthee, venkelthee. Het maakte niet uit wat het was, als ze maar vocht binnenkreeg. Ze mocht in geen geval uitdrogen.

Gelukkig bleef haar oma rustig. Ze zette thee en deed die in een flesje, en het lukte haar de kleine koortsige meid regelmatig wat thee te geven en ook het witte drankje dat de dokter had voorgeschreven. 's Nachts wisselden ze om de drie uur. Op zondag kwam Mücke om te helpen, maar toen ging het alweer beter met de kleine. Ongelofelijk. Een paar uur eerder had ze nog bijna veertig graden koorts gehad en nu lag ze vrolijk op het verschoonkussen te trappelen. En ze had honger. Met de moedermelk was het definitief afgelopen, die was bij Jenny van schrik weggebleven. Maar Juultje vond de pap die haar oma met banaan verrijkte sowieso veel lekkerder.

'Ik maak me vaak zorgen om Kacpar,' zei haar oma en ze keek Jenny indringend aan. 'Hij doet zo ongelofelijk veel terwijl hij toch zo bescheiden leeft. Elke avond zit hij boven in zijn zolderkamertje bij de Rokowski's...'

Jenny lachte haar oma uit. Wist ze dan niet dat de goede Kacpar in het weekend de omringende plaatsen onveilig maakte en daar van het nachtleven genoot? Hij was ook al in Stralsund en Rostock geweest.

'En wat doet hij daar?' vroeg Franziska nieuwsgierig.

Jenny haalde haar schouders op. Misschien hield hij kroegentochten en bezatte hij zich. Of ging hij naar de hoeren. Of misschien was hij wel homofiel.

'O, hemel!' riep haar oma verontwaardigd. 'En ik dacht altijd dat hij verliefd was op jou!'

Dat had Jenny eerst ook aangenomen, maar blijkbaar had ze zich vergist. Die jongen was een mysterie.

'Als hij homoseksueel is,' peinsde haar oma, 'blijkt hij straks nog achter Ulli aan te zitten.'

Dat vond Jenny niet grappig. 'Homo's zijn dol op oudere vrouwen,' zei ze. 'Van die moederlijke of oma-achtige types, zoals jij dus!'

Daar kon Franziska op haar beurt niet om lachen. Ze zei alleen dat de liefde veel gezichten en verschijningsvormen kende en dat je nooit te snel over iemand mocht oordelen.

Jenny was het met haar eens en dit leek haar een goed moment om haar oma over haar plannen in te lichten. 'Ik wil graag met Mücke naar Rostock gaan. Kan ik Juultje bij jou laten, nu ze weer beter is? Misschien kun je met haar in de kinderwagen bij het meer gaan wandelen en tegelijkertijd Falko uitlaten.'

Franziska was sceptisch. 'Natuurlijk gun ik je een vrij dagje met Mücke, Jenny. Maar waarom uitgerekend naar Rostock?'

'Familieonderzoek,' verklaarde Jenny met een onschuldige glimlach. 'Ik wilde die Walter Iversen eens opzoeken. Wie weet is hij echt...'

'Ik heb je toch gezegd dat Walter Iversen dood is!' viel haar oma haar boos in de rede.

'Dat weet ik. Maar soms vertelden de nazi's niet de waarheid tegen de mensen. Dan zeiden ze dat iemand dood was, terwijl hij of zij in werkelijkheid nog leefde!'

Franziska sloeg met haar vuist op de koffietafel, waardoor het servies rinkelde. In Jenny's kamer begon Juultje te huilen. 'Ik wil niet dat je dat soort onderzoek doet, Jenny. Heb je me gehoord? Ik verbied het je!'

Jenny sprong verontwaardigd op. 'Je kunt me helemaal niets verbieden, oma! Omdat het ook mijn familie is. En omdat ik er recht op heb om mijn familie te leren kennen!'

Haar oma staarde haar met opengesperde ogen aan. Oeps, nu had ze zich in de opwinding versproken. Waarom lukte het haar eigenlijk niet om haar oma in alle rust te vertellen wat ze bij Mine had gehoord? Waarschijnlijk kwam het doordat ze het gesprek telkens afkapte zodra ze over Walter Iversen begon.

'Walter Iversen hoort niet bij onze familie!' hield haar oma hardnekkig vol.

'O ja? Heb je er weleens over nagedacht waarom jouw zus Elfriede onder een grafsteen ligt waar de naam "Iversen" in is gegraveerd?' Jenny liep snuivend van woede naar haar kamer om de huilende Juultje uit haar wieg te tillen.

Franziska bleef als verstard aan de keukentafel zitten. Daarna zette ze de lege kopjes in de gootsteen en draaide de kraan open. Ze was zo in gedachten verzonken dat ze de deurbel niet hoorde.

'Is je oma er niet?' vroeg Mücke verbaasd toen Jenny na de derde keer bellen opendeed.

'Eh... Jawel, maar de sfeer is hier een tikkeltje gespannen...'

'Vanwege Rostock? Je gaat me toch niet vertellen dat ze je dat dagje uit niet gunt?'

Jenny aarzelde. Ze had Mücke niet het hele verhaal verteld, alleen dat ze een man wilde opzoeken die vroeger met haar oma verloofd geweest was. Mücke had dat heel spannend gevonden.

'Ik ga wel even naar haar toe,' zei Mücke grijnzend. 'Een flesje maken...'

Mücke wist hoe je iets diplomatiek aan moest pakken. Na korte tijd keerde ze met het flesje terug en zei ze dat ze zo weg konden gaan. Mevrouw Kettler zou zich om Juultje bekommeren.

'Je bent geweldig, Mücke!' riep Jenny opgelucht en ze stak het speentje in het opengesperde mondje van haar dochter.

Mücke had gezegd dat het ongeveer een uur rijden was naar Rostock. Ze kende de weg, want ze had er haar opleiding tot kleuterjuf gedaan en doordeweeks in een studentenhuis gewoond. 'Rostock is echt mooi, Jenny. Je kunt er ook goed winkelen. Het heeft een heel mooi centrum, met oude patriciërshuizen. En de haven is mooi! En je kunt er heerlijk uit eten. Het is echt een grote stad. Niet zo'n provinciestadje als Waren of Neustrelitz.'

Jenny luisterde geduldig en dacht er het hare van. Ze kende Oost-Berlijn en kon zich daarom de grote steden van de ossi's goed voorstellen. Een en al Oostblokflats. Misschien een paar gerestaureerde gebouwen uit vervlogen tijden, maar voor de rest was alles verwaarloosd en vervallen. Maar dat zei ze natuurlijk niet tegen Mücke. Die had zich speciaal opgedoft en geld meegenomen omdat ze wilde winkelen. Eigenlijk moest ze een keer met Mücke naar het westen, naar Hamburg gaan, dacht Jenny, zodat ze eens een paar echte winkels zag en haar moeizaam verdiende geld niet uitgaf aan slechte spullen.

Ze kletsten over kleren en de nieuwste kapsels, en over Elke, die had geschreven dat ze in verwachting was en dat Jürgen door het dolle heen was van blijdschap. Daarna vertelde Mücke in vertrouwen tegen Jenny dat de kleuterschool in Dranitz misschien gesloten zou worden, omdat die vroeger bij de LPG hoorde en de nieuwe landbouwcoöperatie hem niet wilde overnemen.

'Dat geeft niets,' zei Jenny. 'Je krijgt bij ons in het hotel een baan, Mücke. Dan hoef je je niet meer met die snotneuzen bezig te houden.'

'Maar dat vind ik leuk om te doen,' zei Mücke. 'Ik hou van kinderen. Ze zijn zo eerlijk en niet zo verknipt als volwassenen.' Vervolgens vertelde ze horrorverhalen over mensen die voor de Stasi hadden gewerkt en hun vrienden en familieleden hadden bespioneerd. Zelfs de pastoor in het naburige dorp had bij de Stasi gezeten. Een paar mensen uit de gemeente hadden het al vermoed omdat hij in 1986 zomaar goedkeuring kreeg voor een reis naar het westen. Zoiets zat er voor normale mensen niet in, dus moest hij wel relaties hebben. De pastoor was in januari 1990 ook meteen naar het westen gegaan en daar gebleven.

'En in Dranitz?' vroeg Jenny benauwd. 'Waren daar ook mensen die voor de Stasi werkten?'

Mücke zei dat er bij de LPG een of twee mensen waren ontdekt. Maar die waren op tijd gevlucht, anders was het slecht met hen afgelopen. Jenny begreep dat de mensen in dit deel van Duitsland totaal andere dingen hadden meegemaakt dan zijzelf. De Stasi. Dat deed denken aan de Gestapo onder Hitler. Wat vreselijk als je zelfs je beste vrienden niet kon vertrouwen. Terwijl dit land echt mooi was. Zo wijds en groen onder de lichtblauwe zomerhemel. Overal kleine dorpen en oude landhuizen, her en der vervallen kloosters, en meren die in het zonlicht groenachtig schemerden en waar witte zeilbootjes op dobberden. En dan de romantische lanen, die had je in het westen niet meer. Daar hadden ze alle bomen rechts en links van de landweggetjes gekapt. Vanwege het risico op ongelukken. Terwijl je automatisch langzamer reed als het groene bladerdak zich boven je auto sloot en de zon er als gouden regen doorheen glinsterde.

Rostock was precies zoals ze het zich had voorgesteld. De tram die er reed, was in de BRD al in de jaren zestig afgedankt. Kapotte huizen, waaraan je nog zag dat ze ooit prachtig waren geweest, met westerse auto's ervoor. Jenny had geen idee waarom. Af en toe stak een pizzatentje als een rode vlek uit het monotone grijs. Ook de oude namen van winkels waren met felle kleuren overgeschilderd. De 'Fortschritt' was een drogisterij geworden en in de winkel voor vulpennen verkocht een Indiër bonte overhemden. De buitenwijken waren nog lelijker, vol Oostblokflats en kleine huizen waarvan de kalk en verf afbladderden. Waarom hadden de ossi's geen behoorlijke bouwmaterialen gehad? Het had toch geen zin om zo veel moeite te doen als alles sowieso weer kapotging.

'Daarginds bij de kruising rechtsaf,' dirigeerde Mücke. 'Nee, niet hier, eentje verder…'

Het plaveisel was nog hobbeliger dan op de landweggetjes. Als je hier met een Trabi overheen scheurde, kreeg je ongetwijfeld een zere kont. Fritz-Reuter-Strasse 77 had de vrouw van inlichtingen gezegd..

Ze reden langs talloze grijze Oostblokflats, woonblokken van vier verdiepingen hoog met een plat dak en een grasveldje ervoor met onkruid en her en der een struik. Ergens had iemand een klein moestuintje achter een gebouw aangelegd.

'Straks laat ik je de binnenstad zien,' zei Mücke, die deze troosteloze omgeving ook maar niks vond. 'Daar is een prachtige fontein en zijn mooie winkels. Hé, stop, dit is al nummer vierenzeventig. Waar woont Iversen? Zevenenzeventig, toch? Dat is hier vlakbij.'

Jenny remde en parkeerde aan de rand van de straat naast een half verdorde esdoorn. Hier woonde hij dus. Walter Iversen, ooit de grote liefde van haar oma. Het gebouw maakte een nogal verwaarloosde indruk, vond ze. Dan had oma het beslist verder geschopt.

Samen met Mücke bestudeerde ze de talloze deurbellen naast de ingang. Op elke verdieping woonden twee huurders, maar soms stonden er meerdere namen op een bordje. Walter Iversen woonde op de bovenste verdieping rechts. Nu werd het serieus.

Jenny drukte op het witte knopje en wachtte. Er gebeurde niets. Ze keek Mücke aan en drukte nog een keer op de bel. Weer geen reactie.

'Misschien is hij wel overleden,' zei Mücke. 'Of naar het westen gegaan.'

Jenny deed een stap naar achteren en keek naar boven. Hingen er gordijnen voor de ramen? Ja. Dan woonde er ook iemand.

'Laten we gewoon naar boven gaan,' zei Mücke. De deur van de portiek stond op een kier en ze duwde hem open.

De portiek was gedweild. Toch hing er een muffe geur en in de hoeken dwarrelde de kalk naar beneden. De overheersende kleur was grijs. Zoals overal. Ze liepen de trappen op en keken naar de rommel die de huurders naast hun voordeur in de gang hadden gezet: rubberlaarzen, paraplu's, kinderwagens, fietsen, dozen, hondenriemen en allerlei speelgoed. Naast de voordeur van Walter Iversen lag niets behalve een dikke laag stof. Er was in elk geval wel een gelige deurbel en een naambordje.

Jenny drukte op het knopje, maar weer werd er niet opengedaan. Teleurgesteld leunde ze tegen de muur. Ze keek uit het raampje in de gang en zag een kerktoren en een of ander gebouw van baksteen. Het raadhuis?

'Laten we het daar even vragen,' stelde Mücke voor en ze liep naar de deur ertegenover, waar een stapel dozen naast stond.

Eindelijk hadden ze geluk. Een oudere vrouw deed open. Ze glimlachte vriendelijk naar hen en wees naar de kartonnen dozen. 'Ik heb de spullen daar neergezet.'

Ze was heel teleurgesteld toen Jenny uitlegde dat ze niet voor de dozen kwamen, maar op zoek waren naar meneer Iversen.

'Ik dacht dat u van de gemeente was. Ze houden een inzameling voor Afrika.' Ze viste haar bril uit de zak van haar schort en keek de twee jonge vrouwen wantrouwend aan. 'Wat wilt u van meneer Iversen?' vroeg ze vijandig. Iversens gemoedsrust leek haar niet onverschillig te laten.

'We willen hem alleen even wat vragen. Het gaat om een privékwestie... Is hij soms op reis?' Jenny zette haar meest charmante glimlach op.

'Nee,' zei de buurvrouw en ze schudde haar hoofd. Ze had kort grijs haar. 'Hij is alleen even boodschappen doen. Hij kan elk moment terugkomen. Hij zou een liter melk en drie uien voor me meenemen.'

Mücke bedankte haar voor de informatie en zei dat ze dan hier in de gang op meneer Iversen zouden wachten.

Toen de buurvrouw haar voordeur weer had dichtgedaan, gingen ze naast Walter Iversens voordeur op de grond zitten. Mücke haalde een paar pepermuntjes uit haar broekzak en Jenny had boterkoekjes bij zich, die haar oma voor Juultje had gekocht. Mücke vertelde over de tijd van haar opleiding pedagogie en wat voor een draak haar lerares was geweest. Af en toe keken ze uit het raampje om te kijken of ze op straat iemand zagen die Walter Iversen kon zijn. Twee keer dacht Mücke dat hij het was, maar het was telkens loos alarm. Toen Jenny's maag ondanks de pepermuntjes en koekjes luid begon te knorren, vroegen ze zich af of het wel klopte wat de buurvrouw had gezegd.

'Ze is gewoon een roddeltante,' zei Jenny hoofdschuddend. 'Dat met die dozen vond ik meteen al een raar verhaal. Mücke, ik denk dat...'

Op dat moment hoorden ze voetstappen op de trap. Mücke begon te hoesten omdat het laatste koekje van de schrik in haar keel bleef steken en Jenny's hart begon te bonken. Er dook een hoed in het trapportaal op, een ouderwetse herenhoed. Daarna een gezicht, schouders, een bruine jas. Een geel boodschappennetje, een grijze broek, zwarte schoenen. De man liep langzaam, maar gestaag en met vaste tred de trap op. Jenny staarde hem aan. Hij had rimpels in zijn nek en op zijn wangen. Zijn gezicht was gladgeschoren en hij had grijze, borstelige wenkbrauwen en diepliggende ogen. Een smalle, enigszins naar beneden getrokken mond. Een alerte, wantrouwige blik.

'Meneer Iversen?' Jenny merkte dat haar stem erg zwak klonk.

De man bleef op de trap staan en keek Jenny aan. Zijn ogen werden groot en hij deed zijn mond open om iets te zeggen, maar zei niets.

'U bent meneer Iversen, toch?' drong Jenny aan. 'Neemt u ons alstublieft niet kwalijk dat we u zo overvallen. We zouden graag even met u willen praten. Het... het gaat om een familieaangelegenheid.'

Was hij slechthorend? Hij staarde haar nog steeds aan. Hij leek zijn blik niet meer van haar los te kunnen scheuren en bleek stokstijf op de bovenste trede staan, volkomen roerloos. Alleen het boodschappennetje bengelde heen en weer. Er zaten een pak koffie, een liter melk, uien en drie bananen in.

Jenny keek wanhopig naar Mücke, die nog steeds hoestte.

'We komen uit Dranitz,' bracht Mücke uiteindelijk uit nadat ze drie keer haar keel had geschraapt. 'Dat is een klein plaatsje in de buurt van het Müritzmeer. Mijn vriendin is de kleindochter van de eigenaresse van het landgoed. We dachten dat u wellicht mevrouw Kettler kent... Ze heette vroeger Franziska von Dra...'

'Nee!' riep hij luid. Het klonk als een dreigement. Of als een hulpkreet. Nu kwam hij eindelijk in beweging. Hij liep naar zijn voordeur, trok haastig een sleutelbos uit zijn jaszak en miste twee keer het sleutelgat voordat het hem lukte de deur open te maken.

'U kent mijn oma dus niet?' Jenny probeerde hem de weg te versperren. 'Maar dat kan niet! U was met haar verloofd, meneer Iversen. En daarna bent u met haar zus Elfriede getr...'

Iversen schoof haar boos opzij, ging naar binnen en knalde de deur achter zich dicht.

'Dit kan toch niet waar zijn!' riep Jenny teleurgesteld. 'Waarom loopt u weg voor het verleden? Als u denkt dat ik u met rust laat, dan vergist u zich, majoor Iversen!' Ze tilde haar vuist op om tegen de voordeur te rammen, maar Mücke pakte haar arm en trok haar van de deur weg.

'Dit is geen reden om hysterisch te worden, Jenny,' kalmeerde ze haar vriendin. 'Kom, laten we gaan. Anders krijgen we zo meteen dat gekke oude mens nog op onze dak.'

Met tegenzin zag Jenny in dat Mücke gelijk had en ze begon de trap af te dalen. Misschien was ze gewoon te optimistisch geweest. Ze had echt gedacht dat Walter Iversen blij zou zijn. Dat hij haar van geluk en blijdschap om de hals zou vallen. Maar nee, hij was zijn hol in gevlucht om zich daar te verschansen.

Toen ze weer op straat stonden, keken ze omhoog naar de ramen.

Daar was hij. Hij leunde met zijn armen op de vensterbank en staarde naar hen. 'Hij moet het eerst eens verwerken,' troostte Mücke Jenny. 'Kom, laten we gaan winkelen. Ik laat je het raadhuis zien en dan rijden we naar de haven. Maar eerst gaan we naar de Ostseegaststätte om een visje te eten.'

Terneergeslagen volgde Jenny haar vriendin naar de auto.

Franziska

Augustus 1991

FRANZISKA HAD HET DOFFE gerommel in de lucht dat van buiten naar binnen drong al een poosje gehoord, maar er verder niet op gelet. Nu sloop Falko de keldertrap af, met zijn kop omlaag. Aha, onweer. Hoe dapper de hond in andere situaties ook was, als het donderde en bliksemde was hij doodsbang. 'Nou, kom maar hier, kleine angsthaas,' zei ze.

Met zijn staart tussen zijn benen sloop hij naar haar toe. Hij ging naast haar liggen en duwde zijn snuit op de grond. Elke keer als het donderde, begonnen zijn oren te trillen. Franziska ging naast hem op haar hurken zitten en aaide hem kalmerend over zijn rug. Na een poosje stond ze weer op en liep naar een van de kelderramen, maar behalve de grijze regendruppels en het bouwpuin was er niet veel te zien.

Wat goed dat de dakdekkers een bliksemafleider hadden geplaatst, dacht ze en ze deed de kelderramen dicht zodat er geen puin of zand naar binnen werd gespoeld. Falko lag nog steeds op de vloer van de kelder, maar trilde nu niet meer. Franziska dacht bezorgd aan het nieuw gedekte dak. Nu zou blijken hoe goed het bedrijf uit Hamburg had gewerkt. Vooral de vele schoorstenen, die allemaal met zink omsloten moesten worden, hadden voor wrevel gezorgd onder de dakdekkers. Waar ze die oude schoorstenen nog voor nodig hadden, wilden ze weten. Het was alleen maar extra werk en het was lastig om de aansluitingen dicht te krijgen. Maar Franziska en Kacpar hadden erop gestaan dat alle rookkanalen behouden bleven. Open haarden, waar in de winter een vuurtje in brandde, hoorden bij de sfeer van een landhuis. Dat zouden de gasten weten te waarderen.

Met Falko vlak achter zich aan liep ze naar de eerste verdieping, waar ze weer naar het raam liep en naar het dorp keek dat tussen de weiden en velden verscholen lag achter een gordijn van neerstortende regen. Aan de andere kant kon ze het meer zien. Het wateroppervlak was grauw en gerimpeld door de regendruppels. Was daar soms een roeiboot die met moeite de oever probeerde te bereiken? Het regengordijn was te dicht om het goed te kunnen zien, misschien had ze zich wel vergist. De donder dreunde direct boven het landhuis en de felle lichtflitsen deden vermoeden wat voor enorme energieën er in de zwarte wolken op elkaar botsten.

Ze hoorde het al toen ze de oude houten trap naar de zolder op liep. Het gesijpel en gedruppel, het zachte gesis. En ja hoor, meteen de eerste open haard bij de trap lekte. Met groeiende ergernis volgde ze het stroompje dat langs de bakstenen van de schoorsteen naar beneden sijpelde en zich over de houten vloer een weg zocht. Straks zou het water de trapopgang bereiken en dan liep het naar beneden, naar de eerste verdieping. Ze vond een oude lap waarmee ze het water provisorisch indamde en controleerde vervolgens de hele rij schoorstenen. Drie van de vijf open haarden waren lek. Niet te geloven! Boos over de arrogante dakdekkers die altijd alles beter wisten en niet eens naar architect Woronski luisterden, laat staan naar een oude dame, zelfs niet als dat de eigenaresse en opdrachtgever was, liep ze naar beneden. Op de begane grond keek ze of ze nog meer lappen kon vinden. Wat vervelend dat Kacpar, die er anders altijd was, uitgerekend vandaag een vrije dag had genomen. Als hij beneden bij het meer in de zon had gelegen, was hij nu drijfnat.

Ze zocht in de gang naar een lap of restje stof, maar vond niets geschikts en liep naar de voormalige eetkamer, waar ze een oude lappendeken onder een stapel hout zag liggen. Toen ze hem eronder vandaan trok, had ze plotseling het gevoel dat ze bekeken werd. Ook de nekharen van de hond stonden overeind. Met een onbehaaglijk gevoel draaide ze zich om haar as en keek zoekend om zich heen. Niets.

Ze liep naar het raam. Niet ver van de voordeur stond een lange man met een hoed op en een zomermantel aan. Het water droop van de rand van zijn hoed. De schouders van de man waren donker van de nattigheid. En hoewel zijn gezicht niet te herkennen was in de zware regen, wist ze zeker dat ze deze man nog nooit in haar leven had gezien. Falko bromde zacht. Ze wees hem terecht, bleef bij het raam staan en wachtte af wat de vreemdeling ging doen. De heftige regen leek hem niet te storen, want hij bleef rustig staan. Hij schoof zijn hoed een beetje uit zijn gezicht en keek langs de muur van het huis omhoog. Hij bekeek de ramen en de kroonlijsten, en deed een stap naar achteren om ook het nieuw gedekte dak beter te kunnen zien.

Ineens voelde Franziska een huivering. Hij kwam vanuit het binnenste van haar lijf en verspreidde zich in alle richtingen, naar haar onderlijf, benen, borstkast en armen. Haar ademhaling werd snel en vlak. De manier waarop de man zich bewoog, hoe hij zijn hoed naar achteren schoof en zijn ogen tot spleetjes kneep om beter naar boven te kunnen kijken... Zonder dat ze het zelf door had, sloten haar vingers zich om de vensterbank waar de witte lak bijna helemaal van af was gebladderd en ze klampte zich eraan vast. Ademloos en met kloppende slapen keek ze naar buiten, naar de figuur in de regen. Een drogbeeld, dacht ze. Een spook uit het verleden. Een van die geniepige schimmen heeft me ingehaald en houdt me voor de gek. Ik hoef maar met mijn ogen te knipperen en hij is weer weg.

Maar de schim ging niet weg. Zelfs nadat ze twee keer heftig met haar ogen had geknipperd en over haar ogen had gewreven, was hij er nog.

In Franziska's hoofd buitelden de herinneringen, gissingen en stelligheden wild over elkaar. Een felle bliksem doorkliefde de zwarte lucht en verlichtte het gezicht van de man, die ooit haar grote liefde was geweest en die ze jarenlang dood had gewaand.

Hij was oud geworden. Zijn ogen lagen diep in de kassen, zijn neus leek sterker uit te steken, zijn wangen waren smal, hingen slap naar beneden en vormden twee diepe rimpels rechts en links van zijn mond. Heel even voelde ze medelijden, want het leven had hem niet gespaard, maar duidelijke sporen in zijn gelaatstrekken gegraven. Waarom was hij hier? Wie zocht hij? Ze zag dat hij naar rechts en naar links keek, een aarzelende stap in de richting van de voordeur zette, weer bleef staan en zich ten slotte omdraaide. Laat hem gaan, dacht Franziska. Wat zou er nog tussen ons zijn, na al die jaren? Nadat hij Elfriede tot zijn vrouw had gemaakt, in plaats van haar te zoeken. O, ze was niet dom. Ze had de zin die Jenny zo hardvochtig naar haar hoofd had geslingerd, maar al te goed begrepen. *Heb je er weleens over nagedacht waarom jouw zus Elfriede onder een grafsteen ligt waar de naam 'Iversen' in is gegraveerd?* Ze hadden het allemaal geweten. Mine, Karl-Erich en ook Jenny. Alleen zijzelf had de hele tijd stug geweigerd om te begrijpen wat voor de hand lag. Walter had het overleefd, was naar Dranitz teruggekeerd, had daar Elfriede aangetroffen en was voor haar charmes gevallen. Haar zusje was altijd al een verleidster geweest. Ze had hun vader en broers om haar vinger gewonden, en ook Walter had haar waarschijnlijk niet lang kunnen weerstaan.

Plotseling voelde ze een enorme woede opkomen. O nee, zo eenvoudig ging dat niet. Zo niet. Niet met haar. Ze duwde zich van de vensterbank af, stormde naar de voordeur waarbij ze in de gang bijna over een emmer vol kalk struikelde, en greep de klink. Daar was hij. Ze zag zijn donkere silhouet door de regen weglopen, met zijn handen diep in zijn zakken gestoken en gebogen hoofd. 'Walter!' riep ze zo luid ze kon, maar haar stem was hees en werd door de donder overstemd. Pas toen ze hem voor de tweede keer riep, bleef hij staan en draaide hij zich om.

Zou hij haar herkennen? Misschien. Ook zij was veranderd. Haar haar was grijs geworden en haar gelaatstrekken waren hun jeugdige charme allang verloren. Ze was een oude vrouw. Een boze oude vrouw. Eigenlijk was er voor hem geen logische reden om naar het huis terug te keren, maar hij deed het wel. Met haastige passen liep hij naar haar toe, bleef op een afstandje van haar staan en bekeek haar met tot spleetjes geknepen ogen.

'Franzi,' zei hij zacht.

Toen ze hem haar koosnaam hoorde uitspreken, raakte dat haar diep in haar hart. Sinds de dood van haar moeder had niemand haar meer 'Franzi' genoemd. Die naam hoorde bij de lang vervlogen, mooie tijd, toen haar vader en broers nog leefden en zij de jonge freule was. De tijd waarin ze dacht dat ze de liefde van haar leven had gevonden...

Hij kwam een stap dichterbij. Druipend van de regen, gekromd door de leeftijd, maar nog steeds lang, een heel stuk langer dan zijzelf. 'Ik dacht dat er niemand was,' zei hij, alsof hij zich wilde verontschuldigen. 'Daarom wilde ik weer weggaan.'

'Kom binnen, je wordt helemaal nat,' zei ze en ze stapte opzij om hem binnen te laten.

Aarzelend liep hij de gang in. Hij keek om zich heen en wilde iets vragen, maar de donder overstemde zijn woorden. Een poosje stonden ze zwijgend in het halfdonker tegenover elkaar. Ze keken elkaar aan, zoekend naar tekenen en gebaren die ze in de loop van de jaren hadden behouden. Zijn ogen waren nog net zo blauw, alleen zijn oogleden waren slap geworden. De wenkbrauwen die vroeger donker waren, waren niet meer donkerbruin, maar grijs, en niet meer zijdeachtig, maar borstelig en uit vorm geraakt. Zijn lippen waren nauwelijks veranderd, die waren ook vroeger niet vol geweest.

Hij staarde haar ook aan. Waarschijnlijk zag hij de rimpels onder haar ogen en om haar mond. Haar gerimpelde wangen en slappe hals.

Verlegen wendde Franziska haar blik af en sloot de voordeur achter hem. 'Je bent dus uit de dood opgestaan!' stelde ze vast toen ze zich weer naar hem omdraaide, waarbij ze haar best deed om de trilling in haar stem te onderdrukken.

'Ja...' antwoordde hij toonloos. Meer leek hij er niet over te willen zeggen.

Haar boosheid laaide opnieuw op. Leuk, hoor, dat hij haar Franzi noemde, maar hij had haar gewoon verraden. Zo simpel was het. 'Waarom heb je nooit iets van je laten horen?'

Hij zweeg. Hij bekeek nog steeds onderzoekend haar gezicht, knikte en glimlachte aarzelend. 'Dat was niet zo eenvoudig.'

'Waarom ben je me niet komen zoeken toen je uit de gevangenis kwam? Je had alleen maar rond hoeven vragen. Ons spoor hoeven volgen naar het westen. Naar Hamburg. Daarna naar Hannover...' Ze voelde dat ze niet alleen werd overvallen door boosheid, maar ook door wanhoop. Haar stem klonk verwijtend. Huilerig. Hij had nooit echt van haar gehouden, dat was de reden. Daarom was hij haar destijds niet gevolgd, maar dat zou hij zeker niet toegeven. Hij zou smoezen bedenken, eromheen draaien... Maar ze wist dat het de waarheid was. Hij had van Elfriede gehouden. Toen al, toen ze haast nog een kind was, had hij haar begeerd. Die zoete, kinderlijke verleidster. De tegenpool van haar. De tegenpool van de o zo volwassen, verstandige Franzi.

'Alsjeblieft, Franzi,' zei hij zacht en hij deed een stap naar achteren. 'Geef me wat tijd. Het is niet makkelijk om deze dingen uit te leggen.'

Ze vermande zich en schaamde zich omdat ze zo'n deerniswekkende indruk maakte. De jaloerse oudere zus. Wat kinderachtig. Wat gênant. Een vrouw van zeventig gedroeg zich als een domme trien.

'Zoals je wilt,' zei ze en ze maakte de deur open. 'Het heeft geen haast. Ik wacht er immers pas drie kwart van mijn leven op.' Ze had niet cynisch willen worden, maar één ding stond vast: veel tijd hadden ze waarschijnlijk niet meer. Niet in dit leven.

'Ik neem contact met je op,' mompelde hij en hij liep langs haar heen naar buiten, de regen in.

Franziska bleef in de gang staan. Haar hart ging tekeer en ze voelde zich verscheurd tussen de overweldigende wens hem terug te halen en het verlangen hem een boze verwensing na te roepen. Ten slotte deed ze noch het een, noch het ander, maar leunde met haar rug tegen de muur en sloot uitgeput haar ogen.

Dit was dus het einde van haar grote liefde. Een plotselinge ontmoeting in de klamme hal, onbeantwoorde vragen, bittere inzichten en een overhaast vertrek, bijna als een vlucht. Het zou inderdaad beter zijn geweest als ze elkaar nooit meer hadden gezien. Dan was het mooie beeld dat ze al die jaren diep vanbinnen had gekoesterd, niet zo gruwelijk verstoord. Walter zou tot het eind van haar leven de vrolijke jongeman zijn gebleven, de kameraad van haar broer, de pientere, nieuwsgierige, peinzende vriend, de geliefde… Ach, ze waren nooit van elkaar geweest. Het leven had daar een stokje voor gestoken.

Jenny

Augustus 1991

HET WAS WEER EENS ZO'N dag. Zo'n dag dat je maar beter in bed had kunnen blijven, omdat op de een of andere manier alles misging. Het begon er al mee dat ze met keelpijn wakker werd. Nou, lekker, dacht ze. Een verkoudheid. Dat kan ik nu helemaal niet gebruiken. Slaap kon ze wel gebruiken, maar daar was op dit moment geen denken aan. Juultje was klaarwakker, lag vrolijk geluidjes te maken en liet de familiewieg met haar drukke getrappel zo heftig schommelen dat Jenny vreesde dat hij nog omviel. Juultje was pas tegen de ochtend in slaap gevallen, maar toen was voor Jenny de nacht voorbij. Ze stond met moeite op, zocht in de badkamer naar het gorgeldrankje en verscheen slechtgehumeurd in een dikke trui in de keuken voor het ontbijt.

'Ben je verkouden?' vroeg Franziska bezorgd.

'Ik heb alleen keelpijn,' zei Jenny en ze begon te hoesten.

'Als je het kind maar niet aansteekt.'

'Lief dat je zo met me meeleeft, oma.'

Ze waren allebei niet in de stemming om te lachen. Haar oma sowieso niet, die liep al dagenlang rond als een dooie pier. 's Avonds zat ze oude fotoalbums te bekijken, die ze in het landhuis uit een doos had gehaald. Ze raakte van het minste of geringste van slag, hoewel hetgeen Kacpar samen met de dakdekkers had ontdekt, beslist geen kleinigheid was. Dat was echt een ellendige boel. Iemand was op het dak geklommen en had bij drie schoorstenen het zink eraf gehaald. Waarschijnlijk waren het meerdere daders geweest die met tangen en breekijzers hadden gewerkt. Het moest in de nacht zijn gebeurd, want overdag was er altijd iemand aanwezig. Bovendien was het dak van het landhuis zowel vanuit het dorp als vanuit de gebouwen van de coöperatie goed te zien, zeker nu het in een felle rode kleur gedekt was.

Iedereen was kwaad geweest, vooral haar oma. Ze was helemaal gedesillusioneerd en zei dat ze niet begreep waarom mensen zoiets deden. 'Ik investeer een hoop geld om dit huis weer in een goede staat te brengen, om hier een hotel te openen, werkgelegenheid te creëren, leven in de brouwerij te brengen. Wat hebben de mensen tegen me? Waarom doen ze me dit aan?'

Deze vragen kon niemand beantwoorden. Kacpar schold op de vuile ossi's die niets voor elkaar kregen, maar anderen een stok tussen de benen gooiden. Mücke zei dat sommigen in het dorp boos waren omdat ze een aannemer uit Hamburg had aangesteld. Jenny vond dat het huis bewaakt moest worden door iemand die een einde maakte aan dat soort praktijken.

'Zodra het enigszins mogelijk is, ga ik er met Falko wonen,' besloot haar oma vandaag tijdens het ontbijt. 'Al moet ik op de kale vloer slapen!'

'Alleen jij en Falko?' zei Jenny schor. 'Nee, als het al gebeurt, dan gaan Juultje en ik mee.'

Daar was haar oma het niet mee eens. Het kind kon snel verkouden raken in de vochtige ruimtes. Terwijl ze elkaar met argumenten bombardeerden, ging de deurbel. Jenny liep naar de gang om open te doen. Voor de deur stond Kalle met zijn rode pet in zijn hand. Aan zijn blik te zien had hij spannend nieuws.

'Kom binnen,' zei Jenny. 'Wil je een kopje koffie? Kom maar niet te dichtbij, ik ben verkouden aan het worden.'

‘Koffie klinkt goed. Hebben jullie ook broodjes? Met kersenjam van Mine?’

‘Voor leuke gasten altijd!’

Kalle kwam binnen, trok zijn spiksplinternieuwe leren jack uit en hing het zorgvuldig over de leuning van een keukenstoel voordat hij ging zitten. Jenny zette een kopje en een bordje voor hem neer. Kalle roerde een enorme hoeveelheid suiker door zijn koffie met melk en at drie broodjes, die hij dik met boter en kersenjam besmeerde. Toen hij de broodjes op had, likte hij aan zijn vinger om de kruimels van het tafelzeil te verzamelen, en dronk zijn koffie op. ‘Hou je vast,’ zei hij en hij keek hen triomfantelijk aan. ‘Dit zal jullie versteld doen staan. De coöperatie is failliet!’

‘Dat was te verwachten,’ zei haar oma. ‘En wat gebeurt er met de rogge die nog op de velden staat?’

Het graan had allang geoogst moeten worden, het viel al uit het kaf. Het was een waar feestmaal voor de raven, kraaien en veldmuizen.

‘Niets,’ voorspelde Kalle somber. ‘De machines zijn weg, ze kunnen hooguit nog met de sikkel maaien.’

‘De nieuwe machines? Zijn die weg?’

‘Ja, logisch. Pospuscheit heeft de rekeningen niet betaald, dus hebben ze de machines weer opgehaald. Maar dat is nog niet alles.’ Kalle laste een pauze in, pakte het lege koffiekopje, keek erin en zette het weer terug. Jenny vulde Juultjes flesje met melkpoeder en water dat gekookt en afgekoeld was, schroefde het dicht en schudde. Franziska slaakte een diepe zucht. ‘Pospuscheit, die ouwe schurk, heeft de rekening geplunderd en is ervandoor gegaan. Al het geld is weg. Het hele spaartegoed en de subsidies, alles is foetsie,’ beëindigde Kalle zijn verhaal.

Franziska’s mond viel open. Ze had iets ergs verwacht, maar niet dit. ‘Maar…’ stamelde ze verbijsterd, ‘dat is toch crimineel? Ik neem aan dat hij nu gezocht wordt door de politie?’

Kalle haalde zijn schouders op en zei dat als hij naar Zuid-Amerika of de Bahama's was gevlucht, ze hem nooit zouden vinden. 'En de mensen van de coöperatie zitten nu tot aan hun nek in de shi... Ze kunnen hooguit het land verkopen. Want dat was immers van de LPG en is overgegaan op de coöperatie.' Hij leunde naar achteren, vouwde zijn handen voor zijn buik en keek Franziska met tot spleetjes geknepen ogen aan. 'Als u interesse hebt, mevrouw de barones, dan zou ik voor u kunnen bemiddelen...'

Draaide Kalle nu helemaal door? Jenny hield het flesje tegen haar wang, vond het te heet en zette het in koud water. Wat dacht die gek nou? Dat oma oom Dagobert was en in het geld zwom? Jenny hoestte nadrukkelijk.

'Ik weet het niet,' zei haar oma langzaam. 'Ik heb er momenteel gewoon de middelen niet voor.'

Kalle zei dat ze gewoon een hypotheek op de 'hut' konden nemen. Samen met het land zouden ze zeker een hypotheek krijgen. Ze hoefde dan alleen nog een paar machines aan te schaffen, want arbeiders waren er genoeg.

'Hm.' Haar oma hield peinzend haar hoofd schuin. 'Daar moet ik eens grondig over nadenken, meneer Pechstein.'

Zodra Kalle weer weg was, meldde Juultje zich. Jenny liep haar kamer in om de kleine haar flesje te geven, terwijl haar oma in gedachten verzonken aan de ontbijttafel bleef zitten, met haar kin op haar handen steunend.

Met een dromerige uitdrukking op haar gezicht staarde Franziska uit het raam. Het was somber buiten, wolken bedekten de hemel en de roggenvelden strekten zich geelbruin en mat over de heuvels uit. 'Een echt landgoed,' zei ze luid zodat haar kleindochter haar in de andere kamer kon horen. 'Net als vroeger. Toen reden we met de paarden over de akkers. Later hadden we stoomploegen, dat was heel bijzonder. En met het oogstfeest kwamen de arbeiders op het landgoed en overhandigden ze ons de oogstkroon.'

Jenny rolde met haar ogen. Stoomploegen! Oogstkronen! Straks ging haar oma nog uit pure nostalgie al die akkers kopen en zich in de schulden storten. Als ze dat niet al had gedaan. Haar oma had Jenny nog nooit inzage in haar financiën gegeven.

Franziska ruimde de ontbijttafel af en wilde daarna met Falko naar het landhuis gaan. Als het enigszins droog bleef, kon Jenny Juultje in de kinderwagen leggen en ook met haar naar de bouwplaats gaan. Er werd opnieuw aangebeld. Hopelijk was het Kacpar, dan kon ze die meteen even spreken over de wellnessruimte. Ze wilde per se een whirlpool laten inbouwen, maar haar oma was ertegen.

'Ah, meneer Woronski, fijn dat u langskomt. Ik wilde net naar de bouwplaats gaan,' hoorde ze haar oma zeggen. 'Maar... wat wilt u met die koffer?'

'Goedemorgen, mevrouw Kettler,' zei Kacpar. 'Neemt u me niet kwalijk dat ik zomaar kom binnenvallen op dit vroege tijdstip, maar ik heb geen andere keus dan u een heel vervelende mededeling te doen.'

Jenny nam Juultje op haar arm en kwam verbijsterd de gang in. 'Een koffer? Je wilt toch zeker niet op reis gaan?'

'Willen niet, nee. Maar ik weet op dit moment geen andere oplossing, Jenny. Rokowski heeft me een "vuile polak" genoemd en de huur voor de kamer opgezegd. Vandaar.' Hij was zo van slag dat hij niet verder kon praten.

Jenny en oma keken elkaar aan.

'Kom eerst maar eens binnen. Ik zet een kop koffie voor u.' Het lukte Franziska nauwelijks om haar verontwaardiging te verbergen. 'Ongelofelijk,' bromde ze en ze draaide zich om om water op te zetten voor de koffie. 'Nog zo'n neanderthaler als Pospuscheit.'

Kacpar zakte moedeloos op de keukenstoel.

Franziska draaide zich naar hem om. 'Het is vanwege Mücke, nietwaar?' vroeg ze.

Kacpar aarzelde, maar knikte en zei zacht: 'We zijn heel gelukkig met elkaar, maar helaas...'

'Maar helaas heeft Mückes vader jullie betrapt?'

Jenny staarde verbijsterd van haar oma naar Kacpar en weer terug. ‘Mücke en Kacpar? Waarom weet ik daar niets van af?’

‘Omdat je niet alles hoeft te weten,’ zei Kacpar en hij wendde zich weer tot haar oma. Ze hadden echt hun best gedaan om zo voorzichtig mogelijk te zijn, maar helaas had Mückes moeder heel goede oren. Ze had het tegen haar man gezegd en die had helaas een merkwaardige houding ten aanzien van Polen.

‘Dat moet hij zeggen,’ wond Franziska zich op. ‘Rokowski heeft zelf Poolse wortels! Heeft Mücke niet een keer verteld dat de voorouders van haar vader in de vorige eeuw naar Mecklenburg-Vorpommern zijn geëmigreerd? Wat een idioot! Ik vind dat de Rokowski’s trots en blij mogen zijn met zo’n ijverige en getalenteerde schoonzoon!’

Aha, haar oma dacht meteen aan trouwen. Zo ging dat zeker bij de oude generatie. Ze kon zich alleen niet voorstellen dat Mücke er ook zo over dacht. ‘En nu zoek je een nieuw onderkomen,’ stelde ze droog vast. ‘Weet Mücke dit eigenlijk?’

‘Geen idee,’ zei Kacpar bedrukt. Mücke was nog aan het werk in de kleuterschool, maar hij wist wel zeker dat ze hem zou steunen.

‘Als jullie willen, kunnen jullie in het landhuis wonen,’ zei oma tot Jenny’s verbazing. ‘Op de eerste verdieping zijn een paar kamers immers al min of meer bewoonbaar. Er is verwarming, er is een badkamer en er is een keuken. Het is natuurlijk wel een beetje behelpen, maar voor nu zou het moeten gaan.’

Kacpar knikte. Daar had hij ook al aan gedacht, want het zou niet makkelijk zijn om hier in Dranitz een woning te vinden.

‘Ik ben eveneens van plan om daar met Falko te gaan wonen.’ Franziska zette een kopje koffie voor Kacpar op de tafel. ‘Alleen al vanwege die sabotageactie is het beter als het landhuis bewoond is.’

‘O,’ zei Jenny, lichtelijk van slag door de plotselinge wending die het gesprek nam. ‘En hoe zit het met Juultje en mij?’

‘Jullie blijven uiteraard hier,’ besloot haar oma. ‘Dan hebben jullie plek genoeg.’

Dat was wel waar, maar zonder haar oma zou het niet hetzelfde zijn. En Mücke zou dan vast ook druk zijn met andere dingen.

Ineens voelde Jenny zich erg eenzaam.

Franziska

Augustus 1991

NET ALS LANG GELEDEN steunde ze met haar armen op de vensterbank en kneep ze haar ogen tot spleetjes om in de nevelige verte scherper te kunnen zien.

Jij gaat trouwen, Franziska, hoorde ze de stem van haar vader weer zeggen. *En het ziet ernaar uit dat je naar Berlijn gaat. Maar vergeet Dranitz niet, mijn meisje...*

Dranitz was altijd haar thuis geweest. Ze was teruggekeerd en eindelijk aangekomen. Nu stond ze hier als eigenaresse van het landhuis en keek ze naar de velden. Er werd gemaaid. Ze zag de grijze stofwolken die de maaidorsers omhulden. Op dit moment waren er maar liefst drie machines bezig. Vanaf hierboven deden ze denken aan reusachtige kevers die in kaarsrechte lijnen over de velden kropen, de geelbruine aren opvraten, ze rammelend en sissend in hun magen verteerden en vierkante strobundels uitscheidden. En zakken vol graankorrels, die twee arbeiders dichtbonden en naar de wagen sleepten die klaarstond. Nee, het waren niet de superdure nieuwe machines die Pospuscheit zo opschepperig had aangeschaft en vervolgens niet had betaald. Het waren afgekeurde modellen die Wolf en twee vrienden van hem ergens hadden opgescharreld en weer aan de praat hadden gekregen. Iedereen had zijn steentje bijgedragen, want er was geld nodig voor reserveonderdelen en brandstof. Ook mevrouw de barones had zich niet laten kennen. En ze hoopte vurig dat ze het in het dorp zouden waarderen dat ze dit deed.

In elk geval bedierf de oogst niet op de velden. Waar en hoe de rogge nu verkocht moest worden, daarover moesten de mensen van de coöperatie zich buigen.

Ze maakte zich los van haar plek bij het raam, wreef over haar stijve armen en probeerde de sombere herinneringen uit haar hoofd te verdrijven en zich op haar plannen voor de verbouwing te concentreren. Het was goed om plannen te hebben. Om aan een doel te werken. De dingen waar ze nu vaart achter zette, deed ze in opdracht van haar familie. Ze deed het voor alle mensen van wie ze had gehouden en die er nu niet meer waren. Voor haar ouders en grootouders. Voor Jobst en Heini. En ook voor Elfriede. Voor de doden die in haar herinnering bij haar waren, met haar leefden en achter haar stonden.

Zuchtend sloot ze het raam en ging aan het kleine tafeltje zitten dat ze in het midden van de kamer had gezet. Peinzend en met haar kin op haar hand gesteund, staarde ze naar de boekenkast waar naast allerlei ordners met rekeningen ook een aantal oude fotoalbums stonden. Een paar van die foto's had haar moeder samen met de uittreksels van het kadaster en andere documenten uit Dranitz gered en tot haar dood bewaard. Franziska wist dat het gevaarlijk zou zijn om de oude, half verbleekte en vergeelde foto's te bekijken. Toch had ze het gedaan. Ze had er een aantal avonden mee doorgebracht, was door hemel en hel gegaan, had allerlei nuances van boosheid, jaloezie, vernedering en wanhoop gevoeld en zelfs op het punt gestaan de oude foto's, de leugenbeelden, te verbranden. Maar ze deed het niet. Ze was geen lafaard. Ze was een Von Dranitz en stak haar hoofd niet in het zand. Ze wilde de waarheid weten! Nu. Nu het nog niet te laat was.

Ze belde het inlichtingennummer en kreeg zijn telefoonnummer. Het was makkelijker dan gedacht, ze kwam zelfs achter zijn adres en het beroep dat hij ooit had uitgeoefend: scheepsschrijver. Wat dat ook was. Ze staarde een poosje naar het briefje waarop ze alles had opgeschreven. Daarna haalde ze diep adem en draaide het nummer. Angstig en ongeduldig wachtte ze tot aan de andere kant van de lijn werd opgenomen. Ze ergerde zich eraan dat ze zo nerveus was en voelde alweer boosheid opkomen.

'Iversen,' zei hij toen hij opnam.

Waarom voelde ze nog steeds een huivering als ze zijn stem hoorde? Ze slikte en moest haar keel schrapen om überhaupt iets te kunnen zeggen. 'Je spreekt met Franziska,' zei ze hees en ze schraapte opnieuw haar keel. 'Ik zou graag met je willen praten. Geen ruzie, alleen een aantal vragen ophelderen. In alle rust. Als je er niets op tegen hebt, kom ik naar jou toe.'

Het duurde een poosje voordat hij antwoordde. Waarschijnlijk moest hij haar overval eerst verwerken. 'Wanneer?' vroeg hij toen.

'Morgenochtend? Tegen elf uur?"

'Goed,' zei hij. 'Tot dan.' Ze wilde al ophangen, toen hij er nog iets aan toevoegde. 'Dank je wel, Franzi.'

Tranen welden op in haar ogen. Verdorie, dacht ze. Verdorie. Waarom is liefde zo hardnekkig? Waarom plakt die aan je ziel als een schaduw die je niet kunt losscheuren? Terwijl alles slechts een vergissing was. Bedrog. Ik huil om een bedrieger...

Natuurlijk kon ze die nacht niet slapen door de spanning. En dat betekende dat ze bleek en met diepe, donkere wallen onder haar ogen voor hem zou staan. Ze vond het vervelend dat ze er lelijk en oud uitzag. Ook al was het eigenlijk niet meer belangrijk, ze vond het toch niet prettig. Ze was ijdel, dat was het. Ze was haar hele leven knap geweest zonder veel aan haar uiterlijk te hoeven doen. Die tijd was voorbij.

Ze zei tegen Kacpar dat ze naar Waren ging om boodschappen te doen en daarna een afspraak bij de dokter had en het wat langer kon duren. Ze vroeg of hij dat tegen Jenny wilde zeggen als ze langskwam om naar Falko te kijken. De hond liep vrij over het terrein, Kacpar moest alleen oppassen dat hij niet Kalles koeien verdreef.

Rostock. Daar was ze voor het laatst met haar ouders geweest, dat was ruim vijftig jaar geleden. Ze hadden tante Susanne en oom Alexander op hun landgoed in Oost-Pruisen bezocht en waren op de terugreis langs de kust gereden. Stralsund en Rostock. Ze was een jaar of elf, twaalf geweest, en ze was meer onder de indruk geweest van de kamers in de verschillende accommodaties en hotels dan van de grote bakstenen gebouwen in de havensteden. Jobst en Heini hadden constant kattenkwaad uitgehaald en Friedchen was ziek geweest. Haar zusje had een zwakke gezondheid en was vaak ziek, vooral als ze op reis gingen.

In Rostock vroeg ze een paar keer de weg en werd ze meerdere keren de verkeerde kant opgestuurd. Toen ze eindelijk in de juiste straat was, zag ze op haar horloge dat het al kwart over elf was. Nou ja, na bijna vijftig jaar kwam het niet aan op een kwartiertje. Toch ergerde het haar. Ze haatte het als mensen te laat kwamen.

Hij had niet bepaald een luxehuis. Eerder eenvoudig. Ze kon dit gebouw natuurlijk niet met westerse maatstaven meten, maar de verf bladderde overal en van de muren brokkelde de pleisterlaag af. Maar dat was niet de schuld van de mensen die hier woonden. Het kwam doordat ze geen behoorlijke bouwmaterialen konden kopen. En waarschijnlijk ook doordat er nauwelijks privé-eigendom was geweest. De deur van de portiek stond op een kier en Franziska duwde hem open. Ze liep de trappen op, waarbij ze telkens bleef staan om de spullen te bekijken die in de gangen stonden, en om te proberen haar hartslag onder controle te houden. Maar die poging leek vergeefs te zijn. Ten slotte stond ze voor zijn huisdeur en las het bordje waarop zijn naam stond: Iversen. Het was nogal verbleekt. Woonde hij hier al zo lang?

Ze belde aan, schrok van de luide rinkeltoon, maar vermande zich. Voetstappen. Zijn voetstappen. Langzaam, maar vast. De voordeur ging open. Hij droeg een donkere broek, een blauw overhemd en een gebreid vest. En pantoffels. Zijn gezicht was bleek, zijn haar zorgvuldig gekamd.

'Kom binnen,' zei hij, zonder haar een goede morgen te wensen. 'Wil je koffie?'

De gang was donker en klein. Ze volgde hem naar een karig gemeubileerde woonkamer en bleef radeloos staan. Ze was alweer vergeten wat hij had gevraagd. 'Ik... ik ben te laat. Het spijt me, het was lastig te vinden. Het is lang geleden dat ik in Rostock ben geweest,' bracht ze nerveus uit.

Walter wees naar een van de twee stoelen die bij een tafel stonden. Ze waren rechthoekig en met een beigebruine stof bekleed. DDR-meubels. 'Neem plaats.'

Ze ging zitten en liet haar blik door de kamer glijden, terwijl hij naar de keuken ging. Wat zag het er liefdeloos uit. Een kastenwand. Een staande lamp. Een klein tafeltje. Twee fauteuils. Een ouderwetse televisie op een krukje. Grijs linoleum op de vloer. Geen tapijt. Vitrage die ooit wit was geweest. Wat voor een leven had hij hier geleid? Waarom woonde hij zo verschrikkelijk armoedig?

Hij kwam met een gele thermoskan terug, zette die op de tafel en maakte de kast open om er twee kopjes uit te pakken.

'Je hebt zeker niet vaak bezoek, of wel soms?' zei ze met zachte stem.

'Niet vaak, nee,' gaf hij toe. 'Wil je melk? Suiker?'

'Zwart.'

Ze keek naar hem terwijl hij de koffie inschonk, de kan dichtschroefde en tegenover haar ging zitten. Geen lachje. Zijn gezicht was gespannen.

'Ik ben heel blij dat je gekomen bent,' zei hij ten slotte. 'Ik was de moed verloren en zou nog lang hebben geaarzeld voordat ik een nieuwe poging had gewaagd...'

Ze nam een slok koffie. Die was sterk. Hier zou haar hartslag waarschijnlijk niet rustiger van worden.

'Het was mijn schuld,' zei ze. 'Je kwam zo plotseling. En dan ook nog dat onweer erbij. Ik geloof dat ik nogal onbeleefd was.'

Nu verscheen er een klein glimlachje om zijn lippen, en hoewel zijn ogen niet meer dezelfde waren, fonkelde er toch iets van de vroegere levensvreugde in op. Wat was ze vroeger gek geweest op zijn jongensachtige uitstraling, op de vanzelfsprekendheid waarmee hij vragen stelde en alles tot op de bodem wilde uitzoeken. Ze was blij dat de dingen die hem in zijn leven waren overkomen, hem niet helemaal kapot hadden gemaakt.

'Je hebt het in elk geval voor elkaar gekregen om me op de vlucht te jagen. Maar eerlijk gezegd was ik zelf ook nogal van slag.' Hij keek verlegen.

Franziska knikte. Ja, dat was haar opgevallen.

'Het is ook geen wonder,' ging hij verder. 'We hebben elkaar bijna vijftig jaar niet gezien.'

Hij glimlachte weer. Het was een glimlach die om vergeving vroeg en tegelijk nieuwsgierig was. Hij keek naar haar, bestudeerde haar gezicht, bekeek de sporen die de tijd had achtergelaten. De rimpels om haar ogen, haar gefronste voorhoofd, de smalle lippen, het haar dat nu grijs en dunner was.

'Ik dacht dat je dood was,' herinnerde ze hem.

Hij reageerde niet, nam een slok koffie en zette het kopje voorzichtig weer neer. Zijn hand beefde een beetje, ook zijn hartslag leek sneller te gaan. 'Ik zal het je proberen uit te leggen.'

Ze knikte, leunde naar achteren en voelde de harde, onaangename rugleuning. Er was hier niet eens een zacht kussen.

'De Sovjetlegers hebben destijds de gevangenissen van de Gestapo geopend en ons bevrijd. Ik ben van Taganrog in de Oekraïne met de trein naar Rostock en vervolgens naar Waren gegaan, onder bescherming van de Russische militairen. Ik had zo gehoopt dat ik je in Dranitz zou vinden, maar jij en je moeder waren al richting het westen vertrokken.'

'We zijn niet vrijwillig vertrokken,' zei ze. 'De Russen hebben ons onteigend en gedwongen het dorp te verlaten.'

Hij knikte en sprak met zachte stem verder. 'Ik heb Mine opgezocht en daar trof ik ook je zus aan. Ze was verschrikkelijk bleek en mager. Mine vertelde me dat Elfriede tyfus had gehad en dat je moeder haar had gevraagd om voor je zus te zorgen, omdat jullie haar niet mee konden nemen.'

Dat kon Franziska zich goed herinneren. Haar moeder was helemaal wanhopig geweest. Ze had met de Russen onderhandeld en hun gesmeekt om haar op z'n minst de tijd te gunnen om te kunnen wachten tot haar dochter weer beter was, maar ze had voor dovemansoren gesproken. Ze hadden een paard-en-wagen voor de deur gezet waar twee Russen haar spullen in hadden gegooid, maar niet zonder van tevoren dingen die hun bevielen voor zichzelf achter te houden. Uiteindelijk had haar moeder Mine gevraagd om Elfriede bij zich in huis te nemen als ze uit het ziekenhuis ontslagen werd. Ze wilde later terugkomen om haar dochter op te halen.

'En toen ben jij bij hen gebleven, nietwaar?' vroeg Franziska vinnig. 'Omdat je voor de arme, kleine Elfriede hebt gezorgd?'

Walter bleef rustig, hij keek haar alleen even kort aan, alsof hij die vraag had verwacht. 'Ik ben jou en je moeder achternagereisd,' zei hij. 'Mine zal dat kunnen bevestigen. Maar ik kon jullie niet meer vinden in Karow. De mensen waren niet erg behulpzaam, iedereen zei niet te weten waar jullie naartoe waren gegaan. Toen ben ik naar Dranitz teruggegaan.'

Franziska zweeg. Wat kon ze hem verwijten? Hoe had hij in die chaos ook twee vrouwen kunnen vinden, moeder en dochter, die allebei op de vlucht waren naar een onbekende bestemming? Ze staarde naar haar koffiekopje op het grijze formica tafelblad waarop vingerafdrukken te zien waren. 'Dus zo is het gegaan,' zei ze zacht. 'En toen heeft Elfriede je...'

'Laat Elfriede buiten beschouwing.' Zijn stem werd hard. 'Ze deed wat ze moest doen. En ik heb eraan toegegeven. Omdat het alles was wat ik nog had.' Hij zweeg een poos met zijn blik naar de grond gericht. Daarna tilde hij zijn hoofd op en keek haar aan. 'Ik ben nog niet klaar,' zei hij. 'Er is nog iets wat je moet weten. Je hebt er recht op het te weten. Ook al vind ik het niet makkelijk om dit aan je op te biechten. Heb je je niet afgevraagd waarom ik niet ben geëxecuteerd?' Hij streek nerveus met zijn hand over zijn grauwe gezicht. 'Ik zal het kort houden,' ging hij haastig en met schorre stem verder. 'De Gestapo heeft me laten leven omdat ik een verrader werd. Ja, je moet het mooie beeld van je ex-verloofde herzien, Franzi. De stralende held, de vlotte majoor, de dappere ingewijde van de mislukte aanslag op de Führer. Hij is door de knieën gegaan. Hij heeft zijn vrienden verraden om zijn eigen huid te redden. Daarom heeft hij het overleefd. Ten koste van anderen, die hem vertrouwden, heeft hij zijn hoofd uit de strop getrokken...'

Hij zakte tegen de rugleuning van zijn stoel, zijn ademhaling was hortend en hijgend. Hij was geëmotioneerd door de bekentenis. Waarschijnlijk had hij er lang over nagedacht of en hoe hij het haar zou vertellen, maar uiteindelijk had hij het hele verhaal snel achter elkaar verteld. Uitgeput sloot hij zijn ogen. De woorden die hij zo impulsief de ruimte in had gegooid, hingen tussen hen in.

Franziska had zich als eerste weer onder controle. 'Was dat de reden waarom je later niet hebt geprobeerd me te vinden?'

'Ja.'

'Omdat je dacht dat ik... je zou verachten?'

Hij knikte. Zijn ogen waren nog steeds gesloten.

Plotseling had ze enorm veel medelijden met hem. Wie kon begrijpen wat die duivels hem in de gevangenis hadden aangedaan? Hoe ze hem hadden gemarteld. Gefolterd. Dat ze hadden gedreigd zijn familie, zijn vrienden te arresteren, te vermoorden... Toch had hij het zichzelf blijkbaar niet vergeven dat hij een verrader was geworden.

'Weet je,' zei ze zacht en ze zocht naar woorden. 'Weet je, het zou kunnen dat ik toen misschien teleurgesteld geweest zou zijn. Ik was jong en wist niet veel van het leven. Nu is het anders, Walter. Nu weet ik dat we geen helden nodig hebben. We hebben mensen nodig die ondanks al hun fouten en tekortkomingen in staat zijn elkaar lief te hebben...'

Hij opende zijn ogen een klein beetje en keek haar ongelovig aan.

Franziska bleef ernstig. 'Je hield van Elfriede, nietwaar?'

'Niet méér dan van jou. Alleen op een heel andere manier,' bekende hij. En toen ze zweeg, voegde hij er peinzend aan toe: 'We waren allebei gewond en hingen aan elkaar als twee verloren kinderen. Ze was heel erg gelukkig dat ze mij had en ik was blij dat ik haar dat geluk kon geven. Ik kon niet weten dat ze eraan zou doodgaan. Ze heeft de geboorte van onze dochter niet overleefd.'

'En het kind?' vroeg Franziska. 'Leeft het?'

Walter knikte.

Franziska voelde dat haar jaloezie verdween en plaatsmaakte voor smartelijk medelijden. Haar zusje had dit korte geluk met haar leven betaald. Het kind dat ze had gebaard, mocht ze niet in haar armen houden. Ze mocht niet meemaken hoe het opgroeide. Waarom was het lot haar zo gruwelijk gezind? Als ze destijds niet ziek was geweest maar met hen mee naar het westen was gereisd, was alles heel anders gelopen... Tranen versluierden haar blik.

'Het spijt me heel erg, Franzi,' zei Walter, die ook vochtige ogen kreeg. 'Maar je hebt me vragen gesteld en ik wilde ze eerlijk beantwoorden. Ook al doen die antwoorden ons beiden pijn.'

'Ja, ze doen pijn,' bevestigde Franziska. 'Maar ik ben heel blij dat ik ze nu ken. Er waren zo veel dingen die ik niet kon begrijpen, die me decennialang kwelden. Nu voel ik me bevrijd...' Haar lippen vormden een glimlach. Het was het oude, optimistische lachje dat hij vroeger al zo leuk had gevonden aan haar. 'Wat gebeurd is, is gebeurd. We kunnen er niets meer aan veranderen. Maar we mogen niet toestaan dat het verleden ons leven vergiftigt. Er rest ons nog een klein beetje tijd, Walter. Laten we de herinneringen ophalen die ons verder helpen en daarmee een nieuw begin wagen. Ik zou het fijn vinden om je weer te zien.'

Walter schoof op zijn stoel naar voren en strekte zijn hand naar haar uit. Zijn vingers waren ruw en warm en omsloten haar hand heel stevig. Als een belofte. 'Dat wil ik ook, Franzi,' zei hij zacht. 'Na al die jaren wens ik niets liever dan bij jou te zijn.'

Mine

Oktober 1991

UITGEREKEND VANAVOND STOND ER een koude oostenwind. Terwijl Karl-Erich toch al verkouden was en beter in de keuken bij de warme kachel had kunnen blijven. Maar daar was natuurlijk geen sprake van, want mevrouw de barones had hen persoonlijk uitgenodigd. Voor het oogstfeest, had ze gezegd. En dat het geweldig zou zijn als Mine aardappelsalade en een visschotel kon maken.

'Dat was vroeger niet gebruikelijk in het landhuis,' had Karl-Erich grijnzend opgemerkt. 'Dat je zelf je eigen eten moest meebrengen.'

Mine had hem met haar elleboog een por in zijn zij gegeven en een rood hoofd gekregen omdat hij zo brutaal was tegen mevrouw de barones. Maar die had alleen gelachen en had gezegd dat de tijden nu eenmaal veranderd waren. Bovendien was het landhuis immers nog een bouwplaats. Maar bier, wijn en champagne zouden rijkelijk vloeien, dat kon ze beloven.

'We verheugen ons erop,' had Mine snel gezegd. 'Ik zal aardappelsalade maken. En een visschotel. U kunt op me rekenen, mevrouw de barones!'

Natuurlijk wilde Karl-Erich zijn goede pak aantrekken. En zijn beste overhemd. En daar kon absoluut geen gebreid vest overheen en een wollen sjaal was ook geen gezicht. Hij kon toch niet in zijn ouwe kloffie met de barones aan tafel zitten?

Mine liep met hem te ruziën totdat Ulli aanbelde om hen op te halen. Dan in elk geval zijn warme sokken. Dat zag toch niemand als hij zijn voeten onder de tafel hield. Net als vroeger was er vast geen behoorlijke verwarming in de zaal.

'Nee, dan passen de zwarte lage schoenen niet,' mopperde Karl-Erich. 'Dan zijn ze te krap.'

'Hoe kan iemand op jouw leeftijd in hemelsnaam zo ijdel zijn!' riep ze.

'Schiet nou maar op,' drong Ulli aan. Hij had haast, want beneden in zijn auto wachtte Jenny met de kleine. 'We nemen het vest gewoon mee, opa. Niet naar het landhuis. Ik leg het in de auto voor het geval je het op de terugweg nodig hebt.' Tegen Mine zei hij dat opa het vast niet koud zou hebben, omdat de rode wijn hem wel zou verwarmen. Maar dat nam Mines ongerustheid niet weg. Integendeel.

'De arts heeft gezegd dat hij geen alcohol mag drinken!' protesteerde ze, maar Ulli lachte alleen.

'Ach, onzin,' zei hij. 'Rode wijn is gezond voor de aders!'

Mine gaf het op. Mannen namen het toch altijd voor elkaar op. Ze instrueerde Ulli de schaal met de aardappelsalade heel voorzichtig de trap af te dragen, die zou ze in de auto op haar schoot houden. En Karl-Erich kreeg de visschotel op zijn knieën. Met een kussen eronder, anders deden zijn benen zeer.

Ulli was een brave jongen, hij deed alles precies zoals Mine het wilde, alleen vergaten ze uiteindelijk toch nog het vest.

Jenny zat achterin met haar dochter op haar schoot. Wat was de kleine Julia toch een schatje met haar donkere krullen.

'Oma heeft veel moeite gedaan,' vertelde Jenny opgewonden. 'Ze wilde per se een oogstfeest vieren, net als vroeger. Kunnen jullie je dat nog herinneren, Mine?'

Natuurlijk konden ze dat. Overigens hadden ze het oogstfeest vroeger niet begin, maar pas eind oktober gevierd, als ook de aardappelen en de koolraap in de kelder en de schuur lagen en de seizoenarbeiders weer naar huis gingen. Het was altijd leuk geweest en heel feestelijk. Ja, de goede oude tijden. Voor de oorlog. Later waren er ook oogstfeesten geweest, in de LPG. Maar die waren anders, daarbij werden alleen lange toespraken gehouden en bonussen gegeven, waarna iedereen zich bezatte. Die avonden waren niet feestelijk.

'Natuurlijk kunnen we ons die herinneren,' zei Karl-Erich. 'Nietwaar, Mine? Toen zag ik je voor de eerste keer. Je stond op de trap met een blad met borrelglazen in je hand.'

'Ja, ik dacht wel dat je je de drank nog zou kunnen herinneren,' zei Mine grinnikend.

Jenny en Ulli begonnen te lachen en Karl-Erich lachte mee.

'Laat eerst Jenny en de kleine maar uitstappen,' zei Ulli toen hij de auto voor de ingang van het landhuis tot stilstand bracht. 'Dan geef je mij de aardappelsalade aan, oma, en wacht je met uitstappen tot ik weer bij je ben om je te helpen...'

Het ging echter heel anders, want Kalle en Wolf kwamen er met een paar vrienden aan en schopten Ulli's plan helemaal in de war. Aardappelsalade, Karl-Erich, visschotel en Mine werden in willekeurige volgorde door de voormalige eetzaal en de jachtkamer naar de grote zaal gebracht en na een poosje was iedereen en alles op zijn plek.

De zaal was feestelijk versierd en bijna net zo mooi als vroeger. De barones liep overal rond, gaf aanwijzingen, begroette haar gasten en kreeg bloemen cadeau. Gerda Pechstein was gekomen, en de Rokowski's ook. Krischan Mielke was er, die de hele tijd alleen maar over zijn zoon Jürgen vertelde, die in Hamburg snel carrière maakte. En Elkes ouders, de Stocks. Er waren ook mensen van de LPG, of althans, van de nieuwe coöperatie. Ze hadden vroeger altijd lelijk gesproken over de barones, maar sinds Pospuscheit er met het geld vandoor was gegaan en mevrouw Von Dranitz zo genereus had geholpen om de oogst binnen te halen, dachten ze waarschijnlijk heel anders over haar.

'Wat een mooie tafel!' riep Karl-Erich toen Franziska hem kwam begroeten. 'Net als vroeger bij uw vader en moeder. Echt precies zoals vroeger...'

Dat was nogal overdreven, dacht Mine. Maar hij deed het om iets aardigs te zeggen tegen de barones en dat was goed zo. Maar natuurlijk waren de witte beddenlakens die op de tafels lagen niet de damasten tafelkleden van mevrouw de barones en ook de mooie stoffen servetten met het geborduurde monogram, de M en de W van Margarethe von Wolfert, waren er niet meer. Om nog maar te zwijgen van het porselein, het zilveren bestek en alle kostbare zilveren schalen die ze vroeger urenlang in de keuken hadden moeten poetsen. Maar er stonden wel vazen met prachtige dahlia's op de tafel, in alle kleuren. Vuurrood, paars, wit en geel.

Ze zaten in volgorde van leeftijd aan de tafel, wat heel slim was. Aan de kop mevrouw de barones met aan haar zijde meneer Iversen. Meteen daarnaast Karl-Erich en zijzelf. Het voormalige dienstmeisje Mine.

'Dat die twee zich nu toch eindelijk met elkaar verzoend hebben,' fluisterde Karl-Erich tegen haar. 'Kijk, dat prille geluk, Mine. Je had dat van Elfriede ook meteen tegen haar kunnen zeggen.'

Misschien had hij wel gelijk. Maar ze had het niet durven vertellen. Het was ook niet haar zaak, het was tenslotte een familieaangelegenheid.

'Ze houden elkaars hand vast, de majoor en de barones,' zei Karl-Erich, die al twee glazen Franse wijn op had. 'En hij heeft een cadeautje voor haar meegebracht. Zo'n klein pakje. Vast een parelketting, of zoiets...'

'Niet zo hard,' fluisterde Mine. 'Ze kunnen ons horen.'

Naast hen zaten de Rokowski's en de Stocks, en ook Gerda Pechstein kwam erbij zitten en nog een paar anderen uit het dorp. De jeugd zat aan de andere kant van de tafel bij elkaar. Daar heerste een gezellige drukte. Anne Junkers zat tussen Wolf Kotischke en Kalle Pechstein, Ulli was naast Kacpar gaan zitten. En Mücke kletste al met Jenny en twee collega's van de kleuterschool. Ze waren erg uitgelaten.

'Wist je al dat ze de kleuterschool gaan sluiten?' vroeg Tillie Rokowski met een bezorgd gezicht. 'Onze Mücke zal dan wel naar Schwerin of Rostock moeten verhuizen.'

Ineens stond mevrouw de barones op en tikte met een vorkje tegen haar wijnglas. De gesprekken verstomden. 'Lieve gasten en vrienden,' begon ze haar toespraak. 'Bijna anderhalf jaar geleden nam ik het idiote besluit om naar mijn oude geboorteplaats, Dranitz, terug te keren. Sindsdien is er veel gebeurd. Het heeft af en toe niet veel gescheeld of ik had het opgegeven, maar nu sta ik hier in jullie midden. En ik geloof er vast in dat wij met zijn allen een nieuw begin kunnen maken. Ik kan amper in woorden uitdrukken hoe enorm dankbaar ik jullie allen ben, ieder van jullie...'

Mine en Karl-Erich waren diep geraakt. Dit was op en top een barones. Het was alsof haar vader naast haar stond en haar moeder, Margarethe von Dranitz, daarnaast zat. Franziska noemde alle mensen die ze dankbaar was. Eerst kwam haar kleindochter Jenny aan de beurt, en dat was ook goed zo. Daarna volgden meneer Woronski en de anderen. Over iedereen zei ze iets aardigs.

'Er is hier in de zaal iemand met wie ik al jarenlang nauw verbonden ben en die ik nu, na zo'n lange tijd, eindelijk heb teruggevonden. Ik hef mijn glas op Walter Iversen...'

Karl-Erich grijnsde breed, omdat meneer Iversen heel verlegen werd. Maar de majoor hief wel glimlachend zijn glas om met de barones te proosten.

'Je hebt mijn geluk, mijn vertrouwen in het leven en mijn geloof in de toekomst compleet gemaakt, lieve Walter. Dank je wel dat je hier bent, aan mijn zijde.'

Mine kon niet verstaan wat Walter antwoordde, maar de barones moest een beetje lachen en kreeg roze vlekken op haar wangen. Ach ja, dacht Mine. Zo'n oude nieuwe liefde kan heel romantisch zijn. Vooral omdat die twee nu pas bij elkaar zijn. Dat is heel wat anders dan wanneer je al vijftig jaar bij elkaar bent. Dan zijn veel dingen tot een sleur geworden en is de romantiek ook niet meer wat die ooit geweest is. Maar je bent aan elkaar gehecht. Je kunt niet zonder de ander leven en dat is ook een vorm van liefde.

'Weet mevrouw de barones eigenlijk van Sonja?' onderbrak Karl-Erich haar overpeinzingen.

Mine haalde haar schouders op en gebaarde hem dat hij niet zo hard moest praten. Ach ja, de rode wijn.

'Hij zal het haar wel verteld hebben,' fluisterde ze. 'Is dat je derde glas?'

'Nee. Het tweede pas. Bovendien zit er amper wijn in zo'n glaasje.'

De barones wenste hun allen een fijn en gezellig feest en hief haar glas om een toost op hen uit te brengen. 'Op iedereen die in dit huis heeft gewoond! En op jullie, mijn lieve vrienden. Op de toekomst van Dranitz!'

'Mogen we nu eindelijk wat eten, oma?' riep Jenny vanaf het andere eind van de tafel. Er klonk gelach. De barones verklaarde het feestmaal voor geopend, bedankte iedereen voor de heerlijke gerechten en zei dat ze de schalen moesten doorgeven, omdat er geen personeel was.

Iedereen tastte flink toe en liet het zich smaken. Het was bijna als vroeger, vond Mine, alleen ging het er niet zo formeel aan toe als in de tijd van de oude baron. Toen had de barones streng op goede tafelmanieren gelet. De kinderen moesten met rechte rug zitten en op de juiste wijze hun mes en vork gebruiken. Niemand reikte over de tafel om een stuk vlees te pakken. Daar waren de bediendes voor, die gingen met de vleesschalen rond. Overigens kon Mine zich wel herinneren dat de tafelmanieren losser werden zodra het officiële gedeelte voorbij was en de kinderen in bed lagen. Dan vielen er nog weleens een paar glazen om en kwamen er rode wijnvlekken op het goede damasten tafelkleed.

Toen de eerste honger was gestild, stond Wolf met een ondeugende grijns op en verliet de zaal. Ook Mücke en haar vriendinnen liepen naar buiten.

'Volgens mij voeren die wat in hun schild,' zei Karl-Erich, die inmiddels de hik had.

Mevrouw de barones had niets gemerkt omdat ze zo druk met meneer Iversen zat te praten. En omdat hij de hele tijd haar hand vasthield, wat ze erg fijn leek te vinden. Ulli was naast Jenny gaan zitten en nam de kleine op zijn schoot. Nou, dat begon al goed!

Toen kwam de verrassing die Wolf met de meiden had bedacht. Eerst trad Wolf voor het tafelgezelschap. Hij had een oude hoed opgezet en een schapenvacht omgehangen, wat er grappig uitzag. Met een grijns van oor tot oor trok hij een verkreukeld briefje uit zijn broekzak en begon hij met luide stem te declameren:

'We hebben de rogge gemaaid en gesneden,
en zwaar onder de hitte en dorst geleden.
De machines waren vreselijk verroest
maar we hebben ze helemaal opgepoetst.
En onze meiden, de slanke en de ronde
hebben van aren deze krans gebonden...'

Hij veegde het zweet van zijn voorhoofd. Blijkbaar was het erg warm onder de schapenvacht. Ondertussen droegen Mücke en haar vriendinnen een prachtige oogstkroon de zaal in. Iedereen stond op om het kunstwerk te bewonderen dat Mücke aan de barones overhandigde. Die was zo geëmotioneerd dat ze nauwelijks iets kon zeggen.

Daarentegen klonk Wolfs stem luid en vrolijk van de drank toen hij de laatste regels van zijn briefje voorlas:

'We begroeten de barones van Dranitz alhier
en vieren dat vandaag met sterkedrank en bier!'

Onder een daverend applaus wierp Kalles vriend de schapenvacht en de hoed weg, wiste zijn voorhoofd opnieuw en pakte het flesje bier aan dat Jenny hem aanreikte. Mine hield het nu niet meer uit op haar stoel. Ze stond op, pakte een wijnfles en liep rond de tafel. Net als vroeger vroeg ze de gasten of ze nog iets mocht bijschenken en praatte ze even met hen.

'Nou, Mine, helemaal als vroeger, nietwaar?' zei Tillie Rokowski glimlachend en ze hield haar glas voor haar op.

'Niet helemaal,' zei Mine. 'Maar ongeveer. Het is fijn. Dit allemaal is fijn. Het is een mooi feest.'

Ze schonk nog wat wijn in voor mevrouw de barones en daarna ook voor meneer Iversen, die dankbaar naar haar knikte. Ze kenden elkaar al zo lang, wisten zo veel van elkaar, en toch was er altijd een bepaalde afstand gebleven. De majoor en het dienstmeisje Mine. Zo was dat en ze had er nooit moeite mee gehad.

'Ik ben overweldigd, Walter,' hoorde ze mevrouw de barones zeggen. 'Ik dank je voor je vertrouwen. Mijn hemel, ik kan het nauwelijks geloven. Ja, ik herinner het me. Ze heeft er altijd in geschreven. En ze wilde nooit dat ik het las. O, ik heb haast een slecht geweten dat ik het nu toch ga doen. En ik zal zeker moeten huilen. Ik mis Friedchen, net als de anderen.'

Wat kon mevrouw de barones toch gevoelig zijn. Zo gevoelig en zo… meisjesachtig. Het kwam vast door meneer Iversen, die had een kant in haar tot leven gewekt die ze tot nu toe aan niemand had laten zien.

'Lees het in alle rust, Franzi,' zei hij en hij streelde haar hand. 'Het zal niet makkelijk zijn en het zal je aangrijpen. Maar ik denk dat je er recht op hebt om het dagboek van je zus te lezen.'

Mine zag dat de barones een traan uit haar ooghoek veegde. Maar ze rechtte haar schouders en boog zich naar de majoor toe. Ze fluisterde iets in zijn oor en Mine hoorde hem afwerend zeggen: 'Rustig aan, rustig aan, Franzi. Daar moet heel goed over nagedacht worden.' Maar hij glimlachte erbij.

'Waarom moet daar nog over nagedacht worden, Walter? Ik heb je nodig aan mijn zijde. Hier op landgoed Dranitz.'

Aha, dacht Mine. Ze zet alles op alles. En ze heeft gelijk ook, de barones. Veel tijd hebben ze niet meer, dus het is zonde van elke dag die ze gescheiden doorbrengen.

Walter Iversen leunde op zijn stoel naar achteren en haalde diep adem. 'Als je het echt wilt, Franzi, dan doen we het zo.'

Stralend keerde Mine met de lege wijnfles naar haar plek terug. 'Tjonge,' zei ze tegen Karl-Erich en ze gaf hem met haar elleboog een por in zijn zij. 'Meneer Iversen gaat weer in het landhuis wonen. Wat zeg je daarvan?'

Maar Karl-Erich hoorde haar niet. Hij was in slaap gevallen.

Mine zette de wijnfles op de tafel en liep naar het raam. De stemmen en het geroezemoes achter haar verstomden. Alleen Mine en het landgoed waren er nog, vroeger en vandaag. Boven het meer stond een ronde, witte vollemaan, die een lange zilveren streep op het zwarte water wierp. Toen ze in de andere richting keek, zag ze het bos, en heel even dacht de oude vrouw dat ze daarbovenuit de spits van de kapel van de begraafplaats zag steken. Maar dat moest aan de wijn liggen. De kapel was er immers niet meer.

Haar blik zweefde terug naar de grote, laaghangende maan. En toen ze haar ogen tot spleetjes kneep, had ze de indruk dat hij haar met een brede glimlach een knipoog gaf.

Lees ook van Anne Jacobs

Het weesmeisje

Een machtige familie, complexe verhoudingen en vele geheimen binnen de muren van één huis

Augsburg, 1913. Het jonge weesmeisje Marie voegt zich als keukenmeid bij het personeel van het imposante landhuis van de familie Melzer, die in de textiel hun fortuin hebben verdiend. Tussen de hardwerkende bedienden probeert Marie haar plek te vinden. Katharina, de mooie, jongste dochter van de Melzers, bereidt zich op datzelfde moment voor op het balseizoen. Eindelijk zal ze aan de buitenwereld worden voorgesteld. Haar broer Paul, de erfgenaam van de familie, lijkt zich afzijdig te houden en geeft de voorkeur aan zijn studentenleven in München… totdat hij Marie ontmoet.

Het weesmeisje is een heerlijke reis naar een prachtige villa uit de vorige eeuw, waar tussen de keurig gedekte tafels en de chic geklede dames liefdes, intriges en geheimen broeien.

Al meer dan 85.000 exemplaren verkocht!

ANNE JACOBS
HET WEESMEISJE
ANNE JACOBS
HET WEESMEISJE
ROMAN

ANNE JACOBS
DE MOED VAN HET WEESMEISJE
ANNE JACOBS
DE MOED VAN HET WEESMEISJE

ANNE JACOBS
DE ERFENIS VAN HET WEESMEISJE
ANNE JACOBS
DE ERFENIS VAN HET WEESMEISJE
Na de oorlog is het tijd voor nieuwe liefdes en worden dromen werkelijkheid
ROMAN